AF206736

Celia Paech

Alices
Welt

Ein Erinnern und Neudenken

Roman in Hör-Geschichten

1

Bibliografische Information der Deutschen Nationalbibliothek:

Die Deutsche Nationalbibliothek verzeichnet diese Publikation in der Deutschen Nationalbibliogra-
fie; detaillierte bibliografische Daten sind im Internet über http://dnb.dnb.de abrufbar.

Dieser Titel ist auch als E-Book erhältlich.

© Copyright 2017 Celia Paech: Alices Welt
© Grafik: Gisbert Paech

Herstellung und Verlag © 2017
BoD – Books on Demand, Norderstedt

ISBN 978-3-7448-2151-3

Gewidmet den Alices dieser Welt und allen, die mit dem Herzen sehen ... und handeln.

Hinweis:
Die Namen der Personen sind geändert oder frei erfunden. Die Handlungen und Geschehnisse können sich so oder so ähnlich ereignet haben. Der Roman enthält autobiografische Elemente.

© Copyright 2017 Celia Paech: Alices Welt
© Grafik: Gisbert Paech

Inhalt

Seite

Stimme aus dem Off: Sie hören die Sendereihe „Erzähltes Leben". Heute: „Alices Welt". Erstes Kapitel: „Die Schachtel".

Leise erklingen Synthesizer-Klänge, eine Melodie schwingt sich hoch, nimmt den Zuhörenden mit und senkt sich zu einem Musikteppich, der die Stimme unterlegt. Androgyn. Nicht eindeutig als männlich oder weiblich einschätzbar. Wohlklingend. Sie fährt fort:

Die Schachtel

Alice, das Fluchtkind, entdeckt eine Heimat, erschließt sich ein Zuhause in einer kleinen Stadt neben einer großen Stadt an einem väterlichen Fluss. Fremdsein weicht Vertrautheit. Sie baut ein Nest für ihre Küken, nicht rund, wie sie es liebt, höhlenartig, naturbelassen, erdumschlungen. Mit Ecken vorgegeben, in die setzt sie liebevolles Geborgensein, Sich-Freuen auf jeden Tag, Mit-Fühlen mit allem Lebendigen, guten Willen für gutes Tun, kritisches Blicken nach innen und außen, weltoffenes Leben. Alice schafft sich ihre eigene Höhle, ein Rund im Eckigen. Sie liebt es, sich zu verkriechen, um Kraft zu schöpfen, gestärkt hervorzutreten in die Welt der Zacken, Kanten, Winkel, Spitzen, um mitzuteilen wie schön RUND ist, voll Harmonie.

Die Musik blendet sacht aus.
__Alice beginnt zu erzählen__ mit leicht knarrender Stimme, ein Laptop vor sich auf dem Studiotisch:

Einst hatte ich ein Haus. Es war nicht groß, aber ich fühlte mich wohl darin. Nun gut, nicht immer. Es gab Zeiten, zwischendurch, da war mir unwohl, ich fühlte mich belastet, verunsichert. Doch über fast dreißig lange Jahre blieb es mein Zuhause, mein Heim. Ich nahm zwölf Monate Abschied von ihm, seinem Flair, seinen Räumen, seinen Wänden, seinen Geschichten, seinem Leben. Bis ich es verließ und weit weg ging.

Das Haus nannte ich liebevoll 'Meine Schachtel'. Es gab mir Geborgenheit. Hier wuchsen meine Kinder auf. Frei, so laut sie sein wollten, unabhängig von sich einmischenden, meckernden Mitbewohnern oder Vermietern. Rundrum frei - mit Gartenhof und Gärtchen. Umzäunt. Freistehend, wie die Maklerin titulierte, als ich es verkaufen musste. Gartenbungalow freistehend Wohlfühlhaus. Eine Fremde, Haus-Erfahrene, beschreibt mein Haus beim ersten Betreten als 'Wohlfühlhaus'. Setzt dieses Wort in den Ausschreibungstext ins Internet, in den Schaukasten, auf die Anzeige – Wohlfühlhaus. Fast drei Jahrzehnte. Erbaut in wenigen Wochen. Herbst 1975 entstand der Keller. Ein Kuriosum wie später manche sagten. Teilunterkellert mit einem weiten Kriechkeller, gerade einen knappen Meter hoch, gebückt auf Knien zu durchrobben. Labyrinth mit Wänden, Türöffnungen – geheimnistragende Spielwelt meiner Kinder, ihrer Freunde. Später vollgestopft mit Dingen dieser Zeit.

Unser Haus barg liebendes Vertrauen, Ehebruch, Jugendkrisen, Tränen und viel Lachen.

An einem Montagfrühmorgen im Mai nach dreißig Jahren schwebte der viele Tonnen schwere Kran ein: Kreissäge, Dachfräse, etliches Material. Vier Männer schnitten fünf Tage lang stückweise die Teerkieshaut auf, den Unterbau aus Holz, das Dämmvlies, erneuerten Meter für Meter die große Fläche, den Schutz vor Sonne, Schnee, Eiswind und Regen. Es entwich der Geist, Erinnern und Erleben, verschlossen fest in meiner Schachtel. Stück für Stück. Viereck nach Viereck. Öffnung des Siegels. Entfloh in Bildern, Hauch, in Seele leicht, hoch in den sonnenklaren Frühlingshimmel. Blieb kurz haften in den Bäumen, der mächtigen Birke, der süßen Kirsche, dem Bergahorn mit den kanadischroten Blättern. Hing eine Weile in der Zypresse, nahm mit den Duft des üppigen Wachholder. Hinweg ins Freie, unendlich Weite, in die Höhe. Machte Platz für meinen langen Abschied, gedankenschwer. Öffnete sich für neue Menschen. Die Familie, Patchwork zusammengefügt, die unser Haus im Winter nach dem Mai mit ihrem Alltagsleben füllte und neu beseelte.

Die Musik ertönt erneut. Es ist „Oxygène" von Jean-Michel Jarre. Der 'Ohrwurm' damaliger Zeit. Sphärenklänge wie aus dem All.

Einst hatte ich dies Haus. Es war aus Holz, aus Rigipsplatten, Glas, Steinen und Beton. Fertighaus der Zeit, Flachdach-Bungalow, umsäumt von Straße, Bürgerweg und Mauer, Zaun zum Nachbarn hin. Ich seh' die Kinder spielen. Im Bausand vor dem Haus, sich Bretterbuden basteln. Zwei Wochen war die Bauzeit, täglich fuhren wir hinaus. Mach du das, sagte mein Mann. Gern war ich diese Bauherrin. Lieferungen unterschreiben, Kaffee und Gebäck fürs Fertighaus-Bauteam aus Jugoslawien mitbringen. Sie arbeiteten im Akkord. Zwanzig Stunden lang die erste Woche, bis es dunkelte. Sie schliefen in einem Bauwagen auf dem Firmengelände, wie sie sagten in gebrochenem Deutsch. Beschweren, nein, das dürfen wir nicht. Wir verdienen gutes Geld. Wir kehren bald zurück. Ich baue mir ein Haus für meine Frau, meinen kleinen Sohn, der aussieht wie Ihr Kleiner, sagte ein junger Mann. Er nahm ihn auf den Arm, Tränen im Blick. Ich habe große Sehnsucht, weiß nicht, ob ich das schaffe. Zwei Tage später war er fort. Der Bauleiter sagte, es ist ein Fehler, dass ich immer mit den Kindern komme. Das tat mir weh, doch wusste ich und sagte still für mich: Ja, das war richtig, dass du gingst. Das wichtigste, das sind die Kinder, das ist dein Wohlfühlgefühl.

Noch vor Ostern zogen wir ein. Mit Kisten und Kästen aus der kleinen Zwei-Zimmer-Wohnung unterm Dach, weg von der Vermieterin darunter, die sich störte am Getrappel kleiner Füßchen, als unsere Tochter laufen lernte und lange noch flink über Teppichboden und PVC-Fliesen krabbelte. Der Kinderwagen im Treppenhaus sie täglich ärgerte. Wohin denn sonst, die Wohnung war zu klein. Vergaß sie, wie es war, als sie mit ihren Söhnen auch zur

Miete wohnte? Die Frau trägt die Nase hoch. So sagten die Nachbarn, direkt nebenan die alte Frau, die meine Kleinen ins Herz geschlossen hatte, mir viel erzählte vom Dorf und seinem Leben. Schlicht und ehrlich war sie, nicht ohne Humor. Sie war traurig, weil wir wegziehen wollten. Weg von der stark befahrenen Straßenkreuzung, den Schrammborden, nur gegenüber gab's den Bürgersteig. Weg vom Bäcker, Fleischer hinter dem Trafohäuschen. Weg vom Lärm, Gestank der großen Stadt. Weg von der Grundschule, in der ich monatelang fürs Lehramtsstudium praktizierte, allein unterrichtete in Musik, Deutsch, Rechnen, Heimatkunde, allein, gegen jede Regel, aus Lehrernot - und meine Liebe zu Kindern vertiefte, die wie die Kletten an mir hingen in den Pausen und später mit mir und meinen Kleinen spazieren gingen, den Kinderwagen schoben, mir Gemaltes und Gebasteltes mitbrachten und uns mit Mutter im neuen Haus besuchten. Weg von den Feldern mit Getreide, Kohl und Rüben. Weg von dem Arzt, zu dem auch der berühmte Sänger Heino ging, der mit den lichtempfindsamen Augen, der wohltönenden Stimme 'Schwarzbraun ist die Haselnuss ...' ist mir im Gedächtnis geblieben, als auf dem Schulplatz das große Festzelt stand und Heino ein Heimatkonzert gab, zu dem alle, alle kamen, nur nicht wir. Bis morgens früh sangen die Leute begeistert, noch als der Star längst gegangen war. Unsere Musik war Jazz, waren Lieder von mittelalterlichen Barden, Folklore, auch Westernsongs zu dieser Zeit, französische Chansons vom Leben und vom

Meer, Lieder mit Inhalt, Romantik und politischem Protest. Und heute rockt der alte Sänger in Lederkluft und dunkler Brille die Fans in ausverkauften Sälen. Vom Heimatlied zum Heavymetal. Die Texte unverändert. Mutig, schmunzle ich für mich. Ein Generationen mitreißender Erfolg.

Tief in Gedanken verlasse ich meine Schachtel, mein Haus. Mein Abschiedsgang. Beschreite gewundene Wege zwischen vielen anderen Schachtel-Häusern, ein- oder zweigeschossig. 'Gartenhofbebauung' stand in der Bauleitplanung. Die Stadt erhielt einen Preis für Fuß- und Radwegefreundlichkeit. Wege nicht straßenbegleitend, sondern durch das Labyrinth der Schachtel-Häuser führend. Schwierig für Fremde, sich hier zurecht zu finden, die Hausnummern-Logik verstand keiner. Verschachtelt - die Neubauviertel der kleinen Stadt.

Ich gehe den kleinen Berg hinunter durch den Park, verweile am Ehrenmal für Kriegsopfer aller Weltkriege, nein, für die gefallenen Soldaten, die Helden dieser Stadt, nicht für die zivilen Opfer, da hätten die zwei Bronzetafeln mit Namen nicht ausgereicht. Ein hübsches rundes Bauwerk, 19. Jahrhundertstil, schiefergedeckt, eine kleine Kapelle, vorn offen zum schmiedeeisernen Gitter, mit Stufen zum Niederknien und Beten – an Gedenktagen. Stets brennen Lebenslichtkerzen im Innern. Dauerhaft haltbarer Grabesschmuck am kleinen Altar. Ruhe, Besinnlichkeit.

Gern saß ich davor auf einer Bank. Doch das Schönste an dieser Stelle war die riesengroße Kastanie, mehr als hundert Jahre alt, ausladend kugelige Krone. Tags und nachts eine Augenweide in seiner machtvoll stillen Vollkommenheit. Achtsam gepflegt, mit Beton ausgegossen, mit Stahlseilen manch morsch werdender Ast gehalten, die Form gewahrt. Zu Silvester in sternenklarer Nacht eine Silhouette naturkunstvoller Harmonie. Und darunter die Lichter der kleinen Stadt, ein Straßendorf, eine gerade Landstraße, links und rechts Bauernhäuser zu Geschäftshäusern umgebaut, kein eigener Charakter, zerstört zu achtzig Prozent von Bomben der Alliierten im Zweiten Weltkrieg. Nur die alte Kirche blieb stehen, nahezu unversehrt. Kunst der Geomantik, der richtigen Ortswahl für ein Bauwerk, die der Klerus seit Alters her pflegt.

Das Dorf, die kleine Stadt, die – als wir ihre BürgerInnen wurden – achttausend Seelen zählte, als ich sie endgültig verließ, lebten hier fünfundzwanzigtausend Menschen. Die Bebauung nach oben ausgedehnt bis zum weitläufigen Waldgebiet, dessen Zugang ein Autobahnzubringer sperrte. Eine Zäsur. Fußgängerbrücken, ein paar Autobrücken. Abruptes Trennen von Lebensadern zwischen Mensch und Natur.

Ich gehe weiter durch den Park, die Rasenlandschaft am kleinen Flüsschen entlang nach Süden. Überschwemmungsgebiet. Im Frühjahr und Herbst fluteten die ins Betonbett gezwängten Wasser reißend die Auen-Wiesen. Ich sehe vor mir das fröhliche Lichtermeer um loderndes Martins-Feuer, wenn ganze Bäume hoch geschichtet in Flammen aufgehen und sich Hunderte rotwangige Kindergesichter mit leuchtenden Augen im Halbkreis drängen, selbst gebastelte Laternen an gestreckten Ärmchen im Abendwind pendeln, helle Stimmen die traditionellen Lieder singen und sehe im Erinnern den 'Heiligen Sankt Martin' mit Goldhelm und Purpurgewand auf einem hohen Ross ums Feuer reiten. Ein heimeliger Brauch im Rheinland im November. Fackelzug durchs Städtchen. Danach das 'Schnörzen', Liedchen singen von Haustür zu Haustür mit Laterne – und die Nachbarn füllten die mitgebrachten Säckchen der Kinder mit Süßigkeiten, Mandarinen und Äpfeln. In der letzten Zeit zogen die Kinder nur noch vereinzelt durch die Wege der Siedlung. Ängstlich beäugt von vorsichtigen Erziehenden, die abseits im Dunkeln standen. Es hatte Übergriffe gegeben und die Medien warnten. Das Vertrauen in die Gemeinschaft der Gebenden war beschädigt. Es passiert halt so viel, hieß es. Schade! Heute ist Halloween zu Ende Oktober beliebter. Leuchtende Kürbisköpfe grinsen am Hauseingang oder von Gartenzaunpfosten. Die Kinder, verkleidet als kleine Monster, rufen: Süßes oder Saures? Und die Gabe ist Geld. Amerika lässt grüßen. Globalisierungskultur.

Mein Weg führt mich über die geschwungene Holzbrücke mit aufwändigem Schindeldach, kleines Bänkchen, fast asiatisch im Stil. Objekt kommunalpolitischen Streits. Des Bürgermeisters Idee, auch der Teich am Spielplatz. Nett gedacht. Doch ging der Bau zu Lasten der sozialen Arbeit mit Kindern und jungen Menschen. Der Teich wurde bald umzäunt und vergittert, nachdem fast ein Kleinkind ertrunken wäre. Der Kletterturm zwischen Teich und Spiellandschaft wurde bald entfernt, nachdem sich die ersten Obdachlosen des Städtchens nächtens einquartierten, Schnaps- und Bierflaschen, zerbrochenes Glas, stinkende Essensreste das Idyll zerstörten und den Nachwuchs zu gefährden drohten. Später besetzte die Jugend der Stadt dieses Brückchen. Treffpunkt für heimliche Liebesspiele im Dunkeln oder zum Rauchen von Grass, Marihuana, Hanf – dem Vorbeigehenden würzig zur Nase schwebend. Wer nicht zur Gruppe dazu gehörte, traute sich nicht mehr diesen Weg zu gehen.

Die hölzerne Brücke erobert von jungen Menschen, die sich zurückholten, unbewusst, was Politiker ihnen vorenthielten, ihren Frei-Raum. Entscheidungsträger im Städtchen, die lieber bauten, betonierten, asphaltierten. Fußwege, Straßen, Betonanlagen für städtisches Grün, Überführung, Unterführung für Straßen, die die Schachtel-Haus-Haufen trennten wie Grenzen, grauer Beton. Grau in Grau. Hart knallt der Blick auf Wände, die Jugend später in Nachtaktion mit Sprüchen und Bildern farblebendig besprühte.

'Brutalismus'-Bauwerke, nannte man später diese Architektur. Roher, unverputzter Beton. Plattenbauten und Trabantenstädte. Darin lebten nicht die

Konstrukteure und Bauherren, sondern Familien, die sich nicht wehren konnten. Heute schreien die Ghettos nach der Abrissbirne.

'Wirklich wichtig ist das, was wir sehen', meinten die Verantwortlichen. Erziehung ist ein Fass ohne Boden, Prozess über Jahre, Ergebnis weit fern. So entschieden die Menschen, selbst Kinder im Haus, ganz gegenständlich, fast kindlich, nur das zählt, was ich begreifen, was ich anfassen kann.

Ich nähere mich dem Stadtteil mit hoher Schachtelbebauung, sechs- bis zwölfgeschossige Häuser, Flachdach, Betonfertigbauweise, Fahrstuhl, Klingeln und Namensschilder in unerreichbarer Kinderhandhöhe. Der soziale Brennpunkt. Bausünde jener 1970er Jahre, relativ groß für das kleine Städtchen, relativ klein gemessen an Städten in Ballungsgebieten. Aufgeschachteltes Leben. Menschen gestapelt, versorgt, weggesperrt. Hier wohnten von jeher die Migranten. Gastarbeiter mit ihren nachgezogenen Familien, Deutsche mit geringem Einkommen, immer mehr Alleinerziehende mit vielen Kindern. In viel zu kleinen Wohnungen. Ein buntes Völkergemisch. Wer konnte zog weg. Es blieben vor allem die Kraftlosen, die arabischen Fremden, die Sprachlosen, die Russlanddeutschen und der Geruch von Gewürzen und Wodka. Hinzu kamen Ratten, angelockt von organischem Müll am Rande und im stehenden Wasser des Flüsschens. Halbherzige Nachbarschaftsfeste vor allem zur Wahlzeit rückten das Leben und Leiden der Menschen ins Bild. Es gab manche Hilfen, doch letztlich blieb stehen, was einmal erbaut, vergammelt, von Wettern gebeutelt. Spiele für Kinder, Gegrilltes, Salate, Baguette und auch Bier. Den Menschen Vergessen schenken für einen Moment. Ein offenes Ohr für die Nöte. Ein Lächeln, Verständnis, wir sind alle gleich, wir BürgerInnen des Städtchens. Das Ende eines jeden Festes war auch immer gleich: Beschimpfen, Zerraufen, Fresse einschlagen im Alkoholrausch bei einigen Frauen und Männern. Das war's. Es änderte sich nie etwas. Und gleicher wurden sie sich nicht.

Erst kürzlich erfuhr ich, dass keine Partei mehr ein Fest dort veranstaltet. Es gibt ja die Märkte, Straßenfeste der Geschäftsleute, des City-Marketing. Die Einkaufsmeile und der Neue Markt. Das ist sauber, geregelt, Polizei und Bürgerschaft kontrolliert. Dort haben Parteien ihre Stände für Glanzdruckbroschüren, Luftballons, Stifte und verständnisinniges Lächeln. Sprechen mit ihresgleichen, doch kaum noch mit Menschen der 'Unterschicht'. Ihnen fehlen Rezepte gegen die neue Krankheit, sie verbergen die eigenen kalten Ängste vor dem Abrutsch ins ökonomische Nichts.

Gitarrenriff. Ein Saitenklimpern. Die leicht quetschige Stimme Franz Josef Degenhardts raunt ins Mikrofon. „Spiel nicht mit den Schmuddelkindern". Er singt sein Lied von den Welten der Unterstadt und der Oberstadt und dem Reiz der Anarchie. Metallisch verklingt der Gitarrenton.

Alice setzt ihren Erzähl-Rundgang fort:

Der Weg wird lehmig, grasbüschelwurzelig. Ich gehe weiter am Flüsschen entlang in Richtung der Reiterhofburg vorbei an den letzten Flachdachbungalows im Süden der Stadt. Verkaufen lassen sie sich schlecht. Eigentümerwechsel schafft die Zwangsversteigerung hier im Schatten der verkommenden Hochhaussiedlung. Ich wende den Schritt parallel zur Zubringerautobahn, quere die Kreis-Straße, die die hinteren Dörfer mit dem kleinen Mittelzentrum unserer Stadt verbindet, schlage den Weg zur Neuen Mitte ein. Hier gab es kaum Häuser mit Flachdach, der Architektenfantasie wenig Grenzen gesetzt: Steildach, Pultdach, Walmdach, versetzte Dachkonstruktionen, gewölbte Dächer. Baugebiet der 1990er Jahre.

Aus den Fehlern früherer Stadtplanung gelernt. Bewegtes Bild. Und dennoch öde. Keine Farbe. Die Häuser weiß, die Dächer anthrazitschwarz, manchmal rot. Labyrinthartige Fußwege beibehalten. Nur im Sommer belebt das Grün der Gärten, Wege begleitende Büsche, Ranken, Hecken, Platanen, Akazien, Birken die Kleinstadtlandschaft. Zu viele Bäume, zu viel Laub zu kehren – beklagen die Einen. Die Wurzeln treiben das Betonsteinpflaster hoch – sehen andere Gefahr fürs alltägliche Gehen. Nur wenige sind zufrieden. Die Motorsäge wird bald verstümmeln und lichten die wuchernde Vegetation.

Ich umrundete eine der vielen kleinen Baustellen, die dem Übel abhelfen sollten. Bäume fällen, Wege plattieren, begradigen, gewundene Wege, die außer Schulkindern und Jugendlichen kaum jemand geht. Gefallen ist noch keiner. Bürgersteige absenken, die wenige Jahre zuvor erst geplant und gebaut, eine Zentimeter-Hürde für Kinderwagen, Fahrrad, Rollator und Rollstuhl. Im Haushalt der Stadt sind Hunderttausende dafür vorgesehen und verausgabt. Der Gedenkstein zum Tag der Deutschen Einheit, ein kostbarer Findling kolossaler Größe – kein Thema im Jahr 1990. In gleicher Sitzung des Stadtrates kürzte die konservativ-liberale Mehrheit die Gelder für die Jugendarbeit, das Obdachlosenheim, die Sozialarbeit, Bildungsangebote und appellierte an ehrenamtliches Engagement. Nur schwach die wenigen Gegenstimmen.

Meine Stadt. Eine von vielen am Reißbrett entstanden, die Ballungszentren zu entlasten. Hier wohne ich, hier kaufe ich ein. Der Slogan der örtlichen Werbegemeinschaft. Hier wohne ich, hier lebe ich gern, hier will ich mitgestalten. Mein Wunsch, mein Interesse zu verändern, was mir nicht gefällt, was mir für andere besser erscheint. Ich machte mich auf den Weg, im kommunalen Geschehen politisch mitzumischen. Die 1980er Jahre mobilisierten. Das Land war im Umbruch. Proteste, Demonstrationen, unzählige Bürgerinitiativen. Eine Revolution von unten - auf nie vorher dagewesene Art. Unser Haus, meine Schachtel, wurde Stätte des Wirkens, Brut-Stätte schwärmerischer Weltenverbesserung - das bürgerliche Wohnzimmer eine Zelle der heimlichen Revolution.

Die Sphärenklänge der Synthesizer-Musik heben an und tragen den Zuhörenden eine Weile fort und verklingen, als **Alice weiterspricht:**

Mein Leben ... ist verwoben mit dem Leben anderer Menschen. Vieler. Weil es bunt und lebhaft war. Ich sehe sie vor mir. Einige von diesen Vielen, deren Schicksal mich berührte, mit hineinzog in ihr Leben, mich zu einem Teil ihrer Verstrickungen machten, mit hinein knoteten. Nicht immer gelang es, diesen Knoten zu lösen.

Es ist doch so, nicht wahr, liebe Hörerin, lieber Hörer: Ihr aller Leben verschlingt sich ineinander. Irgendwo zu einer bestimmten Zeit. Spannend. Wie finden Sie den 'Roten Faden'? Den Faden, der – wenn Sie daran ziehen – das Gewirr löst. Ähnlich diesem Fadenspiel zwischen Kinderhänden. Kennen Sie das noch? Ein Finger der einen Hand hebt den um die andere Hand geschlungenen Faden auf, zieht ihn zu sich hinüber, dann nimmt der Finger der anderen Hand einen Faden der einen auf. Und so weiter. Nach bestimmten Regeln. Und das Umschlingen wird enger, immer enger, presst beide Hände zusammen, bis kein Finger mehr Faden von einer Hand aufnehmen kann. Und wir wenden die Hände mit geschicktem Ruck nach unten. Und wir staunen über das Flechtwerk, das sich knotenfrei auflöst in unseren einen Faden, der unser Leben ist und keinen Anfang und kein Ende hat. Und wir erkennen: Alles ist der 'Rote Faden'. Es gehört zu uns, zu mir.

Mein Leben ... begann in einer Kaserne. Nebenbei fielen Bomben auf Gleise, über die Züge rollten mit Panzern, Waffen, Soldaten. Richtung Osten. Russlandfeldzug. Stalin, der Feind Hitlers. Sowjetunion, die Macht, die der deutschen die Vorherrschaft streitig machte in Europa. Russen und andere slawische Völker, die seit Urzeiten den Raum besiedelten, den das germanische 'Volk ohne Raum' für seine Zukunft erobern und besetzen wollte. Britische Bomber, die einst Verbündeten, mit den Königshäusern Verwandten, die Feinde wurden, weil kein Herrscher dem anderen Machtzuwachs gönnt. Teile und herrsche. Es kann nur Einen geben. Und sie reden ihren Völkern Hass ein, verdummen mit Propaganda ihrer Medien und hetzen und geifern. Währenddessen floriert der Handel mit bestimmten Waren, Gütern und Geldern. Kriegswirtschaften. Kriegsgewinnler. Spionagenetzwerke. Agententreiben. Und Ländereien werden neu verteilt: Wir hier – ihr dort. Geostrategische Kriegsspielerei. Damals wie heute. Der 'Rote Faden' der Menschheitsgeschichte. Blutig, voll Leid.

Meinen ersten Schrei auf dieser Welt dämpfte das Dröhnen von Bombenfliegern, das von Ferne herangrollte im hellen Licht der kalten Wintersonne. Ein zweiter Schrei, der auch ein erster war, folgte im Schmerzensrausch unserer gebärenden Mutter. Ein Zwillingspaar. Zwei Leben.

Alice hebt die Hand. Die Zwischentöne. Instrumental. Gefälliger Ohrenklang. Ein paar Sekunden. Sie nickt.

Unser Kindsein spielte sich ab zwischen Trümmern, Ruinen, Baustellen und Neubausiedlung –
nach dem Fliehen. Der Vater geriet kurz vor Kriegs-
ende in Gefangenschaft, abgefangen von sowjetischen Truppen an einer Grenze, verschleppt in den
Gulag im Ural, Schweigelager im Kaukasus – für Jahre. Die Mutter floh - noch im Wochenbett - bei
Nacht und klarem Sternenhimmel, vorbei am brennenden Dresden, ins US-amerikanisch besetzte
Sachsen, das bald, eingetauscht gegen Berlin, unter
sowjetische Vorherrschaft geriet. Sie litt im er-
bärmlichen Nachkriegsleben, hungerte, eine von
vielen kinderreichen Flüchtlingsfrauen in überfüllten Heimat-Dörfern - und floh erneut in einer Ster-
nennacht aus der neuen DDR in die neue BRD im ge-
teilten Deutschland - als die Nachricht kam, der
Mann ist frei, erwartet dich im Ruhrgebiet.

Angst. Unsere Lebenswegbegleiterin. Vor britischen und US-amerikanischen Bombern, vor russischen Vergewaltigern, vor Flüchtlingshassern, vor
dem Ungewissen. Hunger. Nach Nahrung, nach Geborgenheit. Nach Frieden. Angst und Hunger, Erschrecken und Entsetzen. Scharfe Säuren Mensch
gemachter Qualen ätzen die Seelen, brennen in unserem lebenslangen Erinnern.

Alice *schweigt. Stille im Äther. Lippengeräusche.*
Dann fährt sie fort.
Verängstigt trafen wir den fremden Vater. Im
wattierten grauen Gefangenendrillich fegte er den
Hof einer Fabrik. Ich hatte Angst vor diesem Mann,

fünf Jahre war ich alt, wie ein Vollmond sein Gesicht, fahlweiß verquollen und seine blutigrote Narbe überm Kinn bis hoch zur Wange. Wasser, sagte die Mutter, er hat Wasser, schau, wenn du die Haut eindrückst, bleibt eine Delle. Da waren wir bereits wieder eine Familie mit einer Wohnung und er hatte eine gute Arbeit und ich sah ihm heimlich zu, wenn er bei Sonnenschein sich einen Stuhl auf den winzigen Balkon nach Süden stellte, sein Gesicht mit dieser gezackten schroffen roten Narbe wohlig in die Wärme hielt.

Erst spät, sehr spät hab ich ihm verzeihen können, dass er, ein Offizier mit Befehlsgewalt, das Unrecht mitgetragen, mitgestaltet hatte, vernichtete, mordete. Menschen, die er nicht kannte, die ihm nichts getan hatten. Höheren Befehlen selbst gehorchte und nicht seinem eigenen Gewissen. Verzeihen können, weil ich miterlebte, wie er hart bestraft mit Schmerzen, Leiden, schlimmen Traumata am Kriegsgeschehen, an Folter und Gefangenschaft in Schweigelagern, im Gulag, litt, an Kummer um seine Frau, seinen Kindern, die fernab den Siegermächten ausgeliefert waren. Sein Leben lang nicht loskam von dem Erinnern, sühnte - und eigentlich ein guter Vater für uns war, der sich sorgte, arbeitete und Geld heimbrachte, uns den Lebensweg ebnete und bis ins hohe Alter meine Mutter liebte und verehrte.

Der Krieg hatte ihn hart und verschlossen werden lassen. Eispanzer um die Seele. Sein Fühlen begann erst sehr langsam sich zu regen, den Panzer schmelzen zu lassen. Jahre dauerte es.

Ein neues Erwachen aus lähmendem Albtraumschlaf. Bleischwer. Es dämmerte ein Glücksgefühl. Er hatte überlebt. Er hatte Frau und Kinder – behalten. Doch gesprochen hat er nie darüber.

Väter dieser Zeit züchtigten ihre Kinder mit Teppichklopfer, Ledergürtel, Händen. Wir Kinder dieser Zeit schrien oder schwiegen, bissen die Trauer in uns hinein und litten an diesen Vätern, die nicht das ersehnte Vorbild und kein Freund für uns als Kinder waren. Im Wohlstandswunderland galt noch immer elterliches Züchtigungsrecht und Prügelstrafe. Mein Vater strafte mich noch mehr mit Ignoranz, schloss sich gar für Tage ins Schlafzimmer ein, begrub sein Elend unter vielen Akten mit zähem Fleiß, der half Erlittenes zu verdrängen. Täter war er und Opfer gleichermaßen. Die gesamte Generation - erkannte ich im Älterwerden.

Die kostbaren, schönen Momente bescherte unser Vater, wenn er auf seiner Hohner-Mundharmonika spielte. Lieder, die ihm sein Soldatsein erleichterten, die Gefangenschaft überleben ließen.

Alice tippt auf ein Tabletfeld, wischt mit dem Finger über den Bildschirm und Musik ertönt. Sehnsuchtsmusik der Liebenden. „Wenn der weiße Flieder wieder blüht". Max-Greger-Orchester. Instrumental. Sie summt mit.

Musik. Jungsein. Jugendlichsein. Teenager oder Backfisch. Der 'Weiße Flieder', Operetten. Das waren die Lieder unserer beiden älteren Schwestern und die unserer Eltern. Wir Nachkriegsgeborene sangen sie ebenso, tanzten Walzer und Foxtrott danach und ließen uns doch vom 'American Way of Life' mitreißen, ertrotzten uns den Jazz, die von unserem Vater verpönte 'Neger-Musik'. Wir erlernten die Besatzersprache, die zur Weltsprache wird: Englisch. Wir sangen und lasen und diskutierten in dieser Sprache – und neideten den jungen Muttersprachlern ihren Vorzug, in einer Welt zu leben, in der fast jeder Englisch spricht. Und wir schwiegen in Deutsch. Wir erlagen der Faszination von Schlagerwelt und Hitparaden im Radio der GI's und Tommy's und dem Reiz bewegter Bilder: Hollywood-Filme, Zeichentrickfilme, Western und neue deutsche Heimatfilme – das Kino prägte unser Heranwachsen, denn Fernsehen hatten wir noch nicht.

Mein Freund spielte Trompete, ich sang in einer Band, die alles spielte, heute sagt man vielleicht 'Crossover' dazu, und er spielte Jazz und Dixieland wie sein Idol Bix Beiderbecke oder Satchmo Louis Armstrong. Ich sang vom 'Tag als der Regen kam', 'Summertime' – besonders stark, da hatte ich noch das hohe C, und immer wieder Blues und 'Jatz'. Mit fünfzehn fing ich an zu singen, 'Tipsy Tigers' hieß die erste Band. Ich sang bei verschiedenen anderen und hörte auf damit, als unsere Liebe sich festigte, zog mit ihm zu seinen Konzerten in die Kellerclubs der Jugend anderer Städte und der westeuropäischen Nachbarländer, saß brav auf Apfelsinenkisten, zerschlitzten Sofas, gammeligen Ex-Bus-Sitzen

den ganzen Abend, zuzuhören, ihn bewundernd anzublicken und nur mit ihm zu tanzen. Heitere Leichtigkeit. Für uns selbst. Für unser Jungsein. Auf dem Trümmerfeld. Im kalten Mief der Luftschutzbunker, in die sie uns verbannten. Hier hört euch keiner. Hier stört ihr nicht. Zurück ging's weit nach Mitternacht bis morgens früh auch in der Woche im vollgepackten VW-Bully-Bus oder im VW-Käfer, manchmal halb liegend unter Schlagzeugtrommeln. Das war ein Feeling. Auf dem Marktplatz noch eine Curry-Wurst und eine Cola. Ich fand's aufregend, tankte Kraft ohne Schlaf für den nächsten Tag, für Schule, Prüfungen, den Berufsanfang.

Musik ist jung. Kunst ist jung. Erneuert sich über der Kruste des Alten, durchdringt das Historische und verflechtet es mit dem Modernen, mit dem in jeweiliger Zeit Angesagten – zu Neuem. Kraft kreativer Machtfülle – wenn es in ein Vakuum trifft.

Musik. Lebensgefühl im Swing. Seelenschmeichler. Warum habe ich nicht weiter gesungen, das Singen verlernt – als ich anfing Reden zu schwingen, um die Welt zu verbessern, die Welt, wie ich sie sah, wie ich sie erlebte – in meiner wachsenden (Nach-)Kriegs-Phobie? Ich hätte Lieder texten, meine Botschaften in Töne und Rhythmen kleiden, in die Herzen anderer Menschen versenken sollen – wie Musik dies ohne Gleichen zaubert.

Ich entschied mich für das gesprochene und geschriebene Wort, um zu überzeugen. Die Adenauer-Alten, die im Kaiserreich Jungen, erreichte ich nicht, sie schüchterten ein. Sie sind frei von Schuld, erklärten uns die neuen Machthaber und machten sie zu unseren Lehrern. Waren sie das? Frei von Schuld? Hatten sie nicht vorbereitet, was kam und die Menschheit quält bis zum heutigen Tage?

Zunächst lehrten sie uns das Preußentum, uns Entwurzelten brachten sie bei, Gefühle wie Sicherheit, Stabilität, Uniformität schätzen zu lernen – und begannen in Geschichte mit dem Neandertaler, etwas Ägyptisches, viel Griechisch-Römisches folgten, ein wenig Kelten und Nordisches, Mittelalter und Papsttum, Kaiser- und Königreiche, etwas Romantik und Freiheitskämpfe von der Bastille zum Vormärz und Hambacher Fest, an die anzuknüpfen geboten ist.

Von den Weltkriegen unserer Großeltern und Eltern erfuhren wir nichts. Ihr eigenes Erleben blieb stumm. Verloren lag die Weimarer Republik dazwischen. Auslassen, verschweigen. Nur nicht daran rühren. Die Lehrmethode des Eiertanzens dieser Zeit.

Und unser Misstrauen wuchs, wir spürten das Unterschwellige. Und unser angeborener Freiheitswille nährte sich aus dem Geist, der von Westen über den Ozean wehte. Amerika. Vereinigte Staaten von Amerika. Land of the Free. Lady Liberty. Und der Osten ist Rot und voller Gewalt und Unterdrückung. Über das Leben der Menschen in der Sowjet-Union oder dem amputierten östlichen Teil Deutschlands, der DDR, erfuhren wir nichts. Und wir wunderten uns über Hiroshima und Nagasaki, den Atomtod Unzähliger durch amerikanische Bomben, über Korea-Krieg und Stellvertreter-Kriege überall in der Welt, wo die grausam konkurrierenden Machtblöcke ihre Claims absteckten. Wir erstarrten fassungslos angesichts erster Bilder aus dem Vietnam-Krieg. Napalm. Chemische Waffen entlaubten Urwälder, entstellten Kinder- und Frauengesichter, mordeten. Inzwischen wussten wir mehr.

Mit Vierzehn schockte uns die Lehrerin im Fach Geschichte. Sie, die Witwe eines adligen Offiziers des Widerstandes gegen Hitler, zeigte uns, der reinen Mädchen-Klasse, die ersten Fotos in Schwarz-Weiß von verhungerten Gestalten im KZ, von massenweise aufgetürmten bleichen Knochenleichen. Hohläugige 'Muselmane' starrten kraftlos in die Kameras ihrer Befreier – und uns an. Kraftlose Blicke, die sich tief ins Herz des Betrachters bohren ... Das 'Tagebuch der Anne Frank', von einer Gleichaltrigen im Geheimversteck in Holland geschrieben, bevor auch sie in der Gaskammer umkam – nur weil sie Jüdin war ... Das war mehr, als ich ertragen konnte. Ich schrie meinen Vater an: Du Mörder. Du Nazi. Du Verbrecher. Die Schuld des Massenmordens. Ich schämte mich, Deutsche zu sein.

Mit Siebzehn reiste ich nach England. 'Die Brücke', hieß der Verein, der deutsche Jugend mit der britischen vertraut machen wollte, in den 1960er Jahren. Meine Gastfamilie, der Vater, ein Major der königlichen Marine, riet mir, um Schwierigkeiten zu vermeiden, mich außerhalb als Schwedin auszugeben, nur nicht als Deutsche. Doch sie wollten eine bessere Zukunft für die Jugend, damit sich nie wieder Coventry und Schlimmeres ereignete, nie wieder ein Hitler Macht erlangte über so viele Menschen. Ich wollte reisen, mich versöhnen, andere Völker und Lebensweisen kennen lernen und offen sein. In den Nachbarländern Europas und in den USA zerfiel der Kreis von Menschen, denen ich begegnete, in Deutschenhasser und in vorsichtige Freunde.

Diese Erfahrungen verunsicherten die Jugendlichen unserer Zeit, zerrieb uns fast zwischen bleierner Betroffenheit, mitfühlendem Hinwenden, Mit-Schuldgefühl und Verantwortung. Wir steigerten uns in politische und kulturelle Aktivitäten für Frieden - und in Abwehrzorn und wütenden Protest gegen die Elterngeneration. Das Lebensziel: Nie wieder! Nicht mit uns!

Unsere Mutter, wortgewandt, belesen, warmherzig und 'hausfraulich', entsprach dem Frauenbild der Zeit. Sie stand 'zwischen Baum und Borke', ein geflügelter Ausdruck, der das Dilemma der Eltern beschreibt. Sie lehrte mich Versöhnung, sprach nicht über das was war, nur dass es besser werden musste, nie wieder so etwas geschehen durfte und jeder Mensch dem Menschen Wohl tun soll. Sie wünschte sich Regierende, die meditieren und lehren wie Gandhi, Fröbel und Rudolf Steiner.

Wir Nachkriegsjugend wollten liebend sein, fröhlich bunt, erfreuten uns an Vielfalt und Anderssein, sangen vom Frieden – und machten unsere eigenen Fehler.

Irritiertes Jungsein zwischen Wagemut und Versagensängsten. Alles oder Nichts – ein Dazwischen gab es für uns nicht. Jugend mit viel Mut. Jugend, die sich mit Wucht befreite aus den Verstrickungen der Vorgeneration, die zerrte an Fesseln, die auch sie zu umschlingen drohten. Nein, genetisch verankerte Schuldskrupel in ewige Zeiten hinein, das darf nicht sein! Sich lösen, sich herausschälen aus Ängsten und Traumata. Sich selbst finden, eine eigene Identität ausbilden.

Wir erkannten allmählich wie eingebunden und abhängig Menschen sind von politischen und institutionellen Gegebenheiten, von Vorgaben, von Vorgeschichte - und vom Druck anderer. Wir lebten nach dem 'heißen' Krieg und seinen Folgen im 'Kalten Krieg' und unter atomarer Bedrohung. Massenvernichtung noch schlimmer. Krieg – das Trauma einer Menschheitsepoche. Vergasen, vergiften, verstümmeln. Wo sind die Nutznießer des Ganzen? Die Kriegsgewinnler, die das herstellen, was andere vernichtet? Mir versagte die Stimme zum Singen aus lustvollem Herzen. Und ich hörte denen ergriffen zu, die die richtigen Lieder sangen.

Leise beginnt Joan Baez mit dem Bob-Dylan-Lied „Where are all these flowers gone ... blowing in the wind" - Sag mir wo die Blumen sind, wo sind sie geblieben ... die Antwort weiß allein der Wind.

Jeder von uns hatte seine eigenen Prozesse zur Erkenntnis: Du kannst die Welt nicht verändern, aber: Die Welt ändert sich, wenn DU dich veränderst. Das Ideal schwebt über allem. Schwebt. Lässt sich nicht greifen. Wird niemals wirklich. - Ist das so?

Wir begaben uns auf die Suche nach den Verursachern all diesen Leidens. Protestierten öffentlich. Zerrten ans Licht, was im Finstern verborgen wurde. Malten in bunten Farben die Welt, die wir gestalten wollten. Jeder Mensch ist gleichwertig. Menschenrechte für alle. Lebten ein Freisein vor, das uns bald in neue Schranken verwies. Im Kleinen wie im Größeren. Widerstand und Wohngemeinschaft. Jede/r ist willkommen. Freie Liebe. Spirituelles. Mehr als Konsum im Wirtschaftswunder. Our Culture is sharing. Brüche. Umbrüche. Und wir entdeckten die Natur neu und ganz nah. Begannen zu reisen, die Gegenden der Welt zu erkunden und die unterschiedlichen Lebensweisen. Faszination. Und merkten kaum, was dies mit uns selber machte.

Unsere Ehen scheiterten prozesshaft oder auf Knall und Fall. Die eigene bestand schon nicht mehr, als sie besiegelt wurde im Sonnenschein und kühlem Wind an einem Herbstnovembertag. Für die Familie musste es sein, für unsre eigene Bestätigung und Stellung nach außen. So war das damals. Wir wollten Kinder, drei oder vier. Familie, das war angesagt, das Band, das Menschen eint und kriegszerrissen faserte.

Familie, Gemeinschaft – nicht genetisch bestimmt, sondern freiwillig zusammengefügt. Locker im Konsens. Offene Ehe. Freie Liebe. Erziehung war im Umbruch, eine Generationenfrage entwickelte sich zu einem Abstands-Krieg der jungen Erwachsenen gegen die Eltern, die verstrickt waren in ihrer historischen Schuld. Aus Trümmern bauten sie neue Gebäude, mit alten Steinen und frischem Beton in Fertigbauweise. Schnell. Mit Notausgängen und Tiefgaragen, die das Labyrinth schummrig-schimmeliger Luftschutzkellergänge ersetzten. Spießig, das Eigenheim der Eltern aus der Adenauer-Doktrin: 'Bollwerk gegen den Bolschewismus'. Heimat war gestern. Ein Zuhause konnte überall sein. Auf Zeit. In Wohnungen. Die meisten jungen Menschen lebten zur Miete. Mobil wollten wir sein.

Und die Habenden schicken weiter Millionen Menschen auf die Flucht – überall. Das Dresden von damals heißt heute Aleppo in Syrien. Die Mauern weinen in Aleppo, Hussein, sie klagen das Totenlied aus blutgetränkter Erde, sie fallen in Stücke, zerbröseln zu Staub. Schachtelhäuser – dicht an dicht, Flachdach, gestapelt über Flachdach, der Baustil sonnenheißer Wüstenstädte, die so viel buntes, wirbelndes Leben bergen. Und jetzt kratzen verzweifelte Männer mit bloßen Händen den überlebenden Säugling aus dem Schutt heraus. Überlebt. Der Bazar, ein Weltkulturerbe, ein zu schützendes Gut.

Kein Leben in ihm. Nur Steine und Tod. Und die Welt schämt sich nicht.

Und wieder sind es Alliierte des Westens gegen die des Ostens und Südens, Bombenschläge fremder Mächte, die verbrecherisch eindreschen auf Wehrlose, die nicht mehr wissen wohin ... Wie damals als sie Deutschland zerbombten. Es gibt diese Blöcke nur zum Schein. Es geht immer nur um Interessen und den Ausgleich von Interessen. Welche Interessen? Wem nützt dies, was so vielen schadet? Was tun Menschen anderen Menschen an und - wozu nur, wozu? Unsere Fragen und Zweifel enden hier nicht. Endzeitstimmung - genetisch eingeimpft in jede (Nach-)Kriegsgeneration. Und wir fragen: Wenn nicht wir, wer sonst? Wenn nicht jetzt, wann dann? Und beginnen den Widerstand gegen das perfide Unmenschliche.

Es sind wohl ähnliche Hirne, die Geröllwüsten auf dem Mars ebenso erregend finden wie die Trümmerwüsten, in die sie Städte zerbomben. In denen nichts grünt, blüht - lebt. In den Sphären der Gestirne suchen sie nach Spuren von Leben. Das Lebendige, Gelebte auf Erden atomisieren sie, zerlegen es in Nanoteilchen. Bizarr. Finden Sie nicht? Es gibt keine Gründe dafür. Nichts rechtfertigt zu hassen, zu rächen. Die bunte bewegte Welt in starre graue Steinbrocken zu zerschlagen. Das ist krank. Einfach nur krank. Heal the world!

Die Frage brennt in uns: Wird es einen dritten Weltkrieg geben? Einen heißen, keinen kalten? Einen Terror- und Bürgerkrieg? Einen Luft- und Drohnenkrieg? Einen Cyber War?

Der Erste Weltkrieg ist ein Stellungs- und Giftgas-Krieg in Schützengräben gewesen. Millionen Tote, Schwerverletzte, Traumatisierte. Der Zweite Weltkrieg ist ein Panzer- und Luftkrieg gewesen. Erfasste die Völker. Zerstörung, Flucht und Vertreibung – ungekannten Ausmaßes. Stellvertreterkriege beuteln seitdem die Menschen dieser Welt. Angst. Ohnmachtsgefühl. Eingefräst in die Seelen des Menschseins. Geißel des Krieges. Mensch gemacht. Hört ihr denn nie auf?

Der Rhein – silbrig schimmernde, sich windende Lebensader Westeuropas. Die Elbe. Die Oder. Ihre Wasser tragen Trümmer und Tote fort in die Meere der Welt, die ebenso voll davon sind.

Alice, das Fluchtkind, findet ein Zuhause am Rhein, aber eine Heimat wird es nicht. Heimat? Zuhause? Das sind Gefühl geprägte Orte. Das ist Naturerleben. In abgestufter Intensität. Entwurzelte Menschen treiben neue Wurzeln ein in jede Erde, um sich zu verankern. Sie überleben und gestalten ihr Dasein. Wenn sie willkommen sind im Umfeld des fremden Zuhauses, sich wohl, angenommen und sicher fühlen, dann mag sich ein Heimatempfinden entwickeln.

Alice ist dankbar, entwickelt sich zum Gut-Menschen, tut sich zusammen mit anderen Gut-Menschen, um die Welt zu heilen. Das Nicht-Gute, das Böse fixierend im Blick, wo immer es sich zeigt.

Ich beende meinen gedanklichen Rundgang durch meine kleine Stadt am neuen Ratssaal. Ein Gebäude, eingeschossig, schachtelartig, in dem einmal ein Lebensmittelgeschäft die BewohnerInnen des Ghettos versorgte und lichterloh abbrannte. Lange stand die Ruine. Ein hoher Bauzaun schützte vor Eindringlingen, verhinderte den Vandalismus nicht. Ein Schandfleck. Stadtdirektor, Bürgermeister, Mehrheitsfraktion setzten den Neubau eines Ratssaales für die Gemeinde durch. Die Opposition plädierte für ein kulturelles Begegnungshaus mit sozialpädagogischer Begleitung. Die Ausstattung war vom Feinsten: Marmor, Edelholz, teppichartiger Bodenbelag in königlichem Blau, bemustert mit den Wappen der Stadt. Aber dazu später mehr.

Ich kehre ins Hier und Heute zurück, nehme die Fäden auf, die sich in mein Erzählen eingesponnen haben und in die Gegenwart führen. Ich nehme Sie mit, liebe Hörerin, lieber Hörer, skizziere, was mich bewegt und zum Handeln motiviert, damals wie jetzt.

Die kosmische Sphärenmusik mildert das erzählte Geschehen in bewegendem Rhythmus. **Alice** *räuspert sich.*

Mein Leben ... Was ist so besonders daran, dass ich es Ihnen hier erzähle? Eben. Es ist genauso besonders wie Ihr eigenes Leben. Erzählen Sie Ihres. Sprechen Sie. Schreiben Sie. Die Welt ist voller Geschichten, sagen Sie? Warum meine noch hinzufügen? Selbstdarstellung? Nabelschau? Egozentrismus, ja, Narzissmus unserer Zeit? Wohl auch. Das Ego ist ein Ich von Vielen. Hören wir einander zu. Ähnliches und doch ganz Anderes. Jeder Mensch ein Künstler, eine Künstlerin des WIE seines Lebens. Wie gehst du, wie gehen Sie um, mit dem, was herausfordert, was knechtet und prügelt? Wie ist dieser Prozess des Reifens, wenn ich die Chance zum Älterwerden bekomme? Was lässt den Menschen scheitern? Gibt es Scheitern wirklich oder ist dies eine Form, Probleme zu lösen? Aus dem Scheitern erwächst manchmal neue Kraft oder – wenn die eigene Kraft versiegt – setzt es Zeichen für andere Menschen. Das menschliche Leben ist eine Skizze, ein Entwurf eines Entwurfs eines Entwurfs ... Immer im Wandel. Immer in Fluss.

Bilderwelten. Der Mensch, das Augentier. Bilderfluten. Medien bilden Wirklichkeit, inszenieren Abbilder und imaginäre Bilder. Bilddominanz unserer Zeit.

Das Radio. Ein Hörmedium. Ein Zu-Hör-Medium. Sie sehen mich nicht. Sie hören meine Stimme. Sie zeichnen sich vielleicht ein Bild von mir nach dieser Stimme. Sie erfassen die Merkmale. Und zeichnen. Oder Sie hören nur dem Gesagten zu. Dem Inhalt. Der Botschaft. Die Stimme aus dem 'Off'. Haben Sie gemerkt, dass sie schwer zuzuordnen ist? Ist sie männlich? Ist sie weiblich? 'Androgyn' würde es heißen. Ist das wichtig für Sie? Eher nicht. Sie ist dominant, diese Stimme, dennoch wohlklingend. Sie macht aufmerksam. Und meine Stimme? Sie ist eindeutig weiblich. Können Sie mein Alter erkennen?

Ich finde: Den Stimmen wohnt ein Zauber inne ... Sie geben Rätsel auf – und sind im Radio Mittel des Transports von Wörtern, Sätzen – Gedankenprosa. Klang, Rhythmus, Melodie. Faszinierend. Und ob Sie sich öffnen für die Botschaft des Wortes, entscheidet Sympathie. Manchmal reißt uns das Gegenteil aus unserer Beschaulichkeit. Der Schrei. Die Wut. Die Aggression. Das Ungelenke. Das Zerfaserte im Sprechgebilde. Und wir hören hin.

Alice nickt. Eine Harfen-Melodie schwingt hoch, füllt den Raum und verklingt sacht.

Mein Leben ... ist so interessant für Sie ... wie Ihr eigenes. Oder? Erzählen berührt ... wie Bilderansehen. Beim Zuhören entstehen Bilder in Ihrem Kopf. Und wir suchen und erkennen das Ähnliche und das ganz Andere.

Ich sehe Bilder in meinem Erinnern und folge ihnen nach, bis ich wahrnehme, was mir meine Augen, meine Sinne in dieses Bild verdichteten. Und dann der Abgleich. Wie automatisch schießen bildhafte Eindrücke in mir hoch.

Ruinenstadt Aleppo in Syrien. Weltkulturerbe-Stadt Sanaa im Jemen. Die berühmten schmucken mehrstöckigen Lehm-Ziegel-Häuser – verrutscht ins Trümmerfeld.

Mir brennt die Seele, wenn ich diese Bilder sehe – und im Erinnern taucht mein Schulweg auf. Ich war sieben Jahre alt. Wir Kinder kraxeln über Beton- und Steinetrümmer durch verwilderte Gärten, pflücken Blumen. Wucherndes Sommergrün. Vermeiden den Blick auf den zerbeulten Kinderwagen, das geborstene Schaukelpferd – daneben.

In den Trümmerwüsten Arabiens gibt es keine bunten Blüten, nur Staub und Steine.

Flüchtlingslager für Millionen Menschen weltweit. Ich sehe Schachtelstädte in Jordaniens Wüsten. Eng an eng. So weit das Auge reicht. Schachtel an Schachtel. Ein provisorisches Zuhause zum Überleben auf Zeit. Wie lange? Unsere Flüchtlingslager nach dem Zweiten Weltkrieg waren Nissenhütten und Holzbaracken, auch Betonbunker. Ein 'Marshall-Plan' holte uns da raus. Wir haben diesen Kredit über Jahrzehnte abgezahlt im aufblühenden 'Wirtschaftswunder'. Hilfe zur Selbsthilfe – hieß das. Sind afrikanische, arabische Menschen weniger WERT?

Im 'Welt-Report' unseres Fernsehens sehe ich Szenen wie diese:

Ein Mädchen, vielleicht acht Jahre alt, in Flicken buntem Kleid und Kopftuch, nackte braune Füße, hockt vor einem Zuber mit wenig Wasser darin und spült mit bloßen Händen fast liebevoll zerdelltes

Kochgeschirr. Ein Topf. Eine Kasserolle. Mehr nicht. Keine Seife. Kein Spüli. Kein Tuch. Wenig Wasser. Warm oder kalt? Sie werden kaum Fett, kaum Öl haben in den Slums Afrikas, Asiens, Südamerikas – oder Europas. Sie garen ihren Reis, das Gemüse, das Fleisch – wenn es eine bessere Mahlzeit ist – in wenig Wasser, das kostbar ist.

Gruselndes Erinnern in mir: Die Zinkwanne, in der wir gebadet wurden, wir mageren Kinder der Nachkriegszeit, in der dämpfigen Waschküche im dunklen Keller. Mir zieht sich das Herz zusammen. Vergessen wir wirklich, dass Frieden fragil ist, dass auch in unseren Breiten Elend herrscht, dass wir Mit-Verantwortung tragen? Etliche von uns in Trümmern aufwuchsen oder ärmlichen Verhältnissen? Kriegerisches Morden und Zerstören bis heute wirklich sind, nur anderswo, uns aber folgen in unsere Polster möblierten Wohnzimmer, Fleisch reichen oder veganen Küchen, unter den üppigen Duschstrahl mit duftendem Gel, in das entspannende Schaumbad unserer ausladenden Badewannen ...

Poor Lives Matter ...

Bilder. Untermalt mit Geräuschen und Melodien unseres Alltags. Und wir fühlen uns wohl und fühlen uns sicher. Dasselbe sollten Menschen auch anderswo empfinden können. Arme-Leute-Leben geht uns alle an ... Was ist so schwer daran?

Ein Dach über dem Kopf, Wände ums Dasein, Boden unter den Füßen. Eine Schachtel für jeden, eine Höhle zum Kuscheln. Die Schachtel, die dein Leben birgt. Dein Lachen und Dein Weinen. Dein Heim ist, dein Zuhause. Kein Insolvenzverwalter, Gerichtsvollzieher dir enteignen darf. Keine Bombe es zerstören. Ein Ob-Dach mit Lebensqualität. Wasserströme aus Leitungen. Ver- und Entsorgungskanäle. Energie ernten aus der Natur. Intakte städtische, dörfliche Infrastruktur. Wer sein Zuhause verliert, Mensch gemacht und gewollt, aus Hass, Rache und Machtkalkül oder ungerechter Justiz, der leidet, der weiß ein schlichtes Heim zu schätzen, vielleicht strebt er später nach Luxus, nach schönen Dingen, nach Kitsch und nach Kunst, um den Verlust zu vergessen – nur Eigenes muss es sein, gekauft oder gemietet oder selbst gebaut. Er klammert an Hab und Gut – und dem Lebenwollen.

Und nach all dem Schrecklichen wird es nie wieder Kriege geben ... So dachte ich – mit etlichen anderen mitfühlenden Menschen. Und jeder Mensch wird haben, was er zum Leben nötig hat. Human Basic Needs. Genau beschrieben und fest geschrieben in den Verfassungen der Staaten unserer Welt. Schwarz auf Weiß. Theorie. Und die Praxis? Wunschdenken? Und das tatsächliche Tun?

Alice hebt den Kopf, gibt ein Handzeichen. Ein Lied fädelt sich ein. Panflöte wie eine singende Stimme. Sie gleitet dahin und verklingt.

Bist Du die Frau meines Jahrgangs, die seit dreißig Jahren durch Deutschland reist von Großstadt zu Großstadt mit einem weißen Leinenbeutel in der

Hand? Darin sind ihre 'Kampf-Utensilien': Spachtel, Kratzer, Nagellack, Sprühdosen in Pink und Lila ... Sie kratzt Aufkleber ab. Übersprüht Graffiti. Setzt eigene Zeichen. Gewalt- und Hassparolen, Frauen- und Fremdenfeindliche Sprüche wandelt sie um in Liebesbekenntnisse und Freundschaftsworte – überall. Und sie fotografiert das Vorher und das Nachher und stellt dies ins Internet, auf ihre Homepage, in die Social Media. Sie dokumentiert und kommentiert. Und andere folgen ihr. Follower im virtuellen Raum und in realer Wirklichkeit. An Straßenwänden und belebten Plätzen. Eine Bewegung. Nie aufgeben. Weitermachen ...

Erzähle uns deine Geschichte, Frau. Und warum du tust, was du tust. Für eine bessere Welt?

Die einschmeichelnde Stimme Frank Sinatras erklingt mit dem Song „You never walk alone". Gänsehaut pur. Alice wischt sich mit dem Handballen über die feuchten Augen, schiebt den Kufensessel nach hinten und steht auf. Sie reckt sich und lauscht stehend dem Abspann über der leiser werdenden Musik.

Stimme aus dem Off: Sie hörten in unserer Erzähl-Reihe: „Alices Welt" das erste Kapitel: „Die Schachtel". Es folgt das zweite Kapitel : „Krähen im Erdbeerfeld – schwarzrotgrün".

Klaviertöne. Beethovens „Für Elise" entfaltet sich zu einem sanft plätschernden Wellengang.
*Die androgyne **Stimme aus dem Off** fährt fort:*

Krähen im Erdbeerfeld – schwarzrotgrün

Alice liebt die Welt. So wie sie sich ihr darstellt, wie sie sie vorfindet, wie sie sie erlebt. Sie spürt früh, dass nicht alles in Ordnung ist mit dieser Welt. Sie will sie besser machen. Besser für die Menschen. Jedes Lebewesen soll seinen Platz haben in Rücksicht, in Respekt vor dem jeweils anderen Lebewesen. Genug Raum zum Leben ist für alle da, befindet Alice. Nur Frieden muss sein. Niemals Krieg. Die Natur stellt den Menschen machtvoll vor Herausforderungen. Damit hat er zu tun. Erdbeben, Fluten, Orkane, Austrocknung, Klimawandel. Packen wir's an, sagt sich Alice, macht alle mit, beginnen wir bei uns selbst und mit der Welt im Kleinen. Think globally, act locally – ihr Leitsatz. Sie tut sich mit anderen zusammen, die ebenso denken, und mischt sich ein. Die Welt ist bunt. Alice entscheidet sich für ein rötliches Schwarz, ein Tiefrot und ein sonnengelbes Grün, fasziniert vom leuchtenden Farbenspiel des Regenbogens.

*Beethovens 5. Sinfonie, die 'Schicksalssinfonie' genannt wird, hämmert wuchtig ihre ersten Klänge, webt sich melodiös weiter. **Alice beginnt zu erzählen:***

Schwarz. Rot. Grün. Farben. Symbole politischen Denkens. Wobei Schwarz eigentlich keine Farbe ist und Weiß nirgendwo vorkommt. Oder ist Weiß die Synthese aller Farben im Licht? Ist Schwarz die Verneinung des Lichtes? Die Menschen wählten Protest. Überall. - Als das Farbenspiel noch eine deutsche Bedeutung für uns hatte und Grün noch nicht in den Straßen von Teheran wogte und Rot noch nicht die Plätze Istanbuls und Ankaras flutete und Schwarz noch nicht die hellen Wüstenebenen Afghanistans, Libyens, Iraks und Syriens besprenkelte. Islamische Revolution. Türkische Islamisierung. Islamistischer Terror im Namen Allahs. Alles beginnt klein. Im überschaubar Nahem. Bis es weite Flächen erfasst und Menschen in Massen mitreißt. Im Nicht-Guten wie im Guten.

Es roch. Menschen strömten in den engen Ratssaal. Ungelüftet. Aktenstaubig. Grelles Neonlicht bei nachlassendem Tagesschimmer. Oktober 1989. Ich drückte mich zwischen den Leuten hindurch. Spöttisches Flüstern. Eine gehässig zischende Frauenstimme: Die hätten auch einen Besenstiel gewählt. Ökologie. Antiatomkraft. Frieden. Alternativ. Die Schlagworte, die sich mit der Bewegung verbinden, in der ich mich engagierte. Eine Tisch- und Stuhlreihe mehr im Plenum, letzte Reihe hinten rechts der Platz, der uns drei Neuen eingeräumt wurde – von vorn gesehen ganz außen links - aus Sicht von Bürgermeister, Stadtdirektor, Stadtverwaltung. Ich stellte eine üppige Sonnenblume im Tontöpfchen

auf den zugewiesenen Platz, schob meinen Afri-
ka-Rundkorb darunter, nachdem ich Schreibzeug
und Tagesordnung auf den Tisch gelegt hatte. Die
erste Ratssitzung. Einzug der neuen Oppositions-
partei in den mehrheitlich konservativen Stadtrat.
Kurze Absprachen mit meinen beiden Weggefähr-
ten. Fröhliches Lachen. Kampfbereit. Frischer Wind
im Leuchten der Sonnenblume wehte ab jetzt durch
den muffeligen Saal, nahm manchen den Atem,
trieb den einen Zornesröte ins Gesicht, zerzauste
gelackte Frisuren und jagte den ein oder anderen
aus Amt und Würden.

   Nichts blieb, wie es war. Ungeheuerlich: Es
sprach eine Frau. Kompetent, engagiert, noch mit
leiser Stimme ins Mikrofon. Wahrheiten. Unangenehme Themen. Deutliche Anklagen. Irrsinnige
Vorschläge, Neuerungen. Umsturz. Revolution. Die
kriegen ihr Geld aus Moskau. Das Feindbild perfekt.
Zunächst ignorieren, überhören, nicht antworten,
weglassen im Protokoll. Das Mikrofon abgeschaltet
mitten im Wort. Das stärkte meine Stimme. Ich
wurde lauter, noch deutlicher, bewusst: meine Sache ist richtig. Und die Pressevertreter notierten,
trugen Gesagtes, Erlebtes hinaus in die begierige Öffentlichkeit. Die ersten vier Jahre im Kommunalpar-
lament meiner kleinen Stadt nahe der großen Stadt,
in der die große Politik spielte. Sympathie begleitet,
volle Häuser zu unbequemen Fragen: Giftversprü-
hende Obstanbauer. Frieden. Gerechtigkeit. Obdachlose Familien. Drogenmarkt Schulzentrum. Ge-

walt gegen Kinder und Frauen. Medien für alle BürgerInnen. Kultur für alle. Geschichtslose, gesichtslo-
se Stadt. Wo blieben die Juden der Gegend, wo blieb
ihr Eigentum?

Sozial ist, wenn du selbst viel hast? Um-FAIR-Tei-
len, die Devise. Wirtschaft ja, aber ökologisch. Mobil
sein mit Rad, Bus und Bahn. Aufräumen von unten
war angesagt. Medien nutzen, öffentlich-rechtliche,
private, gemeinnützige. Wo ich Menschen kannte.
In diesem Saal machte ich mir manche zum Freund,
viele zum Feind. Nach sechs Jahren ging ich. Leise.
Ohne Aufhebens. Es war getan. Etabliert. Die alternative Stimme zählte. Das rote Tuch des Ärgernis
mutierte zum grünen Mäntelchen, das Schwarze,
Blaue und Rote sich umhängten.

Stets eine Blume vor mir auf dem Tisch, mit Wurzeln, kein Schnitt, mit Erde. Die gab ich einem anderen Menschen zum Ende der Sitzung, einer Ratsfrau
gleich welcher Fraktion, die sich traute zu sprechen. Nur eine ältliche Konservative hob gelegentlich schüchtern den Arm zum Reden, wies leise darauf hin: Herr Bürgermeister – Ihr Mikrofon ist nicht
an! Das war es, was die kleinste Minderheit sprach.
Mit welcher Häme wurden wir überzogen, wenn wir
die weibliche Form, die weibliche Endung zu sagen
und zu schreiben wagten. Eine Bürokratie stand
Kopf. Nach der nächsten Wahl war dies anders. Der
Frauen-Anteil in allen Parteien war erheblich gestiegen. Das Weibliche eroberte Texte und Reden.
Bunter das Bild hier im Saal, in allen deutschen Par-
lamenten, von der Kommune bis zum Bund, überall

gewannen die Frauen an Einfluss nach dem 9. November 1989 in einem sich wieder vereinigenden Deutschland.

Jeder Anfang ist schwer, braucht Kraft, Energie, festen Willen. Wir wollten verändern, verbessern mit fröhlichem Mut. Zogen andere an, trugen sie mit uns fort.

Der 9. November 1989. Schicksalstag nicht nur der Deutschen, ganz Europa sollte sich wandeln, die Welt politisch neu ordnen, andere Spannungsherde, neue Kriege anderswo entstehen. Doch zunächst beantworteten die Menschen die 'Deutsche Frage'.

'Nur ungern lasse ich dieses Thema als Prüfungsgegenstand zu', erklärte mir der Politik-Professor. 'Nichts Neues! Ausgelutscht! Ich kann's nicht mehr hören. Nehmen Sie ein anderes!' Beharrlich blieb ich bei meinem Herzenswunsch. Die Deutsche Frage. Wie kam es zu dem, worunter ich bis heute selbst leide? Mein Friedensengagement. Nicht begreifen wollen, dass Cruise Missiles auf meine Tante, meinen Onkel, meine Kusine in der DDR gerichtet, SS 20 auf uns gerichtet sein sollen. Unabänderlich. Nein. Was Menschen schaffen, können Menschen ändern. Meine tiefe Überzeugung. Die Todesgrenze durch Deutschland, der Eiserne Vorhang durch Europa, die Mauer durch Berlin. Ich legte dem Professor meine Literaturliste vor. Bücher der Friedensbewegung. Literatur von unten. Wissenschaftlich. Visionär. Der Friedenswille schwarz auf weiß und grau – Umweltpapier. Das war neu. Zeitgemäß. Es brodelte in den Völkern im Frühjahr 1989.

'Politikwissenschaft beschäftigt sich mit Theorien und Strukturen, nicht mit Wunschdenken', belehrte mich der Professor. Von oben herab. Ich argumentierte. Mit meinen Erfahrungen aus politischer friedensbewegter Arbeit. Es tut sich was in der DDR. Das Ganze kippt. Zitierte Belege. Letztlich stimmte er zu. Für mein Diplom negativ. Ich hatte ihn überredet, nicht überzeugt. Die Prüfung ergab meine schlechteste Note. Alles Eins – Erziehungswissenschaft, Medienpädagogik, Soziologie, Psychologie. Diplom-Arbeit Eins. Nur Politikwissenschaft eine Drei. Dennoch: Gesamtnote Eins.

Im Dezember 1989 begegnete ich ihm wieder. Auf einem Empfang im Deutschen Bundestag in Bonn. Der Politik-Professor, gleichzeitig Mitglied des Deutschen Bundestages, kam auf mich zu. 'Ich muss mich bei Ihnen entschuldigen. Sie hatten recht. Die Drei tut mir leid. War nicht verdient.' Die Mauer war gefallen, der Eiserne Vorhang zerrissen, Stacheldraht zerschnitten. Die Menschen hatten es geschafft. Deutschland, Europa konnte zusammenwachsen, weil es zusammengehört.

Seltsames Gefühl. Die Ahnung, durch Wunsch, Vision zur Gewissheit gezaubert. Untergrundarbeit mit Friedensgruppen hüben wie drüben. Nicht nachlassender Wille von so vielen Menschen quer durch die Bevölkerung, allen Alters. Es war geschafft. Du musst nur daran glauben. Steht das nicht in jeder Geschichte, Erzählung, Märchen, Legende? Wie wahr.

*Es erklingt der Song „The wind of change" von den „Scorpions". **Alice** summt ergriffen mit. Dann fährt sie **mit belegter Stimme** fort:*

Diese historische Freiheitsbewegung mitzuerleben, stärkte und motivierte uns. Ich stürzte mich hinein in die politische Arbeit in meinem Städtchen. Im Kleinen, wo das Große sich bündelt, spiegelt, wiederfindet. Erst recht nahe der politischen Zentrale bundesdeutscher Macht. In diesem Stadtparlament saßen Menschen mit ihren Fingern an den Schalthebeln des Regierungsapparates. Des Images und der Karriere wegen. Nicht etwa, weil sie interessierte, ob der Pylon der Laterne am Fußgängerüberweg die Sicht des Autofahrers auf das Kleinkind versperrte. Das Ehepaar mit seinen sechs Kindern morgens um Sieben auf offenem Pritschenwagen des städtischen Bauhofs mit ihrem Hab und Gut ins heruntergekommene Obdachlosenhaus umgesiedelt wurde. Ganz öffentlich. Am hellen Tag durch die Straßen der Stadt. Mit einer schluchzenden Frau, verstörten Kindergesichtern, ratlos blickendem Mann.

Alice zog ein in den Stadtrat als erste Frau einer ersten grünen Partei. Frieden, Umwelt, soziale Gerechtigkeit auf dem Banner. Mit ihren politischen MitstreiterInnen. Wir prangerten das Handeln von Rat und Verwaltung dieser Stadt an, wo uns Unrecht entgegenschrie. Und noch mehr. Schonungslos. Parteiisch. Das Haus der 'Asozialen', ein Neubau, fast roh noch. Feucht. Die Wände voll Schimmel. Eine Frau zeigte mir das Kinderzimmer. Eng. Drei doppelstöckige Metallkinderbetten. Schwall von Schimmelsporen nahm mir den Atem. Modrig. Zentimeterdick an der Wand, unter der Matratze. Schwarzschimmel. Gesundheitsamt, Jugendamt, Sozialamt des Kreises. Fernsehen, Presse. - Alarm. In dieser reichen Kommune geht man so mit Menschen um. Panik in der Verwaltung. Stadtdirektor, Bürgermeister, Mehrheitspartei. Sofortige Hilfe. Das Haus wird geräumt. Es gibt trockenen, sauberen Wohnraum für alle sechzig Bewohner. Auf einmal. Das Haus wird saniert, renoviert, zu Ende gebaut. Ein Spielplatz errichtet. Außenanlagen begrünt. Bewohner wollen es pflegen. Sie freuen sich darauf. Eigenes Gärtchen hinter dem Haus. Sie ziehen wieder ein. Feiern ein Fest mit uns, den Grünen, mit denen, die halfen. Alle Kinder neu eingekleidet. Gebrauchtkleiderstube der Mehrheitspartei sammelt Spenden, gibt Hausrat, Matratzen, gute Betten. Heile Welt. Wieder im Lot.

Das Nachspiel. Eklat im Haushaltsausschuss des städtischen Rates. Wir entdeckten den Posten mit reichlich viel Geld. Jahr für Jahr mitgeführt.

Für Obdachlosenunterkünfte. Nicht verausgabt. Verschiebemasse der kommunalen Finanzgenies. Wir waren wie elektrisiert. Geschockt. Die Waffe, das politische Hauptinstrument, ist der Haushalt, der Etat aus dem Steuergeld. Wir Neulinge lernten schnell, sahen den Machern mehr auf die Finger. Entdeckten den nächsten Skandal.

Die Sozialhilfeempfänger im Obdachlosenasyl müssen Miete bezahlen, neuer Vertrag nach der Sanierung, weit höher als der Stadtdirektor für seine Dienstvilla zahlt. Das gab wieder Quoten im Fernsehen, füllte Zeilen und Seiten in Zeitung und Zeitschrift, bundesweit. Die Abzocke der Armen. Wir machten uns unbeliebt. Mischten auf. Rührten im Dreck, der seit Jahrzehnten lokalpolitisches Handeln bedeckte.

Ich hatte Wut. Auf sie, die die Fäden der Macht in ihren Händen halten, andere darin verstricken, erdrosseln und sich selbst das Beste an Land ziehen. Wollen Sie selbst Bürgermeisterin unserer Stadt werden? Journalisten fragten. Nein, das will ich nicht. Ich will nicht in Strukturen verfestigen, will lebendig bleiben, unabhängig, frei. Bunt. Ein Paradiesvogel der Politik. Eine fruchtbare Wut.

Die Jahre der Krähen. Hacken. Fleddern. Aufscheuchendes Schlagen pechschwarz glänzender Flügelpaare. Krallen bohren tief, haken sich fester, haltsuchend je erbitterter die Beute zu verteidigen ist. Am schlimmsten die Schnäbel. Zeterndes keckerndes Schreien. Gelb leuchtende Schnabelhornspitze zielt auf die Seele des Feindes: Die Augen - die erblicken, die sehen, durchdringen, anklagen, fragen, beschuldigen, weinen. Gefahr für die eigene Brut, für das Gedankengut, für das, wie es immer schon war, bleiben soll. Nichts wollen wir ändern. Du störst uns dabei. In Scharen einig im Tiefflug zu verjagen dicht über dem Erdbeerfeld, die rot leuchtenden Früchte im kräftigen Grün erdeverwurzelter Stängel und Blätter.

Anders als bei Erdbeeren wandeln sich politische Früchte in den bürgerbewegten 1980er und 1990er Jahren von Rot nach Grün, sammeln auf die irritiert verloren am Wegesrand Stehenden aller anderen politischen Farben. Das neue Bewusstsein. Es ergießt sich breitstromig über das Land, grenzenlos füllt es Längen- und Breitengrade, das Erkennen der eigenen Schuld, der Verantwortung, an den meisten Problemen des Menschseins.

Die kleine Stadt, in der ich gern lebte, umgaben Erdbeerfelder, Apfel- und Birnenplantagen, hin und wieder ein Kornfeld, Zuckerrübenäcker, Raps, Mais und Weiden. Die Luft geschwängert vom beißenden Geruch feinneblig versprühter Gifte – besonders an trockenen Sonnentagen. Oft wünschte ich mir Regen herbei, damit sie nicht spritzen können - die Bauern mit ihren stinkenden gedrungenen Traktoren. Ging Heim mit den Kindern, die juckenden Ausschlag bekamen, entzündete Augen und erkältungslosen Husten. Die Ärzte bestätigten auf das intensive Befragen: Zu Spritzzeiten erhöht sich der Krankenstand signifikant. Die Bauern boykottierten Versammlungen, die wir organisierten, die Menschen aufzuklären, Gift zu verbieten, einen ökologischen Landbau zu betreiben, überzeugt, die sauberen Produkte werden ihren Markt finden.

Der rotgesichtige Bauer an der Straßenecke, bei dem ich seit Jahren Obst und Gemüse einkaufte, erklärte mich plötzlich zur Feindin, obwohl er mich mochte, mit mir gesellig manch Schwätzchen hielt. „Wer kauft denn eure schrumpeligen Äpfel? Außerdem ist die EU schuld. Sie schreibt Größe vor und auch Form und Farbe. Das erreicht man nur mit Chemie", klagte er. Heftige Debatten im Supermarkt. Der Geschäftsführer will mich nicht in seinem Laden sehen. Geschäftsschädigend sind wir Aufrührer, das Pack. Ich konterte: „Machen Sie Werbung für gesunde Produkte, das kaufen die Menschen, glauben Sie mir."

Der Anfang war schwer, brauchte Kraft, Energie, Standhaftigkeit – wir waren viele, wurden immer mehr, gaben uns gegenseitig Halt, informierten uns, wir wurden Experten, jede, jeder für sich für einen speziellen Bereich, verbreiteten unser allgemeines und besonderes Wissen. Wir lasen, wir hörten anderen zu, sahen Filme, Bilder, diskutierten. Gaben weiter, was wir erfuhren und wussten. Es bebte die Basis aufklärerischen Bürgertums. Wir machten Meinung mit Medien.

Der Wind des Wandels erfasste die Menschen mehr als sechs Jahre lang, wütete stürmisch, labte erfrischend in Hitze und Staub. Das Stroh zwischen lehmigem fruchtbarem Boden und grün strotzenden Pflanzen mit süßroten Früchten hält sauber und trocken, sicherte bescheidene Ernten. Die giftgetränkten Erdbeerfelder ruhten in Brachen nach und nach. Nichts wuchs mehr auf ihnen.

Die Frau eines Bauern, konservativ der katholischen Kirche eng verbunden, stellte Fragen im Sinne der Bewahrung der Schöpfung, notierte sich viel, blieb im Hintergrund bei hitzigen Diskussionen, vernichtenden Aktionen der Gegenseite. Eines Abends wartete sie bis zum Schluss. Ich räumte Flugblätter, Bücher, Anschauungsmaterialien, Plakate in Kisten, ordnete wieder die Schul-Aula, die uns widerstrebend zum zwanzigsten Mal die Stadtverwaltung kostenfrei zur Verfügung stellen musste. Sie kam auf mich zu, erzählte und fragte. Ich sah tiefes Leuchten in ihrem ernsten Gesicht. Lebhaft die braunen Augen. Ich gab ihr Gewünschtes, Hefte, Bücher, Adressenlisten. Sie wollte es wagen. Ihre Landwirtschaft stellte sie um. Sie war die erste, die nach ein paar Jahren auf riesigem Schild verkündete, ihr Obsthof ist jetzt ein Demeter-Hof mit Produkten aus streng kontrolliertem ökologischen Anbau. Der Grund ihres Eifers war Einsicht auf bitterste Art: Ihr Mann starb am Gift, das er seinen Feldern, Früchten und Mitmenschen gab, falsch dosiert, qualvoll der Tod. Diese Frau brach den Damm in der Kleinstadt.

Heute erinnert sich kaum einer mehr. Selbstverständlich sind der Bauernhofladen an jeder Ecke, die Öko- und Bio-Produkte in den Kaufhaus- und Supermarkt-Regalen, die Bio-Märkte. So vieles änderte sich mit der Kraft der Bewegung so vieler Menschen.

„Was würden Sie tun, wenn Sie zur Bürgermeisterin unserer Stadt gewählt werden?" Immer wieder diese Frage der Lokalreporter, mancher zustimmenden Bürger, eine Männer-Frage, von Frauen wurde ich dies nie gefragt. Die erste Frau in diesem Amt, eine alternativ denkende, frieden- und ökologiebewegte, sozial engagierte Bürgermeisterin. „Sorry, das ist nicht mein Ding. Ich bin kein Mensch für Verwaltung. Ich gebe gern Impulse, habe Ideen, kremple um, ziehe Menschen in Bann. Das Geschäft alltäglich verwaltender Arbeit, das ist was für andere. Die werden sich finden." So war es und bleibt es noch heute. Die kleine Stadt hat längst ihre erste Frau an der Verwaltungs- und politischen Spitze, die den Muff altlastiger Zeiten aus jedem Winkel der Häuser und Amtsstuben fegte, konservativ, getragen von einer wachsenden einsichtsvollen Mehrheit von Wählern und Gewählten. Missstände beseitigt.

Normalität ist das Alternative. Den Standard jetzt halten und gesellschaftliches Leben sanft formend weiter gestalten. Die Revolution ist gelungen, im Kleinen, im Großen, ganz unten begonnen mit Straßenkrawallen, Demonstrationen gegen die Oben.

Niedergerungenes Allmacht-Gehabe - wir sind was Besonderes - ihr seid für uns nichts. Nicht still überzogen Menschen rebellierend die Welt, schufen neue Institutionen, neue Qualität im Zusammenleben. Quirlig und unüberhörbar.

Irgendwie schön dieses Bild von der Taube, weißes Gefieder, allein zwischen Krähen, die sich respektvoll im Abstand um sie scharen, auffliegen hoch in den Himmel mit leisem Gekrächze, um Körner zu suchen, nicht lebendes Fleisch, sich einzeln, in Paaren, kleinen Gruppen auf anderen Wiesen und Äckern niederlassen, ohne zu hassen.

Mensch wäre nicht Mensch - Vergessen, Nicht-Mehr-Erinnern ist sein größtes Versagen.

Die Nacht war lau und tiefschwarz. Keine Sterne am Himmel. Ich stieg auf mein Fahrrad, folgte dem Lichtkegel der Lampe auf asphaltiertem Feldwirtschaftsweg. Die Luft floss weich und klar in meine Lunge, meinen gedankenschweren Kopf. Allein über die Felder, Rückfahrt nach Hause, den Hügel hinab, ich liebte den zausenden Fahrtwind in meinen afrolockigen Haaren. Die schöne Grüne, meinten die einen. Blöde Ziege, beschimpften mich andere. Seit dem Nachmittag beschäftigte mich und meine MitstreiterInnen ein Phänomen, dem wir Männlichkeitswurzeln zuschrieben. Für alles, was nicht lebt, sich bewegt, nicht atmet, nicht pulsiert, bewilligt Mann Geld im Haushalt der Stadt. Der Parkplatz, der Bürgersteig, Pylone aus Beton, mausgraue Mauertunnel aus Stahlbeton zur Fußgänger-Unterführung, freie Fahrt für Kraftfahrzeuge. Die Menschen weggeleitet über labyrinthartig verschlungene Wege durch dichte Bebauung flachdächiger Häuser, hochzäunig versteckte Gärten und einsame Parks. Fußgängerfreundliche Stadt – das lobende Etikett. Beton. Doch es fehlt bezahlbarer lebenswerter Wohnraum, die Hilfe des Menschen an Menschen.

Dann ein Aufschrei, empört. Sachbeschädigung - die bunten Bilder, fetzigen Schriften, grafischen Elemente, wilden Ornamente, gepinselt, gesprüht von der Jugend des Nachts. Sie beleben die farblosen Wände und Mauern, die sie erstickend umgeben - mit ihrer Kunst. Die Jugend, die die eigenen Kinder sind. Ein leiser Pfiff vor der Tür, am Gartenzaun, an der Mauer, der umfriedeten Einfamilienhäuser-Idylle. Ein Junge, ein Mädchen steigt aus dem Fenster, öffnet sacht eine Türe. Dunkel gekleidet, Kapuzen-Shirt, Anorak, auf dem Rücken den Rucksack mit Spraydosen in Lieblingsfarben, selbst kreierten Schablonen, Taschenlampe, die Cola, die Snacks in der Tüte. Los geht's! Gestalten huschen durch die schlafende Stadt, verzieren, verschönern nach ihrem Geschmack, provozieren mit Parolen und Skizzen. Protest-Kunst. Peace & Love. Nächtliche StreetArt-Nomaden. Bis heute.

Warst du dabei damals, Frau mit der hellen Stofftasche? Dein Sprühstrich korrigiert am helllichten Tag, was andere heute nächtens sich nicht schämen auf Wände zu sprayen. Hate & Fake.

Ein Rap-Song ertönt. **Alice** *wiegt sich im Hip-hop-Rhythmus und* **spricht** *dazu:*

Beton frisst das Geld, was der Jugend fehlt. Ihre 'Offene Tür' vor der Schließung. Kein Gehalt für Personal. Honorarkraft reicht aus und ehrenamtliche Arbeit. Bolzplatz und Spielplatz gammliges Holz, aufgeschlissene Fußball-Tore, marode Klettergeräte für Kleine. Die Stadtväter brüsten sich oft: Wir sind eine junge Stadt, ein Gemeinwesen voller Kinder. Statistik. Die Schulen zentral zusammengefasst. Lernfabrik mit Lärmpegel aus eintausendzweihundert Kehlen. Beton lässt sich fegen und pflegen. Wiesen der Parks sind zum Ansehen da. Fürs Spielen draußen der Wald. Sozial kalt.

Nicht mit uns, sagten wir. Unsere Kinder und wir lieben die Natur. Tschernobyl- Reaktor-Katastrophe April 1986 steckte uns noch in den Knochen.

Es war Rhein-in-Flammen-Festtag. In der Nacht kam der Regen. Das Volk – ungeschützt - ging im Freien, wunderte sich, dass Polizei, Ordnungskräfte, Feuerwehr im Unterstand standen, unter Brücken, Toren, Einfahrten und Zelten.

Erst am Morgen danach brachte das Radio Alarm. Geht euch duschen, lasst eure Kinder nicht raus, wascht eure Kleidung, die ihr am Abend getragen. Die Begriffe 'Cäsium' und 'radioaktive Kontamination' diktieren noch Jahre danach, was wir essen, wo wir hinfahren, wie wir leben. Die ganze Wahrheit über das Ausmaß erfahren wir erst nach und nach über lange Jahre. Heruntergespielt, verschleiert,

Fakten unterdrückt. Nicht wie befürchtet Atom-krieg, atomare Bewaffnung im West-Ost-Konflikt schafft uns das größte Übel. Es genügt ein friedlich genutztes Kraftwerk für Energie aus Atom, zum Glück für uns Westler dort drüben im Osten hinter der Mauer, dem Stacheldraht, in Feindesland. Hiro-shima, Nagasaki – die Atombombenabwürfe nach längst gewonnenem Krieg, amerikanische Macht-Demonstranz – brennen auf, quälen uns im Erin-nern. Globale Probleme wirken im Kleinen.

Wir waren etwa zwanzig Aktive, trafen uns im Privathaus oder in einer Wohnung - der verrauch-ten, alkoholdunstigen Kneipen-Hinterzimmer über-drüssig - umschichtig mal bei jedem und jeder, mehrmals in der Woche, besprachen Aktionen, in-formierten uns über Neues, das reichlich floss, denn es gab viele, immer mehr, die erkannten, die Welt ist nicht so, wie wir sie haben wollen, vieles läuft schief, entwickelt sich falsch. Think globally – act locally, unser Motto. Atomfreie Zone. Energiewen-de. Ökologisches Leben. Frieden. Gewaltfreiheit.

Wir zogen die Bremsen, beschritten andere Wege. Aufgeschreckt, wachgerüttelt – kein Lebens-bereich blieb ausgespart, der nicht in Frage gestellt, geändert werden konnte.

Das Klima im Stadtrat veränderte sich, beklagt von den einen, begrüßt durch die anderen. Grün durchbrach bohrend die gewohnte schwarz-graue Asphaltdecke, die unangenehme soziale Probleme in der Stadt vor den Blicken der Öffentlichkeit ver-schloss. Der erste Rat mit Grün. Da besannen sich die herrschenden Kräfte auf ihre Macht. Nein, das Pflänzchen wollten sie nicht dulden. So stoben sie ihre schwefelsäurigen Emissionen über das frische zart aufkeimende Pflänzchen, auf dass es verkümmere. Doch der Keimling trotzte den Anfeindungen und blühte und blühte ...

Eine lebendige Zeit, die Menschen zusammenführte. Der Regent dieser Epoche sah zu in stoischer Ruh, wie der Wandel sich breit machte in allen Köpfen, hineinzog in Wohn-, Schul-, Amtsstuben, Geschäften bis der Wind den Koloss an Leibesfülle und Macht wegschob und Macht gab belebenden Kräften. Bunte Farben überstrahlten das Schwarz und das Blau.

Liebesbeziehung in politisch aktiven Lebensphasen befruchtet das Tun, beschleunigt, vervielfältigt Kreativität unendlichfach und separiert letztendlich die Partner, ob im gleichen politischen Lager oder im jeweils anderen. Das Leben wird öffentlich. Meinung bildet sich nicht nur durch Sachbezug, sondern im Blick auf die Frau, auf den Mann. „Die Grüne mit dem roten Partner schlägt dem schwarzen Stadtdirektor ein blaues Auge", titelte die Presse, gipfelte politische Farbenlehre. Du kommst ehrlich rüber, glaubwürdig, urteilten meine MitstreiterInnen und frohlockten: Sie beginnen uns zu respektieren und nach dem guten Kern zu suchen, in dem sie übereinstimmen können. In 1995 legte ich mein Mandat in jüngere Frauenhände und betrachtete die Risse, den Verfall in einer bröckelnden, sich entfremdenden Liebesbeziehung.

Der Wandel erforderte unbeirrten Lebensmut. Tabus brechen. Seit den 1960er Jahren galt es, viele Tabus zu verletzen, zu beseitigen, um Neues und Anderes zu schaffen. Erfolg ist das Zauberwort für jedes engagierte Handeln. Zeichen setzen im Verlauf eines Geschichte werdenden Veränderungsprozesses bringt den Erfolg, der oft einsam macht.

Trägt der Baum, den du mit eigenen Händen mitgepflanzt hast, erntereife Früchte, sind es andere Hände, die zugreifen und pflücken. Im Korb sind die Äpfel zu sehen, rotwangig mit Grün, lecker zum Reinbeißen und Verspeisen. Das Knacken der Frischfrucht im gierigen Mund, verspeicheltes Einverleiben. Niemand fragt mehr nach dem Von Wem und Woher. Ich lerne die Einsicht, akzeptiere den Weg, bin zufrieden mit der veränderten Welt. So soll es sein, das Ergebnis zählt. Ich bin das Rädchen im Räderwerk, manchmal das Sandkorn im Getriebe. Ich zieh mich zurück, still, ohne Abschiedsempfang, bin nicht mehr da, einfach ersetzt durch eine andere. Und das WIR zerbröselt in lauter Ichs, die das Weite suchen, als die große Stadt neben meiner kleinen Stadt ihre Funktion als Regierungssitz verliert und die Region sich schleppend, um Atem ringend erneuert im vereinigten Deutschland.

Die politische Farbpalette kleckst unsere Gesellschaft bunter: Grün changiert mal blasser, mal kräftiger im Naturton. Feuerrot leuchtet es links neben dem bleichenden Rot aus dem letzten Jahrhundert. Blau überzieht ein lebloses Schwarz. Gelb liegt kraftlos davor. Alternativ? Liberal? Sozial? Ökologisch wollen alle sein. Und jeder ist auf seine Weise konservativ. Mein Ich betrachtet das Wechselspiel mit wachsender Distanz. Nur angemalt und übertüncht. Inhaltsleer. Die Form des Körpers bleibt. Die Botschaft löst sich auf in Nichts. Prestige, Ruhm, Geld verspricht den einen, was anderen genommen wird. - Verstehen Sie, was ich meine?

Alice gibt ein Zeichen. Das Lied vom „Weichen Wasser" der niederländischen Gruppe „Bots" erklingt. Alice singt leise den Refrain mit: „... gib bloß nicht auf, gib nicht klein bei das weiche Wasser bricht den Stein. ... Es reißt die schwersten Mauern ein und sind wir schwach und sind wir klein wir wollen wie das Wasser sein das weiche Wasser bricht den Stein ... Komm feiern wir ein Friedensfest und zeigen wie sich's leben lässt Mensch! Menschen können Menschen sein das weiche Wasser bricht den Stein ..."

Alice steht auf, entstöpselt ihren Laptop vom USB-Port, klappt ihn zu, packt ihre gelbe Manuskriptmappe mit dem grünen Gummiband und dem schwarz-roten Schriftzug dazu, zieht ihre ChipCard aus dem Lesegerät, öffnet damit die Studiotür und nickt grüßend Richtung Avatar, der die Abmoderation spricht.

Für heute ist genug erzählt. Morgen mehr.

Alice verlässt die Stille der Radio-Box, fädelt sich mit ihrem Rollator ein in das wuselnde Summen der Menschen, die durch die Ladenpassage der Shopping-Mall strömen. Sie lächelt zufrieden. Ich habe Akzente gesetzt. Zum Nachdenken angeregt. Erzähltes Leben von Gestern für Heute. Wie viele werden diesen Podcast hören – und liken?

Alice verharrt einen Moment in einer ruhigeren Ecke, dreht sich um und blickt zurück zur „Digital Line", im Volksmund auch „Selfie-Line" genannt. Sie begeisterte sich rasch für dieses neue Medien- und Technik-Angebot der Kommune in Kooperation mit der Geschäftswelt: Internet für Alle. Mit Kommunikationsboxen für Radio, Video, Internet. „Selfpublishing-On-Line". Für wenig Geld in aufladbarer ChipCard. Du kannst im Video-Studio mit wechselnden Hintergründen und Einspielern deinen eigenen Auftritt für YouTube, instagram & Co produzieren und ins Netz stellen. Ich begnüge mich mit Radio, meinem vertrauten Medium in neuem Gewand., dem Podcast im Internet, ein Mix aus Broadcast und iPod, auch Audioblog genannt. Es gibt die „Line" mittlerweile in Hauptbahnhöfen und Ladenpassagen, natürlich auch in kommunalen Einrichtungen, Büchereien, Schulen ... Eine schöne Sache, seufzt Alice zufrieden. Wir haben in den 1980er Jahren mit dem BürgerInnen-Radio und Offenen TV-Kanälen begonnen. Die Anfänge. Sie seufzt noch einmal. Kleiner bescheidener Anfang – und heute das weltumspannende World Wide Web. Eine militärische Errungenschaft. Dual use. Friedliche Nutzung zugleich. Eine neue virtuelle Welt.

Alice blickt gedankenschwer die Ladenpassage entlang. Fremde schlendern vorbei. Dort hinten hastet eine junge Frau heran. „Alliiis" - übertönt eine Männerstimme den Geräuschepegel. „Alliiis". Sie erschrickt und bemerkt nicht, wie ihr die Mappe entgleitet und zu Boden fällt. - Nein, der Zuruf gilt nicht mir.

*Die **Stimme aus dem Off** sagt das neue Kapitel an und führt ohne Musik in die Thematik ein:*

Menschen, Medien, Messages

Alice betrachtet das Messer in ihrer Hand.

Du kannst damit Brot schneiden, Kräuter hacken, eine Zwiebel würfeln, denkt sie. Du kannst damit aber auch foltern und töten, einer schönen Frau das Gesicht zerstören im Namen männlicher Ehre, einem Mann durch die Brust ins Herz treffen, in einer dichten Menschenmenge wahllos den einen Bauch, den anderen Rücken einstechen im Amoklauf. Fast dreißig Menschen waren es, die ein Jugendlicher in einer Fußgängerzone mit dem Messer schlitzte, teils schwer verletzte, bevor er sich freiwillig stellte. Ein Schauer läuft über Alices Rücken. Das Messer ist ein Instrument, neutral, ohne Gut und Böse. Es funktioniert, wenn es scharf und spitz genug ist. Der Mensch entscheidet, was die Schneide schneidet.

Ein Instrument.

*„All you hear is Radio Gaga ..." Die Stimme des „Queen"-Sängers Freddy Mercury ertönt. Der Song wird voll ausgespielt. Dann **beginnt Alice zu erzählen:***

Die Radio-von-unten-Bewegung. Medien für alle. Kultur-Politik. Bildungsprogramme. Meinungsfreiheit. Menschen eine Stimme geben. Machtvolle Medien entzaubern. Ihr könnt es auch. Ihr entscheidet eigenständig. Eure Inhalte, eure Botschaften sind wichtig. Freies Radio. Lokal und global. Piratensender auf Rädern in grenznahen belgischen Wäldern, Polizei auf den Fersen. Das war der Beginn unserer Radio-von-unten-Bewegung.

Mich reizte es, andere Menschen zu schulen im Umgang mit Medien, lehrte sie die einfache Technik zu handhaben, eigene Themen fürs Hören und Schreiben journalistisch zu bearbeiten, prominente Menschen mit Experten- und Glorienschein mutig zu interviewen, funkische Formen spielerisch umzusetzen. Das Hörspiel, das Feature, Reportage und das Erzählen: Oral History. Junge und Alte, Menschen mit schwierigen Lebensläufen, in ihren Sprachen, auf ihre ganz eigene Art. Sie artikulierten sich, katapultierten ihre Sicht, ihre Probleme ins Öffentliche und ihre Fragen. Sie wirkten ins politische Geschehen ein und veränderten auf andere Weise. Das gefiel nicht jedem. Gesetze regelten und strangulierten die lautesten Stimmen von unten, kippten die kritischen Inhalte aus dem Äther. Machten mundtot. Und heute gibt es das World Wide Web. Grandiose Entwicklung der Technik zum Nutzen der Menschen, mal schlechter mal rechter. Aber (noch zensur-) frei.

Wir nannten sie Werkstatt. Die Stätte, die allen Menschen unserer Stadt offen stand, die mithalf zu entschleiern, was der Mehrheit verborgen blieb, sie faszinierte und abhängig machte. Basisarbeit. Die

Radiowerkstatt. Ein kleines Tonstudio, ein Regie- und Technikraum, ein Gruppenraum, ein Büro. Räume, mühevoll einem Lagerraum in einer verlassenen Brotfabrik abgerungen, ideenreich umgestaltet und mit Leben gefüllt. Die zivile Gesellschaft schuf Werkstätten. Überall. Werkstatt für Demokratie und Öffentlichkeit, Friedenswerkstatt, Medienwerkstatt, Museumswerkstatt, Frauen- und Mädchenwerkstatt, Kunstwerkstatt, Literaturwerkstatt, Filmwerkstatt, Eine-Welt-Werkstatt, Zukunftswerkstatt – Orte überbordender Kreativität.

Die Menschen werkelten mit einfachen Mitteln in schlichten Räumen mit zündender Begeisterung in den 1980er Jahren. Ein fruchtbarer Flächenbrand, der Humus hinterließ, in dem neue Keime und Körner sich einnisteten, keimten und blühende Landschaften zauberten. Eine breite Bürgerbewegung, getragen von dem Bedürfnis, sich das Wissen, die Fähigkeiten anzueignen, die offizielle Institutionen des Staates nicht lehrten, oft sogar unterdrückten. Die Menschen erfreuten sich an dieser Pracht, bis sie erkannten, dass sie sich damit nicht nur einen Sinn, vielleicht Lebenstraum erfüllten, nicht nur davon leben konnten, sondern sogar Gewinne machen können. Allmählich erstarb, vertrocknete die ein oder andere Pflanze. Das menschliche Engagement versiegte oder verfestigte sich in Institutionen – und kostete Geld. Der Ruf nach stabiler staatlicher Förderung wurde erhört oder freie Marktmechanismen wirkten eine Zeit lang Leben erhaltend. Die Werkstatt verabschiedete sich in die Theorie.

Der Name blieb, bezeichnete eine Art Bildungsseminar und verflüchtigte sich ins Belanglose.

Medien sind Instrumente, schlichtweg Technik, die eine Nachricht von A nach B weiterleiten. Die Nachricht bestimmt der Mensch, den Medieninhalt. So einfach ist das. Sag deine Meinung. Nutze das Radio als Sprachrohr. Wir zeigen dir, wie das geht. Du bist dein eigener Reporter, Journalist. Medien für alle. Kein Thema bislang für Schulunterricht oder die Lehre an Universitäten.

Die Losung gegen Machtkonzentration im gedruckten, gesprochenen Wort, im gesendeten Bild, gegen Manipulation und Einseitigkeit, gegen unterdrückte Nachrichten, empfundene Lücken füllend.

Ich war beseelt von der Aufgabe, von dieser Herausforderung, begeistert von der neuen Gestaltungskraft politischer, gesellschaftsverändernder Arbeit. Medien von für mit Menschen. Zugang zum öffentlichen Raum war ertrotzt. Piratenfunk, Polizei verfolgt, war passé. Teilhabe an Medien legitimiert im täglich zweistündigen Programm im Offenen Kanal im lokalen Hörfunk. In gemeinnützig anerkannten Bürgerwerkstätten produziert. Hochschulen bildeten MedienpädagogInnen aus. JournalistInnen erschlossen sich dieses Berufsfeld. Aus Radio begeisterten jungen Menschen erwuchs eine neue Journalisten-Generation im öffentlich-rechtlichen und im privaten Hörfunk. Investigativer Betroffenen-Journalismus, Gebühr finanziert. Format-Radio-Journalismus im Einsdreißig-Beitrag, werbefinanziert. Was kannst du sagen in einer Minute dreißig Sekunden? Schnell sprechen bis zur Unverständlichkeit in Schlagworten mit wenig Inhalt. Das Nötigste: wer – was – wann – wo? Für das Wie, das Warum und Weshalb bleibt keine Zeit. Kontrastprogramm zum Sendungsbewusstsein der BürgerfunkerInnen, die strittige Themen aus eigener Sicht in den Äther brachten, ohne nivellierende Ausgewogenheit. Stellung nehmen, provozieren, vertiefen, nachhaltig betroffen machen, zum Zu-Hören zwingen.

Der Anfang war gemacht für den ersehnten großen gesellschaftlichen Diskurs. Ein fruchtbares Chaos unzähliger Bürgerinitiativen zu den vielfältigsten Themen- und Problembereichen belebte eine wache Gesellschaft im Wandel. Freie Radios entstanden mit Sendelizenz – bundesweit, europaweit, weltweit, bündelten und vernetzten sich, schufen neue Organisationen. Die Medienwelt war in Bewegung von unten.

Nicht lange währte dieses blühende Wachstum, bis auch hier Menschen erkannten, mit Medieninteresse Profit zu erwirtschaften, bis Politik den unbändigen Strom kanalisierte. Gesetze schufen Rahmen, engten ein, zwangen gemeinnützige zur kommerziellen Partnerschaft. Duales System. Drei-Säulen-Modell. Eine neue Fachwelt entstand, diskutierte sich auf endlosen Tagungen und Kongressen zu Tode. Schlagartig veränderte sich die Motivation der Menschen, die Medieninhalte, die Medienformate. Sieg des homo oeconomicus. Die erste Bildplatte als Speichermedium für Daten, weiterentwickelte elektronische Datenverarbeitung revolutionierte die Technik, die Instrumente. Digitalisierung, Personal Computer, alles Darstellbare löste sich auf im binären System und fügte sich neu zusammen. Das bürgerschaftliche Engagement versickerte im aufkommenden World Wide Web. Das Internet wurde Tummelplatz freigeistigen politischen Tuns. Bis auch hier der Kommerz Einzug hielt, begeisterte Menschen dem betörenden Technik-Taumel erlagen. Welche Möglichkeiten der Kommunikation – unbegrenzt, unzensierbar! Die Weltengemeinschaft wird zum globalen Dorf.

Alice pausiert., überlegt kurz und tippt dann auf das Bedienfeld ihres Laptops. Gitarrenmusik. Das betörende „Aranjuez" webt eine Klangfülle in den Äther. Auf die letzten Akkorde **beginnt Alice weiterzusprechen:**

Tausende von Menschen schulten wir, in Gruppen, Schulklassen, Semesterseminare, Vereine, einzeln – viele Jahre lang. Das kann ich nicht – gab es nicht. Jeder Mensch erlernte den Umgang mit Technik, zunächst analog. Viele staunten: Wie kommt denn der Ton auf das Magnetophonband? Basisarbeit mit Kindern, Jugendlichen, Frauen, Männern, Alten. Wie halte ich das Mikrofon? Wie spreche ich? Mühselig bei manchen.

Zittrige Finger setzten den Schrägschnitt an der markierten Stelle auf dem Tonband, fügten die Schnittstellen passgenau zusammen – nicht überlappen – überkleben mit schmalem Spezialklebestreifen. Fertig. Nichts zu hören oder nur noch ein kleines Knacksen. Die Kraft der Maschine wickelte das Band um den 'Bobby', fünfhundert bis eintausend Meter. Ich fühle noch immer das bretthart um den Metallkern gewickelte Band, unbearbeitet, gleichmäßig schön, rötliches Braun. Mit Schnitten versehen oder bei nachlassender Spulkraft verheerende Wirkung. Bandsalat. Schwerkraft verworren. In stundenlanger Fitzelarbeit von Hand zurecht geflickt oder mit dem Katastrophen-Bobby gerettet. Der Albtraum für professionelle wie Laien-Funker. Die elektromagnetische Aufzeichnung mit ihren Zwängen. Alles brauchte Zeit, Geduld, ein gutes Gehör. Viele Stunden Aufnahme- und Schneidearbeit mit vielen Menschen. Kaum auf die Uhr gesehen, Zeit gefühlt nach Erschöpfungsgrad. Der Radio-Beitrag musste fertig werden für den fest gelegten Sendetermin im lokalen Hörfunk.

Die technische Revolution – Digitalisierung und Speicherchips – ließ keinen Lebensbereich aus, traf mitten in eine beschauliche Langsamkeit, trieb Markt und Profit gesteuert zur Kurzatmigkeit einer sich wandelnden Mediennutzung, die dem Sehen Vorrang einräumte und das Zu-Hören marginalisierte. Audio-Schnitt am Bildschirm mit Cursor, Mausklick und Tastatur. Avatare programmieren, die monotone, diffizile Produktionsverfahren oder das Sprechen übernehmen. Kein Gemeinschaftserlebnis mehr in einem Tonstudio. Jeder sitzt einsam vor dem PC, allein mit dem Inhalt des Gesagten. Zugriff vereinfacht auf Zeit füllende Musik. Digitaler Schnitt schafft atemloses Sprechen. Wort produzieren ist teurer. Formatiert in Häppchen, auf Musikteppich gepackt, moderiert locker-flockig, durchhörbar zum einen Ohr rein zum anderen raus, verhindert nachdenkliche Tiefe, kein Verhaften im bereichernden Innern.

Wir verstanden uns als Motor einer Entwicklung zu mehr Demokratie und Teilhabe an Gesellschaft und Macht. Wir bildeten MultiplikatorInnen aus. Ein Netzwerk Medien bezogener Aktivitäten entstand, verdichtete sich und bildete den Wertstoff, aus dem sich selbst bewusste Menschen kritisch jeder Art von Thema annahmen, ihre anderen Meinungen den Noch-Meinungsführern in die Mäuler warfen, vielfältig und kompromisslos, diese zunächst verstummen und würgen ließen, doch dann spuckten sie zurück. Mit gesetzlichen Regelungen, Verboten, polizeilichen Anzeigen, Ablehnungen, Ignorieren, Verhindern – Zensur. Der Kampf ging weiter, ein neues Feld war eröffnet. In der unerschütterlichen Gewissheit, unsere Sache ist richtig, weil menschen-wichtig.

Am Abend trafen sich die multikulturellen Gruppen. Menschen, die vor Jahren als 'Gastarbeiter' aus Jugoslawien nach Deutschland kamen, hier eine neue Heimat fanden, nicht mehr zurück wollten oder konnten, ihre serbokroatische Muttersprache, ihre Kultur pflegen und auch politisch agieren wollten. Den Hörerkreis mobilisierten sie mit großer Reichweite. Menschen, die aus ihren Heimatländern geflohen waren, vor Diktaturen, Repressalien, Folter, Tod. Sie prangerten an ihre Lebenssituation hier, ihre Lebensvergangenheit dort, kämpften für eine bessere Zukunft. Sie alle hatten viel zu sagen.

Das war unbequem für andere. Wir setzten uns dafür ein, dass sie dies auch in ihren Muttersprachen tun konnten, deutsch moderiert. Der Klang dieser Stimmen, die Melodien ihrer Sprachen sollten in die Ohren aller Zuhörenden dringen, sich Vertrauen suchen, Gefühle beleben. Das Neue zu eigen werden, in einer Völker gemischten Nachbarschaft das Fremde verstehen helfen.

Ein „Flamenco"-Gitarren-Solo unterstreicht kräftig Alices Aussage. Nach dem letzten Ton **erzählt Alice** *weiter:*

Zwölf Uhr nachts. Das Deutschlandlied ertönt getragen. Das Testbild flimmert. Ende des Programms. Die Älteren erinnern sich?

Ich bin die Radio-Generation. Fernsehen gab es erst 1959 in meiner Familie. Später mit eigenen Kindern schenkte uns ein Freund mitleidvoll den ersten Fernsehapparat. Das war 1985. Uns fehlte nichts, wir hatten Fernsehen nie vermisst, hörten Radio, Schallplatten, Hörspielkassetten, lasen Bücher, spielten Gesellschaftsspiele, gingen ins Kino und füllten unsere Freizeit mit allerlei Aktivitäten.

Dieses Geschenk veränderte einiges. Wir räumten die Zimmer um. Keinesfalls sollte der wenn auch kleine tragbare Fernsehapparat unser Wohnzimmer dominieren. Die geräumige Diele reichte als Fernsehzimmer, mit kleiner Couch und Sesseln. Verhaltene Abneigung gegen das neue Medium von zweifelhaftem Ruf, Gemeinschaft zerstörend, Sucht erzeugend. Befreundete Familien stellten das Gerät zwar zentral ins Wohnzimmer, in ein Regal oder einen Schrank eingebaut, oder taktvoll verhüllt von einem bunten Tuch, einer bestickten Tischdecke oder einem selbst geknüpften Teppich. Das war der Stellenwert des Fernsehens mit seinem Programm in den 1980er Jahren in jungen Familien. War es bei Ihnen ähnlich?

Die Medien-Revolution, der große Umbruch begann zäh schleichend. Zum Ende der 1990er Jahre eroberte der Fernsehapparat bereits Kinder- und Schlafräume, das Programm lief vierundzwanzig Stunden lang. Aus ein, zwei, drei Fernsehsendern mit öffentlichem Auftrag wurden viele in privatem Gewinninteresse. Digitalisierung und Satelliten-Übertragung multiplizierte Programmanbieter weltweit ins Unüberschaubare.

Nicht mehr die Hörfunk-Krimi-Reihe bestimmte die Alltagsagenda, sondern der Fernsehfilm, die Unterhaltungsshow, der Schlagerwettbewerb, das Polit-Magazin, die Reportage, die News und die Talkrunde. Gewöhnung setzte ein, Gesprächsbedarf gibt es kaum noch über Medieninhalte, zu vielfältig ist das Programm der Satelliten-Sender, unübersichtlich der wachsende Medienmarkt. Jeder Mensch wählt aus der Vielfalt aus, ob Print, Mattscheibe oder Radio bis zum Video, Personal Computer, der CD und DVD. Dominanz der Medien.

Zeit ist nicht vermehrbar, unsere Zeit nicht.

Ich erinnere mich gern an die Abende in meinem Elternhaus. Mucksmäuschenstill im wohlig warmen Elternbett lauschten wir Kinder angespannt dem Funk-Hörspiel, dem Edgar-Wallace-Krimi, eng eingekuschelt ineinander, wir Schwestern kämmten uns manchmal gegenseitig das Haar, Vertrautheit genießend, Geborgensein. Das prägt, ein Leben lang.

Die 'Generation M' ist die Jugend von heute, aufgewachsen in einer sich rasant entwickelnden Medien-Gesellschaft. Multi-Media. Das Geschäft mit Kommunikation boomt, nimmt den letzten Cent aus der Tasche oder füllt die Börsen der Aktieninhaber.

Kritisch mit diesem Medienangebot umzugehen ist Aufgabe der Erziehung, der Älteren gegenüber den Jüngeren, der Medienmacher gegenüber den Mediennutzern. Ein Austausch des Wissens, der Erfahrung wie in jeder Generationenfolge. Doch klappt das tatsächlich? Diesmal ist vieles anders. Das Knowhow liegt vielfach bei der experimentierfreudigen Jugend, den Freaks und den Nerds und bei weltweit agierenden Großunternehmen. Das Geld konzentriert sich in Händen von Hasardeuren, die ihr Freibeutertum auf allen Meeren und Kontinenten virtuell ausleben, sich wie im Glücksspiel bereichern und sich Lasten ausgleichenden Regeln erfolgreich entziehen. Mittel für öffentliche Aufgaben werden gekappt, der Markt wird's schon richten. Nur was, nur wie?

Die zivile Gesellschaft formt ihren Protest, findet neue Wege, baut weitere Netzwerke – mediengestützt. Chance und Gefahr liegen im audiovisuellen Internet und seinen vielfältigen medialen und kommunikativen Herausforderungen – dem Instrument der Zukunft.

Wir werden lernen, damit umzugehen.

Ich beobachtete, wie sich die Menschen durch Medien veränderten, wie Medien sich entwickelten, fand mich damit ab, dass ich die reine Technik nicht mehr verstand, widmete mich dem, was mit diesem Werkzeug möglich schien und erkannte, dass ein Leben nicht ausreichte, um alles Machbare zu tun. Selbstbeschränkung war angesagt. Die Botschaft sollte im Mittelpunkt stehen, das was Menschen anderen Menschen mitteilen wollen, sollen, müssen. Ich wandte mich gleichsam vorwärts und zurück.

*Alice schweigt, räuspert sich und **fährt fort:***

Es waren Hunderte von Jugendlichen jedes Jahr, die sich in Projekten, Workshops, als freie oder angestellte MitarbeiterInnen schulen ließen, lernten hinter die Kulissen der Medienbühne zu blicken und die Protagonisten der Show, Glamour befreit, als normale Menschen zu sehen. Eine sinnvolle, Werte stützende Tätigkeit, wie ich fand mit anderen. Medien als Menschen verbindende Instrumente, als Sprachrohr für Meinung genutzt. Nach dem Berufswunsch gefragt, antwortete jeder zweite Jugendliche, unabhängig von seinen persönlichen Voraussetzungen: „Irgendwas mit Medien". So gerieten die erzeugten Produkte häufig zum Abklatsch allbekannter Vorbilder. Nachahmen als Prozess des Erkenntnisgewinnens, des Aneignungslernens.

Sie fühlten sich wichtig. Wir nahmen sie ernst, so wie sie zu uns kamen, vorbestraft, entwicklungsgestört, Drogen erfahren oder schlicht Medien begeistert - Jugendliche mit Sendungsbewusstsein, die einfach mitmachen wollten bei der großen Medienrevolution, auf ihre bescheidene Weise.

Da ist die Geschichte von Tom, die ich erzählen möchte nach dem nächsten Musiktitel. Jenseitssehnsucht dieser Jugend.

Kurt Cobain von „Nirvana", der Grunch-Band, singt mit brüchiger Stimme: „Smells like teenspirit".

Tom schob schwitzend seinen schweren Körper durch den Metallrahmen der Eingangstür, legte vorsichtig das Reportage-Gerät, Mikrofon und Kopfhörer auf den Gruppentisch, eine Umfrage auf der Straße im Kasten. Jugendliche Straftäter – sein Thema. Die meisten gaben Absolution: Eltern waren schuld, die Schule, zu wenig Sozialarbeiter, keine Ausbildung, kein Job, zu viel Medien. Das Fernsehen, Filme, Video – die brutale Gewalt, was die jungen Leute heute so alles zu sehen bekommen, schrecklich, kein Wunder. Überall zählt nur Macht und Geld. Keine guten Vorbilder. Zu meiner Zeit ... Kein Wort darüber, dass sie einer Zeit entstammten, die der Welt das größte Morden bescherte. Befragte Jugendliche suchten das Versagen bei den Jugendlichen selbst, muss man ja nicht tun, ist selbst entschieden, klar, dass dann die Strafe folgt, selbst Schuld ...

Tom überspielte die Tonaufnahme von Kassette auf Band. Ich hörte zu. Stoff für eine Stundensendung. Gute Aussagen, klar, kritisch, begründet. Erstaunlich wie Menschen reagieren, auf der Straße angesprochen, quasi von einem Medium überrumpelt, aus ihren Gedanken gerissen, gestoppt in ihrer Bewegung zum Einkauf, zum Bus, auf dem Weg nach Hause, zur Arbeit, zur Schule. Die schwierigste Hürde für die Laien-Funker: Menschen ansprechen, Fremde, sie hindern am Weitergehen, Mikrofon auf sie gerichtet wie eine Waffe. Die wenigsten sagen: Nein, jetzt nicht! Ich hab keine Zeit. Fast alle bleiben stehen, unterbrechen sich selbst in ihrem Vorhaben, stehen Rede und Antwort, ergreifen die Chance zum Reden: Meine Meinung ist gefragt, wird öffentlich gemacht, na, endlich!

Diese Erfahrung tut gut. Beiden. Dem Fragenden, dem Antwortenden. Im Hobby-Journalisten wächst das Selbstvertrauen, motiviert zum tagelangen Nachbearbeiten bis zur fertigen Sendung, stößt Diskussionen an, manchmal heftig. Ein Mann fordert Straf- und Arbeitslager für junge Straftäter, eine strengere Zucht. Vor einer Video-Kamera hätte er dies nicht so klar, nicht in diesen Worten gesagt, da sind wir sicher. Das Mikrofon fängt nur die Stimme ein, Geräusche, Töne, kein Gesicht und keine Mimik, Gestik. Anonym sagt sich so manches leichter. Wer wird schon meine Stimme im Radio erkennen? Die Chance, der Wahrheit näher zu kommen, dem wahren Denken der Menschen, seinen Urteilen, Vorurteilen, dem Be- und Entlastenden.

Tom fragt sich durch Themen, die ihm selbst Problem sind. Mutig irgendwie, auch wenn versteckt hinter der Medientechnik, dem Schutzschild und gleichsam 'door opener', der Türen öffnet ins Geheimste anderer Menschenseelen. Macht des Mediums.

Wir diskutierten das Gehörte. Tom beschrieb jeden Einzelnen der Befragten, versuchte einzuschätzen, welchen persönlichen Hintergrund er mitbrachte. Und dann sprach er über sich selbst. Ich hatte nie gefragt.

Der Sozialarbeiter, der Tom in die fördernde Maßnahme vermittelte, wollte nur wissen, ob ich mir zutraue, auch schweres Kaliber zu nehmen. „Sagen Sie mir nicht mehr. Wir versuchen es, wenn der Jugendliche es will", forderte ich ihn auf. Er wollte, war ungläubig, wie elektrisiert über diese Herausforderung, diese Chance. Maler und Lackierer, auch Auto-Mechaniker und Schreiner hatte er geschmissen als Förderung nach wenigen Wochen. Ein schwieriger Fall. Musik begeistert, Heavy Metal, Punk Pogo, Death Metal, Gothic – intensive schwarze Phase, dann bunter. Punk, heute noch Metal-Fan, gemäßigt. Das erzählte er freiwillig, mehr nicht.

Er verstand etwas von Technik, ging sorgfältig, fast liebevoll mit Kabeln und Geräten um, lötete selbst – bei der intensiven Nutzung durch eine so hohe Zahl von Kindern und Jugendlichen eine für unsere Radiowerkstatt nützliche Handfertigkeit.

Tom schaute verlegen auf seine klobigen Hände, die ein Blatt Papier, auf dem er sich Notizen machte, beständig leicht hoben und senkten und letztlich vom oberen Seitenrand zu sich nach vorne rollten. Er sah mich flüchtig an aus blaugrauen Augen unter dem blonden Stoppelhaar. „Du, ich hab viel Scheiße gebaut. Ich finde, du sollst das wissen." Ich hörte still zu. Holprig, von leisem Stöhnen, Schnauben, Seufzen begleitet und Schwitzen mit wechselndem Rosa und Rot seiner blassen Gesichtshaut, erzählte er.

Hätte ich ihn genommen, wenn ich seine Geschichte gekannt hätte? Ich weiß es nicht, bin mir aber sicher, ich hätte nicht vorurteilsfrei, offen und so herzlich ihn willkommen heißen können, wie ich es tat, weil ich nichts wusste, ihn nur ansah von außen, fühlte, er war okay.

Schwerste Körperverletzung, mehrfach, nüchtern, im Alkoholrausch, als Türsteher vor der Disco, Raubmord beim Überfall auf eine Tankstelle, bereits mit vierzehn Jahren, Autoklau, Einbrüche, Drogen. Er hatte fast nichts ausgelassen. Jetzt war er dreiundzwanzig. Nicht alles hatte man ihm nachweisen können, seit einem halben Jahr war er aus dem

Knast. Er erzählte mehr, als die Polizei, sein Bewährungshelfer wussten. Er sprach von seiner Mutter. Alleinerziehend, eine jüngere Schwester noch. Von dem 'Loch', das ihr Zuhause war, feucht, dunkel, miefig, kleine Fenster im Souterrain eines Hochhauses im sozialen Brennpunkt der Stadt. „Ich wollte uns da raus bringen, egal wie. Meine Mutter hat malocht ohne Ende. Das reichte nicht." Die Väter hatten sich der Unterhaltszahlung erfolgreich entzogen. Oma und Opa hatten selbst nicht viel, lebten im Ruhrpott. Die Freunde fanden ihn cool, animierten ihn zu noch mehr Taten – eine seitenlange Liste würde das, wenn er alles aufschriebe. Viel Polizeikontakt mit blutigem Ergebnis, jede Menge eingesteckt hat er und - ausgeteilt. Gegen Frauen war er nie gewalttätig. Seine Mutter, seine Schwester ließen ihn nicht im Stich, besuchten ihn im Gefängnis, hielten Kontakt. Er sah seine Mutter altern, fast über Nacht, sie war erst Anfang vierzig. Das ging ihm nahe und er dachte viel nach. Noch im Knast nahm er an einem Anti-Gewalt-Training teil - freiwillig. Die Probezeiten in den Ausbildungsberufen hat er nicht durchgehalten, das war nicht sein Ding.

Bei uns blieb er vier Jahre lang, die Maßnahme wurde auf zwei Jahre verlängert, danach arbeitete er auf Honorarbasis weiter, abgesichert mit flankierender Unterstützung durch das Sozialamt nach mühevoller Überzeugungsarbeit sturköpfiger Sachbearbeiter, die sich 'ausnahmsweise' auf dieses Experiment einließen. Toms Mutter lernte ich kennen, eine rundliche blonde Frau mit lächelnden

blaugrauen Augen, die Kerben um ihren Mund sprachen von erlittenem Kummer. Er brachte sie mit,
kurz bevor er seinen neuen Job begann als Veran-
staltungstechniker bei der Firma, die unsere Kultur-
Events und Benefizkonzerte vor großem Publikum
im Freien, in Sälen, in Hallen mit dem richtigen
Sound versorgte. Sie dankte mir damit, dass sie
nicht wisse, wie sie mir danken soll. Ohne weitere
Worte. Es ist Toms Verdienst, wir stützten ihn. Das
war's.

*Keine Musik. Stimmengewirr in einem größeren
Raum. O-Ton einer Redaktionssitzung.*

Montags. Teamsitzung in der Radiowerkstatt. Zu
Beginn jeder Woche den Verlauf der Gruppenarbeit
besprechen, Akzente setzen, Probleme lösen, Vorschläge aus den Gruppen erörtern, weitere Aktionen überlegen, um Anliegen einer noch größeren
Öffentlichkeit bekannt zu machen. Präsentationen
erarbeiten, sich an Aktionswochen, Info-Märkten
beteiligen oder eigene Benefiz-Veranstaltungen
planen, organisieren, durchführen. Eine Fülle. Eine
Herausforderung für alle. Chancen für alle. Ideen
entwickeln, Konzepte ausarbeiten, Aufgaben koor-
dinieren, Finanzierung sichern, Erfahrungsberichte
schreiben, mit Menschen reden, ihnen zuhören –
meine Aufgabe als Leiterin. In den 1980er Jahren
versuchten und hofften wir noch, gleichberechtigte
Teams zu bilden, flache Hierarchien, am besten gar
keine. Dies bewährte sich nicht – Menschen drängt

es nicht nur zur Macht, sondern auch zur Unterordnung. Sein eigenes Tun verantworten – okay. Aber das anderer mitverantworten, da schieden sich die Geister mehr und mehr. Übersicht behalten, Herrschaftswissen anlegen – letztlich nur wenigen zugestanden, zugemutet, aufgebürdet. Jede und jeder hatte noch andere und eigene Interessen, trotz haupt- oder ehrenamtlicher Mitarbeit mit großem Engagement. Auszeichnungen, Anerkennungen gab es reichlich für unsere medienpädagogische Projekt- und Gruppen-Arbeit.

Immer schwerer fiel mir diese Verpflichtung. Summen im Kopf, Knistern und Rauschen in beiden Ohren. Und dann dieser gleichbleibende Dauerton – auf 4 KHz wie die Ohrenärztin messen konnte. Tinnitus. Seit fast dreißig Jahren. Stresssymptom, berufsbedingter Hörschaden. Dieses konzentrierte Arbeiten, viel Reden. Hin-Hören. Kopfhörer über den Ohren, versinken in die wechselvolle Akustik von Tonaufnahmen, Sprache, Klänge, Musik, Geräusche. Vorwärts, rückwärts zum Audio-Schnitt. Lücken erhören, winzigste Freistellen, Tonband an den Tonköpfen vorbei von Hand die Spulenteller drehen, hin, her - bis die Lücke vor der Atempause, dem Versprecher, dem Verschnaufer, dem Huster, gefunden ist, mit Bleistift markieren Anfang und Ende, zwei Schnitte unter der 'Guillotine', wie wir das scharfe Messerchen scherzhaft nannten, zack, durchtrennt, Spezialklebestreifen etwa zwei Zentimeter, die Bandenden in Klebeschiene einfügen, verkleben, fertig zum neuerlichen Anhören, weiter zum nächsten Cut. An riesigem Mischpult und schwergewichtigen Bandmaschinen mit hängendem Kabelgewirr.

Wie vielen Menschen haben wir das beigebracht. Mit wie viel Geduld. Laienarbeit. Geduld auch gefordert von ihnen. Tagelanges, nächtelanges Bearbeiten von Hörfunksendungen – rein technisch gesehen. Von der inhaltlichen, journalistischen Erarbeitung spreche ich hier nicht. Laien mit gutem Willen und Sendungsbewusstsein in doppelter Hinsicht – wir wollen unsere Meinung sagen, eine andere Sicht der Dinge, als sonst in den Medien zu vernehmen ist oder nur bestätigen, was bereits bekannt ist, in den Äther schicken, damit es viele Menschen erfahren. Eine erfüllende Tätigkeit, sie macht Sinn - sieht man die Begeisterung dieser Menschen und die Reaktionen der Öffentlichkeit. Nicht immer positiv, denn technisch gab es manche Probleme, Knacksen, Rauschen, Über- oder Untersteuerung des Lautstärkepegels nicht auszuschließen, unsere Geräte litten unter den zahllosen Laienfingern von Jung und Alt. Manchen Zuhörern waren die Aussagen der Sendebeiträge nicht recht, zu fremd bei muttersprachlicher Dominanz, zu ungewohnt manche Musik, die die Produzenten selbst bestimmten. Jede Musik-'Farbe' war erlaubt, von Klassik über Rock, Pop, HipHop, Tanzbarem, Jazz, Folklore, Punk, Groove – was es gab wurde gespielt, jeder Geschmack war vertreten. Bunter Bürgerfunk eben.

Jede und jeder im Team betreute verschiedene Gruppen. Studentische, die sich mit wissenschaftlichen oder aktuell politischen Themen befassten, oft flott moderierte Magazinsendungen produzierten für regelmäßige Sendeplätze. Schülergruppen, die ihre Probleme, ihre Fragen an die Gesellschaft artikulierten: Friedlich miteinander leben. Gewalt an Schulen. Drogenkonsum oder nur über Klamotten, Boygroups, Starportraits, oder in die Politik sich einmischten mit Umfragen, Berichten und Statements zu Umwelt, Klima-Katastrophe, Irak-Krieg, Menschenrechten, AIDS, Wahlen, Bus und Bahn, lokalen Problemen, und Buntes: Theater, Kino-Events, Liebe, Humor ...

Die Multikulti-Gruppen. Die Frauen- und Seniorengruppen. Die Kindergartenarbeit. Rollis machen Radio und Radio Handicap, die schwierige Medienarbeit mit Rollstuhlfahrern, körperlich und geistig behinderten Menschen, die so unerhört lebensweltbezogene Themen erarbeiteten aus ihrer ganz eigenen Sicht und Erfahrung. Eine Bereicherung für uns alle. Nichts blieb ohne Wirkung.

Wer machte sich vorher Gedanken über die hilflos verzweifelte Rollstuhlfahrerin, die eine Zentimeter niedrige Kante nicht hochkam – unüberbrückbares Hindernis. Barrierefreiheit – das Stichwort.

Die Diskussion der Behindertenwohngruppe zum Thema Irak-Krieg, zu Liebe und Sex, zu Alleinsein im Alter. Wir wussten zuvor nicht wie intensiv, gefühlvoll und kompetent geistig behinderte Menschen darüber sprechen. Wie wichtig war es ihnen, gehört und ernst genommen zu werden, auch wenn sie manchmal nuschelten oder sehr hektisch sprachen. Verständlich war es immer. Verstanden wollten sie werden. Diese Menschen gaben uns viel, wir lernten von ihnen.

Walter, Kurt und Biggi arbeiteten sogar im Vereinsvorstand mit. Sie wollten einiges verändern, ihre Lebenssituation, ihren Alltag schildern, auf Missstände hinweisen, die wertvolle Arbeit ihrer BetreuerInnen hervorheben und zeigen, dass auch sie Humor haben und gern feiern. Eingebunden in die Führungsebene des Vereins dachten sie emsig mit und brachten manch gute Vorschläge. Sie hatten formal kein Stimmrecht, keine formale Funktion, da sie entmündigt waren als geistig Behinderte. Sie wirkten schlicht als Menschen mit. Walter brauchte oft eine Raucherpause, Kurt schlief während den Sitzungen oft ein, Biggi brauchte Kaffee und Kekse satt.

Sie halfen mit, wo es ging und was sie leisten konnten bei ihren zusätzlichen körperlichen Behinderungen durch Leibesfülle oder Schiefhaltung und Gehproblemen. Freundlich, respektvoll, manchmal untereinander burschikos bis gereizt. Einmal weigerte sich Kurt mitzukommen. Er hatte sich mit Walter im Wohnheim geprügelt, weil der behauptete, er schlafe immer ein und schnarche laut. Kurt war tief beleidigt. Es dauerte Wochen, ehe er Walter verzieh. Biggi verliebte sich in einen Mitbewohner und blieb schließlich weg. In der Gruppe arbeiteten sie bis zum Schluss, als wir diese Medienarbeit mangels Finanzierung einstellen mussten - nach acht anregenden Jahren zur großen Enttäuschung aller, auch unseres Mitarbeiters, der viel Zeit und seine ganze Seele in dieses integrative Miteinander steckte mit sichtbarem und hörbarem Erfolg.

Viele Menschen haben viel zu sagen. Man muss sie nur lassen. Eine unerschöpfliche Themen- und Meinungsvielfalt.

Alice hebt die Hand. Der Avatar versteht, setzt die programmierte Note:
Bette Middler's Song „From a distance" erklingt.

Ruanda. Es war Frühjahr 1994. Der Völkermord geschah jenseits des Welt-Interesses. Unsere Mitarbeiterin Antoinette, die schöne schwarze Frau mit dem charaktervollen kurzgeschorenen Kopf, gazellenschlank, presste ihren kleinen Sohn an ihre Brust. Aufgeregt sprudelte sie in französischer Sprache hervor. Maxime, Duku, Malik, Issy und einige andere, neue Gesichter, standen noch vor der Tür in der Hofeinfahrt und diskutierten die Ereignisse. Die temperamentvolle Haitianerin und Journalistin leitete die Redaktionsgruppe - ihr ausdrücklicher Wunsch nur Menschen mit schwarzer Hautfarbe - die in verschiedenen Heimatsprachen produzierte, Leitsprache Französisch, moderiert in kurz zusammengefasster deutscher Übersetzung, begleitet oder unterlegt mit heimatlicher Welt-Musik. Frühmorgendliche Nachrichten aus ihren Weltempfängern alarmierten sie – und mich. Wir müssen etwas tun. Hier weiß niemand Bescheid. Informieren, Kontakt zur Botschaft aufnehmen, die politischen Kräfte mobilisieren, Hilfen und Spenden organisieren. Uns tat gut, etwas zu tun, angesichts des Blutrausches, der über die Völker gekommen war. Hutu gegen Tutsi und umgekehrt. Unbegreiflicher Hass. Das ganze grauenvolle Ausmaß erfuhr die Weltöffentlichkeit erst später.

Wir waren die ersten in Europa, vielleicht weltweit, die ein Benefizkonzert veranstalteten. Es sollten viele folgen überall.

'Trommeln für Ruanda'. Der Titel war schnell gefunden. Das Plakat meines Fotografen-Bruders - die Umrisse Afrikas mit einem schwarzen Gesicht und großen leidvoll fragenden Augen – setzte Zeichen, viele ahmten dies später nach. Künstler kamen aus Frankreich, England, Spanien, der Schweiz, den Niederlanden – wie ein Lauffeuer breitete sich aus, dass wir gegen den Bruderkrieg und für die Menschen mit Kultur, mit Musik uns versammeln wollten. Und sie strömten herbei in Massen. Lange Warteschlangen bis weit auf die Straße. Der Saal musste wegen Überfüllung geschlossen werden. Heiß die Rhythmen, heiß die Atemluft des Sommerabends für die sich drängenden tanzenden schwitzenden Menschen vor der Bühne – Weiße und Schwarze. Heiß das Programm der über dreißig Gruppen, die tanzten, sangen, trommelten für ihre Mitmenschen in Not. Heiß und zum Schneiden dick die Luft hinter der Bühne, in den Umkleiden der Künstler, Kraut geschwängert. Ich fühlte mich bekifft, hatte Mühe, mich durch die herumliegenden Instrumente und Menschenkörper zu zwängen. Organisation unmöglich. Das Programm stand, überall lesbar. Die Künstler nahmen es selbst in die Hand. Und es klappte. Ohne Pause. Bis tief in die Nacht. Das begeisterte Publikum wollte nicht gehen.

Der Botschafter kam, hielt eine Rede. Einige andere Offizielle. Eine gute Presse. Sie schrien nach mehr – Information und Aktion.

Im Herbst organisierten wir ein weiteres Konzert. 'Soirée Africaine'. Ein volles Haus. Wieder ein Fest bunter Farben und pulsierenden Lebens.

Später konnten wir der Botschaft von Ruanda einen guten Betrag an Spenden und aus dem Ticket-Verkauf überreichen, einiges ging an Ärzte ohne Grenzen und Cap Anamur. Was damit geschah, haben wir nie erfahren. Wie der Botschafter selbst die Wechsel überstanden hat, ebenso wenig. Nun waren die Medien voll von Berichten. Partnerschaftsländer und –städte, Hilfsorganisationen wurden tätig, die UNO. Die Welt nahm Notiz, mischte sich ein - bis mühevoll der Bürgerkrieg beendet werden konnte und das Erschrecken abgrundtief wurde.

Antoinette und ihre MitstreiterInnen blieben am Thema mit ihren Radiosendungen. Sie zogen Politiker vors Mikrofon, gingen auf die Straße, befragten die Menschen unserer Städte, belebten die Fußgängerzonen mit Info-Ständen, Plakatwänden, afrikanischem Kunsthandwerk, mit schwingender Trommel-Musik, mit dazu wirbelnden Körpern in afrikanisch-bunten Gewändern. Weihnachtszeit. Wir erreichten die Herzen der Menschen.

Der Erfolg machte Mut. Ich staunte, wie viele journalistisch gebildete Migranten aus sogenannten Entwicklungsländern hier bei uns leben. Die Redaktionsgruppe wuchs. Es bildeten sich neue. Ihre Themen – die Probleme ihrer Herkunftsländer.

Aden aus Somalia berichtete kompetent und anklagend über Hunger, Aids, Armut, Bürgerkrieg und Umweltvergiftung. Wir erfuhren, dass unsere Gifte um die Welt reisten in verrosteten Container- und Tankschiffen und irgendwo in den Mangrovensümpfen, an Stränden, auf Inseln und Deponien ferner Länder landeten. Korruption. Es verdienten die Mächtigen. Die splitternackten Kinder mit dem knotigen Bauchnabel schmierten sich ein mit goldglänzender Flüssigkeit aus verrottenden Blechfässern und starben qualvoll.

Haiti – das tropische Armenhaus neben den Urlaubsparadiesen der Karibik. Brennende Armut der schwarzen Bevölkerung. Endlich das Ende der Papa-Doc-Baby-Doc-Diktatur. Hoffnungsträger Aristide, den Antoinette viele Male interviewte. Der Wechsel. Der Umbruch. Und alles blieb, wie es war. Für die meisten Menschen. Und das leidgeprüfte Inselvolk erlebte noch Schlimmeres: Erdbeben, Hurrikane, Tsunamis, bitterste Not. Kein Stein blieb auf dem anderen. Erdspalten und Wassermassen verschluckten Menschen und ihre ärmlichen Hütten. Politische Mächte. Naturkräfte. Schmerz und Elend. Haiti – mon amour. Der Glaube an Woodoo und die Geister der Finsternis erklärt den Menschen, was nicht zu verstehen, nur hinzunehmen ist. Und lehrt sie Demut – bis heute.

Sudan – wo Islam, Christentum, Naturreligion aufeinanderprallen, Vorwand für blutigen Streit zwischen Stämmen, für gewaltvolle Eroberung rohstoffreicher Gebiete liefern. Verbunden mit Hunger, Folter, Schändung weiblicher Leiber. Rekrutierung von Kindersoldaten. Bruderkrieg um Erdöl. Und der Westen mischt gehörig mit.

Côte d' Ivoire, Liberia vor der militärischen Revolution. Nigeria, Angola schwimmen in Öl, Diamanten und Blut.

Südafrika im Umbruch zur Anti-Apartheid-Demokratie.

Senegal – vergleichsweise friedlich, doch bettelarm, korrupt, voll lebendiger Kultur, bescheidenem Wirtschaftsaufschwung für manche, die Massen noch gefestigt in religiöser Anbetung des Marabu. Junge Männer verlassen in stetigen Trecks ihre Heimat. Richtung Norden. Die Festung Europa zu erklimmen. Fußmärsche durch Wüsten, auf rumpelnden Lastwagen, in stickigen Bussen, durchgeschleust zu den Küsten. Fluchthelfer verdienen viel Geld. Sie verfrachten das Wirtschaftsgut Mensch, versteckt in die Laderäume von Schiffen, doppelte Böden, doppelte Wände. Sie quetschen die Männer, nur wenige Frauen, in Nussschalen-Boote, notdürftig der Proviant, das Benzin für den Motor, überlassen sie Wellen und Wind. Grausam den salzigen Tod zu sterben. Bis heute.

Verändern fängt da an, wo bewusst wird, dass etwas nicht stimmt.

Sie schreien hinaus in den Äther mit gesetzten Worten, wohlklingenden Stimmen, einschmeichelnden Klängen schöner Musik. Brüche, die mich innerlich fast zerreißen. Menschen und ihre Messages. Bürgermedien – die Instrumente unserer Hilfe. Hört zu. Wacht auf. Stoppt den Wahnsinn, das Grauen, das Menschen Menschen antun.

Kontakt ist das Beste – und Kommunikation. Wir gingen in Schulen, unsere schwarzen FreundInnen und wir. Trommel-Workshops. Gesprächsrunden. Kochen wie in Afrika. Malen, Weben, Stoffe bedrucken, Holz schnitzen – Handwerkskunst vom schwarzen Kontinent. Afrikanische Feste zum krönenden Abschluss mit den Kindern, Jugendlichen, LehrerInnen und Eltern. Sie machten mit. Eine Woge von Offenheit, Freundschaft, Interesse. Das Erleben des Neuen, des Fremden, des Anders-Sein. Wie oft: Der erhobene Zeigefinger, die schüchterne Frage der Kinder, darf ich dich mal anfassen, die schwarze Haut, das Gesicht, über die krausen Haare streichen. Viele hatten noch niemals einen schwarzen Menschen so nahe gesehen. In den Gymnasien gab es nicht einen einzigen schwarzen Schüler.

Friedlich miteinander leben, das Motto für eine Serie von Projekten in den 1990er Jahren. Medien berichteten. Auslandssender trugen in Reportage und Feature unser Wirken in die Welt hinaus. Wir gewannen Sponsoren, vertieften, erweiterten diese Form der Bildungsarbeit. Wirtschaftsunternehmen mit hohem Ausländeranteil in der Belegschaft verliehen uns Preise. Vorbildfunktion.

Jazz-Rhythmen schwingen sich auf. Abdullah Ibrahim spielt „Black lightning" auf dem Piano, begleitet von seiner Combo, und schlägt eine Brücke von Afrika nach Europa.

Es war das Jahr 2002. Wir waren eingeladen zum Bundespräsidenten nach Berlin ins Schloss Bellevue als Mitgewinner in einem bundesweiten Wettbewerb zur Integration junger Menschen aus unterschiedlichen Kulturen, unsere Art Angebot von innovativer, Menschen vernetzender Medienarbeit. Wir waren stolz, freuten uns auf die Berlin-Fahrt mit dem Zug. Wer fährt mit? Ein multikulturelles Grüppchen, sechs Leute, selbstverständlich Turkan, unsere 'Kopftuchfrau', die junge hübsche Türkin, strenggläubig, den Körper ganz in schwarzes Tuch gehüllt. Fünfmal am Tag breitete sie ihren Gebetsteppich nach Osten aus, verharrte in inniger Andacht, respektiert in unseren engen Räumen, jeder andere unterbrach seine Tätigkeit, machte eine Pause und ging nach draußen solange. Turkan leitete Kinder- und Jugendgruppen, gemischt von Religion und Geschlecht und reine Mädchen- und Frauen-gruppen sowie eine muslimische Jungengruppe.

Die Zugfahrt nach Berlin war ein Spießrutenlauf für unsere Muslima. Ich war entsetzt, wie schlimm Mitreisende sie ansprachen, giftig ihre Reaktion auf die verschleierte Frau, direkt und indirekt, deut-lich-laut und leise. Auch das Zugpersonal. Als sei noch niemals mit dem ICE der Deutschen Bahn eine verschleierte Muslima mitgefahren. Froh in Berlin zu sein, wo sie nicht auffiel, nichts Besonderes war. Ein Riesenfest im Park des Schlosses. Tausende von Menschen. Kameras. Bühne. Essen und Trinken. Doch: Es gab nur Schweinefleisch und wenig Huhn. Mindestens die Hälfte der Eingeladenen waren Mus-lime. Ein Bruch der Toleranz. Kein gutes Omen.

Turkan strahlte lächelnd. Ihre großen schwarzen Augen im hellen Gesicht, eng umrahmt vom schwarzen langen Kopftuch, lachten eigentlich im-mer, sahen dich direkt an, klar, offen, wissbegierig. Ein schöner voller Mund, weiße Perlenreihe Zähne. Ein Gesicht voll Leben, ausdrucksstark, gewinnend, ihre Hände lebhaft gestikulierend, unterstrichen ihren Redefluss. Sie redete gerne. Perfektes Deutsch. In ihren Gruppen eher ein Mischmasch aus deutscher Jugendsprache und deutschem Türkisch. So wurde sie verstanden, selbst gerade zwanzig; heiter motivierte sie ihre Kids, war eine von ihnen, sie hatten Spaß. Bis der Imam kam.

Natürlich waren wir einverstanden, als sie uns fragte. Besuchen wollte er die Mädchengruppe.

Ausgerechnet die Mädchen. Warum? Der Imam war ein Oberhirte der Region, verkörperte Macht und Bedeutung. Mir war nicht wohl dabei. 'Warum ich Schleier trage' – Thema einer langen Sendereihe mit Interviews, Umfragen auf der Straße, kontrovers und kompetent, viele Höreranrufe. Ein erfolgreiches Projekt zum Kennenlernen des uns Fremden.

Nach dem Besuch des Imam war alles anders. Koran-Zitate, lange Texte aus dem Internet am Mikrofon verlesen, Muezzin, muslimische Musik, Moscheen-Funk in allen Gruppen. Und schließlich diese Sendung, die mir die Augen öffnete, meine Toleranz, meine Freude an kultureller Vielfalt, meine Offenheit Fremdem gegenüber arg eintrübte, mich erkennen ließ, hier entwickelte sich eine parallele Welt mit teilweise gänzlich anderen Werten als es meinen entsprach. Zitiert wird Mohammeds Koran zur Rolle der Frau im Islam, ihre Aufgaben in Ehe und Familie im Vergleich zur westlichen Wertewelt. Klare Worte. Vernichtend. Erfüllt die Frau das ihr zugedachte Leben nicht, ist Steinigung die Folge, auch ein Mord. Vernichtung, lebensunwert. Harsche Thesen hörten Tausende am Radio. Protest. Empörung überall. Wir luden ein zur Diskussion mit dem verantwortlichen Produzenten, ein Student und angehender Imam in einer neuen Moschee-Gemeinde. Wir diskutierten hart mit über dreißig Jugendlichen. Der Aufnahme-Recorder lief. In Glaubenssachen gibt es keine Einigung. Wie stark geprägt von Religion ist mancher Mensch. Ein Schlüssel-Satz besiegelte das Toleranz-Projekt. Scharf tönte religiöser Eifer: das Radio ist gut für Manipulation, uns interessiert nicht die deutsche, nur die muslimische Hörerschaft, die wir damit erreichen. Lokalradio läuft in fast allen Küchen und Wohnzimmern von Migrantenfamilien, lokaler Bürgerfunk das perfekte Instrument. Mir war ganz schlecht dabei.

Ein Jahr nach Bundespräsidenten-Lob fühlten wir uns unterwandert, ausgenutzt von Kadern junger Eiferer, die sichtbar sich veränderten. Manch junger Mann trug plötzlich ein langes weißes Gewand und ein besticktes Käppi auf dem Kopf. Keine Jeans mehr, T-Shirt und Pullover, Lederjacke oder Anorak. Dem Schwarz der Mädchen wallte Weiß der Jungen nun entgegen. Befremdlich. In allen Gruppen keine Andersgläubigen mehr.

Begleitet wurde die Entwicklung von einschneidenden Kürzungen der Jugendarbeit generell. Finanziell ein Schlingern. Medienarbeit nicht mehr gefragt. Jeder kann ins Internet. Sollen die Schulen machen, die eh schon überforderten Hauptschulen mit neunzig prozentigem Ausländeranteil.

Traurig, hilflos mussten wir ansehen, wie uns die jungen Menschen verloren gehen.

Ein Bruch der Toleranz – ist das unsere Zukunft? Die Macht der Moscheen geht immer weiter, wenn wir die Jugend fallen lassen. Unseren Kirchen überlassen, die Gesellschaft sprengende Auseinandersetzung? Religion muss transparent gelehrt werden. Soziale Arbeit ist gefordert – von Mensch zu Mensch. Doch Politik setzt andere Prioritäten.

Wir lösten auf diese Wirkungsstätte für vielfältige fruchtbare soziokulturelle Medienarbeit mit zahllosen Menschen jeden Alters, jeder sozialer Herkunft, nach fast zwanzig Jahren. – Die Radiowerkstatt ist passé.

Turkans Leben bekam nach ihrer Hochzeit, bei der ich sie am Frauenfesttag zum ersten Mal ohne Schleier sah - prachtvolles schwarzes Haar mit roten Blüten geschmückt im eng anliegenden weit ausgeschnittenen roten Brautkleid aus Spitze, eine atemberaubende Schönheit, den Blicken von Männern entzogen - eine radikale Wendung. Sie verließ ihre Wohnung nicht mehr ohne männliche Begleitung, ihr Bruder, ihr Ehemann, ein Onkel. Das Ende ihrer Mitarbeit bei uns, die sie im kleinen Rahmen ehrenamtlich weiterführte. Das brachte kein Geld. Sie ging putzen auf Geheiß ihrer Eltern, ihres Mannes. Turkan brachte bald ihren ersten Sohn zur Welt. Seitdem trug sie ihr lachendes Gesicht hinter Schwarz, verschleiert. Augenschlitze ließen ahnen – ausdrucksvoll und schön, dieses schwarze Augenpaar. Studieren wollte sie Sozialarbeit, emsig-fleißig wie sie war, zielstrebig, weltoffen mit ihrer besten deutschen blonden Freundin, Menschen so nah. Ich erfuhr dies später, froh, dass ich dies nicht mehr sehen musste. Sie ging den Weg ihrer Mutter.

Die Trauer blieb ganz tief in mir. Ich kehrte mich ab von meiner Religionsinstitution, die mich einst prägte, mich die Bergpredigt Jesus lehrte und mir meinen innigen Glauben gab an Nächstenliebe, Mitmenschlichkeit und einen liebenden Gott. Bis heute.

Mensch, biege dich niemals in irgendeine Religionsstruktur, bleibe aufrecht, unterwerfe dich nicht. Höre die Lehre und folge deinem Gewissen.

Die weiche, tiefe Stimme von Leonard Cohen singt „Bird on the wire".

Lernen ist keine Einbahnstraße. Erst recht nicht, weil wir von Menschen lernen, aus den Ergebnissen ihres Tuns. Medien sind Handwerkszeug, Hilfsmittel der Information und Kommunikation, Instrumente der Bildungsarbeit. Sie faszinieren Menschen. Sie beeinflussen Menschen mit dem, was sie wie sagen. Unsere Welt – eine Medienwelt, eine Werbewelt. Einfluss. Herrschaft. Macht. Zu eng wird die Bindung, zu Alltag bestimmend ihre Präsenz. Wie wirken Medien? Wie wirkt Werbung? Was machen sie mit uns, mit dir? Wie wird was gemacht? Was ist real, was ist Manipulation, was Illusion? Wer steckt dahinter, mit welcher Absicht?

Medien selbst handhaben lernen ist das Eine. Die Medien in den Händen Fremder zu entzaubern das Andere. Wir gehen hinein in die Studios, die Medienzentralen, die Redaktionsräume, die Werbeagenturen. Wir fragen die MacherInnen, wir lernen sie kennen als Mensch. Wir erkennen wie sie arbeiten und warum sie dies so tun. Berufsfeld Medien. Ein Traum vieler SchülerInnen, StudentInnen, AkademikerInnen, Berufstätigen. Medienbesuche werden fester Bestandteil unseres Bildungsangebotes. Medienpartnerschaften. Wir stellen Weichen, wecken Neugier auf beiden Seiten, vermitteln Praktika, manchmal sind es auch Jobs. Zukunft Medienwirtschaft, Werbewirtschaft. Zur Kooperation mit weiterführenden Schulen, Universität, anderen Bildungswerken gesellen sich Berufsschulen, Arbeitsamt, Handwerkskammer, Handels- und Wirtschaftsverbände. Ich dachte daran, eine Ausbildung zu MediengestalterIn anzubieten, prüfte Bedingungen, führte Gespräche – und erstickte in Formalitäten. Das ist es nicht, was ich will, sollen andere tun.

Mit Ehrgeiz verfolgte ich ein anderes Ziel: Medienwerkstätten mit InternetCafé, zugänglich, offen für Alle, ein Netzwerk aufbauen. In Behinderten-Einrichtungen, Bildungsstätten, sozialen Organisationen, Heimen, Häusern, Treffpunkten.

Auch der obdachlose Mensch am Bahnhof soll sie nutzen, seine Stimme erheben, sein Schicksal öffentlich machen, damit es sich ändert - wenn er dies will. Mein Konzept ist klar und kompakt. Ich nutze die digitalen Möglichkeiten. Ein kleiner Raum für die Technik, ein weiterer als Studio. Ein Redaktionsraum. Ein Café-Raum. Machbar. Installierbar überall. Und nicht teuer. Wie besessen biete ich an, formuliere Konzepte, Kostenvoranschläge, gehe beinahe von Tür zu Tür, hausierend, anpreisend. Radio von unten. Der Beginn meiner eigenen Begeisterung. Medien für Alle. Räume schaffen für Begegnung, für Kommunikation. Virtuell und real. Ich bin Eine – von Vielen.

Es bleibt eine Real-Utopie. Der Weg des Geldes bestimmt. Von Medien leben, mit Medien Gewinn machen, Macht ausüben - wird zum vorrangigen Zweck dieser Mediengesellschaft. Die soziale Komponente, die von Freiheit, Gleichheit, Geschwisterlichkeit – sie ist zu erkämpfen, immer wieder aufs Neue. Hierhin fließen stetig weniger geldliche Mittel. Politik entscheidet nach anderen Interessen. Falsche Verteilung hinterlässt eine breiter werdende klaffende Tiefe, stößt Lebensbereiche hinein, ent-mündigt Menschen, beraubt sie ihrer Stimme.

Die Medien-Demokratie braucht eine eigenständige Säule der aktivierenden BürgerInnen-Medien neben der öffentlich-rechtlichen und der privat-gewinnorientierten. Auf einem stabilen Fundament buntschillernder gesellschaftlicher Vielfalt.

Scoring. Der Maßstab für Bonität in der Finanzwirtschaft. PolitikerInnen sollten bewertet werden in ihrem Tun. Von ihren WählerInnen. Permanent und transparent. Eine Skala von eins bis zehn. Kriterien werden vor Ort entwickelt, bundesweit angeglichen, um vergleichbar zu sein, dennoch differenziert nach örtlichen Gegebenheiten.

Eine lokale Initiative. Vielleicht von Sozialverbänden. Nicht nur gelegentliche Meinungsumfragen Auftrag bezahlter Meinungsforschungsinstitute. Nicht nur die Sonntagsfrage oder Fragen vor der Wahl, deren Antworten schon jeder Mensch kennt. Die alltägliche immer während Volksbefragung, die anders fragt, den Problemen auf den Grund geht, nachhakt, öffentlich macht, Druck von unten erzeugt - bis geändert wird.

Medien satt. Wie lange, wie intensiv bestimmt der Gebrauch euren Alltag? Wie viele Stunden am Tag, in der Nacht verbringt ihr mit ihnen? Wie viel Rest-Leben verbleibt zum wirklichen Lebendig-Sein? Wie viel gebt ihr aus für Medien und Kommunikation? Ist es schon ein Drittel eures Einkommens oder mehr? Immer höher steigt dieser Kostenfaktor im Budget jedes Einzelnen, höher als Nahrungsmittelkosten. Ein steil ansteigender Gewinnfaktor für wenige. Wie wirkt Werbung auf euren Konsum? Wisst ihr wie stark Werbung ein Produkt verteuert? Das Handy begleitet euch auf Schritt und Tritt, zu orten ist jede eurer Bewegungen. Nonsensgespräche die Mitreisenden in Bus und Bahn, die Nachbarn am Nebentisch im Restaurant anödend, im Auto in die Leitplanke lenkend, im Kaufhaus die Treppenstufe verfehlend. Vorsicht, da rast ein Auto heran ...

Internet und PC dominieren neben dem Fernseher das Wohnen. Im virtuellen Rausch übersehen wir die Fallstricke, das Spinnennetz, das uns erstickend umwebt. Wir beginnen die Opfer zu beklagen: Konsumkinder, fett, unbeweglich in Körper und Geist. Neue Einsamkeit vor dem Fenster zur Welt.

Medienwelt, Werbewelt – ein sich selbst bestätigendes, erhaltendes System, eine sich selbst erfüllende Prophezeiung, ein Eigenleben entwickelnd. Dem Diktat der Profitmaximierung unterworfen. Die Show im Fernsehen, der Talk mit den Promis der Glitzerwelt, der Bericht über den Bericht über den Bericht ... Das Ereignis gab es nur ein einziges Mal. Andere Ereignisse gibt es nur von und für Medien inszeniert. Manch Wichtiges kommt gar nicht vor, nicht einmal als Nachricht. Vermarktet wird alles, jedes menschliche Schicksal. Sich Blöße geben im World Wide Web, andere entblößen. Tabulos. Gesponsert von pulsierender Werbung. In undurchsichtiger Vernetzung. Zubereitet für den passiven Konsum.

Vorsicht. Wir verlieren uns selbst.

Privat-Insolvenz. Neu ist das Wort für die Verstrickung. Das Sprechen ist teuer erkauft. Das Labern und Chatten. Die Gier nach Gewinn, an Lust, an Vermögen. Der Einsatz ist schleichend - und hoch.

Die Jungen waren die ersten Opfer dieser Entwicklung. Ich traf sie im Jugendknast. Wegen Betrug. Der Handyvertrag, das Schnäppchen bei eBay, Online-Shopping, der Ratenvertrag. Wir wollten die anderen warnen mit Betroffenen-Berichten. Wir kamen zu spät. Die Lawine war längst schon im Rollen.

Eine Panflöten-Melodie entführt in die Weite und Höhe einsamer Gebirge. Gheorghe Zamfir spielt virtuos. **Alice** *gönnt sich und den HörerInnen eine längere Pause und setzt dann neu an mit ihrem* **Erzählen:**

Gen Osten. Minsk. Der Eiserne Vorhang öffnet sich. Belarus – die Menschen Weißrusslands sehnen sich nach dem, was wir bereits haben mit allen seinen Schattenseiten. Jugendfachkräfteaustausch – hieß es sperrig. Wir reisten mit dem Zug. Endlos lang. Je östlicher, je bäuerlicher, je ärmlicher. Wir überstanden den Wechsel der Gleis-Spur an der polnisch-weißrussischen Grenze. Kräne hoben die schwankenden Waggons empor, setzten sie von der schmalen westeuropäischen auf die breite sowjetische Spur – Feindesland. Wir durchfuhren die kontaminierten Landschaften aus der Katastrophe von Tschernobyl. Grün. Menschenleer.

Ich lernte, das Hotelzimmer so zu betreten: Schnell Licht an, dann huschen die Kakerlaken fort. Ich lernte, das in ranzigem Fett schwimmende Gebratene mit Wodka hinunterzuspülen. Ich lernte, die städtischen Wege bedachtsam zu gehen und die Beine vorsichtig zu heben, wegen der Löcher, Risse und Stolpersteine. Ich lernte, die Blicke auszuhalten voll Neugier und Neid. Wir kommen aus dem goldenen Westen. Ich musste noch lernen: nicht zu wortreich und glänzend über unsere Medien-, Werbe- und Wirtschaftswelt zu berichten, sie auch nicht zu heftig zu kritisieren. Ich muss sehen, wo die Menschen stehen, die Jungen, die uns hier begegnen, begriff ich. Welche Sehnsüchte haben sie, mit welchen politischen Widernissen kämpfen sie, in welcher Gefahr versuchen sie Medienarbeit zu leisten, eine Zeitung für Jugendliche herauszubringen, eine Schülerzeitung in der Schule, Radiosendungen für junge Menschen auf der Welle des Soldatenprogramms. Eine andere Welt. Heilsam für uns. Vieles relativiert sich, was wir so ernst nehmen bei uns. Vieles gewinnt an Wert. Ich fühlte mich ohnmächtig. Sie wollen das, begehren heiß, was wir nicht oder nicht mehr gut finden. Sie hoffen blind. Es holt sie ein. Die Marlboro-Reklame auf dem Sonnenschirm, die Cola-Automaten vor den ersten Straßen-Cafés – ein neues leuchtendes Rot vor dem Grau stalinistischer Bauten, die Namensschilder uns bekannter Banken. Die Lawine westlicher Werte, getragen von werbenden Medien einer kapitalorientierten Gesellschaft. Ist es nicht möglich, beides zu vereinen? Das jeweils Beste aus konkurrierenden Gesellschaftssystemen zu entnehmen? Gut gehen soll es allen, nicht nur wenigen oder keinem. Das mittlere Maß. Ist das wirklich so schwer?

Sie sprachen und verstanden gut Deutsch, die SchülerInnen des Deutsch-Kurses am Gymnasium Nummer x. Klare, offene Gesichter. Fragende Augen. Nikolai, der Sprecher der Gruppe, wird mir später lange noch Briefe und Karten schreiben. Er hoffte auf ein Medien-Praktikum in Deutschland. Doch seine Eltern waren nicht einflussreich genug, vielleicht haben sie sich politisch falsch verhalten in diesem Relikt eines diktatorischen Regimes. Wir spürten, sie dürfen nicht sagen, was sie wirklich denken, nicht wirklich teilhaben an gesellschaftlichen Prozessen, nur soweit es die politische Bürokratie erlaubt. Die Lehrerin blickte sichtlich stolz in die Runde ihrer Schützlinge. Es gab Limonade für die Gäste. Auch vor den Jugendlichen standen Gläser. Sie rührten sie nicht an. Die Fragen, die sie vorbereitet hatten, erinnere ich nicht mehr. Ihre Gesichter, ihre Blicke - ihren Durst vergesse ich nie.

Meinungsfreiheit contra Staatszensur – bleibt nicht das zentrale Zukunftsduell. Die gierigen Krakenarme der westlichen Mafia strecken sich aus in den Osten, erobern den aufblühenden riesigen Markt für Produkte, Profit, Privilegien. Neue heimische Arme wachsen, verschränken, verschlingen sich im unentwirrbaren Knäuel mächtiger Konzerne, globalisiert. Wieder erstarkter Raubkapitalismus durchzieht die frisch geborenen Demokratien – russischer, chinesischer. Im Westen wird Bürgermeinung kanalisiert, zerstückelt in werbeverträgliche Happen, zensiert im Namen der Sicherheit, zu bannen die neue weltumspannende terroristische Gegenwehr religiöser Fanatiker und Machtinhaber.

Die Stimme des Einzelnen und seine Botschaft drohen zu verhallen – im Nichts der lärmenden Geschäftigkeit.

Ich lernte ihn kennen. Damals Anfang 1980. Den Medienmacher, der später Menschen zu Millionären machen will, über Call-Center Gutgläubige für Lotterien einfangen lässt und sich selbst maßlos reich machte. Groß, schlaksig, abstehende Ohren, Stiftekopf, schnoddrige, freche Art zu reden. In der Pause des Uni-Seminars verrät er uns, weshalb er wirklich da ist. Journalist will er nicht werden, so wie wir, das ist er längst. Hier recherchiert er. Geht dagegen an, dass Gutwilligen vorgegaukelt wird, schnell diesen Beruf erlernen zu können, quer einzusteigen, egal woher man so kommt. Geschäftemacherei, prangert er an. Treibt der Kursleiterin Röte ins Gesicht. Scham ist es nicht. Beherrschter Zorn. Qualifiziert ist sie nicht. Meint er. Maßt sich an, Expertin zu sein. Empört er sich. Ich halte dagegen. Basiswerkzeug ist das, was wir lernen. Was wir selbst daraus machen, ob wir schreiben können oder nicht, wird sich zeigen. Versprechen gibt sie uns nicht. Von der Pike auf lernen, rät sie, in einer Lokalredaktion oder so. Er macht seinen Bericht fürs Radio – vernichtend in der Sache. Er taucht nicht wieder auf. Jahre danach macht er von sich reden. Vom Hörfunk zum Fernsehen. Unkonventionell. Direkt. Ohne Skrupel. Das bringt die Quoten. Investigativ ist er nicht. Oder doch? Vielleicht nur anders, als ich es verstehe. Oder verstehe ich da etwas falsch? Macht er die Millionen mit der richtigen journalistischen Art? Erfolg, der vom Bankkonto und Designer-Anzug ablesbar ist? Bin ich blockiert, weil ich mein Gegenüber respektiere, nicht bloßstellen will? Bin ich zu weich, zu bescheiden, zu zag? Ist es Glück oder Können? Oder beides gar? Ich ging den anderen Weg.

Den Weg, den die faltige, leicht aufgedonnerte Frau mit der Blondhaarperücke uns wies. Die Seminarleiterin verriet uns in einer Pause, sie hat Krebs, alle Haare verloren durch Medikamente, Kraft zurückgewonnen, will Sinnvolles lehren. Deshalb ihr Engagement für die sich formende Mediengesellschaft. StudentInnen müssen dies lernen. Meint sie. Im übrigen verdient sie nur wenig mit diesen Kursen, lebt von der Frührente, verwitwet, kinderlos, einst Sekretärin in der Chefetage einer namhaften Zeitung. Sie hat gelernt. Learning by doing. Selbst Artikel geschrieben, Bücher veröffentlicht. Wissen, wie es geht. Das ist mein Anspruch im Lehren. Sie wurde mein Vorbild.

Miriam Makeba singt ihren „Click-Song".
Alice *wiegt sich im mitreißenden Rhythmus und schnippt mit den Fingern beider Hände. Sie lächelt. Ihre Stimme klingt frei und fest, als sie weiter* **erzählt:**

Wir sind Europa. Grenzenlos. Vielfalt der Regionen. Unser Traum. Aus der Radio-Werkstatt ist längst ein Bildungswerk entstanden, medienorientiert, das Impulse gibt für menschennahe Kommunikation und gesellschaftliche Teilhabe mit europäischer Ausrichtung, Europa im Namen. Ich spürte, die wachsende Bürokratie in der machtvollen Zentrale Europas erreicht die Menschen nicht, die den gleichen Traum träumen. Das trockene Regelwerk dämpft, verunsichert. Maastrichter Vertrag. Eine neue Währung, aus dem ECU wird der EURO. Das kapiert doch kein Mensch – einhelliges Urteil meines Teams.

Was bedeutet das für den Einzelnen? Welche Folgen ergeben sich für reisebegeisterte Familien? Wenn ich in Frankreich, Spanien, Italien studieren, arbeiten, leben will? Ideen entstanden. Konzepte für Hörfunk-Projekte, teilweise EU-gefördert. Die Radio-Gruppen ließen sich gewinnen. Wir legten Wochenend- und Nachtarbeit ein für die Produktion von hörspielartigen Features, Info-Reihen, Spots, nutzten die Darstellungsmöglichkeiten des Medium Radio, das uns zur Verfügung stand. Seit den 1990er Jahren. Recherchieren, hinterfragen, sondieren, Akzente setzen, überspitzen. In den Sprachen Europas, mit der Vielfalt europäischer Kultur. Laien erarbeiteten sich den juristischen, politischen Stoff, setzten ihn lebendig um ins Alltägliche.

Für die drinnen – und für die draußen.

Festung Europa. Neue Abgrenzung entsteht, vor allem nach Süden, Afrika. Kritisches Bewusstsein. Eine schöpferische, zeitintensive Arbeit. Breit ist die Basis. Experten vors Mikrofon geholt, eingeladen zu Interview und Diskussion. Menschen aus den Tiefen europäischer Anonymität ins hörbare Blickfeld hervorgezogen. Straßenbefragung in Fußgängerzonen lieferten neue Fragen, deckten neue Problemfelder auf.

Wir sind Europa. Eine grandiose Idee. Lehre aus blutiger Geschichte. Endlich lernfähig die Menschheit. Instrumente der neuen Völkerverständigung – freie, unabhängige Medien in kultureller Vielfalt für Menschen mit ihren Messages.

Welch ein kostbares Gut. Welch eine reale Utopie. Für die bessere Welt. Wir gehen den weiten Weg. Voll Zuversicht und Hoffnung.

Die Gedanken sind frei – noch.

Doch facebook & Co forschen Erfolg versprechend an Systemen, die dem Menschen hinter die Stirn, ins Hirn blicken – und seine Gedanken lesen können. Erfolg für wen? Mich gruselt es bei dieser Vorstellung. Denn: Was Mensch imaginiert, wird er realisieren – irgendwann. Hinterfragen wir, kultivieren wir unsere Zweifel, bringen wir uns dort ein, wo unser Gewissen uns hinführt.

Die ersten Klänge der Europa-Hymne: „Ode an die Freude" von Ludwig van Beethoven eines großen Symphonie-Orchesters füllen den Raum. Alice singt leise: „Alle Menschen werden Brüder ..."

Der Avatar blendet einen weichen Übergang zu John Lennons „Imagine" ein, seinen denkwürdigen Song von Frieden und Mitmenschlichkeit, und Alice singt den Refrain mit: „Imagine - all this people ...".

Bevor der Avatar die Schlussmoderation einspricht, **meldet sich Alice** *noch einmal* **zu Wort:**

Liebe Hörerinnen, liebe Hörer, eine kleine Bitte in eigener Sache. Nach dem letzten Podcasting habe ich in Eile die Radio-Box verlassen und dabei meine Manuskriptmappe verloren. Keine Sorge – meine Texte habe ich in meinem Laptop gespeichert und das Erzählen geht weiter. Doch enthält die Mappe einige private Notizen und Belege, die mir etwas bedeuten. Falls sie von Ihnen gefunden wird oder in Ihren Besitz gelangt ist, bitte melden Sie sich.

Ich sende aus der Shopping-Mall in Kiel. Hallo, liebe Kielerinnen und Kieler, aufgepasst: die Mappe ist gelb, ziemlich dick, mit grünem Gummiband zusammengehalten, der Titel steht in Schwarz und Rot darauf: „ErzählRadio: Alices Welt". Vielen Dank schon mal!

Zart stimmt Bettina Wegener ihr Lied an: „Sind so kleine Hände", beschwörend ihre Botschaft, Kindern nie Gewalt anzutun, in keiner Form.

Die **Stimme aus dem Off** *leitet in das nächste Kapitel ein:*

Bilder in die Augen in die Seelen

Alice liebt Geschichten. Den Kampf zwischen Guten und Bösen. Das Märchen vom glücklichen Ende. Die Vision von unbändiger Lebenskraft lebendiger Wesen. Erzählen und zuhören. 'Radio ist Kino im Kopf', weiß sie. Jeder Mensch sieht einen anderen Film, wenn er eine Geschichte nur hört. Bilder sind strenger. Sie leiten deine Blicke, deine Gefühle, zu dem, was du sehen sollst. Wirklichkeiten, farbig bewegt, künstlich geschaffen, atmen den Hauch des Wahren und sind doch Lug und Trug, verwaschen sich in der mitreißenden Flut unzählig gesehener Filme, verwoben in dein eigenes Hier und Jetzt, hinterlassen Spuren, graben sich ein tief in deine Seele. Mehr, mehr – schrie der kleine Häwelmann in ihrem alten Kindermärchen, mehr, mehr - er konnte sich nicht satt sehen – und vergaß zu leben.

Alice erzählt:

Schusswechsel. Ich schreibe. Der Film projiziert Licht und Schatten in den schwarzen Vorführraum. Wie eine Kiste. Ich halte die Handlung fest. Stichwörter. Bewerte spontan. Begriffe. Klassifiziere. Ich schreibe blind. Sehe nicht auf die Blätter, die ich Seite um Seite fülle. Sehe nur den Film auf der Leinwand. Blut spritzt. Nahaufnahme Genitalien einer Frau. Ein rammelnder Mann. Vergewaltigung. Während des Abschlachtens. Ich schaue weg. Ins Dunkle. Will das nicht mehr sehen, was hier für Kunst, Kultur verkauft wird. Freigabe ab 12 mit ein paar Schnitten. Die Genitalien sollen weg. Dann geht er durch nach kurzer Diskussion mit den Experten. Gegen meinen Willen. Gegen meine Argumente, die auch andere teilen. Mit einer Stimme Mehrheit. Ist doch Kunst. Das stecken sie weg die Kids. Sind Schlimmeres gewohnt. Durch die Augen in die Seelen. Einmal gesehen, ins Hirn gebrannt. Unauslöschbar. Vielleicht verdrängt. Nach hinten geschoben bis kein Platz mehr ist. Dann muss es raus.

Wie in Erfurt. Amoklauf im Gymnasium, Partnerschule unseres Kongresses zum Thema 'Gewalt im Film – Gewalt in der Schule?!' Ja, Fragezeichen, Ausrufezeichen. Makaber. Nur einige Wochen danach das Massaker. Das Entsetzen war groß. Mir ist schlecht.

Wie bei der Vorführung des Films 'The Cell' – Die Zelle – mit den 15-jährigen der Testklasse. Die Geschichte: Ein Serienkiller mordet Frauen, immer der gleiche Typ, hält sie gefangen in einer riesigen Glaszelle. Irgendwann flutet er genussvoll, lässt sie qualvoll ertrinken. Alles gefilmt. Hightech-Labor-Überwachung. Er weidet sich an den Qualen seiner Opfer. Der Einzelgänger gutbürgerlich. Er liebt weiß. Die Frauenleichen bleicht er. Blutleer.

Schneeweiß. Starbesetzung. Oft sehen die Stars nie den zusammenhängenden Film, kennen grob nur den Inhalt, konzentrieren sich auf ihre eigenen Szenen. Wissen sie, was sie da tun? *)

----

*) Im **August 2007** wird der Film „The Cell" im Fernsehen ausgestrahlt, im Privat-TV Pro Sieben, nach 22 Uhr, die FSK-Freigabe ab 16 Jahren ist geblieben (Sendetermin: Samstag, 4.8.2007, 22:15 Uhr; Wiederholung in der Nacht um 2:05). In einer kostenlosen TV-Programmzeitschrift wird der Film als „TV-Highlight der Woche" angepriesen und beschrieben als **„Bilderorgie: The Cell"**. Text: „Science-Fiction-Thriller, USA 1999. Die Psychotherapeutin Catherine Deane (Jennifer Lopez) nimmt an einem revolutionären Projekt teil: Mittels modernster Technik ist sie in der Lage, für kurze Zeit in die Gedankenwelt psychisch gestörter Patienten zu schlüpfen. Als der geisteskranke Serienkiller Carl Stargher ins Koma fällt, ist sie die letzte Hoffnung des FBI-Agenten Peter Novak. Denn noch immer hält Stargher sein letztes Opfer irgendwo gefangen. – Nerven zerreißender **Psychothriller mit Szenen einer teilweise atemberaubenden visuellen Energie."** - Und das sollen 15-/16-Jährige so einfach wegstecken?

Ich sehe, die Gesichter der Mädchen und Jungen sind blass. Keiner spricht. Sie werden gefragt zum Film, zur Beurteilung aus ihrer Sicht. Keiner spricht. Ein Mädchen, ein Junge gehen raus mit zwei anderen. Ich sehe, ihnen ist schlecht. Sie übergeben sich auf der Toilette. Die Augen der jungen Menschen sind hohl, irgendwie hohl. Einer grinst, lacht kurz auf. Keiner sagt etwas. Der Experte urteilt. Also: Freigabe ab 16. Dann geht's auch ins Fernsehen. Abendprogramm. Meiner Nachbarin fehlt Luft. „Kommen Sie, ich muss hier raus." Da gehen alle schon. Auch sie sagt: „Niemals ab 16. Das ist falsch. Haben Sie die Augen, die Gesichter der Kinder gesehen?"

Der Kongress geht zu Ende. Abschlussdiskussion. Ich melde mich zu Wort. Frage nach. Teile mit. Keiner sagt was dazu. Stand ich auf? Sagte ich das alles? Bin frustriert. Gehe raus. Ende. Aus. Warum tue ich mir das nur an.

Der Psychologe spricht mich an. „Sie hatten recht. Das hört hier nur keiner gern. Schließlich ist die Filmwirtschaft der Geldgeber. Kunst ist ein Totschlagargument." Ein Filmemacher spricht mich an: „Sie Bewahrpädagogin!"

Im Zeitalter von Video und Internet keine Chance. Was die Kinder nicht umbringt, macht sie stark. Die Eltern sind gefragt. Aha, abschieben die Verantwortung hin zur namenlosen Masse. Wozu dann eine freiwillige Selbstkontrolle der Medienwirtschaft?

Dann gebt alles frei oder verbietet nach strengeren Grundsätzen und Regeln. Nichts Wischiwaschi oder sind es die satten Honorare, die Strukturen erhalten, die längst ohne Sinn, ohne Funktion sind? In mir kocht Zorn. Hilfloser Zorn.

Bleibt eine komplexe Handlung haften im Kopf der Kinder? Nein, nur die Bilder, die schnellen Schnitte, Aufnahmen hautnah, die Schreie, die Töne, Musik untermalt, tödliche Stille – das ganze

Paket. Voller Wucht. Zerschmettert die Seelen der Kinder. Wer denkt sich das aus und warum? So viele, immer mehr setzen das um. Für Geld. Für den Markt mit den Jungen.

Nur Wochen später das Schreckliche an dieser Schule. Ein Blutbad. Wie im Film. Nur grausam echt. Der Ex-Schüler- ein Außenseiter. Wirklich? Er nutzte die Medien für seine Verzweiflungstat. Ausführlich beschrieben im Internet, seine Homepage makaber genau. Niemand wollte ihm zuhören. Niemand interessierte sich ehrlich für ihn. Niemand kann sagen, er habe nichts gewusst. Schuldig ist der Täter, verantwortlich sind auch wir.

Ich sprach mit einem, der seit dreißig Jahren Filme sichtete, bewertete, jugendschützerisch wirkte – mit redlich gutem Willen. Im Alter stellte er fest, selbstkritisch, dass er begeistert war vom Medium Film, vom großen Kino, von audiovisueller Technik, vom Zauber der Gestaltbarkeit, sich mitziehen ließ von der spannungsreichen Entwicklung – und aus dem Blick verlor, was für ihn wesentlich gewesen: das Kind, der junge Mensch, den er einst schützen wollte und es doch nicht konnte. „Eigentlich war meine Arbeit überflüssig", resümierte er fast tonlos.

Wieder zu Hause formulierte ich mein Kündigungsschreiben. Die Nähe zur Filmwirtschaft ist erdrückend. Den betagten Expertenkollege ereilte der Schlag mitten im Ablauf eines gewaltvollen pornografischen Films, der kein großes Kino war, nur für den Video-Verleih. Er starb im gruftigen Dunkel des luftlosen Vorführungsraums. War es so?

Ruhestand ist Freiheit. Freiheit, etwas zu tun oder nicht zu tun. Ich ziehe mich zurück aus der aktiven gesellschaftlichen Gestaltung in 2006, beobachte, was sich wie entwickelt, wo sich was verändert, nehme gelegentlich Stellung, mische mich manchmal noch ein – eher virtuell, weniger konkret-real. Dass dargestellte Gewalt wirkt, ist für mich keine Frage. Sie wirkt auf jeden Menschen anders. Auch keine Frage.

Eine junge Seele, eine Liebe gebende, Harmonie bestrebte Seele ist verletzlich. Keine Frage. Was Menschen motiviert, Gewalt darzustellen in Bildern und Tönen, ist Frage und Antwort zugleich. Was Menschen dazu führt, in virtuellen Welten zu leben, die geborene als Zweitwirklichkeit wahrzunehmen, ist die Negation dieser Frage und Antwort. Sie suchen sich selbst, sie finden sich nicht. Sie streben nach Geld, sie besitzen es nicht. Wert des Lebens an sich, verschwindet aus ihrem Bewusstsein. Das künstlich Geschaffene rangiert höher als das natürlich Gegebene.

Ich beobachte, wie der gewaltsame Tod, das gewalttätige Einwirken auf lebendige Wesen bis zu ihrem Ende normal wird in der medialen Darstellung, gefilmt, gedruckt. Immer mehr Menschen werden zu Akteuren in diesem bitteren Szenario. Video-, Web- und Handycam machen es möglich. Die Plattform der lustvollen Voyeure ist das World

Wide Web. Lust am Leid anderer. Perversion des Humanen, schleichende Entmenschlichung. Die Hemisphäre der Welt zweigeteilt in die des Gutmenschen und des Bösmenschen? Diskussion der 1990er Jahre. Ohne Ergebnis. In jedem von uns stecken beide.

Kraft der Vorstellung und der Empathie gelingt es Menschen menschlich zu sein und der Schöpfung schöpferisch zugewandt. Was lassen wir zu? Wo setzen wir Grenzen? Sind beschützte junge Seelen später die besseren Erwachsenen? Eine Glaubensfrage? Für mich Gewissheit.

Ich suche den Diskurs, lese mich ein in Diskussionsbeiträge thematischer Foren im Internet, in der Online-Plattform gesellschaftlich relevanter Medien, Fernsehen, Zeitungen, Zeitschriften. Ich äußere meine Meinung, bekomme Antworten, ein textlicher Dialog entsteht, entwickelt sich zum medial beschränkten Diskurs mit Menschen unterschiedlicher Herkunft, verschiedenen Alters, die nur eines interessiert, wie betroffen sie sich fühlen pro oder contra entlang von mehr oder weniger deutlich ausgedrückten Argumentationssträngen. Wir tauschen Meinungen aus, begründen sie mit erfahrener, durchlebter Weltsicht. Wir nähern uns an, stoßen uns ab. Hunderte von Usern lesen im Forum mit. In jedem von uns bleibt ein wenig von dem, was der andere meinte, zurück.

Als **senioranord** schreibe ich zum Thema 'Verbot von Killerspielen am PC' den Beitrag 'Medien wirken immer' im Forum eines großen Fernsehsenders:
*)*Anmerkung: ZDF Februar bis Juni 2007*

Der Avatar spielt die Posts in programmierter Stimmenvielfalt ein. Nur die Posts von **senioranord** *spricht Alice selbst:*

Verbote müssen manchmal sein. Wir haben bereits zu lange gewartet, ähnlich wie beim Rauchverbot, einem Alkoholverbot oder dem Emissionsverbot bei Kraftfahrzeugen etc. Seit den 1960er Jahren liegen die Ergebnisse der US-Wirkungsforschung vor, stets bestätigt im Laufe der Zeit durch Nachfolgeuntersuchungen: Medien (und ihre Messages) wirken immer, sonst hätten sie keine Faszination auf Menschen. Selten erfolgt ein direkter kausaler Zusammenhang nachweisbar (wenn – dann ...), doch einig ist sich die Forschung wie die Praxis: Häufiger Konsum gewalttätiger Medien-Inhalte erzeugt bei jungen Menschen wenigstens zweierlei: Abstumpfung gegenüber den Folgen von Gewalt gegen Menschen bis hin zur Steigerung eigener Gewaltbereitschaft sowie – und das wird kaum beachtet, weil nicht so auffällig – zunehmende Ver-ÄNGST-lichung bis hin zur psychosozialen Orientierungslosigkeit mit entsprechenden Schädigungen. Auch aus Angst reagieren z.B. männliche Jugendliche heftiger als normal, nicht nur aus Abneigung oder Hass. Junge heranwachsende Menschen sind unserem Schutz empfohlen. Wie gilt es doch in unserem Rechtssystem: Im Zweifel für den Angeklagten. Im Jugendmedienschutz muss es deshalb heißen: Im Zweifel für den jungen Menschen. Also: Verbote müssen her. Kriterien dafür gibt es schon lange. Die Selbstverpflichtung der Medienproduzenten und -anbieter reicht allein nicht mehr aus.

Menschen antworten mir (eine Auswahl aus einem monatelangen Hin und Her; original, nicht korrigiert, authentisch).

Die Avatar-Stimme liest:
blackshift schreibt: Ich kann diese Meinung nicht teilen. Bloß weil Menschen die Amokläufe, eure sogenannten „Killerspiele" spielen, ist das kein Grund diese zu verbieten. Ich weiss ja nicht was die Amerikaner da festgestellt haben, aber ich kenne zig Leute die ebenfalls „Killerspiele" spielen und diese sind kein Stück aggressiver geworden als vorher. Wenn man diese Spiel verbietet, dann müssen auch: Märchen, Nachrichten, Zeitungsartikel und und und verboten werden, weil in vielen „gewaltverherrlichende" Dinge sind z.B. Böse Königin will das Herz von Schneewitchen oder Bombenanschlag im Irak. Die Frage ist doch auch, wie es soweit kommen kann, das Jugendliche in den Besitz von Waffen kommen ohne das es bemerkt wird. Und ich bin der Meinung die meissten die dieses Verbot befürworten, haben weder ein „Killerspiel" gespielt oder an Turnieren, Lan-Partys etc. teilgenommen und wis-

sen nichtmal worum es geht. Es geht um das taktische Denken, das schneller sein als der Gegner und nicht um sinnlose massenschlachten. MfG blackshift

Alice liest:

senioranord antwortet @blackshift:

Hallo! Sie haben vollkommen recht, ein „Killerspiel" alleine macht noch keinen Gewalttäter oder Amokläufer. Das behaupten auch nicht die Forscher oder Psychologen oder Pädagogen und auch ich nicht. Es müssen schon einige Faktoren zusammentreffen. Doch eine Wirkung gibt es immer. Ich verstehe den Reiz strategischer Spiele durchaus, nur muss es immer mit Töten, viel Blut, viel Grausamkeit verbunden sein? Es gibt auch Spiele, die sehr spannend sind und viel von einem verlangen mit anderen Inhalten. Hier geht es um den Schutz von JUNGEN Menschen mit einem Verbot, ähnlich wie bei Nikotin, Alkohol, Glücksspielen. Ein junger Mensch kann noch nicht wissen, wie so etwas auf seine Seele und seinen Körper einwirkt. Deshalb brauchen Kinder und Jugendliche unseren Schutz. Wahr ist doch, dass die Erfinder und Vermarkter dieser Spiele in erster Linie damit Geld verdienen wollen, was sie bei jungen Menschen damit anrichten, ist ihnen egal. Die Kosten, die entstehen, wenn junge Menschen mit ihrem Spielsuchtverhalten die Orientierung verlieren, sich selbst schaden, nicht damit zurecht kommen, diese Kosten trägt dann die Gesellschaft. Wenn wir nur annähernd erkennen, dass Schäden entstehen KÖNNEN, dann müssen wir handeln. Meinen Sie nicht? Im Übrigen: Dieses zum Teil tage- und nächtelange Spielen bei Lan-Partys, Turnieren oder zu Hause, nimmt Ihnen oft (vor allem bei Regelmäßigkeit) ohne dass Sie dies bemerken, den Bezug zur Wirklichkeit. Sie versinken förmlich ins Spielen und merken nicht wie Ihre Lebenszeit vergeht. Bedenken Sie, was Sie in dieser Zeit an anderen spannenden, glücklich und zufrieden machenden Aktivitäten und Erlebnissen haben könnten, auch und gerade mit Freunden. Angebote gibt es reichlich und Ideen entwickeln Sie auch selbst, glauben Sie mir! Bis dann! Gruß senioranord

@blackshift von **senioranord**:
Hallo und Pardon, noch ein Nachtrag. Sie haben außerdem geschrieben: >Wenn man diese (Killer-)Spiele verbietet, dann müssen auch: Märchen, Nachrichten, Zeitungsartikel und und und verboten werden, weil in vielen „gewaltverherrlichende" Dinge sind z.B. Böse Königin will das Herz von Schneewitchen oder Bombenanschlag im Irak. <
Dieses Argument von Ihnen betrifft schlichtweg das Böse in der Welt, das es nun einmal gibt. „Gewaltverherrlichend" ist es jedoch nicht, wenn man das Böse benennt (weil es ja da ist im Leben). Märchen z.B. gehen immer gut aus, das Böse wird besiegt und mensch kann evtl. sogar daraus lernen, wie mensch das Böse besiegen kann (z.B. Mut, Ideen, List, auch Kampf und Strategie).

Nachrichten im Fernsehen und in der Zeitung sollten sachlich über die Wirklichkeit berichten, dabei aber eben nicht „gewalt-verherrlichend" oder „blutrünstig" sein – so ist es in unserem Journalismus eigentlich üblich oder so sollte es sein. Junge Menschen müssen ja auch erfahren, wie unsere Welt aussieht, aber nicht ohne Fragen stellen zu können bei Eltern, Lehrern, Älteren oder Politikern oder Medienmachern selbst, z.B. warum es Kriege gibt und ob und dass man Konflikte auch anders lösen kann als mit Gewalt. Bei Filmen, Krimis, Thriller usw. sieht das wieder so ähnlich aus wie bei den „Killer-Spielen"– es gibt einen Jugend(medien)-schutz, z.B. die Altersfreigabe als Orientierung und als Verbot, wenn es für Jugendliche nicht geeignet ist und nicht freigegeben wird.

>Die Frage ist doch auch, wie es soweit kommen kann, das Jugendliche in den Besitz von Waffen kommen ohne das es bemerkt wird. <

Das – finde ich – ist eine sehr gute, ganz entscheidende Frage von Ihnen. Außer Medien-Verboten sind noch ganz andere Dinge notwendig, nämlich dass man Jugendliche nicht allein lässt. Das „Waffen-Verbot" wird von vielen Menschen umgangen, manchmal ist es aber auch die (erlaubte) Waffe eines Erwachsenen, die entwendet wird. Verbote sind ein Schritt zum Schutz von Menschen. Kontrolle und Bestrafung weitere. Doch: Alles kann man nicht regeln, sonst leidet die Freiheit. Ich finde es wichtig, dass wir uns Gedanken über menschliches Verhalten machen und einen eigenen Weg finden, einigermaßen friedfertig durchs Leben zu kommen. Schönen Sonntag! Gruß senioranord

Die Avatar-Stimme liest:
  blackshift antwortet senioranord:
  Guten Abend! Also dann werde ich mal anfangen: Nein, solche Strategischen Spiele müssen nicht immer Blut etc. haben da stimme ich ihnen zu, aber ich finde es ist ein Teil der Realistik in einem Spiel. Man kann dieses Spiel natürlich auch ohne Blut spielen, aber ich glaube das ist dann schon Gewohnheit. Ich bin eher der Meinung, dass in Läden wo solche Spiele verkauf werden, schärfere Alterskontrollen durchgeführt werden sollten (Wenn ich sehe wie 10 Jährige an Counter-Strike kommen). Außerdem sollten bei Spieleplattformen wie Steam (überprogramm auf dem z.B. Counter-Strike installiert wird) ebenfalls eine Schriftliche Registrierung oder eine verbesserte Alterskontrolle eingebracht werden sollte, um dadurch zu verhindern das Minderjährige solche Spiele verwenden.
  Zum Thema LAN-Partys: Hmm, wie soll ich das beschreiben. Auf LAN-Partys versammeln sich viele Spieler. Diese bauen dann die Räumlichkeiten auf und merken, wenn sie fertig sind damit, das sie etwas erreicht haben. Außerdem ist man bei solchen Lan-Partys oft unter Freunden mit dennen man auch etwas Fachsimpeln kann. Man könnte es sich vorstellen, wie viele kleine Jugns die zusammen mit ihren Autos spielen. Bei gut organisierten LAN's

wird auch auf den Zustand der Spieler und deren Spieldauer geachtet.

Mit freundlichen Grüßen blackshift

Alice liest:

@ blackshift von **senioranord**:

Hallo, blackshift! Danke, dass Sie sich diese Mühe geben. So weit auseinander sind wir vielleicht gar nicht. Bei dem Verbot von Killerspielen geht es ja in erster Linie darum, den Zugang/Zugriff für Minderjährige zu verhindern. Ich gebe Ihnen vollkommen recht – das muss unbedingt mit schärferen Alterskontrollen verbunden sein. Da ist noch viel zu tun. Das könnte auch Arbeitsplätze schaffen (nicht nur 1-Euro-Jobber), bisher läuft da zu viel ehrenamtlich oder gar nicht. Die Kosten dafür müssten von den Herstellern/Vertreibern/Kunden getragen werden. Das ist das eine.

Ich frage mich allerdings auch, ob die problematische Entwicklung im Medienangebot, einschließlich Internet, den Erwachsenen bekommt? Es geht nicht nur um zu viel Blut, sondern um zunehmende Grausamkeit des Foltern und Töten, um Missachtung und virtuelle Gewalt gegen Kinder und Frauen, um Pornographie schlimmsten Ausmaßes. Manche Menschen (Anbieter und Nutzer) scheinen überhaupt keine Grenzen mehr zu kennen – Hauptsache, es verkauft sich! Ich fürchte, wir sind mitten in einer Entwicklung, die Menschen negativ verändert.

Was wir dagegen tun können ist, Hemmschwellen aufzubauen oder höher zu legen und über mögliche Gefahren zu reden, zu informieren, aufmerksam zu machen. Ich bin optimistisch und denke, dass Menschen sich ein eigenes Urteil bilden können und manches lassen, wenn sie denn WISSEN, was es anrichten kann. Zum Schutz von jungen Menschen ist ein Verbot bestimmter Spiele/Angebote aber unverzichtbar.

Ich weiß, wie gute LAN's ablaufen, das ist okay. Den Spaß und die Spannung – wie Sie das so nett beschreiben – können Sie doch auch haben, wenn es keine ekligen, abstoßenden, brutalen Spiel-Inhalte gibt – oder? Es ist auch okay, wenn junge Leute spüren, wann es genug ist und aufhören können. Nicht alle sind wirklich gefährdet. Gute Teams kümmern sich um den Anderen und achten darauf, dass Regeln eingehalten werden. Sie können mir glauben, selbst bestimmter Umgang mit Medien ist mir allemal lieber, als ständig mit Druck = Verboten einzugreifen. Junge Menschen sollen und müssen auch entscheiden lernen, was ist gut für mich, was nicht. Dafür brauchen Sie aber Unterstützung von den Erwachsenen.

Kennen Sie die Entwicklung in Japan? Dort ist der Umgang mit Gewalt-Medien nahezu völlig frei, praktisch alles erlaubt, wie ich erfahren habe. Eine Wirkung: Immer mehr Kinder und Jugendliche verkriechen sich förmlich in ihr Zuhause, gehen nicht mehr raus, verweigern die Schule – aus Angst vor der Wirklichkeit, weil sie soviel virtuelle Bedrohung kennen gelernt haben und das wirkliche Leben nicht mehr erfahren (ich glaube, die nennt man Hikikkomori oder so) mit den Mangas hat das wohl angefangen. In Deutschland nimmt nicht nur die Zahl der aggressiven Jugendlichen zu, sondern auch der ängstlichen und hilflosen. Junge Menschen brauchen ein gesundes Selbstbewusstsein, ein Selbst-WERT-Gefühl. Kein Mensch kann es letztlich ertragen, wenn er sich minderwertig fühlt, nur Gegner oder Feinde um sich rum sieht und im Spiel das perfekte „Metzeln" von Menschen erlernt. Wo bleibt das Positive?

Pardon – jetzt ist es wieder so lang geworden. Eine schöne Woche! Gruß senioranord

Eine neue Avatar-Stimme liest:

Bene86 schreibt:

Ich bin 20 und spiele seit über 4 Jahren Counterstrike, ein sogenanntes Gewaltspiel (wenn man C&C dazuzählt spiele ich seit 11 Jahren Gewaltspiele) und bin gegenüber realer! Gewalt kein bisschen abgestumpft, bin weder verängstlicht, noch orientierungslos. Können Sie mir die Quelle derartiger Behauptungen nennen? Man sollte auch das Selbstbestimmungsrecht des Menschen nicht vergessen, bei Zigaretten z.b. wäre ein Verbot in Ordnung, da dadurch andere Menschen gefährdet und geschädigt werden. Bei Alkohol am Steuer ebenfalls. Bei Computerspielen gefährdet man jedoch weder einen anderen, noch sich selbst, solange man ein halbwegs vernünftiger Mensch ist.

Sie haben recht, wenn sie sagen: Im Zweifel für den Angeklagten. Jedoch finde ich es pervers, wenn sie den jungen Menschen allgemein zum Angeklagten machen! Wobei doch eindeutig das „Killerspiel" der Angeklagte ist. Und in diesem Punkt stimme ich zu: Im Zweifel für den Angeklagte.

Alice liest:

@Bene86 von **senioranord**:

Schön für Sie und unsere Gesellschaft, dass Sie nicht zu den „Gefangenen" der Gewaltspiele und hoffentlich auch nicht zu den „Gefährdeten" gehören. Im übrigen: Mit dem Satz „Im Zweifel für den Jugendlichen!" möchte ich auf den „Zweifelsfall" hinweisen. In der Diskussion um Medienwirkung wird oft das Argument gebracht, dass man diese Wirkung nicht nachweisen könne im Sinne von WENN ein Jugendlicher Gewaltspiele spielt, DANN wird er auch zum Gewalttäter. Weil jedoch die Entwicklung der letzten Jahrzehnte gezeigt hat, dass es einen ZUSAMMENHANG geben KANN, plädiere ich (mit vielen anderen Leuten) dafür, dass trotz bestehender „Zweifel" und keiner EINDEUTIGEN „Beweislage", vorsichtshalber als „Vorbeugung" Kontrollen eingeführt, Gesetze erlassen, Zugänge/Zugriffe erschwert werden bis zu einem ausdrücklichen Verbot. Das Verbot steht in einer Kette von Maßnahmen immer als letzte zur Verfügung. Beziehen Sie das Ganze mal auf die anderen Suchtbereiche, z.B. Rauchen, Alkohol oder Drogen. Wie lange hat das gedauert, ehe ein Rauchverbot tatsächlich eingeführt wurde, obwohl Medizin/Forschung seit Jahrzehnten auf die katastrophalen gesundheitlichen Folgewirkungen hinweisen und sie beweisen auch für die Nichtraucher. Die starke Lobby der Tabak- und Werbeindustrie hat sich politisch ganz heftig eingemischt, um das zu verhindern. Eine Selbstbeschränkung von der Macher-Seite hat zu nichts geführt. Nur in diesen Fällen bin ich für ein uneingeschränktes VERBOT – nämlich dann, wenn sich gezeigt hat, dass die Gefährdung zunimmt und die Produzenten/Vermarkter sich nicht zurückhalten können, um was Besseres zu produzieren.

Wir haben ganz eindeutig jetzt einen Punkt erreicht, wo mit Freiwilligkeit nichts mehr zu regeln ist und eine schädigende Wirkung nicht verhindert werden kann. Das ist ähnlich mit der Diskussion um die Geschwindigkeitsbegrenzung auf Autobahnen oder mit der Klima- und Menschenschädigung durch CO^2-Ausstoß der Kraftfahrzeuge: Wir Menschen lernen offensichtlich nur, wenn bereits viel Schlimmes passiert ist. Wenn es nicht freiwillig funktioniert, müssen irgendwann Verbote her. Realität!

Sie selbst sind 20 Jahre alt, wie Sie schreiben. Das Verbot von bestimmten Gewaltspielen bezieht sich auf den Schutz von Minderjährigen. Den Jugendmedienschutz gibt es ja bereits sehr lange (Altersfreigaben-Regelung, Indizierung bestimmter Filme/Spiele), das ist ja keine neue Erfindung, von der wir jetzt reden. Es geht aktuell darum, eine Verschärfung einzuführen, weil eben die Entwicklung zum Negativen vorhanden ist.

Glauben Sie mir, ich bin für so viel Freiheit und Selbstbestimmung wie möglich und für so wenig Einschränkung und Verbot wie nötig. Erlauben Sie mir die persönliche Nachfrage: Wenn Sie schon seit 11 Jahren Gewaltspiele spielen, also mit bereits 9 Jahren damit angefangen haben, was haben Sie da alles versäumt im realen Leben. Sie tun mir echt leid!

Die Avatar-Stimme liest:

Antwort von **Bene86**:

Nur weil ich schon mit 9 Jahren vielleicht 20-30 Minuten am Tag am Computer saß, hab ich ja wohl nicht das Leben verpasst, also bitte. Zufälligerweise kann man über Computerspiele z.b. im Clan per Teamspeak auch alte Bekanntschaften pflegen, von denen man sonst monatelang nichts hören würde, wenn man in eine andere Stadt gezogen ist. Davon haben Sie aber leider offenbar keine Ahnung. Andre sammeln Briefmarken, puzzlen, lesen Bildzeitung oder machen sonst irgendetwas sinnloses, ich spiele halt am Tag im Schnitt ne halbe Stunde Computer. Was ist da schlimm dran? Es geht im übrigen nicht nur darum, die Computerspiele für minderjährige zu verbieten, was ja eh schon lange gegeben ist, einige der CDU/CSU fordern ein Totalverbot. Im Übrigen ist das Rauchen noch nicht verboten und es sind ja wohl wesentlich mehr Menschen vom „Rauchervirus" infiziert. Rauchen ist dazu um 100000%

oder mehr gefährlicher als „Gewaltspiele" und die Wirkung von Computerspielen ist noch dazu mehr als bestritten.

Das Schlimme ist, Leute die ein Verbot fordern, haben allesamt nie eines dieser Spiele gespielt, sonst wüssten Sie, dass diese Spiele mit dem, was die Medien verbreiten nur reichlich wenig zu tun haben. Ich meine, ich kann auch nach einem Verbot von Aspirin schreien, weil ich nie Aspirin nehme, aber für andre die Möglichkeit besteht, abhängig zu werden. Solche Forderungen sind doch einfach Schwachsinn, so in der Art: „och, interessiert mich nicht, schadet mir nicht, VERBIETEN". Man sollte wenigstens wissen, wovon man redet, wenn man etwas verbieten will. Außerdem glaube ich, dass sogenannte Problemkinder ohne „Gewaltspiele" noch gewalttätiger werden, das sie keine Möglichkeit mehr haben, ihren Frust virtuell abzubauen. Das staut sich dann auf und dann wollen wir mal sehen, wie viele Erfurts etc. es dann im Jahr gibt. Ich wette bedeutend mehr. Die wirkliche Problematik liegt bei der Erziehung und dass es in Deutschland noch zu einfach ist, Waffen zu bekommen.

Hier haben sich schon unzählige Eltern gemeldet, die allesamt nicht von durch Computerspiele entstandene Persönlichkeitsänderung berichten konnte.

Es stimmt auch nicht, dass es einen Zusammenhang zwischen Gewalttaten und Computerspielen gibt. Es ist ganz einfach, so dass gewalttätige Menschen gerne „Gewaltspiele" spielen, das Spiel selbst macht niemanden gewalttätig. Ich habe es auch schon in einem anderen Post geschrieben. Man schreit ja auch nicht nach einem Verbot von blauen Jeans nur weil ein Haufen Gewalttaten von Menschen mit blauen Jeans begangen werden.

Außerdem brauchen Sie hier nicht andre Leute beleidigen. Was ich mit meiner Freizeit mache, hat Sie reichlich wenig zu interessieren.

Alice liest:

@Bene86 von **senioranord**:

Entschuldigung – nochmals! Ich wollte Sie wirklich nicht beleidigen! Wir sollten vielleicht doch mal klar stellen, worum es wirklich geht in der ganzen Verbots-Debatte.

Es geht

- um Spiele mit BESONDERS gewalttätigen und gewaltverherrlichenden Inhalten (das beurteilen Sie vielleicht toleranter als ich, vielleicht kennen Sie – hoffentlich – auch nicht, was sich auf diesem Markt alles tummelt)
- um SUCHTVERHALTEN von Jugendlichen
- um ERZIEHUNG von jungen Menschen und ihren Schutz (wie Sie richtig schreiben, liegt da noch vieles im argen; ein Verbot ist für Eltern, Lehrer usw. sehr hilfreich, dazu gehört natürlich auch die nötige Information/Aufklärung)
- aber NICHT um ein TOTALVERBOT von Computerspielen (das wäre Schwachsinn

und würde die abstrafen, die verantwor-
tungsvoll damit umgehen und – da gebe ich
Ihnen wiederum recht: den Spaß am Spiel
verderben, es gibt da durchaus positive Seiten, wie Sie selbst schildern)

- um fehlende Sozialarbeit und Zukunftsper-
  spektive mit/für junge Menschen
- stärkere Kontrollen (z.B. auch Zugang zu
  Waffen, wie Sie schreiben)

Ein Verbot von blauen Jeans macht dann Sinn,
wenn diese mit Gift getränkt sind statt stonewas-
hed. Der Mensch, der in den blauen Jeans steckt, ist
derjenige, der sich kriminell VERHÄLT oder zu
schützen ist.

Denken Sie nicht, weil Sie das alles gut wegstecken, können das andere junge Menschen auch. Das
ist eben leider nicht so. Ich nehme die Problematik
sehr ernst. Da ist noch eine Menge zu tun.

Info zu mir: Mehr als zwanzig Jahre Jugendarbeit,
vier Kinder groß gezogen, drei Enkel. Ich sehe in
Computer/Internet eine Bereicherung. Doch wie
überall kommt es auf das menschliche Verhalten
an. Einen kritischen Umgang mit Medien zu erlernen (einschl. Fernsehen, Film, Handy) ist sicher
nicht verkehrt.

Okay? Gruß senioranord

Eine andere Avatar-Stimme liest:
Beitrag von **rooming**:
Der Ritus von Gewalt bedeutet einen Gestus der
Primitivität. Blutvergießen als Inhalt von Unterhal-

tung, Spaß und virtueller Geschicklichkeit als Groteske menschlicher Entäußerung ist verbindlich zum Verblöden des geist- und ruhelosen Charakters, der es auch im Leben auf die Nachteile des Anderen niedertrachtet.

Der rechtsfreie Raum, fernab von Kultur, egal ob konservativ oder links, sich erigiert am virtuellen Mord und Totschlag, am Beseitigen und Verscharren, am blutsinnigen Bösartigen gibt frei, den Idioten vorm Monitor, der seine Zeit verbraucht als Neokiller, Vernichter und letztlich dem Erbarmungslosen Geist der niedrigen Beweggründe.

Mit freundlichen Grüßen

Eine Avatar-Stimme liest:
Beitrag von **blackshift**:
Also ... Ich kann da Bene86 zustimmen.

Hmm ich weiss nicht ob ich etwas von meiner Kindheit verpasst habe. Habe viele Freunde gehabt/habe die meiner Meinung sind und auch solche Spiele spielen. Draußen mit Freunden zu sein ist nichts fremdes für mich. Das machte/mache ich regelmäßig. Doch ich treffe mich gerne mit Freunden und mache bei LAN-Partys mit. Wir spielen dann zusammen und haben spaß. Und verpassen tun wir da nix. Wir sitzen nicht wie die Leute es denken, 24Stunden mit von Augenringen geprägten Augen vorm PC und zocken was das Zeug hält. Nein, wir setzen uns auch in Garten (LAN zu Hause) und Unterhalten uns über dies und das. Man könnte das auch mit einem Verein vergleichen. Manche fahren

Porsche, manche sammeln Kronkorken, manche gehen zum Schützenverein oder sonst was ... doch wir haben auch ein Hobby/eine Sache die uns verbindet, das Spielen. Und wir sehen es eben nicht wie manche sehen als extremes rumballern nur um andere „niederzumetzeln", nein wir sehen als Hobby, als Freizeitbeschäftigung und sogar als Sport (Begriff: eSport @ Google). Also ich glaube das solche Lan etc. auch sehr das Beisammensein beinhalten und nicht nur das spielen.

greeeetz blackshift

Alice liest:

Neuer Beitrag zum Thema von **senioranord** mit dem Titel „Spaß am Morden, Spaß am Krieg?":

Leute, Leute – merkt Ihr denn gar nicht, dass Ihr den Verbotsbefürwortern reichlich Argumente liefert? Ihr bestätigt mit Euren Pro-Beiträgen und den Schilderungen Eurer „E-Sport-Leidenschaft" aber auch JEDES Vorurteil! Wie kann man denn SPASS haben, wenn man sich Handgranaten beschafft und ein möglichst großes Waffen-Arsenal, um menschenähnliche Figuren zu vernichten?? Entschuldigung – aber das alles ist eine geistig-moralische Vorbereitung auf KRIEG! Da werden sich Vater Staat und die NATO mächtig freuen. Deutschland bildet prächtige Krieger aus, die dann überall in die Welt geschickt werden – Feinde schaffen wir uns dann schon. Aus normaler Spiel-Leidenschaft wird schnell bitterernst. Seht Euch mal selbst in „größeren Zusammenhängen" stehen und hinterfragt mal die INHALTE eurer Spiele! Euch fehlen Abenteuer und Erlebnisse. Vielleicht heuert Ihr mal in echt auf einem (Segel-)Schiff an, wo Team-Arbeit wichtig ist oder treibt echten Sport.

Übrigens: Die Hooligans am Spielfeldrand, die die ganze Randale bei Fußballspielen machen, sind fast immer keine aktiven Fußballspieler (guckt Euch die dicken Bierbäuche an und die versoffenen, verlebten Gesichter!). Die lassen ihren Alltagsfrust raus. Das hat mit Fußball nichts zu tun, nur mit ihrem Leben, das sie nicht in Griff haben. Ich finde es reichlich arm, in so etwas einen „Sinn" und eine „Befriedigung" zu sehen – Gewaltspiele als virtuelles Morden und Krieg oder als reale Randale am Spielfeldrand und nach dem Spiel.

Eine Frage zum Schluss: Ist das alles nicht ein typisches Männer-Phänomen? Ich habe noch nicht gehört oder gelesen, dass Frauen ähnlich fasziniert sind von derartigen Spielen und Spiel-Events.

Meine Empfehlung: Nehmt an Anti-Gewalt-Trainings und an Erlebnisurlauben teil. Dann merkt Ihr, was WIRKLICH SINN macht und was Euch die ganze Zeit GEFEHLT hat!

Eine Avatar-Stimme liest:
Antwort von **Aenarion**:
Ich sehe keine Sinn in Erlebnisurlauben oder an Fahrten auf Segelschiffen!

Ich finde es reichlich arm dass Sie mir Sinn und Unsinn von verschiedenen Hobbys und Sportarten-

vorschreiben wollen. Oder schreibe ich Ihnen vor das sie gefälligst Computerspiele zu spielen haben?

Da kommen Sie wieder mit dem Märchen von der Kriegsausbildung am Computer. Daran sehe ich Ihr komplettes Unwissen über reale Waffen und Computerspiele. Sie werden nicht zum Architekten bloss weil Sie in Die Sims über 20 Häuser gebaut haben.

Eine neue Avatar-Stimme liest:

kater murr 2 schreibt an senioranord:

Zitat: „Eine Frage zum Schluss: Ist das alles nicht ein typisches Männer-Phänomen? Ich habe noch nicht gehört oder gelesen, dass Frauen ähnlich fasziniert sind von derartigen Spielen und Spiel-Events."

Ich glaube, das ist heute nicht mehr geschlechts-spezifisch. Es gibt auch hier im Forum weibliche Befürworter. Außerdem, was tut der jugendliche Mensch nicht alles, um Gesellschaft zu haben. Manchmal auch Dinge, die ihm eigentlich gegen den Strich gehen! Später wird er dann weiser!

Eine andere Avatar-Stimme liest:

qua-fi schreibt unter dem Titel „Ich laß mich nicht entmündigen!!!":

Ich bin ein weibliches Wesen von 28 Jahren und im Vollbesitz meiner geistigen Kräfte. Wenn ich PC-Spiele wie DOOM 3 oder FarCry spielen will dann tue ich das auch und laß mir nicht vom Gesetzgeber vorschreiben was ich tun und lassen soll. ...

Der Avatar liest:

Kater murr 2 schreibt unter dem Titel „Killerspiele und die Wehrpflicht":

Sind Politiker mit der Ächtung dieser Spiele so vorsichtig, weil sie in Erklärungsnöte kommen könnten? Kann ein Staat, der einem 16-jährigen verbietet, solche Spiele zu spielen, die Wehrpflicht, eine Ausbildung zum Töten, künftig aufrechterhalten?

Eine neue Avatar-Stimme liest:

Die Holgahhhs schreiben unter dem Titel „Wo sind die mündigen Bürger?":

Hallo! Ich finde die Entwicklung in Deutschland nicht gut:

Nach meinem Empfinden geht die Politik jetzt hin und WILL UNS EINIGES VERBIETEN und will und ERZIEHEN bzw. BEVORMUNDEN!!! Beispiele: Rauchen, Killerspiele, Rauchen im Auto etc. Wieso geht die Politik nicht hin und sorgt bei der Erziehung in Kindergarten und Schulen dafür, dass die Kinder lernen mit Medien umzugehen???

Verbote bewirken nicht viel und sind attraktiv für Jugendliche, die in der Pubertät rebellieren und sich ausprobieren und ihre Grenzen austesten. Verbote bringen nichts. Spiele sind mittels Raubkopien jedem Jugendlichen zugänglich. Was bringt da ein Verbot?

Wenn man gewaltverherrlichende Spiele verbietet, sollte man auch konsequent sein und AUCH gewaltverherrlichende Filme verbieten! Warum setzt sich keiner dafür ein Gewalt im TV zu verbieten? Das fängt bei Tatort an und hört bei Rambo 4 auf.

Ich persönlich bin gegen Verbote in dieser Hinsicht und ich bin für AUFKLÄRUNG und VERNÜNFTIGE ERZIEHUNG; die die Mündigkeit jedes Bürgers in den Vordergrund stellt. Daß jeder Verantwortung für sein Tun übernehmen kann !!! Und weiß, was er/sie tut!!!

Daß mündige Bürger erwünscht sind, steht glaube ich im Grundgesetz.

Gruß Die Holgahhhs

Eine weitere Avatar-Stimme liest:

Hallo erst mal – schreibt **BEJBPK** – ich halte nichts von einem Verbot von EgoShootern. Aus Gründen die eigentlich jeder schon kennt: Beschaffung aus dem Ausland (In den meisten anderen EU Ländern sind die Gesetze deutlich lockerer), PC-Spiele machen nicht krank oder verrückt aber einige fast süchtig, wir leben im 21. Jahrhundert und e-sport ist nun mal ein Sport des 21. Jahrhunderts ob man das nun mag oder nicht und die CSU/CDU will sowieso fast alles verbieten, wovon die meisten Politiker keine Ahnung haben (Handys an Schulen z.B.). Und auch bei allen Gegenargumenten die Sie mir jetzt liefern können, bin ich der Meinung das z.B. das Rauchverbot in Gaststätten Priorität haben sollte. MfG BEJBPK

Eine neue Avatar-Stimme liest:

vincent16 schreibt unter dem Titel „Gewalt":

In sämtlichen Programmen können wir Mord und Todschlag, Explosionen, hirnrissige, eklige Kriminalgeschichten sehen – mit genauester Aufklärung, wie man die Bombe baut, den Brand legt und jemanden hinterhältig umlegt. Ob die „lieben Kleinen" Killerspiele oder Killersendungen ansehen oder sich in bösartigen Gangs gegenseitig aufhetzen – wo ist der Unterschied?

Vom Hort zum Kindergarten zum Killerspiel per Computer, Kino, Fernsehen. Ich bin gegen Killerspiele und Killerfilme für Erwachsene ...

Eine andere Avatar-Stimme liest:

cloud strife schreibt als Re: „Spass am Morden, Spass am Krieg?":

Hallo, eine reichlich seltsame Überschrift in meinen Augen denn ich kenne keinen meiner Freunde die Spaß an Morden oder Krieg hätten und ja sie spielen Ego-Shooter. Es ist seltsam das was uns vorgeworfen wird also das wir dann Realität und Fiktion nicht mehr auseinander halten können, tun die Kritiker sie vermischen beides. Wir töten niemanden wir tun niemanden weh, es sind Pixel das weis jeder normal denkende Mensch und ich kenne keinen meiner Freunde die sich daran berauschen einen Pixelhaufen zu töten. Ihnen und mir geht es eher um Spaß haben und um Teamplay. Der vergleich mit den Hooligans zeigt gut wie sie sich mit dem Thema befasst haben nämlich gar nicht, die machen nicht vor Sachbeschädigung und Menschen halt und wie gesagt am PC sind es Pixel und nichts echtes.

Fakt ist eins nur weil man Counter-Strike oder ein Call of Duty am PC spielt hat man keine Vorkenntnisse an Waffen und man bereitet sich damit auch nicht auf den Krieg vor. Das ist totaler Unsinn und beweist nur ihr Unwissen, ich wüste nicht wie ich eine Waffe zu laden hätte geschweige denn auf was ich alles achten muss und ganz ehrlich ihre Empfehlung ist eine Beleidigung ein Anti-Gewalt-Training ich habe in meinen Leben keiner Fliege was zu leide getan und sehe Gewalt als das Argument der dummen und bin bei weiten nicht der einzige Spieler der das so sieht. Aber es ist ja alles so schön einfach Gewaltspiele fördern Gewaltbereitschaft dann fördert Autofahren das Rasen.

Ich gebe ihnen die Empfehlung sich mit der Thematik besser auseinander zusetzen und nicht alles zu glauben was ihnen die Medien und ein Teil der Politik so erzählt. Denn es gibt auch viele Befürworter solcher Spiele in Politik, Forschung und bei den Sozialpädagogen.

Man könnte jetzt über sinn und Unsinn dieses Hobbys streiten aber dann müsste man da jedes Hobby durchsezieren und würde wahrscheinlich bei jedem auf das selbe Ergebnis kommen nämlich es ist auf seine art unsinnig den was hat ein Mensch davon Schach zu spielen, Skat oder zu Fechten, richtig einen Zeitvertreib der ihm Spaßmacht und genau so ist es bei den Computerspielen.

In dem Sinne einen schönen Tag
Mit freundlichen Grüßen
Cloud

Eine weitere Avatar-Stimme liest:

Kralle68 schreibt unter dem Titel „Verbot keine Lösung":

Wenn es diese Killerspiele nicht mehr gibt, dann geben halt die vielen brutalen Filme mit Gewalt eine gute Vorlage, um sich an jemanden oder vielen Leuten zu rächen. Es sind aber weder die Spiele noch Filme an solchen Taten schuld, sondern viel mehr sind es die psychischen Verletztungen der Täter, die sich einfach nicht trauen ihre Erlebnisse Psychologen anzuvertrauen, weil alles so schlimm war. Oft stehen sie ganz alleine da und wissen keinen anderen Ausweg. Da explodiert dann einfach was. Mehr Toleranz und die Achtung von anderen Menschen mit all seinen Schwächen wäre wünschenswert, aber es gibt kaum noch Respekt.

Eine neue Avatar-Stimme liest:

ImmeKoppel schreibt unter dem Titel „Gewalt auf Knopfdruck":

„Meistens spiele ich mit meinem großen Bruder und meinem Vater. Am liebsten Kriegsspiele. Dann kann ich meinen Vater und meinen Bruder totschießen. Ich gewinne meistens, das ist cool" Der Junge formt seine rechte Hand zur Faust, imitiert Gewehrschüsse und grinst verzückt übers ganze Gesicht. Aber dann ist er doch tot! Na und? Dann kann ich machen was ich will. Er ist einer meiner Nachhilfeschüler, 9 Jahre alt, besucht die zweite Klasse, ist kontaktgestört und verhaltensauffällig. Mädchen und Türken sollte man seiner Meinung nach übrigens auch alle erschießen (Pistolenfaust und „Peng"). Seine Eltern zucken dazu nur mit den Schultern.

Sicher gibt es Kinder, deren Lebensweg auch durch Gewaltspiele am Computer nicht negativ beeinflusst wird. Aber man braucht nicht viel Fantasie, um sich vorzustellen, was der Konsum von Gewaltspielen in Kindern wie dem geschilderten Jungen auslösen kann – wird?

Vor allem aus dem Sport kennt man die Macht des Vorstellungsvermögens. Kaum ein Sportler kommt heute ohne mentales Training zum Sieg. Was im Positiven gilt, gilt ebenso im Negativen: Das Gehirn unterscheidet nicht zwischen Gut und Böse. Empfindet der Betreiber des Gehirns Gedachtes und Erlebtes als positiv, tut es auch dessen Gehirn, unabhängig von gesellschaftlichen Bewertungen. Es gibt keine Negativ-Sperre. Sind Gewaltspiele, psychologisch bzw. neurologisch betrachtet, etwas anderes als mentales Training? Ich glaube nicht. Allein das Wollen ist entscheidend: Ich will siegen, ich komme so und so zum Sieg unterscheidet sich für das Gehirn nicht von Ich will töten, wie schaffe ich das, ohne aufzufallen. Rollenspiele, Planspiele. Sie werden schließlich überall genutzt: In der Schule, um Kinder gegen Gewaltverbrecher zu wappnen; in Seminaren, um Manager erfolgreicher zu machen.

Auch dort werden Computer eingesetzt. Nur wird dann kein Gewalt-Video benutzt. Das ist aber doch schon der einzige Unterschied, oder?

Eine Avatar-Stimme liest:

Unter dem Titel „Man sollte auch anders denken" schreibt **Camper30**:

Ich denke mal das 99% von den akkresieven Jugendlichen ihren zorn durch die Gewaltspiele bändigen können,mir ging au so...man sollte nur weil ein kleiner teil seiner akkressionen ins Reale überträgt nicht auf alle schliessen,die meissten nutzen dieses nur zum abreagieren

Eine weitere Avatar-Stimme liest:

tessi61 schreibt unter dem Titel „wieso dieser Name?":

Die Bezeichnung Gewalt oder Killerspiel für auf Computer gespielte Games ist rechtlich nicht zutreffend, da es sich um virtuelle Situationen handelt. Ein Killerspiel ist z.B. das gegenseitige Beschiessen mit Farbpatronen unter Kriegssimulationen, aber da wissen alle Teilnehmer, worauf sie sich einlassen. Der Knackpunkt liegt meines Erachtens in zwei Punkten, nämlich in der mangelden Fürsorge der Eltern und der manchmal zynischen Darstellungsweise der Nachrichtenmedien, die Gewalt und Terror als die Normalität überliefern. Es ist leider in bestimmten Regionen unserer Welt die Realität. Profilierungssucht der meisten Politiker greift diese Themen immer wieder auf und führt zu absurden

Ergebnissen, siehe auch das Nicht und Raucherge-quatsche. Wenn ich in eine Kneipe zum Skatspielen gehe, rauchen dort 99,9% ihre Zigarette zum Bier, die restlichen 0,1% rauchen auf dem Klo. Hier wird staalicherseits wieder ein neues Gewaltpotential er-schaffen, ein Skatbruder hat mir schon versichert, das er die Geldeintreiber abknallt, wenn er dafür eine Geldbusse entrichten müsse. Die Politik schafft sich ihre Killerspiele selber und irgendwann spielen wir alle mit...

Der Avatar liest:
   BEJBPK schreibt unter dem Titel „Killerspiele-Reinste Ablenkung der wirklichen Probleme":
   Als ich neulich durch das Netz surfte ist mir fol-gendes aufgefallen: Killerspiele hin oder her, es gibt auch noch andere Probleme z.B. das Shishaspiel... Dieses Spiel ist komplett gratis und meiner Mei-nung nach fordert es zum rauchen auf. Ich finde selbst dieses kleine Onlinespiel schlimmer als Coun-terstrike (Counterstrike ist ein vieldiskutiertes Kil-lerspiel), weil es aktiv zum rauchen auffordert (Man kann Wasserpfeifen gewinnen etc.). Denn rauchen tötet Menschen, Killerspiele stumpfen ihn ab. Da ist mir die Abstumpfung, die natürlich auch nicht posi-tiv zu betrachten ist, lieber. MfG BEJBPK

Eine neue Avatar-Stimme liest:
   der neocortex schreibt an senioranord:
   deine argumentation ist mir aber viel zu einsei-tig! es ist definitiv nicht so, dass leute die solche

spiele spielen sonst nichst im leben machen! das zu behaupten ist engstirnig, ignorant und grenzt schon fast an beleidigung. ich selber habe vielfältigste interessen und bin in vielen gruppen und aktivitäten engagiert, dazu gehört UNTER ANDEREM das spielen am computer und dabei wieder UNTER ANDEREM auch das spielen von games wie den hier kritisierten. dein punkt, dass es sich hier um ein „männerphänomen" handelt sehe ich allerdings auch – frauen fühlen sich ja bekanntlich zu anderen computerspielen eher hingezogen (z.b. aufbauspiel wie „die sims")

Eine weitere Avatar-Stimme liest:
„Wenn wir alles verbieten, dann wird die Welt wieder gut ..." titelt **alxp** und schreibt:
Ja wenn es so einfach wäre: Gewaltspiele verbieten, Peace on earth. Das glauben? nur Politiker, die sonst keine Möglichkeit haben, sich zu profilieren (mit guten Ideen zum Beispiel). Der Deutsche war anständig, aufrichtig und hat, angeleitet durch Herrn Hitler, sich doch zu einigen einzigartigen Grausamkeiten hinreißen lassen, auch ohne derartige Spiele je gesehen zu haben (um nur ein Beispiel zu nennen, man könnte auch Ruanda nennen, war das driven by Gewaltspielen?). Wählen wir doch Politiker ab, die auf solchen Wellen schwimmen. Sagen wir ihnen Schluß mit Aktionismus, mach mal was Gescheites, für die Leute hier im Land. P.S. Ich finde Gewaltspiele primitiv und doof.

Ein Avatar liest:

Hoppetosse schreibt als Re: „Spass am Morden, Spass am Krieg?":

Oh man.. denken Sie ernsthaft, nur weil man Spaß hat, eine Granate auf jemanden zu werfen, mag man es, im echten Leben Leichen durch die Luft fliegen zu sehen? WAS SOLL DAS????

Ich spiele keine Kriegsspiele, aber Ballerspiele wie „Halo" o.ä. Und ich spiele es nicht, weil ich es liebe, Menschen zu verstümmeln, sondern weil es einfach Spaß macht, es mit anderen Menschen zu spielen oder alleine.

DAS HEISST NOCH LANGE NICHT; DAS MAN SPAß AM KRIEG HAT!! DENKEN SIE ERNSTHAFT das die Menschen, die so was spielen, sich freuen, wenn hier in Deutschland Krieg ausbricht? Halten sie solche Menschen ernsthaft für so blöd? Denken Sie, diese Menschen stürmen dann auf die Straße und sagen sich: „Cool, jetzt kann ich das mal ausprobieren, was ich im Spiel gemacht habe!"

Nur weil ein paar Menschen durch Ballerspiele aggressiv geworden sind, und vereinzelte an ihrer Schule Amok gelaufen sind, heisst das noch lange nicht, dass das alle tun!!! Schonmal daran gedacht, dass diese Amokläufer PSYCHISCH KRANK WAREN?? Normale Menschen / gesunde Menschen lassen sich von solchen Spielen nicht verleiten, in ihrer Schule zu morden!

Ich kann nur sagen, SPIEL UND REALITÄT SIND 2 VERSCHIEDENE DINGE!!! Da stimmen Sie mir bestimmt 100 % zu!!! Also! Nur weil man Spaß am

Spiel hat hat man das ganz bestimmt NICHT in der Realität!!!!!!!!!!!! Denken Sie mal nach bevor sie alle über einen Kamm scheren!!

Übrigens, ich heiße Anita und bin eine Frau. Kein Prollweib, wie Sie jetzt wahrscheinlich denken, sondern eine ganz normale Frau, schlank, lange Haare, schön.

Eine neue Avatar-Stimme liest:

AndreCux schreibt:

Also wenn ich Counter-Strike oder Final Fantasy spiele habe ich Spaß daran Leute zu ermorden.

Wir liefern den Verbotsbefürwortern keine Argumente.

Die Befürworter glauben, dass sie das was wir sagen, als Pro-Argumente verwenden zu können. Warum? Weil sie keine Ahnung haben.

Wo haben Sie ihre Kenntnisse her? Aus der Bild-Zeitung?

Selbst wenn Sie sie aus der FAZ hätten (die um einiges glaubwürdiger ist) können diese Redakteure NICHT auf FACHwissen zurückgreifen. Sondern nur auf subjektive Meinungen von sich selbst und anderen. Lesen sie sich mal bitte einige PC-Zeitschriften durch, die dieses Thema behandeln und denken sie dann darüber nach.

Ein Avatar liest:

Data001 schreibt @ senioranord:

<<Wie kann man denn SPASS haben, wenn man sich Handgranaten beschafft und ein möglichst gro-

ßes Waffen-Arsenal, um menschenähnliche Figuren zu vernichten??<<

-ganz einfach, ungefähr so, wie man bei einem Fussballspiel Spass hat. Was spricht denn dagegen?

>>Entschuldigung – aber das alles ist eine geistig-moralische Vorbereitung auf KRIEG!<<

da sehe ich überhaupt keine Verbindung!!! Ist logisch nicht nachvollziehbar. Wenn ich Spass habe, Menschenähnliche Figuren in einer virtuellen Umgebung abzuknallen, heisst es bei weitem nicht, dass ich das auch in der Realität gerne tun würde! Ich reagiere mich eben nur ab – virtuell, und die reellen Personen bleiben verschont!

<<ist das alles nicht ein typisches Männer-Phänomen?<<

„Alle Männer sind Schweine... – Na und?!"

>>Dann merkt Ihr, was WIRKLICH SINN macht und was Euch die ganze Zeit GEFEHLT hat!<<

Dazu würde ich gerne was sagen, denn ich weiss, was mir stets fehlt (ich weiss, „schweinisch", aber ich stehe dazu!!!)aber es wird leider mit Sicherheit zensiert werden.

Da knalle ich lieber ein Paar menschenähnliche Gestalten ab! Danach geht es mit besser!!!

mfG

Eine Avatar-Stimme liest:
AndreCux antwortet:

>>ganz einfach, ungefähr so, wie man bei einem Fussballspiel Spass hat. Was spricht den dagegen?<<

Nichts. Sehe ich auch so. Es ist ein Sport, zumindest für 99% der Leute, die diese Spiele spielen und auch wissen worum es geht.

Virtuell Leute verletzen ist nicht so schlimm wie in der Realität. (z.B. Boxen, um mal eine Sportart mit Gewalt zu nennen)

Eine neue Avatar-Stimme liest:
Inge1 an senioranord:
Danke für Ihren Beitrag. Sie sprechen mir aus der Seele.

Eine andere Avatar-Stimme liest:
Biontenagent an senioranord:
Was Frauen angeht hat die Emanzipation von weiblichen Spielern erst begonnen.

Eine weitere Avatar-Stimme liest:
cittisurfer an senioranord:
Ein sehr guter Beitrag. Chapeau!

Der Avatar von bene86 liest:
bene86 an senioranord:
Also erst einmal folgendes.

Nein es ist keine geschlechtsspezifische Sache, meine Freundin spielt selbst CoD.

Ich finde es wunderlich welche Zusammenhänge Sie zwischen Hooligans und Computerspielern sehen. Im Übrigen sind die meisten Hooligans, die ich bisher in Stadien gesehen habe, waren keine bierbäuchigen versoffenen Leute. Welche Gründe diese für ihre Aggression haben, ist mir relativ egal, denn wie sie diese verarbeiten ist einfach nur noch krank. Computerspieler ganz im Gegenteil schaden beim Spielen niemandem!

Ehrlichgesagt bilde ich mich mit Computerspielen wie Counterstrike auch nicht für einen Krieg aus. Es wäre Wahnsinn zu glauben, dass jemand mit Waffen umgehen kann nur weil er in CS per Tastaturdruck nachgeladen und geschossen hat. Das einzige was man dabei eventuell lernt, ist taktisches Geschick und Teamfähigkeit. Weshalb sollten Computerspiele verboten werden und zum Beispiel Bundeswehr als Pflicht bestehen bleiben?

Eine neue Avatar-Stimme liest:

herzass2 schreibt:

Ich glaub du hast einen an der Waffel mein Freund. Mit deinen Verschwörungstheorien kommste nicht weit. Sei mal realistisch: Welcher Computerspieler würde freiwillig gerne in den Krieg ziehen? Ich spreche mal für die Gamer und benutze mal nen Vorurteil. Wir sind zu faul vom Computer wegzukommen! Und zu klug. Keiner von uns würde freiwillig so voll cool Krieg „spielen" wollen und sich abknallen lassen. Uns geht's ums spielen und Spaß haben und nicht ums schießen und töten. Segeln kannste knicken, ich hasse Segeln.

Und Krieg ... da würde ich lieber Deppen wie dich in die erste Reihe stellen. MfG

Ein Avatar liest:

brot4ever schreibt unter der Überschrift „nein":

irgendwie passe ich und mein freundeskreis nicht ganz in ihr weltbild.

-ich treibe regelmäßig sport (seit mehreren jahren laufe ich marathon)

-ich habe schon auf einem segelschiff „angeheuert"

-ich hab mich dem Bund verweigert

und trozdem spiele ich mit begeisterung „killer"spiele

es stimmen ja dass diese spiele von gewalt handeln aber das steht für mich nicht im mittelpunkt.

außerdem hab ich den eindruck dass sie sich nicht wirklich mit dem auskennen über was sie schimpfen. waren sie je auf einer lan-party? haben sie je selbst ein „killer"spiel gespielt oder haben sie ihre informationen nur aus so medien wie der bild zeitung. was haben sie früher als jugendlicher gespielt? cowboy und indianer?

Eine andere Avatar-Stimme liest:

Sven71 schreibt:

Zum Ursprungstext:

Mit den Videospielen werden Soldaten herangezüchtet? Diese These passt zu einem Hysteriker, der sich die Wirklichkeit nach seinem persönlichen, ästhetischen Empfinden zurechtkleistert.

Nein, es muß nicht jeder diese Spiele toll oder ansprechend finden. Das ist aber noch lange kein Grund, die Spiele gleich zu verteufeln. Es gibt mindestens drei große, organisierte Ligen, in denen diese Spiele wie ein Sport betrieben werden. Und ja: auch weibliche Spieler findet man dort.

Aber völlig daneben ist eben jene o.g. These: Als Soldat muß man körperlich fit sein und seine Waffe beherrschen. Wenn jemand tagaus und tagein diese Spiele konsumiert, wird derjenige alles andere als körperlich fit. Und nur weil man mit Maus und Tastatur gut umgehen kann, beherrscht man noch lange keine Waffe.

Klar, die Empfehlung zu einem dieser Haltet-Händchen-und habt-Euch-lieb-Kurse darf nicht fehlen. Leben Sie von so was? Moderieren Sie solche Kurse? Steile Karriere, alle Achtung!

Der Avatar im 3-D-Bildschirm des Studios, Alice gegenüber, beendet die mit unterschiedlichen Stimmen gesprochenen Einspiel-Posts und spielt „In your room" von Depeche Mode ein.
Alice spricht *in die auslaufenden Takte:*

Die Menschen schreiben wie sie denken wie sie fühlen, spontan. Jeder Post provoziert zu neuen Beiträgen, stellt weitere gesellschaftliche Fragen, Kettenreaktion. Diskurs in textlicher Baumstruktur. Bis irgendwann kein Blatt, kein Ast mehr anzufügen geht, in sich vollendet dieser Baum. Und irgendwo setzt jemand ein neues Samenkorn zum Thema in den Humus des weltumfassenden Online-Netzes, bringt einen neuen Baum zum Wachsen, zeitgleich in vielen Foren wächst ein Wald, verändert das Bewusstsein vieler Menschen, reflektiert Gewaltideen, formt um in Friedenshandeln. Medien wirken immer. Zuversicht und Hoffnung. Bleibt.

Die Wirklichkeit heute:
Cyber-War. Drohnen werfen Bomben ab auf Schachtelhäuser in Afghanistan, im Irak und anderswo, befehligt von NATO-Soldaten mit Joystick und Maus am Bildschirm in sicheren Bunkern im fernen Deutschland. Anonymes Morden.

Cyber-Stalking. Schmäh- und Beleidigungs-, ja, Hass-Tiraden und Drohaktionen in den Sozialen Medien. Internet-Alltag. Online boomt der Markt der Meinungen. Anonym.

Freiraum für Anarchie? Menschen formen ihre Welt, real und virtuell, analog wie digital. In welcher Gesellschaft wollen wir leben? Mischen wir uns ein ...

Es klopft. Die junge Frau richtet sich ruckartig auf. Sie schaltet das Internet-Radio ab. Auf dem Monitor bleibt das Bild der Shopping-Mall in Kiel stehen. Der Cursor pulsiert über dem Schriftzug 'Digital-Line. Studio-Box. Radio. Erzähltes Leben'.

Die Frau ruft mit verhaltener Stimme: „Bist du das, Lasse?" *Sie blickt auf die Zeitangabe in der Fußleiste des Bildschirms und erschrickt. 1:29 Uhr. Sie schiebt einen Stapel Papiere mit beiden Händen zusammen, stopft die losen Blätter in eine gelbe Mappe zurück und klappt sie locker zu. Sie steht auf. Die Tür öffnet sich. Ein junger*

Mann tritt ein, umarmt sie. Das Paar schmiegt sich eine Weile aneinander, küsst sich.

Sie zieht ihn leicht zum Bettsofa. Er weist mit der Hand auf die gelbe Mappe. „Spannende Bettlektüre? Ich wundere mich, dass Du noch wach bist. Morgen geht die Aktion doch weiter." Sie lächelt. „Und ob! - Du bist ja auch noch wach! Was treibt Dich her?" Lasse greift zur Mappe und liest den Titel. „Ich habe eigentlich ein Radio-Podcast gehört. Hier in der Mappe sind die Manuskripte dazu. Die Verfasserin hat sie in der Mall liegen lassen", erklärt die junge Frau. "Du weißt, ich bin ziemlich hektisch nach der Demo durch die Querpassage gelaufen mit dem eingerollten Transparent in der Hand. Ich wollte nicht in die Polizeikontrolle kommen. Die Mappe lag auf dem Boden, nur wenig entfernt von den Füßen der Menschenmassen. Ich habe sie quasi gerettet!" „Und ist es spannend?", fragt Lasse nochmals. „Alices Welt. - Sie heißt wie Du. Alice. Eine ältere Dame?" Sie nickt, blickt von der Mappe hoch in seine Augen und lächelt schelmisch. „Komm, wir machen uns einen guten Kaffee und gucken uns das zusammen an, okay? Ich kann jetzt sowieso nicht schlafen."

Die Nacht wird lang. Sie lesen und sie lieben sich. Bis in den Tag hinein.

Das ist es, was die junge Alice und ihr Freund Lasse in dieser Nacht lesen. Ein Text ohne Anmerkungen. Nur Text. Eine Geschichte:

Knick im Sofa-Kissen

Alice spürt Leiden in der Aura. Ein Blick ins Gesicht, in die Augen eines Menschen, die Körperhaltung, die Gestik – und sie weiß. Manchmal erkennt sie, hier ist ein reifer Mensch, der sich selbst hilft. Doch viel zu oft, zerschneidet ihr die Seele ein Schmerz, erfasst sie Mit-Leiden ganzkörperlich. Sie greift ein, versucht zu helfen, zu ändern, aus dem Verborgenen zu holen, ohne die Würde betroffener Menschen zu verletzen. Sensibilisiert in eigenen Traumata, Scham verletzt, Furcht vibriert – instinkthaft reagiert in Angstsituationen, angeboren, genetisch geprägt über Jahrtausende des Schützen- und Bewahrenwollens, Feingespür für Lebendiges in Not.

Alice spürt die Brüche.

***

In meiner großen Stadt. Es war Kirmes im Stadtteil. Karussells, bunte Buden, die Raupe, Schiffsschaukel und viel laute Musik. Der Platz vor dem riesigen Betonbunker war voll gestellt. Die Attraktion für uns Kinder. Meine Mutter hatte meinem Bruder und mir je einen Groschen mitgegeben. Davon konnten wir zweimal Kettenkarussell fahren, was ich so liebte, oder Lose und Zuckerwatte kaufen. Ein Groschen. Das war viel Geld für uns Kinder im Jahr 1955. Ich war zehn Jahre alt. Wir zogen los. Ich verlor bald meinen Bruder aus den Augen, der sich mit Freunden getroffen hatte, und stand unschlüssig an der Bordsteinkante neben einer Los-Bude, den Groschen in der Hand. Zehn Pfennige. Allein, ohne meine Freundinnen, konnte ich mich nicht entscheiden. Das Kettenkarussell lockte. Die Sitze schwangen hoch an den Ketten im Kreis zur Musik – ein Stück näher zum Himmel, wolkenlos, sonnenklar. Ein schönes Gefühl, Kribbeln im Bauch und leicht weiche Knie beim Landen.

Sonntagmittag. Sollte ich Renate abholen, die im Bunker lebte mit vielen anderen Kindern, ihren Müttern, Großmüttern, Tanten, nur wenige Männer dabei, nicht mehr so übervoll wie noch letzten Sommer. Viele waren ausgezogen aus der Notunterkunft, hatten eine Wohnung gefunden. Sozialer Wohnungsbau für die Flüchtlinge und Ausgebombten. Ich mochte den Bunker nicht, absolut nicht. Er flößte mir Angst ein. Die versteckte Treppe, der verborgene schmale Eingang, Beton, meterdicker Beton. Innen kalt, miefig. Irgendwie roch es immer nach Erbsensuppe. Der Geruch so vieler Menschen, abgestanden und doch voll Leben. Dunkel-schummrig und feucht. Renate verbreitete den Bunker-Duft. Ich habe es 'Duft' genannt ihr gegenüber. Will sie nicht kränken. Sie hat bleiche Bunkerhaut. Ihre Kleider, ihre Haare riechen bunkerig. Sie schleppt das immer mit sich, kriegt das nicht los. Ab und zu mal ein scharfer Schwall von Läuse-Tinktur. In der Grundschule saß sie vor mir. Mit ihren dicken langen blonden Zöpfen. Ich mochte sie sehr. Es tat mir leid, dass sie im Bunker leben musste mit zwei kleinen Brüdern und ihrer Mutter. Die hatte ein kalkweißes Gesicht, immer einen rot geschminkten Mund und einen taillierten dunkelgrauen Mantel. Das Haar braun, gewellt. Eine schöne Frau, fand ich, aber warum so weiß im Gesicht auch im Sommer, bunkerweiß. Ich war jetzt aufs Gymnasium gekommen. Renate hatte die Aufnahmeprüfung nicht geschafft, ging zur Volksschule. Wir trafen uns diesen Sommer noch regelmäßig. Dann verlor sich ihre Spur. Ein anderes Bunkermädchen sagte mir sehr viel später, die Mutter ist tot, die Kinder sind alle ins Heim gekommen. Ich war sehr traurig.

Ich drehte meinen Groschen grübelnd in der Hand, hüpfte von der Bordsteinkante auf die Straße und wieder zurück. Im Hüpfen war ich gut, Hüpfekästchen, Springseil – meine Lieblingsspiele. Ich war mager und leicht. Mein Haar strohblond, kinnlang, mit einer Messingklemme rechts oben aus der Stirn gehalten. Hosen hätte ich gern getragen wie mein Zwillingsbruder, der nur seine Lederhosen nicht mochte, weil sie im Schritt so klemmten. Aber ein Mädchen trug keine Hosen, das schickte sich nicht. So quälte ich mich täglich mit Leibchen und Strumpfbändern ab. Eigentlich mochte ich gern, die langen gestrickten Strumpfkanten hinein in die

Gumminoppen zu knöpfen. Hatte das einen bestimmten Namen? Ich erinnere mich nicht mehr. Nur die Strümpfe kratzten. Und dann das Problem mit der Unterhose. Wie oft habe ich mich vertan und die Leibchenstrapse über die Hose geknöpft. Wenn ich mal musste, ging's in die Hose, denn so schnell konnte ich nicht aufknöpfen. Das gab Ärger mit Mutti, nicht viel, sie war geduldig. Aber ich wollte eine liebe Tochter sein, wie sie es sich wünschte, ihr nicht unnötige Arbeit machen, sie stöhnte so viel und hatte oft Kopfschmerzen, ihre Migräne. Dann lag sie tagelang im verdunkelten Zimmer, ein kaltes, feuchtes Tuch auf der schmerzenden Stirn, eine kleine Schüssel mit kaltem Wasser dafür, eine Tasse kalten schwarzen Kaffee auf dem Nachtschränkchen und eine größere Schüssel, den Boden mit etwas Wasser bedeckt, neben dem Bett auf den Holzdielen. Sie erbrach sich, quälte ihrem geplagten Magen alles ab bis Galle kam. Die würgenden Geräusche, der Magensauergeruch ihres Migräne-Erbrechens habe ich noch heute im Ohr, in der Nase. Wir Töchter halfen, versuchten zu lindern, wechselten Stirntuch und Schüsseln, hielten unsere kalten Hände an ihre Hitze pochenden Schläfen. Es war mir schrecklich, sie so leiden zu sehen. Ihren schmalen, zierlichen Körper geschüttelt von Krämpfen, die Augen klein und verschwiemelt, tränennass. Die Migräne plagte sie noch Jahrzehnte.

Uns ging es gut. Anders als Renate. Wir hatten eine große Vier-Zimmer-Wohnung im Neubau und

155

wieder einen Vater. Noch nicht lange. Vor vier Jahren war er zurückgekehrt aus sowjetischer Kriegsgefangenschaft im Ural, im Kaukasus. Krank. Gebrochen. Fremd. Die frische feuerrote Narbe, die sein Kinn quer teilte, als hätte er noch einen zweiten breiten Mund, langte von Ohr zu Ohr, riesengroß, nur tiefer und blutig verschlossen, die machte mir Angst. Kopfschusswunde. Er war bei den Panzern.

Wir hatten Glück. Er hatte beide Arme und Beine. Väter von Freundinnen hatten Stümpfe stattdessen. Auf dem Weg zur Schule an der Fußgängerunterführung unter der Eisenbahn saßen zerlumpte Gestalten, Blechnäpfe und beschriftete Kartonschilder vor sich, bettelten um milde Gaben und reckten blutigrote gekappte dünnhäutig vernarbte Arm- und Beinstümpfe nackt in die Luft – grausam, die Folgen des Krieges.

Ich hatte Angst vor diesen Männern, vor den Schmerzen, dem Leid, dem Grauen, das sie ausstrahlten, herüberschickten zu den vorbei eilenden Kindern, Frauen, Männern – lebendes Elendsdenkmal, Mahnung gegen Krieg. Nie konnte ich diesen Anblick vergessen.

Ein kleinwüchsiger Mann spielte Klarinette. Ihm fehlten beide Beine, Knie abwärts. Er hockte auf einem gepolsterten Fußbänkchen, die Hosen hochgekrempelt, aus den Hosenröhren staken die fleischigen Stümpfe. Er spielte sehr schön. 'Petite Fleur' war mein Lieblingslied. Die Leute gaben ihm gern, nicht nur Pfennige, auch Brot, Karotten, Kartoffeln, eine Blume. Die anderen Männer, aufgereiht unter der Basaltsteinmauer erhofften sich von seiner Nähe ebenfalls kleine Gaben. Wer geben konnte, teilte meist auf.

Doch nicht jede der Hungergestalten erhielt genug zum Überleben. Einmal sah ich, wie ein Schupo mit einem Mann eine leblose Gestalt wegtrug und auf einen Karren legte, Plane drüber. Nicht auf jeden Kriegsheimkehrer wartete eine Familie. Nie vergesse ich die Geräusche, Gerüche, die Anblicke dieser Zeit. So klein wie ich war, alles prägte sich ein, nahm ich auf in meine kindliche, noch offene Seele.

Zu Renate gehen in den kalten finsteren Bunker wollte ich nicht an diesem hellen freundlichen Sonnentag. Zu Erika vielleicht? Aber heute war Sonntag und der Vater zu Hause. Der mochte die Flüchtlingskinder nicht, verbot ihr den Umgang auch mit mir. Erikas Vater besaß den Zeitschriften-Kiosk gleich gegenüber den Siedlungsneubauten, in denen die Flüchtlingsfamilien wie wir ihr neues Zuhause fanden. Ich verstand ihn nicht in seiner Mundart. Traute mich kaum selbst zu sprechen, wenn ich bei Erika war. Ihre Mutter war anders. Sie mochte mich in meiner stillen höflichen Art.

Warum ich kaum sprach in dieser Zeit? Es war sicher das Trauma der Flucht, aber auch weil ich mich schämte. Ich sächselte fürchterlich. Ein Grund mehr – wie meine Mutter später noch sagte – die DDR und Sachsen schnellstmöglich zu verlassen, was sie sofort tat, als tags das Telegramm meines Vaters kam 'Bin im Westen'. Noch in der gleichen Nacht verließ sie heimlich mit uns vier Kindern das Dorf im Erzgebirge, schloss sich anderen Flüchtlingen an und gab den Fluchthelfern mühsam Bewahrtes. Wir Kinder wurden aufgeteilt auf Frauen ohne Kinder, auf rüttelnde LKW-Ladeflächen, in klapprige Busse verladen, leises Geflüster, Spannung, Angst, Todesangst in der Luft an der Grenze. Ich war etwa fünf. Seitdem aß ich kaum noch, verweigerte mit Erbrechen die Nahrungsaufnahme. Im Westen wurden wir in Familien gegeben, die freundlich zu uns waren. Mein Zwilling wieder von mir getrennt. Auch das hinterließ Spuren. Alleinsein, einsam, verlassen – brannte sich ein, tief in meine Seele.

Jede Trennung von meiner Mutter, meinen Schwestern war Schmerz, wenn wir als Zwillingspaar in die Kinderlandverschickung fuhren, jedes Jahr seit wir mit sechs Jahren in die Schule kamen. Für Wochen. Endlos lange Wochen auf endlos weiten Fahrten in Viehwaggons mit schweren Schiebetüren, schmalen Fensterschlitzen, auf hölzernen Bänken ringsum im Geviert der Waggonwände. Manchmal mussten wir Kinder auf dem Holzboden hocken, weil die Älteren die Sitzplätze einnahmen. Das Rattern der Züge in langsamer Fahrt. Durch die Ritzen der Holzplanken sah man ins Freie, auch nach unten, wo der Boden unter den Füßen wegzog, Schwellen, Erde, Gras, Schutt, Steine, Müll. Frische Luft, kalt zog es durch Löcher und Spalten. Die ersten Zugfahrten ins Kinderheim an die Nordsee. Mein Bruder und ich aneinander geklammert. Allein in der Masse der Menschen. Auch das werde ich nie vergessen. Dort angekommen wurden wir wieder getrennt, nach Mädchen und Jungen. An langen Tischen nach Wohngruppen aufgereiht. Milchbrei, Haferflockensuppe, Brote, Marmelade, Margarine, Früchtetee und die grässliche Graupensuppe. Die Graupen fühlten sich auf der Zunge an wie die dicken Lippenbläschen, unter denen ich häufig litt. Unterernährt, verstört wie die meisten Kinder der Flucht und des Krieges. Massen von Kindern. Schlafsäle.

Wir wurden zu Mucksmäuschenstille verdonnert, mit Zwicken in die Wange, Kopfnüssen, Schlägen abgestraft, hielten wir uns nicht daran. Geschimpft wurde viel, lautstark vor allen anderen und zischend leise. Bestraft wurde ich mit Essensentzug, weil meine Wollsöckchen zwischen zu engem Lederschnürschuh und Strandsand zu häufig löchrig und dünn rubbelten und sie gestopft werden mussten. Für mich, die ich Essen als Strafe, als Übelkeit erregende Last empfand – wog das Schimpfen und Zetern und Isolieren aus der Essenstafelgemeinschaft als eigentliche und harte Bestrafung. Ich litt. Dennoch schossen wir in die Höhe nach einem solchen Zwangsferienaufenthalt am Meer. Die jodhaltige Luft, erklärten Kinderärzte. Mir noch heute ein Rätsel, wie ich das überstand, überlebte. In diesem Sommer sollte es zum ersten Mal ins Allgäu, in die Berge gehen mit dem Kindertransport. Hohe Berge hatte ich noch nie gesehen. Angst vor dem Neuen lähmte meine Neugier.

Ich hüpfte zwischen den Buden herum, hörte die Marktschreier rufen. Der Groschen versprach mir Kirmesvergnügen. Ich fahr Karussell, entschied ich, drehte mich um, rannte los und – fiel hin. Nicht schlimm, kommt kein Blut, also weiter. Doch im Fallen entglitt mir der Groschen, rollte die abschüssige Gosse entlang, tanzte, hüpfte und – verschwand klickernd an der Stahlkante zum Abflusskanal in einen Gully, nahm mit sich mein Hoffen, mein Freuen auf Kirmesvergnügen. Ich weinte, steigerte mich in hilfloses Schluchzen hinein, stand wie angewurzelt, starrte in die schmuddelige Tiefe. Mein Groschen – weg.

Es dauerte eine Weile bis ich den Mann neben mir bemerkte. „Ist dein Geld da hineingefallen?", fragte er zum wiederholten Male. Ich nickte unter Tränen. „Komm, ich geb dir einen neuen Groschen." Er griff nach meiner Hand. Ich trottete ein Stück mit, spürte die schwielige harte Hand des Unbekannten und zuckte zusammen. „Geh nicht mit fremden Männern mit!", ermahnte mich tagtäglich sorgenvoll die Mutter. „Die tun kleinen Mädchen Böses an!" Angst kroch in mir hoch.

Der Mann führte mich zu einem Wohnwagen, der hinter ein paar Kirmesbuden stand, ein Treppchen hoch, die Tür stand offen, wohl wegen der Wärme. „Komm, Kleine, komm rein, ich hab den Groschen hinten auf dem Tisch liegen." Er ging vor. Ich zögernd nach. Rechts so etwas wie eine Küche, dann kam ein Tisch mit Sitzbänken, dahinter ein Bett mit einem aufgestellten Kissen, Kreuzstickerei, ein Spruch, ein Knick im Kissen – wie Zuhause. Die Fenster waren mit Gardinen verhängt.

Mir war unheimlich. Aber ich wollte den Groschen. Der Mann sagte: „Ich wohne hier, arbeite bei der Kirmes. Du brauchst keine Angst zu haben." Er drückte mir einen Groschen in die Hand. „Komm setz dich, wir wollen noch plaudern." Ich stand stocksteif da, fühlte das Geldstück in der Hand, wollte schnell gehen. Es war stickig im Wagen, Männermief, kalter Qualm, Alkohol, Essensgeruch. Die Kirmesmusik ganz nah: Tumbala Tumbala Tumbalaleika ... Der Mann stand auf, berührte mich leicht beim Vorbeigehen. „Ich mache mal die Tür zu, setz dich schon mal aufs Bett." Da kam Leben in meinen Körper. Panik. Wie ein Wiesel schlängelte ich mich an ihm vorbei durch die halboffene Tür, wich seiner vorschnellenden Pranke aus, raste die Holztreppe hinunter und rannte, rannte so schnell ich konnte mit klopfendem Herzen, nur weg. Weg von der Kirmes. Nach Hause. Der Groschen brannte in meiner rechten Handinnenfläche. Brannte wie ein Feuermal. Speiübel war mir. Kurz vor unserem Siedlungsblock versteckte ich mich in einem Gebüsch, kauerte voll Angst. Hatte der Mann mich verfolgt?

Um sechs Uhr abends mussten wir im Sommer zu Hause sein. Das dichte und hohe Buschwerk blieb den ganzen Nachmittag mein Schutz. Ich rührte mich nicht weg, pinkelte in eine Ecke, harrte aus. Ich traute mich nicht in unsere Wohnung zu gehen, hatte Angst, man könnte mir anmerken wie durcheinander ich war, wie verschreckt, mein schlechtes Gewissen sehen. Ich war mit einem Fremden mitgegangen, hatte von ihm etwas angenommen, war vielleicht Schlimmerem entkommen. Den Groschen vergrub ich unter Wurzeln. Nie wieder ging ich allein zu einer Kirmes. Nie wieder. Hörte ich später das Lied 'Tumbalaleika' wallte Übelkeit in mir hoch, angstbesetzt die Melodie. Den Groschen habe ich nie ausgegraben. Zwei Jahre später zogen wir fort in ein eigenes Haus, eine Doppelhaushälfte in einer Siedlung für Kriegsversehrte und Hinterbliebene am anderen Ende der Stadt. Erst dann fühlte ich mich freier, verlor ein Groschen allmählich seine Bedeutungsschwere.

War das wirklich alles, was ich erlebte an diesem Sommersonntag? Ich fühle die Lücke aus Ekel und Scham – noch heute. Verdrängen hilft – sagen die Psychologen. Es gibt Lücken in der Erinnerung, die nie geschlossen werden können.

Viel später widmete ich mich phasenweise intensiv der Öffentlichkeitsarbeit für Initiativen, führte Interviews mit engagierten Menschen, produzierte monothematische Abendsendungen im Hörfunk. 'Zartbitter' hieß ein von Frauen ins Leben gerufener Verein. Sexueller Missbrauch von Mädchen, erst später erkannten sie, dass Täter auch Jungen sexuell missbrauchen, meist kommen sie aus dem Familien- und Bekanntenkreis. Ich wollte informieren, aufklären, helfen und – verhindern. Ich wollte Kinder stärken, damit sie nicht so schnell zu Opfern werden. Ein unbequemes Problem. Lange dauerte der Weg in die Hirne und Herzen der Menschen bis sich Zungen lösten. Und wir erkennen mussten, dass weder Schulen, Internate, Pfarreien noch das Zuhause Schutzräume für Kinder sind, wenn wir selbst nicht überall aufmerksam bleiben.

Die rheinische Großkirmes 'Pützchens Markt', alljährlich Reportagen wert. Menschenmassen. Gerüche. Lärmglocke. Jede Kirmes im Stadtteil ein Thema für die medienpädagogische Arbeit mit Kindern, Jugendlichen, Erwachsenen – jeweils ein anderer Blickwinkel. Hinter den Buden und Fahrgeschäften oder auf Extra-Plätzen die Wohnwagen der Schausteller. Misstrauen impfte ich den jungen ReporterInnen zur Warnung ein. Das Trauma bin ich nie los geworden. Heile Kirmes-Welt?

In meiner kleinen Stadt. In den 1980er Jahren. Oliver war zwölf Jahre alt. Er wohnte im Giebelstockwerk eines Fachwerkhauses. Unten ein Döner-Laden. Hauptstraße mit regem Verkehr, Fußgänger, Autos, LKW wegen der Bauaktivitäten, überall entstanden weitere Einfamilienhäuser. Links und rechts drei- und viergeschossige Bauten aus den 1960er Jahren. Bombenlücken füllend. Die Kleinstadt am Kreuzpunkt aller Vieh- und Handelswege in alle Himmelsrichtungen war Zielscheibe strategischer Vernichtung.

Oliver lebte dort noch nicht lange. Mit erwachsener berufstätiger Schwester, Mutter und Vater. Sozial ins Abseits geraten, die Familie. Die Mutter, meine Freundin, politisch aktiv, zerbrechlich, mager, doch voll Energie und oft leidend. Neben dem hünenhaften blonden Mann verschwand sie fast, die Kleine. Sie meisterte den Alltag der Familie. Der Mann, Hirntumor operiert mit bleibenden Schäden, krampfte häufig epileptisch, nahm starke Medikamente und verfiel dem Alkohol. Seit der Krankheit arbeitslos. Den ganzen Tag zu Hause. In zwei Zimmern, winziger Kochecke, kleinem Duschbad. Für vier Personen.

Oliver war lang für seine zwölf Jahre und sehr schmal. Jeden Morgen um sieben holte ihn ein Taxi ab, zur Lernbehinderten-Schule. Manche Experten bescheinigten der Mutter, ihr Sohn sei von Geburt an zurückgeblieben, andere sprachen von ADS (Aufmerksamkeits-Defizit-Syndrom), gaben ihm Tabletten. Er war zappelig, manchmal zu langsam im Begreifen, sprach kaum. Ich lernte ihn erst spät kennen. Sie schämte sich ihres behinderten Kindes, dachte ich, die Tochter brachte sie häufig mit zu unseren Treffen, den Sohn nie. Ich wartete im Döner-Laden auf das Abendessen für mich und meine Kinder. Hin und wieder gönnten wir uns das. Das Taxi hielt, der Junge stieg aus, die Mutter kam rasch aus dem Hauseingang, ihn in Empfang zu nehmen. Ich freute mich, verließ kurzzeitig das Geschäft, be-

grüßte sie. „Du bist Oliver. Schön, dich mal zu sehen." Ich sah ihm ins Gesicht, in die hellbraunen
Augen, blasse Haut, bleiches Haar, scheu. Die Mutter grüßte kaum, zog ihn hastig mit nach oben. Ich
begriff.

Wochen später verließ ich die Zoo-Handlung
schräg gegenüber. Schildkrötenfutter, Aquasand.
Ich blickte hoch zum spitzgiebeligen Fenster im
zweiten Stock. Es nieselte leicht, feuchtkalt. Ich sah.
Sahen es andere auch? Olivers Gesicht gepresst im
Schrei, im Weinen gegen die Fensterscheibe, Atem
beschlagen, ein T-Shirt an, die Arme hoch gereckt
zur Abwehr. Massiger Körper hinter ihm. Ganz eng.
Zu eng. Die Wange flach gedrückt auf schlierig
dämpfig nassem Glas. Augen weit aufgerissen. Eingebrannt ist dieses Bild in meinem Kopf. Das dann
verschwand. Unauslöschlich eingebrannt. Geschockt. Doch ging ich weiter zum Parkplatz hin.
Nicht begreifend. Nicht erkennend. Was tut der Vater seinem Sohn an? Was lief da ab? Ich hätte klingeln können. Wenigstens klingeln.

Irgendwann später kam ich zu meinen Fragen.
Ganz vorsichtig. Die Antwort gab mir ihr Gesicht,
leidvoller Blick, scharfkantig sich vertiefende Nase-
Wangen-Falten und Trauer, hilflos, quälend,
Schmerz. Ich begriff jetzt richtig.

Ausgesprochen wurden nie die Worte 'sexueller
Missbrauch'. Intuitiv zu schützen galt das Kind.
Strafe für den todgeweihten Täter ohne Sinn. Noch
mehr Leid zu verhindern. Wir fanden eine Lösung.
Nach der Schule und wenn seine Mutter mal länger

nicht da war, ging Oliver zu einer Art Pflegefamilie mit einem Sohn in seinem Alter und kleineren Geschwistern.

Oliver war fünfzehn, als ich ihn wiedersah. Schlaksig hoch geschossen, sanftes Gesicht und – Lächeln. Er wechselte zur Hauptschule und machte seinen 10-B-Abschluss. Kein ADS. Keine Lernbehinderung. Er lernte Schlosser. Die wunde Seele war vernarbt.

In meiner kleinen Stadt. Das Thema war tabu. Bis ich den Aushang las am Kindergarten. 'Aus traurigem aktuellen Anlass: Sexueller Missbrauch an Kindern. Referentin des Kinderschutzbundes'. Ein Elternabend mit geschockten Eltern.

Ein Vater, der zum Wochenende morgens früh, wenn seine Frau unten im Einfamilien-Reihenhäuschen das Frühstück zubereitete, seine sechsjährige Tochter bereits seit Jahren zu sich ins Bett holte und sexuelle Spiele mit ihr trieb bis zur Vergewaltigung. Geheimnis zwischen ihm und ihr. Die Mutter merkte nichts. Im Spielen war es, als die Erzieherin erkannte, was dieser Vater mit der kleinen Tochter machte, die wenig sprach und häufig abseits stand, nicht schulreif und auffallend häufig sich zwischen ihre Beine griff.

Heute sind die Medien voll mit Geschichten, wahren und erlogenen. Das Dunkel ist gelichtet. Sensibilisiert die Öffentlichkeit. Darüber sprechen, aufdecken ist das Eine. Die Tat verhindern ganz was Anderes.

Im Internet bieten Eltern, ja auch Mütter, ihre Kinder feil, verdienen Geld mit ihren jungen Körpern. Der Mann ist das Problem, der hemmungslos den sexuellen Trieb zu seinem Lebenssinn erklärt. Wert? Würde? Menschlichkeit? Die Ware Mensch. Frau oder Mädchen. Mann oder Junge. Der Täter treibt die Opferschar real und virtuell.

In Spanien, Frankreich, Belgien leihen Direktoren Internatszöglinge für Sex-Partys aus gegen viel Geld. Die Täter sind Minister, Richter, gesellschaftlich geachtete, hoch gestellte Personen, denen an nichts fehlt – nur Respekt vor der Würde anderer, vor allem junger Menschen.

Was hat es gebracht, bewirkt, den Dreck aus dem Dunkel von Sofa-Ecken, Kellern, Villen ins Licht der Öffentlichkeit zu zerren? Dinge, die geschahen, beim Namen zu nennen? Menschen, die Täter wurden, zu enttarnen? Was?

Tabu gebrochen. Tabu vernichtet. Taten delektieren Täter mehr und mehr. Doch: Wenn ich nur ein Kind rette, bewahre, lohnt Kampf, lohnt Mut, lohnt Arbeit.

'Sind so kleine Hände', singt Bettina Wegener in ihrem Lied für die Kinder dieser Welt, 'darf man nicht drauf schlagen. ... Sind so kleine Ohren, darf man nicht zerbrüllen. ...' Kinder können nur bessere Erwachsene werden, haben sie die Chance auf eine bessere Kindheit. Nie endende Aufgabe. Aufmerksam bleiben. Handeln. Den Knick im Sofa-Kissen richtig deuten.

In meiner kleinen Stadt. Anfang der 1990er Jahre. Ich klingle an der blau gestrichenen Tür mit dem Willkommens-Dauerkranz im roten Backsteinhaus mit Walmdach. Eines von vielen in diesem Teil der Siedlung. Eng bebaut. Gepflegter Vorgarten. Es fehlt der Gartenzwerg. Stattdessen Riesenschnecken aus Ton und blau glänzender Keramik. Eine Sonne. Die Frau öffnet. Sie bittet mich herein. Vier Töchter huschen vorbei in ihre Zimmer einen Stock höher. Ihr Mann ist nicht da, bei einem politischen Stammtisch. Ich gebe ihr Einladung, Informationsmaterial für eine Veranstaltung, meinen persönlichen Brief an ihren Mann wegen seiner unbotmäßigen Attacke im Stadtrat gegen mich, seine Erzfeindin offenbar. Er hätte mich wohl nicht in sein Haus gebeten. Das erzähle ich ihr nicht.

Ich fühle Geheimnis im konservativ christlichen, wohl geordneten Alltag dieses Hauses. Ist es die dunkle Sonnenbrille, die sie trägt im Dunkel ihrer Wohnung? Draußen ein Herbsttag. Ist es das aufgeschreckte Huschen ihrer erwachsenen Töchter? Sie bietet mir Platz an. Esstischstuhl vor der Sofalandschaft mit Panoramascheibenblick in den noch grünenden Garten, begrenzt von dunkelbraunem Lattenholzzaun nach drei Seiten. Sofalandschaft mit Kissen, sechs oder acht, in exakt gleichem Abstand voneinander, in der Mitte der Knick. Leichter Handkantenschlag in ein aufgestelltes weiches Kissen. Akkurat mittig. Innerer Befreiungsschlag.

Ich wusste von zwei Nachbarinnen in ähnlichen Häusern, weit gereiste Menschen, erfahrene Frauen, die ihren Dienst an der Seite ihrer Männer in Entwicklungsländern taten, Afrika, Nicaragua, Indonesien, die ihre Häuser, schlicht eingerichtet, mit handgefertigten Werken anderer Völker schmückten, eine ganz andere Atmosphäre. Wir waren befreundet.

Ich wusste von der Macht des Mannes in diesem Fünf-Frauen-Haus. Die Macht des Mannes, hoch dotierter Beamter im Bundesministerium, angesehener Bürger, gefragter Kandidat. Und hier. Heile Welt – im Schatten häuslicher Gewalt? Mir blieb es nicht verborgen. Ein kurzer heller Schein ließ violett-rot-grün-blau schillern, vom linken Auge bis zur Nase und zum Kinn. Vielleicht einen Tag her.

Im Sommer war es, erzählte die Freundin, als Sonntagmorgenfrüh sie schreiend auf die Straße lief. Sackgasse. Nur direkte Nachbarn hörten, sahen zu. Öffneten die Tür, um nachzusehen, um zu helfen oder schliefen noch. Da war sie fort, verschwunden wie eine Gespenstgestalt. Im weißen Nachthemd. Wallend blondergrautes Haar, sonst tagsüber sorgsam hochgesteckt. Blut tropfte aus der Nase, sagte die eine, die zu ihr lief. Nur kurz stand dieser Mann wutschnaubend an der Haustür, ging rein, ließ sie aber offen stehen. Streit hören sie oft, meist schließt der Mann die Fenster. Mal gegen seine Frau, mal gegen eine Tochter. Und er schlägt zu. Die Polizei gerufen, ja das haben sie, wenn es wieder schlimm aussah. Nichts ist passiert. Der Mann stand breit und groß am Eingang seines Hauses. Freundlich beherrscht. Familienstreit. Sie wissen ja wer ich bin. Nicht einmal gingen sie hinein und sprachen mit den Frauen. Habt ihr Kontakt zur Mutter, sie braucht Stärkung, den Mut, dem Mann zu widerstehen. Ja, sagte die eine Freundin. Sie war mal bei uns über Nacht. Er ließ sie nicht ins Haus hinein, nachdem er sie wie jetzt im Nachthemd rausgejagt. Sie blieb bei uns, bis er zum Dienst gegangen war. Dann wollte sie die Sachen packen und in ein Frauenhaus mit ihren Töchtern gehen. Den Absprung schaffen. Doch er kam früher heim – mit bunten Blumen, entschuldigte sich. Und sie verzieh und blieb.

Das Machtgefühl in diesem Mann trieb rauschhaft seine Wut in Wellen hoch. Kein Alkohol und keine Drogen. Nur Macht raubte ihm die Sinne und er schlug zu, schlug zu, versenkte tief die Angst in junge Frauenseelen. Dies war es, was ich spürte: Angst.

Wir sprachen noch ein Weilchen, dann geleitete sie mich wieder zur Tür. Leise, ganz leise sagte sie: „Es ist gut und richtig, was Sie tun. Bitte sagen Sie meinem Mann nicht, dass ich Sie ins Haus gebeten habe."

'Häusliche Gewalt'. Ein Thema, das wir politisch angingen, auch in meiner kleinen Stadt. Vehement mit Medien, Infoabenden und kompetenten Referentinnen, zahlreichen Mitstreiterinnen – wir wurden immer mehr. Manchmal sah ich sie, die Frau, dabei – allein und still. Viel später trennte sie sich von ihrem Mann, als ihre Töchter in anderen Städten studierten. Sie zog in eine kleine Wohnung, blieb im Ort. Der Mann behielt das Haus, nahm sich eine sehr junge Frau, die bald darauf eine Tochter zur Welt brachte. Meine Freundinnen gingen wieder ins Ausland. Ob er gelernt hat aus Vergangenem?

In meiner kleinen Stadt. Nachts kam der Anruf. In einem Sommer in den 1990er Jahren. Eine andere Familie. Schlaftrunken registrierte ich: Er tut es wieder. Ich zog mich schnell an. Die vierte Tochter von fünf Kindern. Das gleiche Drama. Die Mutter schluchzte ins Telefon: „Komm schnell. Er bringt sie um." Ich weckte niemanden, ging leise aus dem Haus, den Fußweg hoch zur kurdischen Nachbarfamilie. Die Haustür stand offen. Licht brannte. Ein tobender Vater. Schrie ohne jede Beherrschung. Schlug mit einem Stuhl auf den schmächtigen, gekrümmt am Boden liegenden Mädchenkörper ein. Die Mutter umklammerte mich. Ich warf mich in eine ausholende Bewegung, ergriff den halb zerbrochenen Stuhl, zerrte den Mann fort von seiner Tochter, schrie: „Aufhören. Sofort aufhören!"
Er hielt abrupt inne, hatte nicht mitbekommen, dass ich da war. Mitten in der Nacht. Er ließ den Stuhl fallen – auf seine Tochter, doch war es ein Fal-

len, kein Zuschlagen mehr. Der hagere, zäh musku-
löse Mann mit eisgrauem würdevollen Bart. Ober-
haupt seines jesidischen Clans in der Fremde, in Syrien zu Hause. Fast tot seine brennenden dunklen
Augen. Nicht anwesend. Weit weg. Gekränkter Va-
terstolz. Verletzte Mannesehre. Ein viertes Mal verweigerte sich eine Tochter einem Ehearrangement.
Sie verliebte sich in einen anderen. Auch aus dem
Clan, ein Cousin. Doch ohne Brautgeld, ohne Braut-
schmuck. Eine geschändete Tochter. Aus Liebe. Das
zählt nicht. Das darf nicht sein. Sie sind des Todes,
beide. Mit mir als Frau sprach er nicht. Hätte er mit
einem deutschen Mann gesprochen? Mit der Polizei? Das versteht hier keiner. Unsere Ehre. Meine
Ehre als Vater, als Familien- und Sippen-Oberhaupt.
Deutschland ist schlecht für meine Kinder. Er hatte
getrunken. Bier. Keine starken Sachen. Nur Bier,
aber zu viel. Geriet in Streit mit seiner Frau im
Wohnzimmer nach dem abendlichen Video aus der
Heimat. Die Tochter schlief bereits. Der Bruder
nicht zu Hause. Nur die Mutter. Hatte sie etwas Fal-
sches gesagt?

Ich nahm sie mit zu mir in dieser Nacht, die
schmale verschüchterte verweinte junge Frau, riesengroß die schönen dunkelbraunen Augen im
schlohweißen Gesicht. Blutrinnsal leuchtend rot
aus ihrem wirren langen schwarzen Haar. Sie blieb
bei mir ein paar Tage, erholte sich langsam. Der
Arzt nähte die Wunde, sah die Hämatome, der Körper über und über voll. Striemen teils blutig. Doch
nichts gebrochen. Ein Wunder bei der mageren Ge-

stalt. Sie wusste sich instinktiv zu schützen – wie ein Tier. Brust und Bauch. Alles bekamen Kopf, Arme, Beine, Hinterseite ab. Nicht zum ersten Mal. Täglich kam die Mutter. Weinte. Schrie hysterisch und verzweifelt. Täglich mehrmals suchte sie Trost. Sie brachte kurdisches Essen mit für mich und ihre Tochter. Zur Polizei? Nein, dort war er bekannt. Vor Jahren trieb er seine zweite Tochter durch die Siedlung unserer kleinen Stadt. Auch seine Frau trägt Narben auf dem Rücken. Häusliche Gewalt – damals noch ein Delikt, das niemand anging. Sie hatten Bleiberecht. Er arbeitete im Bauhof dieser Stadt. Beliebt, fleißig, angesehen. Kümmerte sich um alle Kurden. Zog auch neue nach – gegen Geld. Niemand sprach darüber. Deutsch richtig zu lernen weigerte er sich. Notdürftig. Was man so braucht. Wir bleiben ja nicht ewig hier. Der Heimat helfen für ein freies Kurdistan.

Als sie meine Nachbarn wurden, freundete ich mich mit Frau und Kindern an. Die beiden Jüngsten im Alter meiner Kinder wuchsen gemeinsam auf. Hausaufgabenhilfe jeden Tag. Die Mutter ermutigte ich zu einem Sprachkurs im Gemeindezentrum mit zehn weiteren kurdischen Frauen, den ich mit einer Freundin gab. Sie kamen vormittags, fast jeden Tag. Die Kinder in der Schule. Die Männer bei der Arbeit. Zunächst heimlich.

Einfaches Lernmodell an Alltagsgegenständen, Lebenssituationen. Wir gingen zusammen Einkaufen auf den Markt, studierten Beipackzettel für Medikamente, erarbeiteten den Schulstoff aus den

Grundschulklassen. In Deutsch, mit Händen, Füßen und Grimassen. Gelacht haben sie viel und gut gelernt. Sie blieb als erste weg. Dann folgten alle anderen. Die Männer erfuhren, was sie morgens taten, verboten ihnen zu lernen. Die Frauen sprachen und verstanden Deutsch bereits besser als sie selbst nach nur einem halben Jahr. Sie sollten Geld verdienen für die Heimat. Die Männer schickten ihre Frauen putzen, in einen Haushalt, in Geschäfte, in die Schulen. Wer lernen kann, der kann auch putzen. Die Kinder sollen lernen. Nicht die Frauen. Sie schufteten auf kranken Knien. Die Frauen dieser Sippe. Fast jeden Tag Gäste zur großen Familie, dann Feste. Auch wir, die Nachbarn, eingeladen zu reichlich Essen, stets frisch zubereitet, massenhaft. Tanz und Video ansehen aus ihrer Heimat. Dankbar waren sie für jede Hilfe für die Kinder in der Schule, selbst zu Elternabenden ging ich mit.

Ich mochte diese Menschen sehr. Ihre Geschichte, unterdrückte Jahrtausende alte Kultur, älter als unsere. Karl May geprägt 'Durchs wilde Kurdistan' – wie viele Deutsche meiner Zeit. Voll Sympathien für den zähen Kampf um Freiheit für ihr eigenes gesprochenes, geschriebenes Wort. Schreiben war verboten seit Jahrhunderten. Das Bergvolk litt, zersplittert, aufgeteilt unter fünf Großnationen, verjagt, ermordet, aufgesogen – nur weil sie anders sind und waren, an Zarathustra glauben und an Engel, nicht an Mohammed. Ein edles intelligentes

Volk. Wo ihre Kunst zur Blüte kam trotz Unterdrückung oder im Asyl – war's wunderbar!

In unserer Bürgermedienarbeit schufen wir Platz für dieses Wirken – eine Bereicherung für uns selbst, Identität stiftend für alle Kurden in der Diaspora. Doch hier wie dort gab es das Archaische, uneingeschränkte Männer-Macht, Gewalt und harte Zucht. Die Frauen zum Gebären da, zum Arterhalt. Söhne der Familienstolz. Töchter wurden teuer. Mit dreizehn spätestens fünfzehn Jahren zur Heirat eingezwungen. Vom Kind zur Frau, nicht vorbereitet.

Die Männer, Väter, Onkel, Brüder, kamen als Arbeiter in unser Land. Für kurze Zeit, nur zum Geld verdienen, mit Visum, ganz legal. Dachten sie, dachten wir. Und blieben ein Leben lang mit ihren Familien. Manch einer erhielt Asyl auf Dauer.

Kulturschock. Sich erheben gegen das Fremde. Das Eigene bewahren. Schulpflicht der Kinder ändert ihr Leben, durchbricht das festgezurrte filigrane Netzwerk des Familienclans, sickert ein mit drängender Macht – deutsche Sprache, deutsche Sitten, deutsche Regeln, deutsches Leben. Überfordern die Eltern. Sie verstehen ihre eigenen Kinder nicht. Abwehr mit Gewalt, Entzug, mit Strafen. Den Pass wegnehmen, besser noch, beim Urlaub in der Heimat bleibt das Kind im Hitzestaub mit stechenden Aleppo-Fliegen zurück. Die Eltern reisen ab.

Verzweifelt diese Eltern. Das verstehe ich. Bis sie begreifen, dass sie den ersten Schritt getan und ihre Kinder selbständig weitergehen, Liebe zur Heimat nicht verordnet und erzwungen werden kann, sie wächst in Freiheit, gedeiht in fremder Erde. Sie passen sich an in manchem, die Familien, richten sich ihre Wohnungen gediegen westlich ein. Eiche rustikal und Sofa-Landschaft, zwischen gestickten, handgewebten heimatlichen Kissen, ein deutsches Kissen aufgestellt mit einem Mittelknick.

Häusliche Gewalt – ein Mensch gemachtes Grundproblem, wo Partnerschaft zwischen Geschlechtern ein Fremdwort bleibt.

Nach dieser dramatischen Nacht verhielt sich der Vater ruhig. Er sprach kein Wort zu seiner Frau und seiner Tochter, die nicht wagten anderen davon zu berichten. Die deutsche Nachbarschaft verschloss geschickt Fenster und Türen, wie schon so oft. Ging ja vorbei das Ganze.

Erst später erfuhr ich, dass sich die Nachbarinnen zusammen gesetzt hatten, sich bei sozialen Einrichtungen erkundigten, auch bei der Polizei und aufmerksam verfolgten, was sich tat, bereit einzugreifen, um Schlimmstes zu verhüten. Sie waren freundlich zur Mutter und zu den Kindern, doch auf Distanz. Das war ihr Nachbarschaftskonzept.

Nicht ganz verkehrt. Doch ich selbst ergreife immer gleich Partei – fürs Kind und für die Frau, für die Unterlegenen, und mische mich ein. Ich lernte viele andere Familien kennen, in deren Umgang keine Gewalt, kein Zwang herrschten. Und kein Patriarchat. Ich liebe diese kurdischen Menschen, hege Respekt vor ihrer Hochkultur und wünsche ihnen endlich ihr freies Kurdistan, zum Greifen nah im Nord-Irak.

Sie blieben ein heimliches Liebespaar, trotz Vaters Verbot und Strenge. Die Liebe konnte er nicht zerschlagen. Sie fand Wege, Orte zum Erblühen. Noch war sie siebzehn, bald beendete sie ihre Ausbildung. Ein Mehrwert für den Heiratsmarkt. Auf Hochtouren verhandelte der Vater mit der Familie des von ihr selbst erwählten Liebsten, der Brautpreis in Gold, die Hochzeitsfeierlichkeiten. Sein Gesicht wahren, wollte der Vater, er bemühte sich. Doch es kam anders.

In der staubigen syrischen Hitze gerieten die Familienoberhäupter aneinander. Wozu einen so hohen Brautpreis zahlen für die vom Sohn entjungferte Frau? Ein Vermittler bot eine 'intakte' Fünfzehnjährige für weniger Gold an, die sollte der Sohn heiraten. Eine Schmach. Zurückgekehrt ins deutsche Haus überkam den entehrten Vater Wut und Hass. Noch in derselben Nacht fiel er erneut über die Tochter her, mit jedem Schlag wurde ihm leichter.

Instinkt sichert Überleben. Der Geschlagenen gelang es zu entkommen. Sie rannte aus dem Haus, rannte um ihr Leben. Nachts, stockfinster, kein Stern, kein Mond. Sie fand den Weg zu mir. Ich nahm sie in die Arme, rief das Frauenhaus an und brachte sie zum vereinbarten unauffälligen Treffpunkt. Dort warteten zwei Frauen. Ich durfte nicht weiter mitkommen. Sie gaben mir eine Geheimnummer, unter der ich erfahren konnte, wohin sie gebracht wurde. Mein Schützling war erst einmal in Sicherheit.

Schon morgens früh stand die Mutter vor meiner Tür, panisch. „Wo ist meine Tochter? Wenn sie nicht zurück nach Hause kommt, schlägt mein Mann mich tot." Aufregung im Kurden-Haus. Verwandte kamen, Onkel, Tanten, Familienrat. Ergebnis: Die Tochter geächtet. Sie und ihr Freund zu Freiwild erklärt. Aufträge erteilt, sie ausfindig zu machen. Attentat gegen die Tochter erwogen: mit Säure ihr die Schönheit nehmen, ihr beide Arme und Beine brechen. Den schändlichen Liebhaber zusammenschlagen, töten. Deutsche Mithelfer bedrohen und einschüchtern. Der Telefon-Terror begann kurz darauf bei mir. Drohungen auch gegen meine Kinder. Es waren mir Fremde, die anriefen, teils gut deutsch sprechend, teils gebrochen. Voller Hass auf die Deutsche, die sich einmischt in ihre Sitten. Manchmal riefen Familienmitglieder an, die ich gut kannte, die Schwester, die Kusine, die Tante. Erregter Redeschwall.

Die Schwester – einst selbst in ähnlicher Lage, heute verheiratet mit dem Mann ihrer Wahl, zwei Kinder, glücklich. Sie hörte zu, schien einzulenken, aus eigenem Erleben zu verstehen – doch zum Schluss ihr Fazit: Ihr Deutschen seid Schuld, ihr macht unsere Familien kaputt. Kein Reden mehr möglich.

Ich legte Sicherheitsketten vor die Haustür und ein spitzes Fleischmesser unter die Matratze, sprach mit meinen Kindern und mit der Polizei, die riet zur Anzeige wegen Bedrohung und ging zur Familie, sprach mit dem Vater – dann war Ruhe. Bei mir in der Nachbarschaft.

Der junge Mann war untergetaucht mit Hilfe seiner Familie. Sehnsucht nach seiner Liebsten. Wochen vergingen. Ich besuchte sie im hundert Kilometer entfernten Frauenhaus. Wir telefonierten fast täglich, trafen uns an wechselnden Orten. Sie begann sich zu erholen, Pläne zu schmieden für eine gemeinsame Zukunft mit ihrem Freund. Sie hatten wieder Kontakt und sich bereits einmal wiedergesehen. Eine Frage der Zeit, wann die Familie ihr auf die Spur kam.

Die Leiterin des Frauenhauses warnte mich. Der Trick: Eine Frau aus der Sippe, vielleicht mit Kindern, mimt eine vom Ehemann Geschlagene, wird im Frauenhaus aufgenommen und erfährt, wo die Andere ist. Nicht zu vermeiden, nur zu erschweren.

Und so kam es. Mitten in der Nacht der Anruf. „Bitte kommen Sie und bringen Sie sie weg. Wir haben zur Zeit niemanden, der fahren kann. Mit dem Zug ist es zu riskant." Ich fuhr, nahm die verängstigte junge Frau von einer Frauenhaus-Mitarbeiterin in Empfang. Die neue Adresse: dreihundert Kilometer entfernt. Ich sagte zu Hause Bescheid und die Reise begann. Hellwach.

Wir nutzten die Fahrt, um zu reden. Tatsächlich war es ihre mittlere Schwester, die sich in den Schutz des Frauenhauses begab vor einem prügelnden Ehemann. Sie war schwanger mit ihrem dritten Kind. Auch sie hatte den Mann ihres Herzen durchgesetzt. Es gab eine große Hochzeit mit tausend Gästen, zu der ich auch eingeladen war. Kurdischer Tanz zu Live-Musik, kurdisches Essen, fröhlich Feiernde, doch das Brautpaar stand stundenlang ohne sich zu rühren, die ganzen Gäste und Geschenke zu empfangen (ein Extra-Raum für die Hochzeitsgeschenke – voll gepackt). Beinahe wäre die Braut umgefallen vor Schwäche. So war es Sitte. Da musste sie durch. Der Brautpreis hatte gestimmt, der Vater seine Würde gerettet. Es ging noch einmal gut.

Sie liebte ihre jüngste Schwester, verstand sich gut mit ihr. Ich konnte mir schwer vorstellen, dass sie nun zur Verräterin geworden war. Die junge Frau auf der Flucht war überzeugt, dass ihre Schwester sich sorgte um sie, wissen wollte, wie es ihr geht – und außerdem: der Ehemann prügelte sie tatsächlich, es gab diesen Grund Zuflucht zu suchen mit den Kindern. Trotz Liebesheirat. Eine Ehe verändert sich mit den Jahren.

Wie es weiterging? Sie waren noch lange auf der Flucht vor der Familie, viele Jahre. Sie heirateten heimlich standesamtlich. Sie bekamen ein Kind.

Mittags klingelte es an meiner Haustür an einem Herbsttag. Da standen sie, eine Körbchentasche zwischen sich – ihre erstgeborene Tochter. Ein glückliches Paar. Sie wagten sich in die Nähe ihres Elternhauses. Dankbar für ihr Glück. „Du bist wie eine Mutter für mich." Die junge Frau strahlte. Inzwischen hielt es auch ihre Mutter nicht mehr aus, widersetzte sich der Strenge ihres Mannes und knüpfte Kontakt zur verstoßenen Tochter. Ich arrangierte Treffen, nahm sie mit auf lange Fahrt zu konspirativen Orten. Den eigentlichen Wohnort des Paares sollte sie besser nicht erfahren.

Das Mädchen war vier, als der Sohn geboren wurde. Da lenkte der Vater ein. Die Geburt eines Sohnes war etwas Besonderes, Anlass genug zu überdenken, die Tochter in den Familienverband zurückzuholen. Langsam näherten sie sich wieder an. Der Vater stark gealtert, ruhiger geworden. Aber den Schwiegersohn wollte er nie wieder sehen, ließ ihn weiter verfolgen, sie erwischten ihn, schlugen ihn brutal zusammen. Vorerst blieb der Hass.

Zeit heilt Wunden. Zeit verändert. Zeit schafft neue Verletzungen. Die Tochter küsste dem Vater unterwürfig die Hand, wie ihr befohlen wurde. Nahm alle Schuld auf sich. Der Vater wahrte sein Gesicht. Sie durfte wieder ins Elternhaus mit ihren Kindern, durfte kochen und backen und putzen für die vielen Besuche, trotz eigenen Hausstandes, den die Eltern nicht akzeptierten. Sie rieten zur Scheidung. Ein neuer Mann werde sich finden lassen, ein Witwer oder auch ein Geschiedener. Kein gutes Haar ließen sie an ihrem Ehemann und seiner Familie. Die junge Frau zerbrach fast an diesem Konflikt, magerte ab. Sie wollte nur Frieden und in Ruhe leben können, glücklich sein mit ihrer ganzen Familie. Noch einmal lauerten sie ihm auf bei der Arbeit, die gedungenen Männer der Sippe und schlugen zu. Krankenhausreif. Danach verschwand er in der Obhut seiner eigenen Familie.

Die junge Frau pendelte zwischen Elternhaus und eigener Wohnung, versuchte ihr Leben in Griff zu bekommen. Die Entscheidung 'Eltern oder Ehemann' stellte sich nicht mehr. Beim nächsten Treffen mit ihrem Mann gerieten sie in Streit, er gab ihr die Schuld und er schlug sie – zum ersten Mal. Riss an ihren Haaren, trat sie in ohnmächtiger Wut, die Kinder schrien. Das Aus für diese Liebes-Ehe.

Sie begriff: Vertrauen konnte sie nur sich selbst, für ihre Kinder sorgen ist ihre Lebensaufgabe. Allein regelte sie den Ämterkram: Sozialamt, Jugendamt, neue Wohnungssuche. In der Frauenhauszeit hatte sie viel gelernt. Sie lebte in einer größeren Stadt, die ihr mehr Sicherheit gab. Sie schaffte es. Zäh, hartnäckig, still und unbeirrt. Eine grandiose Leistung. Sie wuchs mit den Herausforderungen, getragen von der ihr eigenen starken Liebesfähigkeit. Die Ehe wurde geschieden. Der junge Vater verbitterte. Er schaffte es im Laufe der Zeit nicht, das Zusammensein mit seinen Kindern zu gestalten. Sie wollten nicht zu ihm. Der Kontakt brach ab.

Welch Widersinn – in dieser Zeit mischte sich das alte Familienoberhaupt erneut ein, wollte die Beziehung retten, die er so hasserfüllt, blind in seinem Ehrenwahn zerstört hatte. Aus welchem Grund? Eine Zeitlang übte er Druck aus auf seine Tochter, die Scheidung rückgängig zu machen, sich zu versöhnen, wieder eine kleine Familie zu leben. Das war zu viel. Die Tochter zog sich zurück, lebte nur noch für sich und ihre Kinder. Ab und an kamen die Mutter, eine Schwester und auch ich zu Besuch. Wir blieben lange Zeit miteinander verbunden. Das war uns beiden ein Bedürfnis. Sie war mir sehr ans Herz gewachsen, von klein auf und erst recht durch den Lauf dieser Ereignisse. Sie blühte auf in der gewonnenen Ruhe, managte ihren Alltag. Die Tochter ging schon bald zur Schule, ein aufgewecktes, sprachgewandtes, intelligentes Kind von anrührend zarter Schönheit. Stolz ist die junge Mutter auf ihre Kinder, ihren Lebenssinn – bis heute.

Flucht durch Deutschland vor väterlicher Gewalt – viele Töchter sind davon betroffen. Töchter Arabiens, Indiens, Afrikas, Europas. Manchen Frauen halfen andere Frauen, stark genug, sensibilisiert, einsatzbereit zu jeder Stunde, freiwillig und professionell. Ausgangspunkt war oft die Nachbarschaft, betroffen durch das Mit-Erleben-Müssen. Kaum eine Wahl, hier Nein zu sagen.

Was machte dies Erleben mit mir selbst? Wie bang war mir um meine eigenen Töchter? Um meinen Sohn? Opfer - Täter, männliche Gewalt. Werde ich sie schützen können?

Ich will noch eine Geschichte erzählen, von einer jungen Frau, die durch ganz Europa trieb - auf der Flucht vor ihrem eigenen Vater. Es hätte auch in einer deutschen Familie passiert sein können, ich kenne ähnliche Schicksale. Es trifft oft Mädchen, die gefügig lieb sein wollen, den Eltern eine Freude.

Sie stecken ein, vertrauen, die Eltern werden wissen, was gut und richtig für sie ist. Bis sie brutal erwachen. Erkennen, welch andere Interessen die Eltern mit ihm haben.

Ich nenne sie Meram. Sie war die älteste mit fünfzehn Jahren, fünf Mädchen, der ersehnte Sohn noch immer nicht geboren, das neue Baby wenige Wochen alt. Die Mutter unter Druck, verweigerte den Sex mit ihrem Mann. Der schlich sich nachts ins Mädchenzimmer, begrabbelte die große Tochter, die erwacht und stocksteif sich schlafend stellte, über sich ergehen ließ, was den Vater zu ihr trieb. Ein Schock. Tagsüber lief das Leben, als sei nie was geschehen. Verwirrt, voll Angst vor jeder Nacht, vertraute sie sich der zwei Jahre jüngeren Schwester an, voll Ahnung, dass auch diese dies erleiden muss, wenn sie zur Heirat die elterliche Wohnung wird verlassen müssen.

Heirat? Seltsam, der Vater machte keine Anstalten, dies zu arrangieren. Vor nicht allzu langer Zeit hieß es noch, mit fünfzehn habe er ihre Mutter geheiratet, das sei ein gutes Alter, da haben Mädchen noch keine Jungen im Sinn. Es kamen Verbote. Nach der Schule musste sie sofort nach Hause oder er holte sie selbst ab. Dies war ihr peinlich vor den Mitschülerinnen. Nachmittags durfte sie nicht mehr zum Spielen hinaus gehen, sich nicht mehr mit Freundinnen treffen. Sie spürte die Allgegenwart des mächtigen Vaters. Einkaufen – nicht allein, zum Arzt gehen – nicht allein. Goldener Käfig.

Und nachts kam er regelmäßig zu verschiedenen Zeiten. Sie roch wie sich das kleine Zimmerchen mit seinem Nikotin schweren Körperdunst füllte, er rauchte viel, war arbeitslos zu dieser Zeit. Nicht immer wachte die Schwester auf, die sich dann hustend räkelte und ihn damit vertrieb. Einmal erwachte sie und reagierte spontan: „Papa, was machst du da?"

Er griff zu einer neuen Taktik, hielt die große Tochter in der Wohnung, wenn alle anderen draußen waren. Er küsste sie, umarmte sie, bedrängte und betatschte sie und sagte, er will mit ihr fort nach Griechenland, ein neues Leben anfangen, vielleicht schenkt sie ihm den ersehnten Sohn. Alarm. Sich ihrer Mutter anvertrauen, kam ihr in den Sinn. Doch diese war geschwächt von der schwierigen Geburt, sie wollte sie nicht noch mehr belasten.

Sie kam zu mir. Schwänzte eine Schulstunde. Eine Rose in der Hand. Sie mochte mich sehr. Sie, ihre Geschwister, ihre Mutter – helfende Freundschaft, als sie vor Jahren ihre kurdische Heimat verließen, ihr Glück in Deutschland suchen wollten. Wir fingen sie auf, meine Freundinnen und ich, kümmerten uns um die kleinen Kinder, verschafften dem Mann eine Arbeitsstelle, bemühten uns um Integration in der Fremde. Sie lernten schnell deutsch, aufgeschlossen dem Neuen gegenüber. Die Frau ging putzen in einem Café seit mehreren Jahren. Es war in den 1990er Jahren in meiner kleinen Stadt. Die Veränderung kam mit der Arbeitslosigkeit des Mannes. Einher ging sein Machtgewinn in

der Sippe, Vater gestorben, er nun Familienoberhaupt. Ohne Arbeit. Ohne Sohn.

Ahmed war Marokkaner. Er ging in die Parallel-
klasse und war schon siebzehn. Seit Monaten war er
verliebt in Meram. Er spürte, wie sie sich veränderte, sich von ihm zurückzog, obwohl sie sich ihre Liebe gestanden und geküsst hatten unten im Park in
der Bachaue, die die kleine Stadt in einen unteren
und oberen Teil trennte, unten die Einheimischen,
Sozial Schwachen und Migranten, oben die Neuzu-
gezogenen, Reicheren.
Von der Ebene wuchs gleichmäßig ein Hügel
hoch wie eine breite Schwelle bis ein Waldstreifen
dem Rücken Bewuchs verlieh und die Nacktheit von
Äckern, Wiesen und niedrigem Obstgehölz mit dichten Laub- und Nadelbäumen auf hochmoorigem Boden bedeckte. Die Grenze. Eine Wetterscheide. Hier
endete die beschaulich dörflich-kleinstädtische
Welt. Hier begann der Ballungsraum am großen
Fluss. Magnet für Pendler, unzählige Kraftfahrzeuge, die von allen Seiten morgens und abends ihre
Spur legten, Stoßstange an Stoßstange, die Luft ver-
pesteten, die Menschen ertrugen Atemnot, Herz-
und Kreislaufbeschwerden bis zum Tod und die all-
sommerlichen Fahrverbote wegen Smog-Alarm.
Diesseits der Grenze war die Luft klar, Westwind
gefrischt vom hohen Mittelgebirge in die fruchtbare Ebene hinein. Doch nahmen Menschen anderen
Menschen die Luft zum freien Atmen.

Meram vertraute sich Ahmed an, nachdem sie miteinander geschlafen hatten. Es trieb sie zueinander in der lauwarmen Sommernacht. Der Vater war auf Montage, für einige Wochen hatte er Arbeit. Die Mutter erlaubte den beiden großen Töchtern, bei einer türkischen Freundin zu schlafen. Liebe sucht und findet Zeit und Orte zum Erblühen. Sie wollte mit ihm gehen. Egal wohin. Nur weg von zu Hause. Und schnell. Was ging in Ahmed vor? Er fühlte sich dem nicht gewachsen. Sein Vater war streng. Sein Zuhause beengt mit fünf kleineren Geschwistern, zwei ältere hatten bereits eine eigene Familie, lebten in der Nähe. Nach dem Ende des Schuljahres begann er eine Lehre als Schlosser im Industriegebiet. Er war froh, diese Stelle zu haben. Sein Leben geordnet, vorgezeichnet. Eine Verlobte wartete in Marokko, sie waren sich versprochen seit ihrer Geburt. Sie war fünfzehn. Noch ein Jahr, dann sollten sie heiraten. Fremd war sie ihm. Er wollte Meram.

Monate vergingen. Die harte Arbeit ermüdete den Vater, er ließ seine Tochter in Ruhe. Meram war fleißig. Schule, Haushalt, Kochen, Einkaufen, die kleinen Geschwister betreuen, mit ihnen spielen, der Mutter zur Hand gehen, wo immer es nötig war. Sie lachte und lächelte wieder. Ihr Kirschenmund, die dunkelsamtigen Augen. Dieses Lächeln, das jeden Menschen einfing, bezauberte, im weichen schönen Gesicht. Sie war glücklich.

Im Winter gab es keine Arbeit für ihren Vater. Es gab Gäste. Onkel und Vettern aus Syrien kamen. Der Clan-Chef war gefragt. Bald kam das Thema auf seine heiratsfähige Tochter. Im Sommer sollte die Hochzeit sein mit einem Cousin, der noch in der Heimat lebte. Der Brautpreis war hoch. Die Chance nach Deutschland zu kommen, hier Arbeit zu finden, Geld zu verdienen, ließen sich Töchterväter sehr gut honorieren. Der Ehevertrag wurde geschlossen. Panik bei Meram. Sie war nicht mehr Jungfrau. Ahmed zu heiraten ausgeschlossen, einen Marokkaner akzeptierte ihr Vater nie. Mit ihm fortzugehen unmöglich, er hatte Angst. Meram begriff: Die Heirat mit einem fremden jungen Mann entzog sie dem Zugriff des Vaters, der wieder begonnen hatte, ihr nachzustellen, sie zu berühren, wann immer sich körperliche Nähe ergab in der viel zu kleinen Wohnung.

Wir fanden einen Frauenarzt, Iraner, vertraut mit dem speziellen Problem der Frauen seines Kulturkreises. Sanft, einfühlsam. Für wenig Geld behob er den weiblichen 'Schaden'. Ich begleitete Meram zur Operation, blieb bei ihr bis sie aus der Narkose erwachte. In den Nebenkabinen leises Wimmern anderer Frauen, begleitet von Schwester, Mutter, Tante oder Freundin oder ganz allein. Heimlich, alles ganz heimlich. Eine Lehrerin war eingeweiht. Es war ein normaler Schultag, ganztägig. Mehr ging nicht. Der Vater kam erst spät in der Nacht, half einer befreundeten Familie beim Umzug in eine andere Stadt. Die Zeit musste reichen. Die Mutter durfte nichts merken. Unwohlsein im üblichen Monatszyklus. Meram hatte ein paar Tage Ruhe. Sie war wieder intakt – für die Ehe. Ahmed nicht wiederzusehen schmerzte. Beide stürzten sich in ihre Arbeit, um einander zu vergessen.

Merams sechzehnter Geburtstag. Der Vater steckte ihr ein Geschenk zu. Ein Ring. Golden. Wie ein Verlobungsring. Was hatte er vor? In vier Wochen ging es nach Syrien. Zunächst eine Verlobungsfeier, die Hochzeit ein Jahr später, in der Zwischenzeit Kennen lernen, gemeinsam Spazieren gehen, Miteinander reden, wie ihre Mutter sagte. Das war das neue Arrangement. Meram war erleichtert. Also noch keine Ehe. Abstand gewinnen. Ruhe.

Ein Sonntagnachmittag. Die Mutter war eingeladen mit den Geschwistern bei einer deutschen Familie. Der Vater ließ Meram nicht mitgehen. Ein Vorwand. Die Mutter ahnte nichts. Allein mit der Tochter umarmte und küsste er sie. Sie wich aus – behände wie eine Schlange. Der Schlag traf sie hart. Nicht körperlich. Es waren die Worte, in kurdisch gesprochen, in deutsch wiederholt: Am Mittwoch. Du packst deine Sachen, legst den Koffer unter das Hochbett. Ich hole dich ab, wenn die Frau arbeiten geht, die Kinder in Schule und Kindergarten sind. Das Baby ist bei der Mutter. Ich habe gesagt, wir sind bei den Freunden beim Einzug helfen. Flugtickets nach Athen. Ich will nicht, dass dich ein anderer kriegt.

Meram packte den Koffer, nahm ihre Schwester mit. Sie verschwanden noch in der gleichen Nacht. Kletterten zwei Stockwerke entlang den Balkons in die Tiefe. Hinter dem Haus und dichten Büschen wartete ich mit dem Auto. Die Frauen im Frauenhaus fanden eine Pflegefamilie. Hier konnten beide bleiben. Ich konnte sie manchmal besuchen.

Wunderbar, diese vielen Helferinnen in der Not. Ich lernte sie schätzen, diese Initiativen und Einrichtungen, die gequälten Mädchen und Frauen Hoffnung und Leben zurückgaben, bewunderte diese Frauen, die tagtäglich, allnächtlich für Frauen mit ihren Kindern einfach da waren, sie aufnahmen – sicher geborgen liebevoll, ihnen Wege aufzeigten, ein eigenständiges Leben zu führen.

Wie bitter, so oft zu erfahren, sie gingen zum prügelnden Ehemann, zum gewalttätigen Vater zurück, viel zu oft. Angst vor dem Alleinsein. Angst vor der Zukunft. Angst vor Verfolgung und Schmerz. Angst.

Die beiden Schwestern erholten sich, gewannen Abstand von häuslicher Enge und Gewalt. Ja, geschlagen hatte der Vater auch, sie, die Geschwister, die Mutter, ohne viele Worte. Er verschaffte sich Respekt in der Frauen-Familie. Dem Jugendamt waren die Hände gebunden, hieß es später. Die Unterkunft der Mädchen gaben sie nicht preis. Doch der Richter verfügte, die Eltern haben ein Recht, die Töchter gelegentlich zu sehen. An einem neutralen

Ort. Unter Aufsicht. Auch der Vater. Er kann sich ja bessern. Die Familie wieder zusammen zu führen – ein lohnendes Ziel. Die Mädchen minderjährig, in der Obhut des Staates.

Zeit heilt Wunden, verklärt Gewesenes, mildert Erlittenes, nimmt Angst, beruhigt. Die Sehnsucht nach den Geschwistern, die sie sehr liebten, brachte sie nach Hause zurück. Fast ein Jahr war vergangen. Sie waren nicht mehr dieselben, hatten sich frei entwickeln können, waren noch deutscher geworden in der anderen Schule, wo kaum Nichtdeutsche waren. Die Mutter erkannte sofort, sie waren erwachsen, nicht mehr zu gängeln. Sie akzeptierte ihre Töchter als gleichwertige Frauen, die eine siebzehn, die andere fünfzehn.

Der Vater schwieg. Er ignorierte seine beiden Töchter. Verbittert. Deutsche Amtspersonen hatten sich eingemischt in seine Familie. Sein Ruf geschädigt auch in kurdischen Kreisen. Die Wahrheit kannten nur wenige. Er trank noch mehr als zuvor, wurde in Spielotheken gesehen, wo er Geld verlor, gewann, verlor. Irreale Hoffnung, seinem Leben eine radikale Wende zu geben. Er war kaum zu Hause. Keine Arbeit. Die Mutter schuftete, nahm eine zweite Putzstelle an und schwieg.

Meram fügte sich ein, übernahm ihre Pflichten als älteste Tochter, Ersatzmutter für die Kleinen. Sie begann eine Ausbildung zur Arzthelferin, ging zur Berufsschule, war fleißig. Sie hatte ein Ziel, Ausbildung beenden, eine Stelle, weg von zu Hause, selbständig wohnen – wie eine Deutsche. Frei sein.

Sie besuchte mich oft, in ihrer Mittagspause, zwischen Schulstunden, nach Arbeit oder Schule. Sie stand da mit einer Rose – „Gul", die kurdische Rose, habe ich sie genannt – oder mit einem Brief, einem Geschenkchen für mich, vor meinem Haus, bei meiner Arbeitsstätte. Sie gab so viel Liebe, freute sich, wenn sie Freude schenken konnte. Sie glitt durch das Leben wie ein Schmetterling, bestäubte hier mit strahlenden Farben, setzte dort Lichtpunkte in die Welt. Ein Engel. Sie hinterließ Spuren von Frohsinn, Liebe gebend und versank in sich selbst in Tränen und Schwermut. „Schreib auf, was du fühlst", riet ich ihr. Und sie schrieb. Gedichte, Gefühle, Gedanken, Hoffnungen. Sie lebte ihr kleines wirkliches Leben. Bis der Vater nachts wieder kam, sich hineinschlich in das Zimmerchen mit den zwei Stockbetten, in denen die vier Töchter schliefen, der Raum sich füllte mit männlicher Geilheit, Alkohol- und Nikotingestank – zum Ekel erregen.

Ahnte die Mutter wirklich nichts? Meram packte erneut ihre Sachen, heimlich verstaute sie alles in Koffern, Tüten, Rucksäcken, was ihr gehörte, ihr etwas bedeutete. Diesmal nahm sie alles mit, nicht nur Kleidung. Nach und nach deponierte sie ihre Habseligkeiten im Keller der deutsch-russischen Nachbarin, der sie vertraute.

Wieder ein Mittwoch, der letzte Tag ihrer Abschlussprüfung, wenige Tage später ihr achtzehnter

Geburtstag. Sie würde die deutsche Staatsangehörigkeit beantragen. Sofort. Die Lehrerin wusste Bescheid. Sie schrieb einen Brief an den Vater, dass er der Tochter den Pass mitgeben müsse und ihre Geburtsurkunde am letzten Tag für Prüfung und Zeugnis. Er tat es nichts ahnend. Die letzte Prüfung war Dienstag, die sie bestand mit guten Noten trotz Drucksituation, trotz Angst vor dem Vater. Sie wusste, ein Zurück gibt es nicht mehr, nie mehr.

In der Nacht fuhr ich vor, lud alles ein, was im Keller gesammelt bereit stand, beide Schwestern huschten im Dunkel still, leise keuchend. Im Schulrucksack für den nächsten Tag unauffällig die wichtigsten Dokumente. Eingespielt dieses Team, Flucht erfahren, erprobt im Verschweigen und im zügigen Handeln. Auf der Flucht vor dem allmächtigen Vater. „Einen Weg gibt es immer, meist ist es eine Kreuzung. Wenn du genau hinsiehst, dann kannst du wählen", sagte sie manchmal, die kluge Meram voll Zuversicht.

Ich holte sie ab von der Schule, morgens um zehn, kaum war sie dort eingetroffen. Die wichtigsten Sachen im Köfferchen dabei für die ersten Nächte. Diesmal bestieg sie den Zug nach Süden. Fahrkarte, Adresse, Geheimtelefonnummer – die Frauen vom Frauenhaus hatten alles gut vorbereitet, eine Kollegin begleitete sie in ihre neue Heimat in einem süddeutschen Mittelgebirge. Weit weg. Abgelegen. Dort bringe ich ihr später die fehlenden Sachen hin. Wie vereinbart. Ein wenig Zeit musste vergehen. Der Vater ahnte, dass ich die Fluchthelferin war. Tränen rollten zum Abschied. Tränen, kummervoll heiß und doch abkühlend leicht. Wieder geschafft. Die Anspannung wich. Ich winkte ihr nach, dem Zug, der verschwand in der Biegung.

Was ging in mir vor? Meinen eigenen Töchtern sagte ich nichts. Ich konnte mit niemandem darüber sprechen. Die zahlreichen helfenden Menschen halfen auf wenige Worte hin, verstanden sofort, worum es ging. Eine wohltuende Erfahrung. Hass gegen den Vater, den Mann in ihm? Selbst dazu war ich nicht fähig. Nur Ekel und Abscheu und Nicht Verstehen, dass ein Vater seinem Kind so etwas antut. Und Trauer. Unendliche Trauer.

Am späten Abend der Anruf. Alles ist gut. Ein freundliches Haus, nicht zu viele Frauen und Kinder. Zum Wohlfühlen. Hier kann ich bleiben, so lange ich will.

Ihren Geburtstag feierten wir nach, Wochen später. Ich nahm meinen Freund mit auf die lange Fahrt. Kleiner Urlaub für ein paar Tage. Wir erreichten das kleine Hotel gegen Abend, in dem sie für uns ein Zimmer reserviert hatte, meldeten uns an der Rezeption. Eine freundliche Frau: „Ach, Sie sind die Pflegeeltern! Bitte warten Sie hier im Restaurant einen Augenblick." Der Mann kam, ein Grieche, begrüßte uns herzlich, als seien wir ganz besondere Gäste. „Kommen Sie. Das Gepäck holen wir später." Er führte uns einen Flur entlang, dann zu einer schmalen Treppe. Links und rechts auf den

Stufen Teelichter und rote Rosen. Das ist Meram, meine Meram, diese Liebe. Im Schimmer der Kerzen stiegen wir die Treppe empor, oben gleich rechts die Zimmertür mit dem roten Herzen. Ich öffnete. Da saß sie, strahlte glücklich mich an, inmitten von Rosenknospen, Bonbons, Pralinen und Zettelchen in Herzform mit Versen, ein 'Willkommen' aus roten Kreppröschen zierte Kopfkissen und Federbett. Mir fehlten die Worte. „Wie kitschig", zischte leise mein Lebenswegbegleiter. Du hast keine Ahnung, dachte ich. So liebesfähig ist selten ein Mensch, wie diese wunderbare junge Frau. Gäbe es nur mehr Menschen wie sie. Viel mehr. Ich schloss sie fest in die Arme. Der Wirt hatte sich diskret zurückgezogen.

Als wir zum Abendessen hinuntergingen, erwartete uns die nächste Überraschung. Ein festlich gedeckter Tisch, voller Rosen, Herzen, Kerzen und ein üppiges griechisches Essen. Das Wirtsehepaar freute sich mit. Meram hatte ihnen ihre Geschichte erzählt, als sie das Zimmer für uns buchte, in ihrer offenen Art, die Herzen gewann.

Am nächsten Tag feierten wir ihren Geburtstag mit einem Picknick auf einer blühenden Wiese unter schattenspendenden Pflaumenbäumen. Wie ein Kind tollte Meram mit meiner jungen Hündin herum, fröhlich, ausgelassen, frisch. Sie war glücklich.

Am Abend lernten wir ein älteres griechisches Ehepaar kennen, Freunde des Wirtes, die ein Restaurant im Städtchen betrieben. Auch hier herzlicher Empfang, leckeres Essen, in einem Lauben ähnlichen romantischen Eckchen. Die Familie hatte Meram ins Herz geschlossen, ihr den Gefallen getan. „Meram sieht aus wie eine Griechin. Sie ist für uns wie eine Tochter." Bereits nach wenigen Wochen in der Fremde, ich staunte. Meram half aus in der Küche, beim Kellnern. Verdiente etwas Geld. Sie war beliebt bei den Gästen und fühlte sich wohl – als Griechin. „Mein Vater wollte mit mir nach Griechenland gehen, jetzt bin ich eine Griechin", lachte sie, als sei nichts Schlimmes gewesen. „Mein Weg, meine Bestimmung ist vielleicht Griechenland." Ihre Augen strahlten, sie wiegte sich lachend zur Sirtaki-Musik. „Kaliméra!"

Alles in Ordnung. Meram hatte ihre Welt gefunden. Sie beantragte die deutsche Staatsbürgerschaft. Zwei Rechtsanwälte brauchte es, viel Geduld, einige Besuche bei Ämtern, mit ihrer Vollmacht konnte ich helfen, erhielt den ersehnten Pass, den ich ihr zuschickte. Spuren verwischen. Die Ämter kannten sich aus, behandelten delikate Verfahren mit Feingefühl. Eine gute Erfahrung, das hatte ich nicht erwartet.

Über die syrische Botschaft würde der Vater mitbekommen, dass sie sich einbürgern ließ, den syrischen Pass konnte sie behalten. Ihre aktuelle Adresse erfuhr er hier nicht. Sperrvermerk. Trotz Bakschisch.

Ein paar Wochen später zog Meram in eine kleine Wohnung zusammen mit einer jungen algerischen Freundin aus dem Frauenhaus, die auf der Flucht vor einer Zwangsehe war. Meram betreute noch einige Zeit die Kinder im Frauenhaus, ein Job, den sie sofort gern annahm. Im griechischen Lokal half sie beim Renovieren, machte sich unentbehrlich, lernte griechisch, fühlte sich wohl als Ziehtochter des Hauses – und fühlte sich sicher. Mit zwei Freundinnen fuhr sie in ihrer freien Zeit gelegentlich in die ferne Landeshauptstadt dieses Bundeslandes - Eis essen, Leute treffen, das Flair einer Großstadt genießen.

Überall gibt es Kurden in Deutschland. Überall.

Im kleinen Städtchen gab es Türken, der ein oder andere vielleicht mit entfernter kurdischer Herkunft, viele Griechen und Italiener. Anonym ist die Großstadt. Voll unbekannter Menschen, die sich nie kennen lernen werden, sich nur flüchtig begegnen, vergessen.

Meram wurde wiedererkannt. Ein Cousin ihrer großen jesidischen Sippe. Tage nach ihrem letzten Ausflug ins Großstädtische, fiel ihr das Motorrad auf. Hin und her befuhr es die Straße vor dem griechischen Restaurant, langsam wie auf der Suche. Zwei Männer. Auffällig. Dann war es verschwunden. Am nächsten Tag ein kleines Auto und das Motorrad. Im Auto zwei Männer. Meram erschrak. Kurdische Männer.

In derselben Nacht bestieg sie den LKW-Transporter von Konstantin mit Rucksack und Köfferchen. Drei Tage sollte die Fahrt dauern, durch die Schweiz, durch Italien, mit der Fähre, staubige Straßen bis weit in den Südosten von Griechenland. Ein glücklicher Zufall. Jede Woche gab es Transporte. Die Wirte kannten sich aus. Zu Konstantin hatten sie Vertrauen, gaben die ihnen wie eine Tochter ans Herz gewachsene junge Frau in seine Obhut. Die schöne, temperamentvolle Kurdin, die eine Griechin sein wollte.

Konstantin hatte einen Freund, Alexis, verwitwet, ohne Kinder, der für sein großes Haus eine Wirtschafterin suchte. Das Foto zeigte die beiden Freunde vor einem weißen einladenden Haus im Torbogen, umrankt von blauer, violetter, rosaroter Clematis. Ein Traumhaus. Darüber der unvergleichlich blaue griechische Sommerhimmel. Nicht weit war das Meer.

Meram verliebte sich in dieses Haus, empfand Sympathie für den Mann und sah einer strahlenden griechischen Zukunft entgegen. Flucht. Mehr als ein Jahr lang Ruhe, das Gefühl angekommen zu sein. Instinkt für Gefahr, ließ sie das Richtige tun zur richtigen Zeit. Schon tags drauf betraten zwei kurdische Männer das Griechen-Lokal, fragten nach ihr, zeigten ein Foto. „Tut uns leid", sagte das Ehepaar, „die kennen wir nicht. Die junge Frau gestern war eine Griechin." Die Männer kamen noch öfter, aßen bei ihnen, wurden freundlich bedient, erhielten die

Auskunft, die Griechin sei jetzt in Berlin und sicher-
lich nicht die Gesuchte.

Meram rief mich an, informierte mich, ich rief
zurück mehrmals – wie gut, dass es Handy gibt –
auch während der langen Fahrt, ich sprach mit dem
Fahrer. Er sollte wissen, dass Meram nicht allein
war, kein Freiwild, sondern schützenswert. Er verstand, brachte sie sicher nach Griechenland.
Begeisterungsfähig stürzte sich Meram sofort in
ihre neue Aufgabe, brachte Ordnung und Farbe in
den vernachlässigten Witwer-Haushalt und wurde
reichlich belohnt. Sie verliebten sich beide, der ältere Grieche, die junge Kurdin, zwanzig Jahre fast
der Altersunterschied. Alexis sprach deutsch, hatte
lange in München gearbeitet, bescheidenen Wohlstand erreicht, sich zur Ruhe gesetzt in der Heimat,
kleine Rente aus Deutschland, kleine Jobs in der
Heimat. Ich sprach häufig mit ihm. Sie waren glücklich. Die Frauen der Nachbarn halfen ihr, sich zu
Hause zu fühlen. Sie blieb den Winter, den Sommer.
Sie sprachen von Heirat, eine große griechische
Hochzeitsfeier. Alle Nachbarn des Dorfes, alle
Freunde – von ihm. Von Merams Seite war niemand
eingeplant, auch ich würde nicht kommen können.

Riesenrad. Kam mir spontan in den Sinn. Sie
klang am Telefon so glücklich, so strahlend wie damals auf dem Riesenrad. Ich hatte die ganze Familie
eingeladen zum großen Volksfest mit Feuerwerk,
das einen der schönsten Flüsse Deutschlands in Far-

benzauber tauchte. Nur Meram traute sich mit mir auf das Riesenrad. Den Ausdruck in ihrem Gesicht, in ihren Augen werde ich nicht vergessen. Sanft hoch in die Lüfte, leicht schaukelnd, schwingend, sich drehend, alles wird kleiner, die Höhe kribbelt im Bauch, in den Knien, voll Leichtigkeit entrinnst du der Erdenschwere, in den Himmel hinauf, oben verharrt, blieb es stehen das Rad mit unseren Gondeln, so viel Glück, wir sahen das Feuerwerk, fühlten uns mitten drin in den Lichterblumen, Fontänenglitzern, Farbrausch benahm uns die Sinne im nachtdunkel werdenden Sternenhimmel. Langsam drehte sich das Riesenrad, übergab uns wieder der Erde. Sie hielt die ganze Zeit meine Hand, dankbar, das zu erleben. Sie war dreizehn, ihr Leben bis dahin - nur Arbeiten gewesen, Spiel und Vergnügen kannte sie nicht.

Meram und Alexis. Ein Paar. Im fernen Griechenland. Sie riefen mich oft an, teilten mir ihre Gefühle füreinander mit. Alexis hatte Bedenken wegen des Altersunterschiedes. Für ihn war Meram ein Engel, das Schönste, das ihm je passiert ist, sie kam hereingeflogen in sein Leben und wird wieder herausfliegen irgendwann, zweifelte er. Und doch planten sie die Hochzeit, griechisch-orthodox, der Patriarch besuchte sie, die Papiere für die Ämter, Trauzeugen, das ganze Programm.

Dann kam der Anruf. Meram weinte, sie stand unter Schock. Die letzten Tage hatte sie in Schwermut verbracht. Es überfiel sie einfach. Sie musste an ihre Mutter, ihre Geschwister denken, fühlte sich allein, einsam. Am Abend bereitete sie wie üblich ein schmackhaftes Essen zu, sie gab sich viel Mühe, konzentrierte sich auf die Arbeit, um ihren Kummer zu vergessen. Alexis saß auf der Terrasse unter blühenden duftenden Tamarisken. Er wandte ihr den Rücken zu, saß leicht gebeugt und rauchte. Vielleicht hatte sie ihn schon hundertmal so sitzen gesehen, jetzt traf es sie wie ein Blitz.

Wie ihr Vater. Er saß da wie ihr Vater, leicht ergrautes schwarzes Haar, die Kopfform, die Körperhaltung. Sie erschrak zutiefst. Der Glaskrug mit Orangensaft in ihrer Hand, die beiden Gläser in der anderen entglitten ihr, fielen zu Boden, zerbrachen in glitzernde Scherben. Sie stand wie gelähmt. Alexis sprang auf. Es war Alexis und nicht ihr Vater. Sie erkannte, aber begriff nicht. Alexis nahm sie in seine Arme, sprach zu ihr. Sie verstand nicht. Er hatte sie zum Sessel geführt. Er hatte die Scherben aufgefegt, den Boden gewischt. Sie saß und rührte sich nicht. Ihr Gesicht bleich, ausdruckslos. Sie konnte nicht sprechen. Langsam, ganz langsam kam sie zu sich, kehrte ihre verletzte Seele zurück, die Seele, die niemals vergisst. Ihre Gedanken begannen zu kreisen, ihre versteiften Gelenke belebten sich wieder. Ihr wurde übel. Das Nein nahm ihr den Atem. Der alles entscheidende Satz, der sich in ihr zu formen begann: „Nein. Diesen alten Mann kann ich nicht heiraten."

Das Schluchzen erschütterte ihren Körper. Alexis wiegte sie wie ein Kind. Er ahnte, dass sein Engel die

Flügel weit ausbreitete, schüttelte und abhob für den weiten Flug nach Norden.

Der Däne Ole nahm Meram mit zurück nach Deutschland. Ein Fernfahrerfreund, den Alexis von seinem Job an der Tankstelle kannte. Von hier startete die Binnenland-Route durch den Balkan, Kreuzpunkt der Straßen aus Fernost, die Griechenland bedienten. Thessaloniki, die letzte griechische Großstadt für Meram. Fast zwei Tage unterwegs. Ole fuhr den Sattelschlepper ohne Begleitfahrer. Das sparte Geld für die Firma, war aber nicht erlaubt. Wie damals bei Konstantin. Meram hatte eine Schlafkoje für sich. Ole sprach deutsch, dänisches Deutsch mit dem liebenswerten Zungenlispeln. Merams Geschichte erschütterte ihn. Er hatte selbst zwei kleine Töchter. Meram sehnte sich nach Deutschland, das zunächst wieder Frauenhaus bedeutete. Ungewissheit. Alleinsein.

Der Abschied war schwer und lang. Sie wollten in Verbindung bleiben, Alexis wollte sie besuchen. Vielleicht besinnt sie sich anders, hoffte er, der gealtert war in den letzten Wochen, sichtbar gealtert. „Ihr habt eine wunderbare Zeit zusammen gehabt, denke daran", tröstete ich ihn am Telefon. Ich verstand beide.

Meram blieb im Südosten, auf der Strecke nach Norden. Ole setzte sie ab an einer Raststätte, wo eine Frau sie erwartete. Wieder perfekt geplant. Eine neue fremde Stadt. Das Frauenhaus war voll. Jede helfende Hand wurde gebraucht für traumatisierte Kinder. Meram nahm sich ihrer an. Voll Mitgefühl und Sanftheit. Die griechische Sonne verblasste.

Im Frühjahr begegnete ich Merams Mutter in unserer kleinen Stadt. Sie ging auf der anderen Straßenseite, mir entgegen, schob einen Kinderwagen, ein Kleinkind saß oben auf. Wieder ein Baby? Wir sahen uns an, intensiv, im Vorübergehen. Ich nickte leicht. Ich weiß, wo deine Tochter ist, es geht ihr gut, ich passe auf sie auf, sagte mein Blick. Wir hatten uns verstanden. Sie war sehr dick geworden. Das Baby war der ersehnte Sohn, die Frucht einer Nacht der Vergewaltigung. Sie verweigerte sich längst ihrem Mann. Sie ahnte nicht, sie wusste, was vorgefallen war, wer ihre Tochter womit vertrieben hatte. Befreundete Familien rieten zur Scheidung, boten ihre Hilfe an. Ihr fehlte der Mut. Sie bemerkte, dass ihr Mann spät nachts wieder in das Mädchenzimmer schlich. Die vierte Tochter, keine zehn Jahre alt, wurde das Opfer. Kummer und Schmach lähmten sie, sie verkroch sich nach innen, funktionierte, brach Freundschaftskontakte ab. Sie erstickte fast an ihrem Schweigen. Schilddrüse, diagnostizierte der Arzt und verschrieb ihr Tabletten.

Nicht alles erzählte ich Meram. Sie freute sich über den Bruder, nach fünf Töchtern endlich am Ziel. Sie wusste, was dies für ihre Eltern, für ihren Vater bedeutete. Sie sorgte sich um ihre Schwestern. Über eine Mitschülerin, die in meiner Nähe wohnte, nahm ich Verbindung zur zweiten und dritten Tochter auf, die ihre letzten Wochen in der Schule verbrachten. Beiden drohte die Heirat im Sommer. Sie wagten nicht zu widersprechen. Die älteste Schwester war verstoßen, angeblich ging es ihr schlecht und sie büßte für das, was sie den Eltern, der Familie, angetan – ein abschreckendes Beispiel. Man hatte ihnen Gräuelgeschichten erzählt. Von mir erfuhren sie Teile der Wahrheit, sahen Fotos von einer strahlenden glücklichen Meram. Sie kamen zu mir, wann immer sie konnten. Telefonierten mit Meram. Alles heimlich. Ganz heimlich. Sie sprachen kein Wort davon zu Hause oder zu anderen. Sie erkannten die Chance, das Glück, sie hatten sich wiedergefunden.

Im syrischen Glutsommer fand die Hochzeit der einen, die Verlobung der anderen statt. Die ältere blieb in der Heimat im Haus ihres Mannes, der doppelt so alt war wie sie. Sie wurde schnell schwanger, erbettelte die Rückkehr nach Deutschland für die Geburt ihres Kindes. Sie wohnten monatelang in der Enge der elterlichen Wohnung, bis sie eine eigene beziehen konnten. Die Nähe der Eltern, der Zwang einer Ehe mit einem ungeliebten Mann, ihre Jugend, vielleicht auch das eigene Baby – die Schwester, die mit flüchtete, Angst teilte, Hilfe gab, änderte ihre Bewertung. Meram war Schuld, sie alleine. Ich zog mich vorsichtig zurück. Nur die dritte Schwester suchte mich weiterhin auf, um mit der geliebten Meram zu telefonieren, ihr Briefe zu schicken und Bilder. Sie träumten, sich wieder zu sehen, sich umarmen und küssen zu können. Ein Traum.

Der nächste Sommer nahte. Angst vor der Ehe, der Mann mehr als zwanzig Jahre älter. Auch ihr fehlte der Mut ihrer Schwester. Sie musste in Syrien bleiben. Schule beendet, keine Ausbildung. Der Vater brauchte das Geld, um Schulden zu bezahlen. Töchter-Verkauf. Der Ehemann nahm ihren Pass weg, zwang sie allnächtlich zum Sex, sie fand keinen Schlaf, magerte ab, die Aleppo-Fliegen stachen sie blutig, voller Geschwüre. Die Schwiegermutter erkannte die Gefahr, sie ließen sie nach Deutschland reisen, der Mann sollte später nachkommen. Ich erschrak, als ich sie wiedersah. Meram, die Freie, war das blühende Leben. Dagegen die Schwester nahe am Tod, sie erholte sich langsam in vertrauter Umgebung.

Meram ging ihren Weg. Sie fand eine gut bezahlte Putzstelle in einer Auto-Fabrik, zog mit einem jordanischen Freund zusammen in eine Wohnung. Liebe war es nicht, eher eine Zweckgemeinschaft für beide. Ich besuchte sie dort. Wieder ein Fest der Rosen, Kerzen und Herzen. „Ich bin Deutsche", sagte Meram, „ein bisschen kurdisch, ein wenig griechisch, aber ich denke und fühle wie eine Deutsche. Ich will leben wie eine Deutsche. Wie meine Freundinnen."

Sie war im kurdischen Syrien geboren, mit drei Jahren nach Deutschland gekommen in meine Nachbarschaft. So lernten wir uns kennen. Kindergarten, Grundschule christlich-katholisch, vom Elternhaus Zarathustra geprägt. Sie glaubte an die Macht der Liebe – und der Vergebung.

Ihrer Mutter zuliebe und ihrer Geschwister wegen suchte sie über einen entfernten Onkel Rat. Der spielte Vermittler und lenkte die Lebensbahnen vorsichtig hin zur erfreulichen Wende. Der Vater erfuhr davon nichts. Mutter und Tochter sprachen sich aus in unzähligen Ferngesprächen, in kurdisch, in deutsch, kamen sich nah, wieder sehr nah. Jahre vergangen voll Angst um die Tochter. Dieses Glück unfassbar für beide. Ihre Seelen gesundeten. Sie flochten geschickt an dem Netzwerk, das sie zart miteinander verband. Heimlich. Alles ganz heimlich.

Meram verliebte sich neu. In einen Deutschen. Produktionsmitarbeiter in ihrer Firma. Wolfgang. Groß, blond, blaugraue Augen, humorvolles Glitzern im Blick, der älteste von drei Söhnen. Fasziniert von der südländischen Schönheit, dem leicht fülligen weichen Körper, dem Kirschenmund, den tiefgründigen Augen und dem Lächeln, dem unvergleichlichen Lächeln Merams. Sie blieben zusammen, wohnten zusammen einige Jahre, dann heirateten sie. Eine Traumhochzeit.

Wir, ihre 'Pflegeeltern', waren dabei. Ein wunderschönes Paar, diese Gegensätze und doch viel Gleiches, Harmonie in der Verschiedenheit. Die Gäste, Menschen aus aller Welt, die ihren Lebensweg kreuzten in dieser neuen Stadt. Niemand von früher. Niemand aus ihren anderen Leben. Niemand aus Merams Familie. Nur Menschen, die ihr jetzt etwas bedeuteten. Eine bunte fröhliche Hochzeit - mit viel griechischer Musik. Meram tanzte und tanzte - mit allen. Ein weißer Engel.

Ein Jahr verging. Meram fand einen Weg, ihre Sehnsucht nach ihrer Familie zu stillen. Zwei Wochen war der Vater in der Heimat wegen eines Trauerfalls.

„Wir kommen zu euch in die Stadt, die mir den Atem zum Leben nahm." Die verlorene Tochter kehrte zurück mit ihrem selbstgewählten Ehemann im eigenen Auto. Sie schliefen bei mir, nicht in der elterlichen Wohnung. Nur drei Tage hielten sie es aus. Es war gut, aber genug.

Die Luft wurde knapp für die Lunge. Die Mutter sprach mit dem Vermittler. Sie wusste, die Kinder würden sich verplappern irgendwann. Der Vater sollte erfahren von der Heirat, dem deutschen Ehemann, die Tochter und ihn akzeptieren. Geschickt spannte der Mittelsmann weitere Verwandte ein. Die Position in der Sippe, im Clan, wurde gefestigt. Der Vater wich nicht mehr aus, empfing Monate später den Schwiegersohn und seine Tochter. Sprach kein Wort. Überließ dem Onkel das Ritual.

Und Wolfgang erzählte von sich, seiner Familie, seinem Beruf, ihren gemeinsamen Plänen.

Weihnachten war der zweite Besuch. Der Vater allein, ohne Onkel, sah ihn zum ersten Mal an, gab ihm die Hand, bot dem Nichtraucher eine Zigarette an. Sie aßen zusammen, tranken schwarzen Tee im

Wohnzimmer auf dem Sofa mit den Kissen, den Knick in der Mitte.

„Das muss jetzt genügen. Ich kann nicht mehr!", stöhnte Wolfgang auf der Fahrt in ihr zu Hause. „Alles Theater. Ich zittere vor Wut, ohnmächtiger Wut, wenn ich deinen Vater so sehe!"

So blieb es. Einmal im Jahr zu Besuch. Mit der Mutter, den Geschwistern telefonieren, so oft sie wollten. Nicht mehr heimlich. Briefe und Päckchen schicken. Normalität. Die Schärfe genommen. Distanz wuchs. Sie lebten ihr Leben, bekamen einen Sohn, Meram und Wolfgang sind glücklich.

Die Schatten erlittenen Leides, durchlebter Angst, würgenden Abscheus und Ekels glitten nachts in die Träume, verdunkelten schwermütig die Sinne an manchem Tag. Es dauerte lange bis diese Schatten in Meram verblassten.

Alice schmiegt sich in Lasses Arme. Sie schweigen lange. Lasse räuspert sich, streichelt ratlos Alices Kopf. Ein „Au, Mann!" entweicht ihm. „Das ist ja furchtbar!" Er küsst die junge Frau zärtlich. Es vergeht eine ganze Weile, bis sie bereit sind für die nächste Geschichte:

Abenteuer Armut

Alice fühlt sich reich. Immer schon. Sie bemisst Reichtum an inneren Werten. Sich gut fühlen. Zufrieden sein. Sich freuen über jeden Tag. Hauptsache, es tut nichts weh, körperlich und seelisch. Geld muss auch sein. So viel, dass sie ein bescheidenes Leben führen kann. Sie drittelt ihr Einkommen: Wohnen, Sicherheit, Leben. Das geht. Mit achtzehn Jahren verdient sie ihr erstes Geld. Arm waren andere. Im Drittel 'Leben' bleibt immer noch etwas übrig für andere. So hält sie es lang – bis mit der Jahrtausendwende Systeme kippen, auch ihres. Wer wenig hat, dem wird mehr genommen. Wer hat, dem wird Kredit gegeben. Alles eine Frage der Verteilung, meint Alice. Gerechte Verteilung. In Dritteln. In Teilen gleich für jeden Menschen. Armut muss nicht sein und ist doch überall.

***

Ich tappte in die Schuldenfalle, zu spät die Notbremse gezogen. Ich verließ mein Haus im Kleinwagen auf Ratenkredit, voll gepackt mit restlichen Habseligkeiten – allein das Wort 'Habseligkeiten': Es ist das Wichtigste, was du brauchst oder das, was du gerade noch hast. Richtung Norden. Einer neuen Freiheit entgegen. In das Abenteuer Altersarmut.

Irgendwo ankommen. Neubeginn als 'Eck-Rentnerin' mit Durchschnittsaltersgeld. Zwei Ehen, zu lange daran festgehalten. Vier Kinder großgezogen, zu lange unterstützt. Frisch geschieden, dem Ehemann zu lange vertraut. Ein abwechslungsreiches Leben geführt. Volles Leben. Bunt. Abenteuer Leben aus junger Sicht. Vier Berufe erlernt, ausgeübt, gern gearbeitet. Gut verdient – gut gelebt. Es fehlte nichts im gesteckten bescheidenen Rahmen.

Ich kenne Leute, die mit sechzig zurückblicken auf ihr Vermögen, angehäufelt nicht nur im Arbeiten und Sparen. Sie fallen ins schwarze Loch ohne Beruf, ohne Funktion oder sie genießen einen sorgenfreien Lebensabend. Nein, solche Leute kenne ich eigentlich nicht. Sie genießen nicht. Irgendwas fehlt ihnen immer. Mir war jeder Tag lebenswert. Seit ich denken kann. Jeder Tag. Auch dieser.

Im Winter 2005 durch dichtes Schneetreiben über eisglatte Autobahnen mit meinem Ford KA, dem formschönen Ei, einer neuen Zukunft entgegen. Ich kam an in der Fremde. Schnür-Sandalen an den Füßen, weiße Leinenhose, orangefarbener Pullover mit weitem U-Boot-Rollkragen und Fransen, einen Anorak neben meinem schwarzen Rucksack auf dem Beifahrersitz. Jede Lücke voll gepresst mit Beuteln, Schuhen, Proviant für unterwegs. Hinter mir im Blickfeld, wenn ich den Kopf drehte, sichtbar im Rückspiegel meine Golden Retriever Hündin, weich gebettet. Daneben in der Transportbox mein Schlafmittel betäubter Kater.

Mild war das Klima im Rheinland an diesem letzten Samstag im November. Ich winkte der Familie freundlich zu, die nun als neue Eigentümer mein Haus bewohnte – dreißig Jahre mein Zuhause. Froh,

alles geschafft zu haben, Abwicklung der berufli-
chen Verantwortung, Verkauf meines Hauses, Auf-
lösung meines großen Haushaltes, Übergabe an die
neuen Besitzer – alles gelungen, der Stress lag hinter mir.

Abschied nehmen – ein langer Prozess. Wunden
lecken und Kräfte sammeln. Erkenntnis gewinnen.
Freiheit vom Haben ist nicht umsonst. Verlieren.
Erst einmal verlieren. Dann kommt der Zugewinn.

Immer geradeaus. Nach vorne sehen, nicht zurück. Tief in Gedanken glitt ich hinein in eine dichte Wolkenfront. Erst Hagelkörner, groß und rund
wie Haselnüsse. Dann kam der Schnee, das Eis,
Schneewehen, hartgefrorener Reifenmatsch, Pack-
eisschollenstapel. Schneckentempo. Angst. An den
Rand fahren, unter eine Brücke, nächste Ausfahrt
raus? Schweißausbruch. Dankbar spürte ich wie die
neuen Winterreifen griffen. Ein Abschiedsgeschenk
meiner Schwester. Sie hielten die Spur. Nur nicht
bremsen müssen. Vor mir im Schneeflockenwirbel
zwei entfernte rote Punkte. Das nächste Auto. Hinter mir nur eine weiße Wand. Neben mir bretterte
ein Sattelschlepper vorbei, warf eine Ladung
Schnee und Eisklötze polternd auf mein kleines
Blechgefährt. Kein PKW, der überholte.
Ich muss da durch. Nur Vor – kein Zurück. Alles
hinter mir gelassen, was mir bedeutungsvoll gewesen. Niemand und Nichts mehr hinter mir. Nach
vorne in die unbekannte Zukunft. Weiter. Immer

weiter. Schneechaos im Münsterland, ein breiter Streifen quer von West nach Ost in Nord-rhein-Westfalen. Strommasten brechen unter nasser weißer Last. Kilometerlange Staus auf allen Autobahnen. Das Ausmaß erst am nächsten Tag bekannt. Der Wetterbericht vom Vorabend sagte nichts davon.

Meine Arme steif, verkrampft die Hände um das Lenkrad. Weiß reflektiert das Licht. Die Augen schmerzen. Den Körper vorgebeugt zum besseren Sehen. Fußsohlen spüren hart den Wechsel der Pedalen, Kuppeln, Bremsen, etwas Gas, untertourig fahren im zweiten, dritten Gang. Schweißtropfen oberhalb der Lippe. Kalt ist der Norden, wie man weiß, wird das jetzt Hunderte von Kilometern gehen? Mit einem Mal durchstoße ich das Weiß. Halbdunkel, Dämmerung beginnt. Nur wenig Schnee am Rande. Ein Parkplatz. Endlich.

Zitternd lenke ich den Wagen von der Autobahn. Ein Albtraum diese Fahrt. Ich steige aus, versinke in einer Schneewehe, weich mit meinen Schnür-Sandalen. Schuh-Wechsel. Hundegassi. Tief Luft holen. Von hier bis Osnabrück nur leicht bestäubte Felder. Kein Schnee fällt. Weiter geht die Fahrt nach Schleswig-Holstein. Zwölf Stunden. Dann bin ich in meinem unbekannten neuen Heim, begrüße dankbar Sohn und Tochter, die mir in diesem Lebensumbruch halfen.

Eine Zwei-Zimmer-Wohnung, erster Stock, kein Balkon, kein Garten. Ein großzügiger Speicher für die vielen Kisten und zum Wäschetrocknen. Ein fünfzig Jahre altes Backsteinhaus. Vier Parteien mit mir, jede mit eigenem Eingang. Hell, freundlich.

Ich richte mich ein, gewöhne mich um, eingebrannt das Erlebte der letzten Zeit. Oberhalb der Armutsgrenze. Aber nicht obdachlos. Ein neues bescheidenes Zuhause für mich allein und meine Tiere. Mehr Verantwortung habe ich nicht.

Allein leben. Eine neue Herausforderung. Heimisch werden in einer fremden Umwelt. Ich habe Zeit. Sehr viel Zeit. Ein neues Gefühl, ein neuer Fakt. Und Ruhe. Eine neue Lebensqualität. Die Angst fällt wie Schuppen von mir. Angst vor Armut, Obdachlosigkeit, Wertverfall, wenn du dich nicht mehr über Beruf und Geld definieren kannst. Eine neue Identität finden. Abenteuer Armut. Ich lasse mich darauf ein – für meine neue Zukunft.

Meine Gedanken gehen weit zurück in die Vergangenheit. Angstwort 'obdachlos'. Ich denke an Terese, an den Mann mit der Plastiktüte und den Papieren, Dokumenten darin, an die Projektarbeit mit obdachlosen Mädchen, Frauen, Männern, mit Menschen ohne Wohnung. Homeless people. Die Gerüche kehren wieder. Die Gesichter nehmen Form an. Die Menschen in ihrer Not sind zum Greifen nah.

Terese ohne H. Die Schmerzen wollten kein Ende nehmen. Viele spitze dünne Messer stachen in meinen Bauch, wühlten in meinen Eingeweiden. Ich wimmerte, stöhnte. Kalter Schweiß brach aus allen Poren. Tränen liefen über mein Gesicht. Warum hört das nicht auf? Eingehüllt in eine Decke saß ich auf dem Stuhl. Das ist das Schlimmste nach einer Bauch-Operation. Da müssen Sie durch, meinte die Schwester. Die erste Verdauung. Total-Operation. Gebärmutter, Eierstöcke, Orangen große Tumore, einige kleinere Tumore – alles weg. Sie saßen am Darm, auf der Blase. Überall in mir drin waren frische Schnitte, die erst langsam nach Monaten verheilen, vernarben. Der Bauchschnitt, ein Bikini-Schnitt in der Hautfalte. Kaum zu sehen später.

Es lagen zwei Frauen außer mir im Fünf-Bett-Zimmer des Krankenhauses. Herbst 1989. Die eine, frisch operiert, schlief. Die andere dämmerte vor sich hin. Ein Bett war frei. Die junge Frau in eine Reha-Maßnahme entlassen, ein hoffnungsloser Fall: Diagnose Krebs. Ihre Freundin hatte sie schon nach dem Frühstück abgeholt, begleitet von einer Betreuerin des Sozialen Dienstes. Und Terese war bei ihrem Baby.

Das Husten, trocken, kurz, hart. Die ganze Nacht lang. Sie ist Raucherin, dachte ich, wälzte mich unruhig herum. Meine Bettnachbarin schlief fest und hustete. Immer wieder. Es war meine zweite Nacht im Krankenhaus. Ich hatte sie tagsüber noch nicht zu Gesicht bekommen, sie war stets unterwegs und ich häufig bei den präoperativen Untersuchungen. Auf ihrem Bett, ihrem Nachtschränkchen jede Menge Stofftiere. Sie ist bei ihrem Kind auf der Säuglingsstation, sagte mir eine Mitpatientin. Erst am

Morgen meiner Operation lernte ich sie kurz kennen.

Ich heiße Terese – ohne H. Ich habe ein Baby, ein kleines Mädchen. Den Namen wissen wir noch nicht. Mein Freund kommt nachher. Dann entscheiden wir das. Wissen Sie, das ist alles ein bisschen kompliziert. Sie sind nett. Das habe ich gleich gemerkt. Es wird schon gut gehen mit Ihrer OP. Die haben mir hier auch sehr geholfen.

Ich bin erst sechs Tage hier. Endlich wieder ein Bett, eine Dusche, Warmes zu essen. Wir leben seit zwei Jahren auf der Straße, mein Freund und ich. Erst hatte ich einen anderen. Allein darf man nicht sein auf der Straße. Der hat zu viel getrunken. Ich trinke nicht viel. Nur im letzten Winter. Da war es sehr kalt, sind einige sogar erfroren. Sehen Sie hier meine Füße: Frost. Das prickelt und sticht immer irgendwie. Einmal Frost, immer Frost. Mein neuer Freund ist gut. Der lebt schon seit zehn Jahren auf der Platte. Hat sich daran gewöhnt. Er ist ganz stolz, dass er Vater geworden ist. Ich hätte nie gedacht, dass ich mal schwanger werde. Bin doch schon Neununddreißig. Es ist nicht alles gut gegangen mit dem Kind. Das hat irgendwas. Die wollen es mir nicht geben. Es liegt da in einem Kasten. Ich kann es sehen, mit ihm sprechen. Ich erzähle immer was. In die Arme nehmen geht noch nicht. Stillen darf ich nicht. Die Schmusetiere darf ich ihm noch nicht geben. Ist auch nicht schlimm, die behalte ich hier, erinnert mich an meine Kleine, wenn ich hier auf dem Zimmer bin.

Sie redete, redete, unterbrochen von ihrem Husten. Mit jeder Geste beim Reden drang ein Schwall Nikotingeruch zu mir rüber, die Betten standen eng nebeneinander, zwischen uns die beiden Nachtschränkchen. Ich lag regungslos, matt, hörte zu mit wolkig neblig werdendem Bewusstsein. Die Beruhigungsspritze vor der OP tat ihre Wirkung. Ich lächelte leicht, nickte, blickte sie kurz an.

Eine Obdachlose? Hier im Krankenhaus? Wenigstens hat sie jetzt ein Dach über dem Kopf und wird versorgt. Aber warum lässt man es erst so weit kommen, dass Menschen auf der Straße landen? Ich verstehe das nicht. Es gibt immer noch Schlimmeres als mein Schicksal, denke ich schwach.

Tschüss, bis nachher. Wird schon gut gehen! Terese ohne H verabschiedete mich voll Zuversicht als mich die Krankenschwestern holten – in den Tod ähnlichen Schlaf der Narkose.

Zeit hilft. Erst einmal neu lernen, was so selbstverständlich war. Verdauung, Bewegung. Nach zwei Wochen versuchte ich, die Treppe zwischen zwei Stationen hinunter und wieder hinauf zu gehen. Wahnsinnige Schmerzen im Bauch. Weiche, zitternde Beine. Schwache Arme um den Lauf des Treppengeländers gekrampft. Noch nie war ich so langsam Treppenstufen gegangen, Stufe für Stufe erkämpft, ausgeruht. Erschöpft, schwindlig, hoch zufrieden sank ich wieder in mein Krankenbett. Von Tag zu Tag wurde es besser, kamen die Kräfte wieder. Ein gutes Gefühl.

Terese erzählte. Vom Hunger. Von der Nässe. Von der Kälte, der Wetter-Kälte, der sozialen Kälte da draußen unter freiem Himmel, im Bahnhofsdurchgang, unter der Brücke am großen Fluss, in Schrebergärten und Häuschen mit aufgebrochenen Türen und Fenstern, alles ist gut, was Schutz verspricht, wo man nicht gleich verjagt wird von Polizei und Mitmenschen, von Solidarität unter den Heimat- und Obdachlosen, von Hass und Habgier und endloser ohnmächtiger machtvoller Wut. Du brauchst Alkohol letztendlich, sonst erfrierst du, innerlich und äußerlich, sagte sie, ohne geht nicht, hältst du nicht aus, aber mit Alkohol erfrierst du auch. Andere Drogen kamen für sie und ihren Freund nicht in Betracht. Das Elend ist noch größer, seufzte sie mit sich verdunkelndem Blick. Sie konnte nachts nicht schlafen, es kaum aushalten in einem geschlossenen Raum, sie ging rauchen, ich hörte sie aufstehen und gehen, wenn ich selbst ruhelos mit Schmerzen wachte.

Wir sind betreut, sagte Terese, kriegen Tagesgeld vom Amt, können uns an Sozialarbeiter wenden, ich kenne Bäcker in der Stadt, die geben uns Brötchen, Teilchen, Brot, was nicht mehr zu verkaufen ist, runtergefallen oder alt, ich kann reden mit den Leuten, das mögen sie, dann zeigen sie Mitgefühl, aber betteln tu ich nicht. Ich bin sauber, gehe duschen, manche Nacht kriege ich einen Schlafplatz in der Unterkunft, wenn ich will, aber ich will frei sein, irgendwie frei, wenigstens mich so fühlen. Manchmal geht es mir schlecht, dann will ich gar nicht mehr leben. Seit ich schwanger bin und der Betreuer mich zum Frauenarzt geschickt hat, freue ich mich, dass ich lebe.

Wie sie in diese Lage gekommen ist, erzählte sie nicht. Ich fragte nur einmal.

Zu den Mahlzeiten war sie da, saß auf ihrer Bettkante, hustete. Am Nachmittag kann das Baby aus dem Brutkasten, sagte sie, zum ersten Mal darf ich es in die Arme nehmen. Ich bin schon so aufgeregt. Sie streichelte einen Stofflöwen. Die Kleine ist Löwe, noch im August geboren. So lange schon im Brutkasten?, fragte ich mich, lächelte ihr zu. Meine mittlere Tochter auch. Löwen sind stolze Sternzeichen, die sind zäh, schaffen viel. Ihre Kleine wird es schaffen. Terese lächelte zurück, ihr hageres Gesicht faltete sich, ein Vorderzahn fehlte. Ich muss eine rauchen, gehen Sie mit?, fragte sie.

Sie war groß und mager, wie auch sonst, wenn man auf der Straße lebt, mit einem kleinen runden Nach-Geburt-Bauch, schütteres braunes Haar zu einem Pferdeschwanz gebunden, graue wache Augen. Ich ging ein Stück vor ihr, dem Nikotindunst ihres Körpers ausweichend. Langsam, schleppend, auch sie. Und sie hustete.

Sie sprach gebildet, hochdeutsch. Was hatte sie auf die Straße geworfen? Sie verschwand kurz im Raucherraum. Ich wartete draußen, ertrug den scharfen Zigarettenrauch nicht, ging so lange auf den Balkon. Dann fühlte sie sich gestärkt für den großen Augenblick.

Die Säuglingsstation. Eine Schwester begrüßte sie. Ich durfte nur in den Vorraum, sah durch die große Scheibe die kleinen durchsichtigen Bettchen mit winzigen rosa Babykörperchen, winzigsten Händchen, Füßchen, aufgesperrten Mäulchen wie Vögelchen im Nest, mit Schläuchen, Nabelbinden, Kanülen. Tränen schossen in mir hoch, konnte nichts mehr sagen. Lebt, kleine Wesen, lebt.

Die Schwester legte Terese ein weißes Tuch über Schulter und Brust, ging zu einem Bettchen, das oben offen war, hob sanft das Krümelchen hoch, eingewickelt in ein weiches Deckchen, gab Terese ihr kleines Töchterchen in ihre wartenden Arme. Ich durfte dabei sein, zusehen. Terese war bleich, zitterte, konnte sich nicht satt sehen an ihrem kleinen Wunder. Ich ließ meine Tränen laufen. Nur ein so kurzer Augenblick.

Die Schwester nahm behutsam das Wickelpäckchen mit dem rosaroten Köpfchen und legte das Baby zurück ins Bettchen, schob die erstarrte Mutter langsam zur Tür hin. Sie sah mich an, Terese, mit einem weit entrückten Blick. Sieht sie mich? Ich ging auf sie zu, umarmte sie: Es wird alles gut, Terese, siehst du! Am Abend lag sie im Bett und schluchzte. Ich weiß, sie werden sie mir nehmen.

Einige Tage später kam ich zurück von meiner Bauch-Gymnastik vor dem Mittagessen. Das Krankenzimmer war seit Tagen voll, alle fünf Betten belegt, drei Frischoperierte, die stöhnten, weinten, um Hilfen baten, erschöpft schnarchten, dazwischen Angehörige, Bekannte, Freunde, die ständig wechselten, nach Blumenvasen fragten, jede Menge Süßigkeiten und Obst mitbrachten, die die Patientinnen nicht essen durften, sich unterhielten, Tereses Radio lief leise. Ärzte, Schwestern geschäftig. Wie gut, dass nach zwanzig Uhr niemand mehr zu Besuch kommen darf. Ich sehnte mich nach Hause, nach Ruhe, nach Schlaf, nach frischer Luft.

Terese saß eingesunken auf ihrer Bettkante, voll bekleidet mit guten Sachen aus der Armenkleiderkammer des Hospitals, Gebrauchtkleiderstube heißt dies richtig. Ich sah eine Koffertasche neben ihr auf dem Fußboden. Wirst du schon entlassen?, fragte ich. Sie antwortete nicht. Ich ging um das Bett herum zu ihr, legte meine Hand auf ihre Schulter. Sie hockte da und hustete. Es dauerte bis sie sagte, das Jugendamt holt meine Kleine ab, bringt sie in ein Säuglingsheim, ich soll sie zur Adoption frei geben. Es geht ihr gut, meiner Kleinen. Sie nimmt zu, sie schafft es – wie du gesagt hast. Aber ich darf sie nicht behalten. Ist auch besser so. Wir kriegen eine Wohnung, haben sie gesagt, wir brauchen nicht mehr auf die Platte, nicht mehr unter die Brücke bei Regen, bei Sturm, im Winter, ist ja kein Leben für ein Kind. Mein Freund hat noch den Alkohol. Er war die ganze Zeit nicht hier. Sie glauben nicht, dass wir es schaffen. Wir kriegen aber eine Wohnung.

Terese weinte nicht, sprach tonlos, fest, schnell. Sie hatte damit gerechnet.

Bald wurde ich entlassen, gab Terese meine Adresse, meine Telefonnummer. Sie hatte noch keine. Melde dich mal und alles, alles Gute für dich.

Ich lebte mein Leben weiter, schlafen, schlafen, schlafen. Langsam gelang es mir meinen Alltag zu gestalten, zu kochen, sauber zu machen, einkaufen zu gehen in kleinen Portionen.

Meine Kinder halfen mir, saßen an meiner Bettkante, erzählten von der Schule, von Freunden, freuten sich, dass Normalität einkehrte, Oma und Opa nicht mehr kommen mussten tagsüber mit Mittagessen, nur noch zum Kaffee und mitgebrachtem Kuchen nach dem Rechten sahen und abends war mein Freund da. Ich war glücklich, weil ich lebte, gesund wurde, diese Kinder und ein schönes Heim hatte.

Viel dachte ich an Terese, informierte mich über Obdachlosigkeit in meiner großen und meiner kleinen Stadt, plante ein größeres Medienprojekt mit obdachlosen Menschen und Einrichtungen, die sich um sie kümmerten.

Ich will, ich muss hier etwas tun in meinem neu geschenkten Lebensabschnitt.

Mehr als ein halbes Jahr später rief sie an. Terese war in einem Lungensanatorium. Ich habe Tuberkulose. Mir geht es besser mit den Medikamenten, nicht mehr so viel Husten. Sie war dabei zu überwinden, den Verlust ihres kleinen Mädchens. Ich habe ein Kind zur Welt gebracht, ich weiß, sie hat es gut bei ihrer neuen Familie, sagte sie tapfer. Mein

Freund ist auf Entziehung. Wir fangen noch mal neu an.

Ich freute mich für sie. Einen Namen gab sie ihrer Tochter nie, sie blieb Die Kleine und Mein Mädchen. Lange wird es dauern, bis wir uns wiedersehen, sagte sie, ich bin ansteckend, ich melde mich bei dir, danach muss ich zur Kur irgendwohin, bis dann.

Ein paar Tage später kam der Brief vom Gesundheitsamt, Lunge röntgen, weil in meinem Umfeld Tbc aufgetreten ist. Reichlich spät. Hab ich mich schon infiziert? Ich hab sie angefasst, sie in den Arm genommen, war nah heran. Ich blieb gesund. Terese meldete sich nie.

Drei Großprojekte mit obdachlosen Menschen und zahlreiche kleinere bereicherten meine Medienarbeit und mein Leben, vertieften meine Angst vor Obdachlosigkeit und Armut, verschärften meinen Unmut an Politik und Gesellschaft. Es waren Männer, Frauen, Jugendliche, und es wurden immer mehr.

Ich wollte ihnen ihre Würde wiedergeben, wenn sie selbst sprachen ins Mikrofon, wenn sie andere befragten mit dem Mikrofon, wenn sie über ihr Schicksal berichteten, Schuldige suchten und fanden, ihre eigenen Fehler, Schwächen erkannten, wenn sie von der Rolltreppe abwärts erzählten, von Neubeginn, von Hilfen, von Strafen, von harten Gewalterfahrungen auf der Straße, in der Obdachlosenunterkunft, im Heim, auf dem Polizeirevier, vom Alleinsein, von der Gruppe, vom Regelwerk, das sich Menschen geben, um nicht das letzte Bisschen Würde zu verlieren, die ihnen ihre Umwelt nimmt, wenn sie den Alkohol als Wegbegleiter wählen und sie sich mehr und mehr im Untergrund verkriechen.

Ich wollte mehr tun, eine Anlaufstelle schaffen als Prototyp für andere Städte, eine Art InternetCafé mit Medienwerkstatt, Schulung und Beratung gemeinsam mit den kompetenten Menschen, die lange schon Streetworker sind, den Obdachlosen eine Stimme geben, sie zurückholen in unsere Welt, die Medienwelt, zusammenarbeiten mit den Zeitschriften, die entstanden sind mit gleichem Ziel, sie heißen 'Pflasterstrand', 'Hempels', 'Von Unten' oder ähnlich.

Zur Finanzierung wandte ich mich ans Landesministerium, Modellprojekt-Konzept entwickeln, Gespräche führen und – hier nehmen Sie zu Ihrer Information die Obdachlosen-Berichte der letzten Jahre mit, beängstigend entwickelt sich die Armutszahl, die Lage hoffnungslos für mehr und immer jüngere Menschen, den Frauen und Mädchen gilt unser Hauptaugenmerk. Auch meinem, sagte ich und dachte an Terese.

Warum habe ich dies nicht getan? Ich sah in meinen Händen die Berichte – auf Hochglanzpapier in Edeldruck vierfarbig – und erstarrte:

Das ist nicht wahr, kann so nicht sein, warum nicht schlicht, Umweltpapier. Ich fragte. Wir suchen noch Sponsoren, die Antwort der Beamtin. Die Kosten kommen wieder rein, doch ist es schwer zu motivieren für Menschen, die fast jeder sieht am Bahnhof, in den Einkaufspassagen, auf Straßen und auf Plätzen, mit „Ham Se mal ne Mark!" den Vorübereilenden nur lästig fallen. Ohne Sponsoren läuft auch Ihr Projekt nicht und die Stadt muss mitmachen wegen der Folgekosten, wir können nur die Anschubfinanzierung geben.

Was läuft so falsch in unserem System? Die Arbeit an der Basis wird ehrenamtlich, fast kostenfrei geleistet, nur eine kleine hart erkämpfte hauptamtliche Struktur, die Träger, wenn's nicht die Kirchen sind, dann sind es kleine Vereine, von Menschen ins Leben gerufen, die nicht zusehen wollen und können, dass andere Menschen verelenden. Geld ist doch da, das sieht man, nur wieder falsch verteilt! Ich klärte das Projektkonzept mit einigen VertreterInnen freier unabhängiger Organisationen auch in anderen Städten. Macht ihr das, sagte ich, hier habt ihr die Idee, beschrieben wie es laufen soll mit welchem Ziel.

Ich wandte mich verstärkt der Senioren-Medienarbeit zu, Bedarf gab es, hier waren die Schwellen niedriger, die Probleme nicht so erdrückend schwer, auch alte Menschen brauchen eine Stimme in unserer Mediengesellschaft, haben ein Recht und eine Chance ins digitale Zeitalter geführt zu werden.

Ich blieb bei weiteren Kleinprojekten mit obdachlosen Menschen. Ich fühlte, dieser abgrundtiefen
Hoffnungs-Obdachlosigkeit bin ich auf Dauer nicht
gewachsen.

Mühlberg am Mikrofon. Ich heiße Heiner Mühlberg, bin achtunddreißig Jahre alt, bin Analphabet
und habe keine Wohnung. Alles was ich besitze ist
hier in dieser Plastiktüte, meine Papiere, Geburts-
schein, Ausweis, ein Brief von meiner Mutter,
Schreiben vom Sozialamt und vom Gericht, Briefe
an Bundestagsabgeordnete und Minister. Ich kämpfe für ein Schreibbüro für Analphabeten und Obdachlose. – Er stand vor mir, groß, kräftig, längeres
schütteres schmieriges Haar, redete wie ein Wasser-
fall, überschlug sich fast und verbreitete einen Geruch von monatelangem Nichtwaschen, der mir den
Atem nahm. Ich ging ein Stück rückwärts Richtung
Fenster, wollte ihn nicht kränken, aber frische Luft
reinlassen in den Gruppenredaktionsraum, den er
direkt von der Straße und dem Hof aus betreten
hatte.

Wir waren eine offene Radiowerkstatt, offen für
jede und für jeden, fast zu jeder Zeit. Die Medienarbeit hatte sich herumgesprochen in Obdachlosen-
kreisen.

Ich erfuhr, er kam direkt aus der nachbarlichen
Großstadt, lebte dort in einem Abzweig der U-Bahn-
Stollen, wo viele ihr Zuhause gefunden haben, geduldet von der Polizei und den Ordnungsbehörden,
nur bei schönem oder halbwegs erträglichen Wetter

müssen sie raus, dann wird der Stollen gründlich gereinigt. Wer weiß davon? Ich wusste es nicht, habe nie in Medien darüber berichtet gehört oder gesehen. Ist wohl geheim oder nicht erwünscht, damit nicht noch mehr Menschen Schutz dort suchen.

Kommen Sie und erzählen Sie am Mikrofon. Ich bat ihn in das kleine Aufnahmestudio, legte ein Tonband auf, stellte eine kleine Bandgeschwindigkeit ein – das wird sicher dauern und gibt viel Schneidearbeit, aber interessant - regelte die Lautstärke und ließ ihn reden – bitte etwas langsamer, das wird sonst zu undeutlich. Und er sprach sich frei, das anfängliche Haspeln, der Sturzbach eines Redeschwalls glitt in ruhigere Bahnen, eine Stunde Redestrom, nur wenig unterbrochen vom Nippen am Glas mit Wasser. Eine feste sympathische Stimme. Das Radio gewährt keinen Blick auf die sprechende Person.

Was ich zu hören kriegte? Eine Lebensgeschichte von ganz unten, eine Geschichte von einem debilen Don Quichotte, der seit er erwachsen ist gegen behördliche Windmühlenflügel kämpft im unerschütterlichen Glauben an Gerechtigkeit.

Er legte Papiere auf den Tisch – ich ließ ihn ein wenig rascheln und knistern – bis zum Bundespräsidenten hat er geschrieben oder besser: schreiben lassen. Immer fand er Menschen, die halfen, die für ihn die Briefe schrieben, die er diktierte. Er wusste genau, was er wollte.

In Essen gibt es jetzt ein solches Schreibbüro, sagte er voll Stolz, es war mit seine Initiative. Er wollte dies für alle größeren Städte erreichen, bundesweit, weltweit. Er selbst wird nicht mehr schreiben und lesen lernen können, weil er von Geburt an geistig schwach ist, wie er sagte.

Er rief die ZuhörerInnen auf, sich seiner Sache anzunehmen, sich einzusetzen für die, die wie er ganz unten sind.

Ich bat ihn, in einer Woche wieder zu kommen, dann habe ich die Sendung fertig geschnitten und passende Musik dazu gefunden, und fragte, welches seine Lieblingsmusik ist, er sagte: Klassik, Beethoven oder Schumann. Der Analphabet von ganz unten.

Er kam wieder, freute sich über die Audiokassette mit seiner Sendung drauf und den Radio-Sendetermin, das wird er bei einem Kumpel hören. Er will aber noch mehr sprechen ins Mikrofon, fürs Radio, will Kumpels mitbringen, die auch viel zu sagen haben.

So hatte ich bald den Mann am Mikrofon, der mit dem übervollen Einkaufswagen mit seinen wenigen Habseligkeiten durch die Stadt tourte, die Frau, die vor der Bankfiliale ihr Tag- und Nachtquartier aufgeschlagen hatte mit einem riesigen Protestplakat gegen die Regierungspolitik, die Armut zulässt 'in unserem freien Land', die Frau mit Schlaf- und Rucksack, die meist in der Passage am Porzellan- und Besteckgeschäft nächtigte, den Jungen, der ausgewählte Passanten um eine Mark anschnorrte für eine Bahnfahrt.

Und dann musste ich das Kleinprojekt beschließen, meine MitarbeiterInnen und andere Radiogruppen streikten, die Ausdünstungen von Armut, Obdach- und Hoffnungslosigkeit legten sich zu klebrig auf den schalldämpfenden Teppichboden, die schallschluckenden Wände und Vorhänge der Studio- und Technik-Räume. Da half kein Lüften mehr.

Wir änderten unsere Strategie, trugen das Thema in die Gruppen hinein, konzipierten Projektarbeit mit Jugendzentren und Schulen und ließen andere zu den Betroffenen hingehen, sie befragen, sie erzählen, sie kommentieren, sie nachdenken, sie handeln.

Eine unerschöpfliche Recherche-Arbeit im Sinne eines investigativen Betroffenen-Journalismus. Konkrete Praxis, untermauert mit theoretischen Grundkenntnissen. Sendereihen entstanden, über einen langen Zeitraum waren sie im Lokalradio zu hören, diese Stimmen von unten. Es kam Bewegung in die Szene. Wir feierten kleine Feste zusammen mit und zugunsten von Menschen ohne Wohnung. Aktionen weckten Öffentlichkeit und Politik. Manches änderte sich. Im Kleinen, im Bewusstsein vieler Menschen, die ein gutes Zuhause haben. Mehr konnte ich nicht tun zu dieser Zeit, mehr nicht – und es war zu wenig.

Nur Spaghetti mit Soße. Waren wir arm? Brennnesselsuppe, Steckrübenmus, Kommissbrot mit Sägespänen. Dünne Ärmchen, aufgeblasener Bauch, Spulwürmer im Darm, einmal ein Bandwurm, Warzen, sogar einmal Krätze an den Fingern, weiße Flecken auf den Fingernägeln vom Kalkmangel, gierig aus Mauerwerk gekratzte Kalkstäube im Innenhof des alten Wohnblocks war Leckerei, Fischlebertran ekelt noch in der Erinnerung, später Sanostol mit fruchtigem Geschmack, Kondensmilch, jeder hatte seine eigene Dose zum Trinken für zwischendurch zum Zunehmen und die unsäglichen Reihenuntersuchungen in Klassenräumen der medizinischen Dienste, die jedes Mal gute Zähne, aber Untergewicht feststellten, Grundlage für die jährliche Kinderlandverschickung. Unsere ersten zehn Lebensjahre nach 1945, mein Zwillingsbruder und ich, immer wieder aufgefrischt durch Erzählungen meiner Mutter, ihre schwerste Zeit allein mit vier Kindern nach zweimaliger Flucht innerhalb des kriegszerstörten Deutschland. Das prägt. Da nistet Furcht sich ein vor Hunger und Armut. Wir waren eine Familie von vielen.

Die 1960er Jahre schwappten Wohlstand und Fresswellen in fast jede Küche, jedes Wohnzimmer. Satt zu essen. Die ersten Spaghetti in Tomatensoße und Pizza Margherita von den ersten Gastarbeitern aus Italien ersetzten Bockwurst mit Senf und Kartoffelsalat. Dann kamen die Griechen mit schwarzen Oliven und Tsatsiki mit Knoblauch, die Holländer und Belgier mit Fritten, die Franzosen mit Käse und Baguette, die Chinesen mit Mengen von Reis, Wok-Gemüse, Frühlingsrolle, Schweinefleischbrocken süßsauer und knuspriger Ente mit schwammigen Pilzen. Und dann kamen die Cheese-Burger von Mc-Donalds.

In den 1980er, 1990er Jahren ein Boom von Restaurants, Imbissen als Antwort auf die Reisewut der Deutschen, die Europa und die Welt friedlich überzogen mit Gier nach Neuem, Fremdem und ihren teutonischen Geschmack zum Ballermann nach Mallorca transportierten. Globalisierte Interessen. Familien auf Reisen. Wir reisten mit, durchstanden jeden Stau auf Autobahnen, lange Wartezeiten auf Flughäfen und Bahnhöfen, Hauptsache weg. Das kostete. Der Beginn der Schuldenfallen, Banken gaben leicht Kredit, die Gehälter reichten nicht mehr aus, wir konnten es nicht lassen. Ein Kreislauf. Leben wurde leichter oder leicht genommen. Ehen zerbrachen. Familien rissen auseinander. Zurück blieb oft die 'alleinerziehende Frau mit Kindern'. Sozialhilfe. Später Hartz IV. Nur das Nötigste zum Wohnen, zum Leben, keine Sicherheit. Das Dritteln stimmte nicht mehr für immer mehr Menschen.

Sigrid war gelegentlich unser Babysitter, wenn wir abends weggingen. Sie war achtzehn, das vierte von fünf Mädchen einer Freundin, die sich sehr stark für die 'Dritte Welt' engagierte, das Bewusstsein lenken wollte auf 'Weniger ist mehr', ein bescheideneres maßvolleres Leben und Essen in Deutschland und unserer kleinen Stadt. Sigrid liebte Kinder und lernte Erzieherin. Sie war kräftig ge-

baut, etwas jungenhaft in ihrer Art und sicher geeignet, Mutter vieler Kinder zu werden. Das erste
kam mit neunzehn, mit vierundzwanzig hatte sie
fünf, nur Jungen, ein Zwillingspärchen darunter.

Der Ehemann verließ sie wegen einer Sechzehn-
jährigen, nachdem er seinen Familienvater- und Ar-
beitslosen-Frust allzu häufig im Alkoholrausch an
ihr ausgelassen hatte.

Sigrid lernte mehrfach Frauenhäuser von innen
kennen. Ihre Mutter half, wo sie konnte, später er-
krankte sie an Krebs und einem Nervenleiden, ge-
sundete mit der Zeit wieder, war ihrer Tochter aber
keine Hilfe mehr. Die Schwestern und der Vater
sagten sich von der kinderreichen 'asozialen' Mit-
schwester und Tochter los. Sie blieb mehr und mehr
auf sich allein gestellt und den Ämtern überlassen.
Wohnungsamt, Sozialamt, Fürsorge der Kirche, Rotes Kreuz. Meine Freundinnen halfen. Die Grenze
bestimmte letztlich Sigrid selbst oder besser: ihre
Verzweiflung und Überforderung.

Sie haderte mit ihrem Schicksal, schimpfte immer lauter und unflätiger, beschimpfte die, die ihr
halfen und helfen wollten, isolierte sich, legte sich
mit den Ämtern an. Ein Kreislauf. Drei Kinder wurden ihr weggenommen, kamen in ein Heim vor-
übergehend.

Endlich schöpfte sie wieder Vertrauen. Eine junge Sozialarbeiterin war ihr zugeteilt worden zur Be-
treuung. Die fragte nicht, sondern blieb. Sie handelte ohne viel zu reden. Unauffällig und effektiv.

Sie sprach mit dem Energieversorger, der Sigrid und ihren Kleinkindern den Strom und das Gas abstellte mitten im eis- und schneekalten Winter, als sie ihre Rechnung nicht bezahlte und den hauseigenen Gerichtsvollzieher nicht mehr in die Wohnung ließ. Sie sorgte dafür, dass die Stadt die Bezahlung übernahm. Eine zierliche energische einfühlsame junge Frau, die ernst nahm, was sie gelernt hatte, der wichtig war, von Mensch zu Mensch auf gleicher Augenhöhe zu betreuen.

Sigrid fasste wieder Fuß in unserer Gesellschaft. Ihre Kinder gingen wieder regelmäßig in Kindergarten und Schule, die drei Großen kamen zu ihr zurück und es gab wieder mehr und anderes zu essen, als nur Spaghetti mit Soße.

Sigrid war es, die mir erzählte, wie Hunger heute gehandhabt wird, bei ihr, bei Familien und alleinerziehenden Müttern, die sie kannte. Fernsehen lief meist in den Wohnzimmern, Talk-Shows und Koch-Shows. Davor die Kinder mit ihren Spaghetti, Chips-Tüten und Limo. Vom Zusehen wirst du auch schon satt, merkst nicht, was du wirklich zwischen die Zähne schiebst. Fernseh-Köche wurden Kult auf jedem Sender, in jedem Programm. Erstaunlich, was sie aus Nahrungsmitteln zaubern.

Ich habe an sie geschrieben, gemailt: Schreibt zusammen ein Kochbuch für Kinder und ihre Mütter, nennt es meinetwegen 'Hartz IV-Kochbuch', kocht Mahlzeiten für ein oder zwei oder fünf Euro, zeigt, wie es geht, damit niemand hungert, verhungert, zu fett wird, weil falsch ernährt, zeigt, wie es geht. Auf die Antwort warte ich, die beste wäre das Kochbuch, noch besser das Mitempfinden für die wirkliche Lage der zuschauenden Menschen.

„Du auch noch einen Kaffee?", fragt Lasse und geht in die Kochnische der kleinen Wohnung. Alice räkelt sich und nickt. Sie gähnt herzhaft. „Wollen wir weiterlesen?" „Oh, ich denke ja! Das ist doch spannend – und so lebensnah. Die Frau mit Deinem Namen erzählt gut. Richtig heiße Eisen fasst sie an. Und an den Problemlagen der Menschen hat sich nicht viel verändert bis heute." „Ja, das stimmt. Manches geht richtig unter die Haut. Die Radiosendungen sollten wir uns später anhören. Nach der Demo. Wenn wir uns ausgeschlafen haben. Hörenswert." *- Ein zaghaftes Morgenlicht schimmert durch die Bambus- Rollos. Das Paar liegt bäuchlings auf dem Bettsofa, schlürft heißen Milch-Kaffee und liest weiter:*

Mobil – freier Menschen Knebel

Alice fasziniert die Menschheitsgeschichte, besonders die technische Entwicklung der letzten Jahrhunderte. Eine kurze Zeitspanne auf der Zeitleiste der Erdgeschichte, kaum erkennbar, doch mit großen Folgen. Der Mensch ist fähig, seine Defizite auszugleichen. Er tummelt sich in allen Elementen, obwohl sie ihm wesensfremd sind, erobert die Erde, das Wasser, die Luft, selbst das Feuer beginnt er zu zähmen und für sich nützlich zu machen. Der Mensch bewegt sich frei – mit Hilfe von Instrumenten, Geräten, Maschinen. In diese gewonnene Freiheit nimmt er sein Mensch-Sein mit, begrenzt die Leichtigkeit des Seins, fügt Erdenschwere hinzu und pervertiert das unermessliche Glück zu universellem Schaden. Fassungslos erlebt Alice wie abhängig der einzelne Mensch von seinem eigenen Schaffen, wie ausgeliefert er instinkt- und triebhaftem Handeln bleibt, wie sich Mensch selbst reduziert und knebelt, indem er den Wert des anderen Menschen missachtet. Im Kleinen, Alltäglichen wie im Großen, Außergewöhnlichen, hautnah und weltenfern. Vermassung – ein Knebel unserer Zeit.

***

Es nieselte. Bleigraue tiefhängende Wolken. Schwülwarm. Ich bestieg den Bus, der mich zur Arbeit bringen sollte. Wie jeden Morgen um Sieben. Ein Schwall aus feuchten Menschenkörpern wallte mir entgegen, nahm mir den Atem. Nasse Hunde riechen streng, nasser Menschenmief ist Übelkeit erregend. Ich wurde geschoben, gestoßen, gedrückt. Rappelvoll. Meine Aktentasche vor den Bauch gedrückt landete ich schließlich in der Mitte des klapprigen Wagens nahe der Ausgangstür. Wenigstens Frischluft bei Haltestellen, wenn Leute aussteigen, dachte ich erleichtert.

Der Bus setzte sich ratternd in Bewegung, schwenkte die Leibermassen mal nach vorn mal zur Seite, zwanghaft synchron, kein Raum zum Ausscheren. Ich stand eingekeilt zwischen Männern, die größer waren als ich. Hinter mir einer ohne Tasche. Die neben mir pressten die Ränder ihrer Lederaktentaschen schmerzhaft in meine Schenkel. Höllenfahrt. Vor, zurück, links, rechts, Stop and go – der allmorgendliche Wahnsinn.

Ich war zwanzig und wünschte mir sehnlichst ein eigenes kleines Auto Mitte der 1960er Jahre.

Stickig die Luft, zwei Haltestellen überfahren, keiner wollte aus- oder einsteigen. Ich spürte den Körper des Mannes hinter mir sich an mich quetschen. Er machte leicht kreisende Bewegungen. Sein Atem, rauch- und alkoholstinkend, umwehte meinen Nacken. Sein Kopf war dicht an meinem Hinterkopf. Nein, nicht schon wieder! Ich versuchte auszuweichen, drängte mich millimeterweise hin zum Abstieg der Tür. Jeder Millimeter, den ich gewann, presste sich der Mann mir nach. Es erregte ihn, das Spielchen. Mir wurde übel. Ich spürte sein erigiertes Glied an meiner rechten Hüfte, rhythmisch, immer rhythmischer leicht stoßend. Merkt denn keiner was? Stoßweiser schwerer Atem an meinem Hals, brannte sich ein wie eine Bunsenbrennerflamme. Kein Entweichen möglich. Ich senkte meinen Kopf so tief wie es ging. Der Bus fuhr weiter, vier Haltestellen durch, rumpelnd, schwingend, klappernd. Die Knie wurden mir weich. Ich spürte das Pulsieren. Er hatte, was er wollte. Der Bus hielt an. Ich quälte mich zitternd durch die sich öffnende Tür, die mich jedoch beim Ausweichen noch einmal gegen den Mann drückte. Nur schnell raus. Frische Luft. Nieselregen. Ich wandte rasch meinen Kopf, wollte sehen, wer das war, wie sah er aus, der sich so seinen morgendlichen Sex-Kick holte? Beamtentyp, aha, noch nicht sehr alt. Schaute mich kurz an, dann weg mit verinnerlichtem Blick. Er hat's genossen. Mir war schlecht. Ich übergab mich hinter dem Wartehäuschen. Die Hüfte brannte wie Feuer. Feucht war der dünne Sommermantel. Besonders feucht die Stelle. Ich ging ohne Regenschirm, ließ kühl berieseln mein fahles Gesicht. Noch vier Stationen lief ich die menschenleeren Straßen, nur Autos fuhren, spritzten durch die Schlaglochpfützen. Mir war's egal. Ich will nicht mehr.

Ich hasse diese Fahrten im überfüllten Bus mit aufgegeilten Männern. Niemand spricht. Sie tun es. Immer wieder. Das Schlimmste, wenn sie dich von vorn erwischen. Keine Frau beklagt sich. Keine traut sich. Alle schweigen, schämen sich. Auch ich.

Doch heute war es anders. Ich konnte nicht mehr. Schon morgens früh die Übelkeit beim Aufstehen, wenn ich nur an das Busfahren dachte. Ich hatte Glück, meine Schwester wollte sich ein neues Auto kaufen, ich nahm ihres. Klein, aber mein – für wenig Geld erhielt ich ihren Fiat 500, 'topolino = Mäuschen'. Italian Feeling. Mit Seilzughandbremse und Zwischengas.

Jetzt war ich frei. Ich genoss es, mich in den Stop-and-go-Verkehr zu reihen. Allein in meinem Auto-Häuschen, Sicherheit auf Rädern, allmorgendlich, allabendlich. Lieber Staus und Autoschlange, als ungewollt Geschlechtsverkehr im überfüllten Bus. Darüber spricht man nicht. Mit niemandem. Auch nicht mit der Freundin.

Es staute sich an die Wut in all den Frauen. Machte sich Luft, suchte sich Ventile in der aufbrechenden Bewegung. Emanzipation ist, wenn frau wirklich über alles sprechen kann und Gehör findet, Missstände, Missbrauch angeprangert und beseitigt werden. Männer in ihre Schranken verwiesen werden. Es war erst der Anfang und dauert an bis heute. Belästigung. Gegenwehr. Auf dem Weg zur Arbeit war der Vorgeschmack. Im Büro ging es weiter. Die Kolleginnen steckten einiges weg, offen sprach keine. Auf der Damentoilette manchmal ein wissender Blick, Makeup und Puder über verweinte Augen, den gerissenen BH-Träger notdürftig zusammengeknotet, das wirre Haar gebürstet und heimlich in der Kabine den Schlüpfer gewechselt, in den

Müll geworfen, mit Taschentüchern sich notdürftig gereinigt. Den Geruch, den kriegst du nie weg, den riechst du ein Leben lang. Sprachen die Männer mit ihresgleichen über ihr Verhalten, über ihre vermeintlichen Abenteuer im Alltag? Manche brüsteten sich, lachten selbstgefällig ein schmieriges Lachen am Kollegen-Tisch in der Kantine.

Zehn Jahre gingen vorbei. Ein wenig veränderte sich allmählich. Die Emanzipation ist eine Schnecke. Ich erfuhr von drei Kolleginnen, die abgetrieben hatten – mehrfach. Geschwängert von ihren Chefs, auf die zu Hause Frau und Kinder warteten nach getaner Arbeit, nach Sex im Büro bei geschlossener Tür mit Schildchen dran 'Bitte nicht stören' am helllichten Arbeitstag. Geduldet von jeder Mann. Großteils erlitten von so vielen Frauen. Ich hatte dieses Arbeitsfeld bereits verlassen. Höher gestiegen im Rang in die politische Ebene hinein. Abhängig geblieben. Dort waren die Möglichkeiten vielfältiger – für Anmache, für Sex bei der Arbeit. Das größte Eros-Center der Stadt öffnete. Die Abgeordneten erhielten Freikarten, auch für ihre Mitarbeiterinnen. Ich dankte (warum nur so höflich?) und schloss mein Panzerglas noch dichter, noch fester um mich herum. Schluckte herunter das Brechgefühl, wenn mir wieder ein Minister den Hintern tätschelte, am Busen grapschte, unter den Rock fuhr, als sei ich sein Lustobjekt und sollte mich freuen, geehrt fühlen darüber. Er war ja schließlich wer.

Irgendwann platzte ich endlich und schlug hart auf die wabbelige Hand, die mir in den Po kniff. Ich ging vor ihm die Treppe hinauf. Der Minister, dieses Ekelpaket mit grinsendem männlichen Gefolge. Er stutzte, sah mich verblüfft und fragend an. Ich lachte befreit. Mir war den ganzen Tag besser. Seitdem ließ er mich endlich in Ruhe. Suchte sich willigere Opfer. Einer von vielen. Ich hasste diese überheblichen Kerle. Mied Feste, Dienstfahrten, Dienstreisen über mehrere Tagen – doch nicht alle konnte ich verhindern, nur lindern mit ausweichendem Verhalten. Kapier doch, du Kerl. Ich will arbeiten, nicht vögeln und schmusen. Abhängig im Job. Die Grenzen setzen die Anderen. Überschreiten das Limit mit Lust. Kaum schließt sich die Tür des Büros hinter dir, bist du Freiwild, erwarten dich Arme, die dich umfangen wollen, lüstern feuchte Männerlippen und –zungen, die sich in dein Gesicht, deinen Mund pressen. Du windest dich, lachst verlegen, stößt ihn weg, weichst aus. Übelkeit liegt pelzig auf deiner Zunge. Jede Minute Höllenqualen. Stammelst Sachliches, willst dich hinüberretten in die Arbeitsebene, schlingernd dem entschlüpfen, das du nicht willst, niemals wolltest. Mit deinem Freund, deinem Mann kannst du nicht darüber reden. Traust dich nicht. Schluckst runter bis zum Ersticken. Endlich schwanger werden. Nur-Hausfrau und Mutter sein. Frei sein. Raus aus der Abhängigkeit von Arbeit und ihren Begleiterscheinungen. „Kommen Sie zum Diktat! Um neun ist Besprechung. Das muss heute noch raus." Tun Sie dies, tun Sie jenes – Befehlen, Anweisen, Wegschicken, Herholen – ein machtvolles Gefühl für den Beherrscher. Stehen und liegen lassen, was du immer auch tust – gehorchen mit stets gleichbleibendem Lächeln. Nur das Nötigste sagen, sachlich-fachlich, nur nichts Persönliches preisgeben. Zwanghaft eine duldsame Untergebene sein. Erziehung von einst, wirkt nachhaltig. Die Führung war männlich fast überall. Die wenigen Frauen in Leitungsfunktionen duldeten gleich, wie ich sah.

Der Befreiungsschlag kam mit einer Keule, zerschmetterte, drehte Unteres nach oben – fruchtbare chaotische Jahre bis weit in die 1980er hinein. Nichts blieb unhinterfragt, nichts blieb wie es war. Großes Aufräumen, Durchlüften miefiger Hirne und Häuser, Aufbrechen aufgeblasener, verfestigter Strukturen. Nicht ohne Gewalt gegen Sachen, auch gegen Menschen – das war nicht mein Ding. Ich wollte sanft verändern, prozesshaft mit leichtem Druck, mit Ideen, mit Vorangehen. Besser machen. Ich wollte lernen. Abendschule, Abitur, Zweiter Bildungsweg und Studium. Kein Weg zurück in abhängiges Arbeiten. Selbstbestimmt meinen Weg gehen. Die Gesellschaft war im Umbruch. Unruhe auf Westdeutschlands Straßen. Sich stemmen gegen das Alt Bekannte. Neues schaffen. Anders leben. Frei sein. Ich bin nicht wer, ich bin ich.

Frau dieser Zeit. Ich stürzte mich in die Theorie, sog auf wie ein Schwamm, was andere vor mir gedacht, gesagt, geschrieben, getan hatten, wie andere sich die Zukunft ausmalten. Ich lernte zu jonglieren: Alltag, Traumwelt, Studienzeit, Fernziel, Herzenswunsch. Ich fühlte mich wohl mit der Freude an geistiger Leistung und gesellschaftlichem Diskurs. Reden, reden, reden – alles ausdiskutieren, welch erleichternder Aderlass. Zuhören, sich ereifern, Lösungen finden, Ideen schmieden, gemeinschaftlich mit gleich Interessierten in wechselnden Gruppen. Eine schöne Zeit. Und sie fragten: Willst du? Nahmen sich nicht, was du nicht freiwillig gabst. Ein völlig anderes Miteinander der Geschlechter. So schien es.

Basis für selbständiges unabhängiges Arbeiten und ein selbst bestimmtes Leben. Mit Kindern, mit Familie. Wandel zum Mobilsein in ungekannter Freiheit. Pendeln zwischen Daheim und Unterwegs. Das eigene Auto. Reisen.

Ansprüche wachsen. Erfordernisse diktiert der Wirtschaftskreislauf. Bis zum nächsten Schockerleben, das zum Umdenken zwingt.

Fahrten mit Bus und Bahn.

Der mobile Mensch. Kommunikation findet statt auf vielfältige Weise. Löst Zungen im Rhythmus der Fahrbewegung. Fließende Monologe.

Er saß schräg hinter mir. Hockte auf dem erhöhten Doppelsitz über dem Radkasten ganz hinten im langen Gelenkbus. Eine Busfahrt im Heute. Der Mann war vielleicht Anfang Dreißig. Habichtsprofil, großflächige Wangen, hellbraunes Stoppelhaar mit einer langen Strähne, die über seine kurze Stirn fiel. Als ich einstieg vertilgte er hungrig eine Käse-Baguette mit Salatblatt und Gürkchen, direkt aus der Bäckertüte. Hinter mir dünstete ein Fahrgast Alt-Männer-Geruch mit Alkoholfahne aus.

Besser ich setze mich nicht mehr in den hinteren Teil eines Busses. Ist irgendwie Schichtmodell, ein langer Bus. Ganz vorn ältere Frauen, gut situiert, dann jüngere bis zur Mitte, auch Schülerinnen. Mittelklasse. Weiter hinten Männer, Ausländer, männliche Schüler, selten eine Frau – wenn der Bus mäßig besetzt, genug Auswahl an Sitzplätzen vorhanden ist. Vielleicht ein Vorurteil. Es kann auch an dem lauteren Motorengeräusch liegen. Motor, Getriebe unter der hinteren Fahrgastzelle. Vorn nahe dem Busfahrer ist es ruhiger und in der Regel sauberer.

Der Mann köpfte eine Flasche Bier, nahm einen kräftigen Schluck und starrte vor sich hin. Ich weiß nicht mehr, wann es anfing. Wir ratterten über die Kanal-Brücke, als ich ihn sprechen hörte, im Rhythmus des Ratterns, im Schlingern spürbarer Geschwindigkeit. Zwischendurch trank er aus der Flasche, zerknüllte das Brotpapier, legte es neben sich, streckte beide Beine aus, Blue Jeans, Sneaker, olivgrüner Anorak. Es war wohl nicht seine erste Flasche Bier jetzt morgens um zehn Uhr.

Ich neigte leicht meinen Kopf nach links, sah ihn besser aus den Augenwinkeln, hörte besser seinen Singsang. „Wie einer aus dem Knast 'nen Job bekommen soll. Hallo, sag ich denen, komm grade aus dem Knast, arbeite alles, habt ihr was für mich?

Und 'ne Wohnung. All das. Wie soll das gehen? Ich bin Knacki. Sechzehn Monate aufgebrummt wegen nix. Kann mich doch nicht wehren. Pflichtanwalt. Der wusste nicht mal meinen Namen, musste ablesen, kaum ein Wort mit mir gesprochen. Konnte nix werden. Verloren von Anfang an. Schlimm war das. Jetzt Bewährung. Zum Psycho gehen. Interessiert doch kein Schwein, wie's mir geht. Wissen nicht mal, wer ich bin, wollen's nicht mal wissen. Wie bin ich da reingeraten? Den Kumpels vertraut. Kumpels, keine Freunde. Wenn's drauf ankommt, haste keine Freunde, keinen einzigen. Scheiße, dieser Knast, große Scheiße. Kannst keinem trauen. Weißt nicht, warum die drin sind. Verbrecher, alle Verbrecher, alle gleich. Und ich mittendrin. Wie schnell man Verbrecher wird. Hätt' ich so nicht gedacht. Übel das Ganze, übel ...!"

Sein Selbstgespräch schwang mit dem Auf und Ab von Gas geben, Gas wegnehmen – Begleitmelodie, monoton, laut genug zum Mithören. Ohne Unterlass redete er, starrte vor sich hin, leicht vornübergebeugt, hin und wieder ein Zug aus der Flasche, die nächste geköpft, weitertrinken, weitersprechen. Hielt der Bus an, schwieg er, stoppte abrupt. Nahm den Erzählgesang wieder auf mit dem Anfahren. Wie ein im Hospitalismus sich wiegendes Kind. Zur Beruhigung. Zur Entlastung. Eine Beichte im öffentlichen Raum. Wer erteilt ihm Absolution? Die wenigen Fahrgäste im hinteren Teil des Busses hörten es alle, verstanden nicht immer, manches genuschelt, manches verschluckt vom rappelnden Fahrgeräusch – aber gleichmäßig im Singsang. Zu wem fährt er? Wo ist er zu Hause? Wer wartet auf ihn? Vielleicht die Mutter, die Duldsame? Die Arme wird einen alkoholisierten Sohn begrüßen müssen. Wird er aggressiv im Rausch? Reagiert er sich ab während der langen Fahrt im selbstvergessenen Sprechentladen? Oder heizt er sich auf, um das Unrecht dieser Welt, die sich gegen ihn verschwor, einem vertrauten Menschen entgegen zu brüllen? Sein hilfloses Unglücklichsein berührte mich.

Nachdenklich stieg ich aus an meiner Haltestelle. Der Bus fuhr weiter noch sechs Stationen, dann war Ende. Wo wird er aussteigen – am Ziel seiner Hoffnungslosigkeit? Einmal mehr verachte ich den Seelentröster Alkohol, in den Mensch sein Ich versenkt. Wünsche mir ein aufmerksames Miteinander.

In der Regionalbahn. Die Frau mir gegenüber kramte zum x-ten Mal ihr Handy aus einer voluminösen Tasche, legte beiseite das Faltblatt SGB II der Agentur für Arbeit und sprach uns an, die junge Frau daneben, das kleine Mädchen neben mir, das in der Wagenwärme sich langlegte, Beine quer zur Mutter, Teddybär im Arm, nuckelte am Daumen, schloss die Augen, schlief fest ein. „Meine Tochter", fing sie an, „kuschelt sich auch immer so hin. Sie lutscht noch am Daumen, hat eine Schmusepuppe. Sie ist schon Vierzehn, braucht das noch. Ich bin so froh und glücklich. Ich hab gesiegt jetzt vor Gericht. Sie wurde mir zugesprochen. Das bei dem Vater, das war nichts. Die Großstadt. Schiefe Bahn. Mit

Drogen. Nächte nicht nach Haus gekommen. Ich konnte gar nichts machen. Der Vater hatte Sorgerecht. Die Tochter wollte bei ihm leben, entschied sich frei – und falsch. Das Jugendamt half. Entziehung. Jetzt die Schule, ein Internat. Ich habe mich dort umgesehen, beim Arbeitsamt gemeldet, eine neue Wohnung, den Mietvertrag gerade unterzeichnet. Hab ihr 'ne SMS geschickt. Sie weiß noch nicht, es ist geglückt." Die Tränen rannen ihr entlang der Falten in ihrem freundlichen Gesicht. „Sie weiß noch nichts. Sie wird sich freuen. Ab zehn Uhr erst kann sie ans Handy heimlich gehen wegen der Betreuer." Sie weinte vor Glück. „Ich fass' es kaum", schluchzte die Frau, „der Albtraum ist zu Ende. Ich liebe meine Tochter sehr, ein neues Leben führen wir, bald wird sie zu mir ziehen. Die Schule bleibt, sie fühlt sich wohl, keine Ausländer nur Deutsche, das ist ein Glück, die Szene ist sehr weit weg, gefestigt wird die Zukunft schön. Wir haben ein gemeinsames Ziel."

Sie redete ohne Unterlass zum sanften Rauschen unserer Bahn die ganze weite Strecke. Ihr Herz war voll, lief über fast. Wir Fremden wurden Zeugen. Wir nickten, freuten uns mit ihr, ermunterten sie und wünschten Glück für diese neue Zukunft. Sichtbar erleichtert wirkte die dickliche Frau. Sie schnäuzte sich dankbar, räkelte sich. Wir stiegen aus und jede ging jetzt ihrer Wege, doch innerlich bewegt und voll Gedanken.

Die Bahnfahrt ist ein Beichtstuhl oder gar – erspart den Seelenarzt.

Kommunikationsmobil. Erlebt in Bus und Bahn. Sie können viel erzählen, die Menschen, die mit wachem Blick, mit offenen Ohren öffentliche Verkehrsmittel nutzen.

Schreibwettbewerb bietet sich an. Ich begeisterte unsere MitarbeiterInnen, gewann den städtischen Verkehrsbetrieb zur Partnerschaft und finanziellen Unterstützung. Viele Menschen schickten uns Gedichte und Geschichten. Eine Jury las sich durch die handgeschriebenen oder getippten Seiten und wählte aus. Spannend. Anrührend. Lustig. Nachdenkenswert. Wir luden die Gewinner ein zur Fahrt mit der historischen Party-Straßenbahn. Wir veröffentlichten die besten Erlebnisgeschichten im Radio und in unserer Seniorenzeitschrift. Welch' positives Echo. Damals, vor vielen Jahren.

Mobilsein im modernen technischen Gefährt, setzt Gedanken und Gefühle frei, entschleiert irgendwie das Gegenüber.

Es gibt die Fahrten, wo kein Mensch spricht, nur Schweigen das Fahren begleitet. Dann sehen die Augen, die Worte kreisen im Kopf, andere Geschichten werden geboren.

Und heute gilt das Smartphone-Schweigen. Der Blick nach unten, zur Seite oder vor sich in die erhobene linke oder rechte Hand gerichtet. Ein Daumen tippt, ein Finger streicht den kleinen Monitor. Alleinsein im Menschen vollen Öffentlichen Personennahverkehr. Allein und doch verknüpft mit dem Da-Draußen.

Und immer öfter redet jeder in sein Phone, in allen Sprachen dieser Welt, laut und vernehmlich – mit dem unsichtbaren Gegenüber, das irgendwo sein kann, in der anderen Bahn, im entgegenkommenden Bus, in einer fremden Stadt oder einem fernen Land. Standort ÖPNV. Globale virtuelle Kommunikation. Ein Kauderwelsch für unsere Ohren. Babel grüßt im Nirgendwo.

Nur überfüllte Busse, Bahnen werden mir immer ein Höllen-Erlebnis bleiben. Bilder aus Tokio, London, den U-Bahnen der Metropolen zur Rushhour sind mir ein Graus. Masse Mensch ergießt sich, strömt, quetscht sich in die großen Blech-Gehäuse.

Sehen muss ich können: das einzelne Gesicht, die Mimik, die Augen meines Mit-Fahrenden. Und Luft zum Atmen muss ich haben.

Masse. Vermassen. Tourismus. Tiere. Wenn das Einzelne in der Masse verschwimmt, erkalten Gefühle. Eine Masse lieben, das kann Mensch nicht.

Ich befuhr die A 61 Richtung Süden. Immer linke Spur. Rechts Sattelschlepper, LKW, Transporter, Wohnwagen aneinandergereiht wie ein endlos langer Zug. Die äußerste linke Spur blieb den Rasern vorbehalten, wenn es sie denn gab. Die Spur und die Raser. Baustelle. Stau. Endlos lang. Im Schneckentempo weiter. Ich sah an den Ungetümen hoch. Viehtransport. Zwischen den Bretterlücken, weiche Schnuppernasen von Rindern, die Augen voll Angst nach hinten gerollt, das Weiße im Augapfel blinkte.

Angst. Todesangst. Mir stockte das Herz. Zusammengepfercht. Auf dem Weg quer durch Europa. Polnisches, niederländisches oder deutsches Kennzeichen. Mehrere Transporte unterwegs. Wie 'passend' dazwischen - weiße Transporter mit fröhlichen Schweine-, Kuh- und Huhn-Gesichtern, außen bunt aufgemalt. Das glückliche Vieh. Innen baumelten gekühlt ihre Leichenteile. Massentierhaltung.

Ich dachte an die Hühner-Farm in der Grafschaft Kent. Meine Gastfamilie für einige Wochen, um besser Englisch sprechen zu lernen als Teenager. Ich half Eier einsammeln. Unerträglich der Gestank, das Geschrei aus Tausenden gestressten Hühnerkehlen. Diese Enge. Blutig gehackt, Federn gezupft, ausgerissen. Jeden Morgen ging der Hilfs-Bauer über den Rost, trampelte durch flatterndes Hühnergewölk, um die schwerverletzten oder toten Tiere aufzusammeln. Sie wurden verbrannt in einem kleinen Krematorium. Der Gestank unerträglich. Auch sie haben eine Seele, schrie es in mir.

Ich dachte an den kleinen Hühnerhof meines Öko-Bauern, in dem ein braungoldener Hahn mit Stolz geschwelltem leuchtend rotem Kamm zwischen seiner genüsslich pickenden Hennen-Schar stolziert. So soll es sein, nur so.

Das Erinnern fesselte mich. Östlich von meinem Elternhaus in der Senke zur Stadt hin - der Schlachthof. Morgens um Vier mit dem Ostwind wogte der Schwall tierischer Schreie angstvoll gequält herüber in meine Ohren. Massentransporte kurz vor dem Massenschlachten. Selten kam der Wind aus dem Osten. Zu selten.

Ein langer Prozess war es für mich, die neue Qualität zu finden. Schlüsselerlebnisse bedarf es manchmal vieler. Noch fern war die Zeit von BSE, dem Rinderwahn, von H5N1, dem Vogelgrippe-Virus, dem Gammelfleisch, den Gammeleiern. Es gab die Maul- und Klauen-Seuche, die Schweine- und die Hühnerpest. Der Anfang bestialischer Massenvernichtung gesunder und erkrankter Tiere. Die Massenkeulungen – welch ein Begriff – mordeten das Nutz-Geflügel. Dagegen: Die Gans, der Schwan, die Ente und die Pute, die einzeln am Park-Teich und im Tierpark watscheln, werden mit Brotresten liebevoll fast überfüttert.

Mensch kann keine Masse lieben.

Mit Disziplin gelang es mir mich völlig loszusagen von meinem nahezu alltäglichen Fleisch-Genuss, und ich konnte vegetarisch leben. Schlank wurde ich dabei.

Jahrzehntelang fuhr ich vereinzelt in der PKW-Kabine, brav eingereiht im Massenstau, bis ich den Wert des gesellig-lebendigen Fahrgastwechsels in Bus und Bahn erkannte, den Wert der anderen Art Mobilität. Beweglich wurde ich dabei.

Nicht nur diesen Wert erkannte ich. Wohl fühle ich mich heute und irgendwie schuldfrei.

Doch es brauchte seine Zeit.

Der Unfall. Ich sah nach rechts. Ein Blumenge-
schäft. Es hatte geschlossen. Mittwoch später Nachmittag. Diese kleine Drehung des Kopfes. Eine Eingebung. Sekundenbruchteil. Leben rettend. Von
links kam der VW-Bus. Zu schnell. Nahm uns die
Vorfahrt. Fuhr seitlich in unseren kleinen Opel. Ich
flog. Nach vorn. In die Windschutzscheibe. Nach
hinten. Gegen Sitz und Kopfstütze. Nach vorn. Gegen den Rahmen der Frontscheibe in das splittern-
de krümelnde Autoglas. Und wieder zurück. Mit
seitlich nach rechts abgewandtem Kopf. Wie Watte.
Ich hörte keine Bremsen quietschen. Blech auf
Blech. Irgendwie hohl. Grässliches Geräusch. Kein
Laut von mir. Kein Laut von meiner Freundin, die
hinter dem Steuer saß. Die Wucht der Geschwindigkeit schob, drückte, ließ uns schweben. Über die
Kreuzung, über den Bürgersteig. Wir kamen zum
Stehen. Ein Zaun, Betonpfosten rechts an meiner
Seite in einem weitläufigen Vorgarten.

Langsam, ganz langsam drehte ich meinen Kopf
nach links. Sah ein breites bleiches Männergesicht
wie ein Vollmond in unseren Wagen starren. Sah
das weiße Gesicht meiner Freundin, rotes Blut floss
aus dem schwarzen lockigen Haar, tropfte von
ihrem Kinn auf die weiße Bluse. Der Stoff saugte
sich voll wie Löschpapier. Die blutroten Flecken
verformten sich. Einer verschmolz mit einem anderen, sah aus wie ein Schmetterling. Rütteln an meiner Beifahrertür. Zwei Männer-Gesichter. Offene
Münder. Raus, nur raus. Das Auto kann explodieren.
Ich drückte von innen gegen die Tür. Die Männer

zogen mit Macht. Eine Ewigkeit. Ich stieg aus, sagte nur: „Meine Freundin." Half mit, sie ohnmächtig herauszuziehen. Aus dem Haus lief eine Frau, gefolgt von einem Mann. „Kommen Sie rein." Sie trugen meine Freundin zu Viert. „Ich kann allein gehen. Danke."

Schicksal. Glück. Wir waren im Vorgarten eines Arztes gelandet. Allgemeinmediziner. Praxis und Wohnhaus zugleich. Er war zu Hause an diesem Mittwochnachmittag, wo Arztpraxen meist geschlossen haben. Erste Hilfe. Spritze für meine Freundin, die langsam zu sich kam. Wundversorgung. „Das muss genäht werden. Der Arm ist gebrochen. Der Krankenwagen ist unterwegs."

Ich stand noch immer. Etwas Warmes lief meine Schläfe entlang, die Wange, den Hals. Es kitzelte. Ich wischte mit dem Handrücken darüber. Sah nicht hin. Sah nur meine Freundin und die Menschen, die mit ihr beschäftigt waren. Da traf mich der prüfende Blick des Arztes. Er stockte. „Moment. Setzen Sie sich sofort hin. Nein, kommen Sie, legen Sie sich lang." Ich verstand nicht, blieb stehen. Zwei Arme griffen nach mir. Ich fühlte mich weggetragen, hingelegt, Beine hoch. „Um Gotteswillen. Sofort eine Infusion", hörte ich noch. Ich spürte wie alles Blut in meinem Bauch zusammenfloss, einen harten Klumpen bildete. Wie geronnen. Dann umfing mich schwarze Bewusstlosigkeit. Schock. „Das kann tödlich enden. Sie haben noch einmal Glück gehabt." Der Sanitäter schob mich auf der Trage nach draußen. Meine Freundin saß in einem Krankenrollstuhl, auf einer Rampe nach oben geschoben. Krankenhaus. Dazwischen Film-Riss. Nichts mitbekommen. Herzschlag. Pause. Herzschlag. Rumpelgefühl. Weich grau versank meine Welt. „Sie kommt zu sich." Die Stimme direkt über mir. Eine Ärztin zupfte geduldig an meinem Gesicht, meiner Kopfhaut, meinem Hals herum. „Einiges müssen wir nähen." Mühselig, die unzähligen Krümel des Sicherheitsglases aus unzähligen Wunden zu holen. Erst später kamen die Hände dran.

Drei Wochen untersucht, beobachtet. Keine inneren Verletzungen. Milz, Leber. Prellungen. Alle Farbschattierungen. Brust, Rücken, Hüften, Knie. Die Prellungen schmerzten am meisten. Das Atmen fiel schwer. Keine Knochenbrüche. Die unteren Rippen eingerissen. Der Druck vom Handschuhfach. Die tiefe Wunde im Haaransatz, mit mehreren Stichen genäht, das Loch von den Rändern her zusammengezogen, wie beim Strümpfe stopfen. Glassplitter vom Frontscheibenrahmen, in die Kopfhaut gespickt. „Normalerweise wären Sie tot, hätten Sie sich nicht nach rechts gewendet. Typischer Genickbruch bei Beifahrern."

Es gab noch keine Sicherheitsgurte in jedem Auto im Jahr 1974. Noch einmal davon gekommen.

Meine Freundin, sofort operiert. Der linke Arm kompliziert gesplittert, gebrochen. Die Wagentür. Mit Macht in ihren Ellenbogen gepresst. Das Lenkrad. Rippen geprellt. Der Rückspiegel. Gesicht, Kopf zerschnitten. Totalschaden an beiden Autos.

Die Richterin herrschte den Unfallverursacher an, der hilflos, bleich und zittrig stehend die Urteilsverkündung empfing. Das Strafmaß beträchtlich. Genau erinnere ich mich nicht mehr. Nur, dass der junge Mann auf uns zukam, mit ausgestreckter Hand, sich entschuldigen wollte. Wir beide drehten uns um und gingen. Wir waren nicht fähig, ihm zu verzeihen.

Die Schmerzen im Kopf, in Schultern und Rücken wurde ich nicht los. Manchmal hörte ich nichts, sah nichts. Ausfallerscheinungen in Wellen. Hals, Schultern fühlten sich hart und knotig an. Schlaflose Nächte. Die verordnete Massage nicht auszuhalten. Ich wechselte den Arzt. „Sie schleppen seit Monaten ein Schleudertrauma mit sich herum." Eine Halsmanschette und Arme hoch über den Kopf beim Liegen entlasteten, erleichterten die Kopfschwere, schenkten mir wieder Schlaf, die innerlich angerissenen Nerven, Sehnen, Muskelfasern heilten langsam. „Ein Auto-Unfall", sagte der Arzt, „ist unberechenbar. Gesundheitliche Schäden können Wochen danach erst sichtbar werden."

Jahre sollte es dauern, bis ich wieder schmerzfrei war, bis ich wieder Auto fuhr.

Überlebt zu haben, ein starker Motor, der mein Leben in eine neue Richtung führte, mein Bewusstsein für alltägliche dankbare Freude schärfte, wirklich Wichtiges konturierte.

Wie klein ist der Mensch.
Wie dominant seine Erfindungen.

Es war Sommer, als unser Nachbar mit seinem Ford zur täglichen Arbeit fuhr, von einem Sattelschlepper abgedrängt, in die Spitze der Leitplanke gerammt, frontal aufgespießt. Tot.

Es war Winter, als die Tochter unserer Freunde mit ihrem MiniCooper von der Nachtschicht kam, über die Zubringerbrücke der Autobahn – eine Fläche von zehn Metern vielleicht – vereist, überfrierende Nässe, sonst alles trocken und griffig. Sie war zu schnell dafür, glitt über den Asphalt, hob ab, überschlug sich mehrfach. Tot.

Es war März, als der Freund meiner Tochter mit dem Motorroller die schnurgerade alleeartige Landstraße entlang raste, ein Tier vor sich her huschen sah, auswich und gegen den Kastanienbaum krachte. Tot.

Es war April, als der Nachbar mit Frau, Tochter und Hund in seinem Mini-Van die abschüssige Feldstraße herunter fuhr mit nicht mehr als dreißig Stundenkilometern und von rechts aus dem Stichweg mitten in der Schrebergartenkolonie der Fahrradfahrer kam, in den Kotflügel knallte, stürzte, das Fahrrad einen Salto schlug und mit Wucht gegen den Kopf eines älteren Fußgängers, einem Türken, schmetterte. Tot.

Es war Mai, als der Familienvater mit seinem Mercedes ganz in Gedanken zu schnell in den Kreuzungsbereich unserer Siedlung einfuhr, das Schulmädchen auf dem Fahrrad übersah, das Kind auf die Motorhaube schleuderte, in die Windschutzscheibe prallte, direkt auf ihn zurollte, schwerverletzt liegen blieb. Monate im Koma. Die Schulfreundin seiner Tochter. Rollstuhl. Ein Leben lang. Der Mann zog weg mit seiner Familie in eine andere Stadt, gab seinen Führerschein ab. Traumatisiert. Psychiatrische Behandlung. Ein Leben lang.

Es war August, als der Freund meines Sohnes noch schlaftrunken am frühen Morgen zu weit nach links die Ringstraße entlang fuhr, dem entgegen kommenden Linienbus nicht mehr ausweichen konnte, auf dem Beifahrersitz starb sein mitfahrender Freund in seinen Armen. Schuld lastete schwer auf ihm. Ein Leben lang. Psychotherapie. Meditation. Selbstmordversuch. Heilberuf erlernt. Nichts konnte ihm sein Freisein zurückbringen.

Es war Herbst, als die sechs jungen Leute aus der Nachbarschaft mit überreiztem Hirn von Disco-Flashlights, Tanzrausch, Alkohol und Extasy im wabernden Wolkennebel des frühen Sonntagmorgens die scharfe Kurve nicht erkannten, mit überhöhter Geschwindigkeit geradeaus gegen das Heiligenhäuschen knallten. Alle tot.

Der Mensch erfand Sicherheitsgurte, Airbags, Verbundsicherheitsglas, das nicht splittert und krümelt, rundete die Leitplankenenden, versenkte sie in die Erde, begradigte kurvenreiche Straßen, fällte Alleen, einzelne Bäume, malte weiße und gelbe Markierungen auf den Asphalt, warnte, kontrollierte, strafte prophylaktisch und - schuf noch schnellere Autos und immer mehr davon.

Der Mensch erstickt in stinkender Blechlawine nicht nur sich selbst, seine Träume von Freiheit, sondern auch Tier, Baum, Strauch, Wasser, Erde, Luft. Alles.

Mobil sein auf Erden – Wunschtraum des Menschen wie selbst fliegen können in den Lüften. Die Schnecke trägt ihr Häuschen immer mit sich herum.

Geborgen fühlte ich mich in der Blechhütte auf vier Rädern, wenn die Seitentür zuschlug, mein Körper sich wohlig im gepolsterten Sitz zurecht räkelte, bevor Hände und Füße zu arbeiten anfingen. Bei jedem Wetter, besonders im prasselnden Regen. Mit dem Geliebten in inniger Verschlingung ausgewachsener Körper auf engstem Raum lustvoll versteckt in der Natur. Warten auf etwas im höhlenartigen Schutz des Blechmobils. Mit fröhlichen Kindern auf langer Urlaubsfahrt heitere Lieder singen, Geschichten erzählen, mit Ratespielen 'Ich sehe was was du nicht siehst', 'Wer zuerst eine Windmühle sieht oder den Eiffelturm kriegt ein Eis' die Fahrtzeit verkürzen und einfach Spaß haben.

Ich liebte Urlaube im Camper, dem Häuschen auf Rädern zum Leben mit allem, was du brauchst, Schlafen, Kochen, Sitzen, Duschen, Toilette. Du steigst ein, fährst los, hast dein Schneckenhäuschen immer bei dir, hältst, wo du magst, springst raus ins Wasser zum Schwimmen, ins Geschäft zum Einkaufen, kommst ins heimelige Heim zurück, geborgen, gemütlich. Fährst hin, wohin du willst, findest im-

mer einen Parkplatz irgendwo und immer wo anders. Sich frei fühlen, ungebunden. Ein solches Leben auf Achse konnte ich mir auch dauerhaft schön
vorstellen.

Ich liebte die rasante Fahrt, vorbei ziehende
Landschaften, Wolken jagende Himmel, fremde
Sichten auf Städte, Dörfer, Menschen, grasende
Kühe, Schafe, galoppierende Pferde. Dazwischen
Seen, Flüsse mit Booten, Schiffen. Leben mit den
Elementen. Autofahren - meine Nerven kitzelnde
Leidenschaft. Nur Platz muss sein, freie Fahrt. So
denkt ein jeder Mensch. Stört sich am Tumult Auto
verstopfter Großstädte. Fühlt sich belästigt durch
Vordermensch, Hintermensch, Seitenmensch. Zu
viele Autos unterwegs. Zu viele Menschen. Verdich-
tet zu einem harten, undurchdringlichen Knebel.

Urvertrauen kehrt immer wieder zurück.

Urvertrauen in den Nächsten, der vor und hinter
mir in seiner rollenden Blechhütte sitzt, mich seitlich überholt.

Urvertrauen in das Gefährt, das - selbst betrieben, von mir gesteuert - Entfernungen überwindet.

Trotz Vertrauen brechender Erfahrung. Zer-
drückter Blechtorso nach dem Unfall. Schreie, Blut,
Schmerzen, Tod.

Erkenntnis ist ein langer Prozess, allzu häufig.
Du hängst an dem, was dir Lust bereitet, allzu lange.
Du siehst die Unfallbilder im Fernsehen, in der Zeitung, erfährst die Unfallstatistik jedes Jahr neu, weniger zwar, aber immer noch Tausende von Toten,

Hunderttausende von Verletzten, zum Teil schwer, im dauernden Koma, im Rollstuhl, ans Bett gefesselt – von jetzt auf gleich ein Leben zerbrochen, zerstört, verändert.

Du denkst an Krieg auf unseren Straßen, die Waffe ist das mobile Gefährt in der Hand eines jeden Menschen mit oder ohne Führerschein, abhängig von unterschiedlichen Gemütszuständen zu jeder Zeit, tags, nachts, winters, sommers, bei jedem Wetter. Du unterdrückst dein Bauchgefühl.

Du vertraust. Immer wieder neu. Du vertraust in die Technik, in das Material, aus dem es geschaffen ist, vertraust in die Menschen, die es bauen, warten, pflegen, erneuern, ergänzen, weiterentwickeln.

Du hoffst auf das automatisierte Fahren, das menschliche Fehlleistung verhindert. Ohne viel nachzudenken. Manchmal beschleicht dich ein unangenehmes Gefühl, du zweifelst, du hinterfragst – und kehrst zurück zu deinem Häuschen auf vier Rädern.

Die Autobahnen unseres Landes. Tausende lassen hier ihr Leben oder verlassen sie schwerverletzt in ein gänzlich anderes Leben.

Verkehrsfunk warnt. Professionelle Helfer/innen retten oder klauben Dinge auf, die wir verlieren und für andere gefährliche Hindernisse werden.

Hören Sie einmal genau hin, was so alles auf deutschen Autobahnen liegt oder läuft.

Ich schreibe mit, vor welchen 'Fundstücken' und Risiken in wenigen Tagen auf norddeutschen Autobahnen gewarnt wird. Polizei, Straßenmeisterei und Radio, in bewährter Zusammenarbeit.

Da liegen Metallteile, Plastikteile, gelbe Müllsäcke, eine Bürste aus einer Auto-Waschanlage, ein LKW-Schrammbord, Lehmbrocken, ein Spanngurt, eine Küchenspüle, ein Baumstumpf, eine Schaufel, ein Kantholz, ein Sofa, ein Kotflügel, ein Scheinwerfer, Bretter, ein Kanu, eine Eisenstange, ein Sitzkissen, ein Reifen, ein Plastik-Boot, Gartenstühle, ein Fahrrad, ein Drehstuhl, ein Schlauch, eine LKW- oder PKW-Achse, ein großes Netz, ein Feuerlöscher, ein Verkehrszeichen, Fensterteile, eine Dixie-Toilette, eine große Kiste, ein Jet-Bag, eine Leiter, ein Teppich, ein Surfbrett, eine Tür, ein Gepäckträger, eine Wolldecke, Glassplitter, Styroporplatten, eine Rolle Draht, ein Pflasterstein, eine Sackkarre, ein Auspufftopf, ein Besen, tierische Abfälle und tote Tiere: Wildsau, Fuchs, Katze, Reh, Hund ...

Ein kleine Ausbeute der Müllauffangfläche Autobahn mobiler Zivilisation.

Alice *stoppt ihr atemlos schnelles Vorlesen und zieht die Luft hörbar ein, bevor sie weiter* **liest***:*

Der Verkehrsfunk-Sprecher ulkt: „Vorsicht: Auf der A 2 liegt eine Schwimmweste. Wenn Sie für Ihr Segelboot noch einen Eimer brauchen, den finden Sie auf der A 7.“

Und irgendwann wird gewarnt vor Menschen, die Ziegelsteine von Brücken werfen oder als Geisterfahrer entgegen rasen.

Und immer wieder mal läuft ein verletzter Bulle, ein Pferd, ein Hund, ein Reh, ein Wildschwein oder watscheln Enten oder eine Gänsefamilie über Fahrbahnen oder Kinder spielen nahe der Raststätte oder ein alter Mensch irrt orientierungslos an der Ausfahrt herum oder es radeln Radfahrer auf dem Seitenstreifen oder ein Roller schleicht mit Schrittgeschwindigkeit auf der Standspur entlang.

Hören Sie mal rein in den alltäglichen Verkehrsfunk Ihres Radiosenders. Spannend und erschreckend zugleich. Hemmnisse für rasante Fahrt. Stopp und Stau an missliebigen Baustellen oder gruselnden Unfallstellen. Wer reckt nicht den Hals und zückt die Smartphone-Kamera? Gänsehaut. Das brennende Fahrzeug könnte auch deines sein.

Und irgendwann lenken Attentäter den PKW, den Sattelschlepper, den Transporter in Menschen belebte Einkaufszonen. Rasende Mordwerkzeuge. Tote, Verletzte, Traumatisierte. Der Krieg in unseren Städten mit uns vertrauten Fahrzeugen. Zweckentfremdet. Waffen. Terror. Gegen unsere Art zu leben – auf Kosten anderer. Nichts rechtfertigt dieses Tun.

Schneller, weiter, höher. Du ersehnst den Zukunftsmoment, der dir Mobilität mit dem eigenen Körper beschert. Antriebsrucksack auf dem Rücken, den Joystick fürs wendige Kurven in der Hand, computergestützt. Verkehrsgewühl verlagert in luftige Höhe. Warum nicht? Alles ist regelbar.

Erdgebundene Straßenverkehrsordnung übertragen auf Luftstraßen in vorgeschriebener Höhe - den Vögeln Konkurrenz - darüber in Flugzonen nur noch Quadrokopter, Octokopter, Helikopter, Ballone, Segelflieger, Drachenflieger, Airlines, Düsenjets, Satelliten, Raumfähren ...

Ein Schwirren und Surren und Krachen und Stürzen, weil Mensch sich nicht immer an seine Regeln hält, Theorie und Praxis niemals kongruent sein können.

Du lebst mit dem Widersprüchlichen, erstickst den empor quellenden Schrei des Protests mit dem Knebel, dem fasrigen Knebel - feucht durchtränkt mit dem Deo waghalsiger Selbstgerechtigkeit, verblendeter Fortschrittsgläubigkeit, wabernder Ich-Sucht, durchlöchert von fehlender Einsicht, kleingeistigem Größenwahn und mangelnder Liebe zum Lebendigen.

Ich mache den Schnitt. Nicht ganz freiwillig, unter Kostendruck. Verabschiede mein Auto in fremde Hände.

Mobil, frei - nur noch auf eigenen zwei Beinen oder im gemieteten Haus auf Rädern, mit anderen in Bus, Bahn, auf dem Schiff. Mein Fahrrad verschenke ich.

Folge denen, die diesen Weg viel früher gegangen sind, aus Einsicht, aus ökologischem Mitleids-Empfinden mit Kreatur und Natur, aus Fahrzeug bedingtem Zwang als Unfallfolge und Gesetzesdruck.

Merkwürdig: Ich fühle mich frei, freier, unabhängiger als zuvor.

Kein Tanken, keine Inspektion, keine Reparatur, kein Bangen, springt er noch an in Eiseskälte, bringt er mich heil durch Massenstau, Unwetter nach Hause. Kein Rechnen mit dem Cent bei jeder Benzinpreiserhöhung. Keine Steuern, keine Versicherungen. Keine Ordnungskraft im ruhenden Verkehr, die bunte Zettel unter den Scheibenwischer klemmt, kein Blitzen aus versteckter Kamera, kein Blaulicht, kein Leuchtschriftblinken 'Bitte folgen' der Polizei, die dich gelegentlich zur Kontrolle auf den Seitenstreifen dirigiert. Kein Drang zum Toilettenhäuschen auf Reisefahrt mit voller Blase oder Darm. Keine Parkplatzsuche in Blech verstopften Innenstädten. Kein Eingezwängtsein in der Blechlawine bei vierzig Hitzegraden.

Blech. Geformt zur individuellen Suchtbefriedigung. Ein demokratischer Prozess. Jedem sein eigenes Blech, differiert nach Geschmack, Geldbeutel, Gier. - Aus.

Ich kehre zurück zum körpereigenen Können. Gehe zu Fuß. Fühle die Sehnen, Muskeln meines schreitenden Körpers. Atme die frische Luft. Wähle zwischen verschiedenen mechanischen Fortbewegungsmitteln. Lasse mich fahren. Bus. Bahn. Genieße den freien Blick, unbeschwert von verantwortungsvollem Drehen am Lenkrad, Schalten der Gänge, Treten von Kupplung und Bremse. Entdecke das stille Betrachten vorübergleitender Szenenbilder. Lausche dem leisen Gespräch zwischen Mitfahrenden. Selten spreche ich selbst. Ein neuer Fahr-Genuss. Im Kommunikationsmobil.

Freiheit ist die Einsicht in die Notwendigkeit – Kernsatz politisch-philosophischer Denker. Freisein ist Loslassen können, Verzicht. Erfahrungslernen nach Besitz, nach Schuld. Ich habe, also bin ich – weicht. Ich bin, weil ich bin – ohne Wenn und Aber. Vorwegnehmendes Erkennen fällt dem Menschen schwer. Sich aus freiem Willen beschränken in seinen Möglichkeiten im Vorahnen von Risiken, um Neues zu erleben, neue Freiheiten zu entdecken. Nach dem kategorischen Imperativ für menschliches Handeln sein eigenes Tun ausrichten, sich eine Leitlinie nicht nur für mobiles Leben geben.

Geben, nicht nehmen. Freiheit gibt. Immer.

Alice und Lasse beenden ihre Lesestunden. Sie haben geschlafen, sich erholt – und sind voller Fragen und Meinungen.

„Wir werden die Podcasts downloaden, Alice. Wir hören sie gemeinsam mit den Anderen in der WG an. Wir werden darüber reden. Diskutieren wir die in diesen Hör-Geschichten aufgewühlten Probleme. Das geht uns alle an!" *Lasse klopft erregt rhythmisch auf die Tischplatte.*
„Ich schicke 'unserer' Alice erst mal eine Mail in die Digital-Line, okay? Ich möchte sie gern kennen lernen", *lächelt die junge Frau.* „Und dann bringen wir ihr die Manuskript-Mappe zurück."

Digital-Line. Studio Kiel. Radio-Box.

Alice am Studiotisch vor dem Mikrofon.

Bevor Alice ihr Erzählen mit dem nächsten Kapitel fortsetzt, blendet der Avatar eine Text-Mail auf die Screenwand in der Radio-Box. Sie liest die Nachricht und lacht. Alice tippt ein paar Zeilen in ihren Laptop und lässt den Avatar das Geschriebene verlesen:

Es gibt mehr als eine Alice auf dieser Welt, liebe Zuhörerinnen und Zuhörer! Hier in Kiel findet eine junge Alice die verlorene Mappe, ist begeistert von den Erzählstücken und will die betagte Alice kennen lernen! Wenn das kein Grund zur Freude ist.

Mit heiterer Kraft singt ein Chor: „Oh, happy day!"

*Die **Stimme aus dem Off** begrüßt über einschmei-*
chelndem Geigenspiel:
Willkommen zum ErzählRadio! Sie hören aus
„Alices Welt" das Kapitel „GöttlichWeibliches". Ein
Nachdenken über spirituelle Phänomene unserer
Zeit.
Das lebhafte Solo des Violinisten David Garrett ver-
klingt. Die androgyne Stimme des humanoiden Roboters
spricht weiter:

GöttlichWeibliches

Alice gefällt nicht, wie die Menschen ihrer Zeit
ihren Glauben ausrichten.
Allmacht dem sporadischen Spender Leben initi-
ierender Samen. Er schafft. Er regiert und richtet.
Er liebt und vergibt. ER. Dominanz des Männlichen
in jeder Religion dieser Tage. Eine Randerschei-
nung, unterwerfende Rolle, geduldete Mit-Wirkung
– das Weibliche. Ohnmacht der Leben gebenden, be-
wahrenden, pflegenden Schöpferin. Die Frau sei
Teil des Mannes. Das Bild von der Rippe aus dem
Körper des Mannes.
Falsch, befindet Alice für sich selbst.
Das kosmische Gesetz ist Harmonie im Ganzen.
Mann und Frau sind zwei Teile des einen Ganzen.
Sie ergänzen sich, gehören unabdingbar zusammen,
sie sind gleich gewichtet. Yin und Yang eben. Das
Zusammenleben der Menschen ist partnerschaftlich
zu organisieren. Kein Oben, kein Unten. Nebenein-
ander, füreinander. Der weibliche, der männliche

Mensch sind Teile der Natur, der kosmischen Ordnung, die das Geschlecht verinnerlicht. Es gilt, Defizite im menschlichen Miteinander der Geschlechter zu beseitigen und dem Männlichen sanft die Dominanz zu nehmen. Das GöttlichWeibliche respektvoll zu akzeptieren als das zugehörige Andere und sich Macht zu teilen.

Alice verschreibt sich der Aufgabe, in ihrem begrenzten Umfeld zu wirken, den ihr zugesellten Menschen das GöttlichWeibliche vertraut und wichtig werden zu lassen. Yin ist das Weibliche, steht für ganzheitliches Denken, für organisch-ökologische Vernetztheit. Yang ist das Männliche, steht für lineares Denken, oft einseitig auf rationales Wenn-Dann-Erklären, auf ökonomischen Profit bezogen. Beides ist jedem Menschen mitgegeben, gleich gewichtet wertvoll in Leben bejahenden, erfüllenden Seelen. Gleichgewicht. Gleich.

Zithersaiten tröpfeln Töne in den Äther. Eine heimelige Atmosphäre entsteht. **Alice erzählt:**

Die Schäferin in mir. Vorahninnen meines Vaters und mütterlicherseits, ausgewiesen im 17. und 18. Jahrhundert im Arier-Nachweis des Dritten Reiches, der Diktatur des Absolut-Männlichen. Schäferin und Kräuterfrau – in den Kirchenbüchern eingetragen als Beruf der Frau. Damals schon. Jede Frau hatte einen Beruf, oft den des Mannes. Eine berufliche Bezeichnung und Tätigkeit. Geachtet, gefürchtet, gebraucht. Schäferin und Kräuterfrau. Frauen in der Natur, unter freiem Himmel. Dem Leben verbunden. Pflegend. Hegend. Das muss es sein.

Die Erbinformation über Jahrhunderte. In jeder Frau. In mir. In jeder Ahnenreihe gab es sie. Irgendwann. Die Schäferin und Kräuterfrau. Hinterlässt ihre Spuren auch in den männlichen Nachfahren. In sich hineinspüren. Suchen. Finden. Spuren des GöttlichWeiblichen entdecken. Nähe. Das lebt nur im konkret Erfahrbaren. Nichts darf dazwischen treten. Zwischen Natur und Mensch. Keine Maschine. Keine Technik. Kein anderer Mensch. Kein durchtechnisierter Arbeitsprozess.

Ich breche die Schote. Die Erbsen kullern heraus. Duft würzigen Grüns. Ich streife mit den Fingernägeln die leuchtend roten Johannisbeeren von ihren Rispen. Meine Haut verfärbt sich an den Fingerkuppen rötlich. Ich höre das Pladdern schwerer Regentropfen auf dem schützenden Blätterdach der uralten Bäume und fühle mich geborgen. Ich atme den erdigen Geruch, der den Brocken Lehmsand ausströmt zwischen meinen grabenden Händen. Hier wünsche ich meine Asche.

Ich weiß, es ist zwölf Uhr, ohne auf ein Zifferblatt zu sehen, eine Turmuhr schlagen zu hören. Ich fühle die Tageszeit. Ich rieche den kräftigen Dampf von garendem Teig des Stockbrots am offenen Feuer in sternklarer Nacht. Mir ist warm und wohlig. Ich gehe über hügelige Landschaft, sehe das Grün, die Vielfalt von Grün, meinen Augen Erholung. Weite. Sehnsucht.

Den entfremdeten Menschen treibt sie hinaus aus der Second World, dem Second Life, ins Allererste. In sein eigenes ursprüngliches Leben. Bewusst werden. Muße. Zeit. Gelegenheit. Ruhe.

Wie sagte die Obdachlose in einem Interview?
Ich sitze am Fluss und schaue ins Wasser. Stundenlang. Meine Gedanken treiben, finden sich und ich finde zu mir selbst. Mein Selbst. Meine Bestimmung. Ich bin da. Niemand nimmt mir meinen Stolz, meine Freude Mensch zu sein. Das erlebe ich nur in der Natur. Das gibt mir Kraft, die Platte zu überstehen, zu betteln, die anderen Menschen zu ertragen. Ich brauche keinen Schnaps oder Drogen. Ich bin clean, schon immer. Ich brauche nur diese Momente in der Natur. Für mich allein. Dann geht es mir gut. Dann weiß ich, dass ich lebe und warum. Trotz alledem.

Wie wenig braucht der Mensch wirklich. So wenig. Nur eines ist ein Muss. Leben in der Natur. Für einen Moment. Auftanken. Immer wieder NEU werden. Und mit in sein alltägliches Leben nehmen, wie wenig er wirklich braucht. So wenig. Und sein Leben verändern. Das ist Glück. Trotz alledem.

Muss Mensch erst alles verlieren, obdachlos werden, um zu erkennen, was wirklich wichtig ist? Es scheint so.

Die großen Religionsstifter, Heilig-Gesprochene, bettelnde Mönche und Nonnen – sie machten es vor. Siddartha. Jesus. Jains. Sadus. Sufis. Sie predigten, weniger ist mehr. Obdachlose – die Heiligen, die Märtyrer unserer Zeit? Sie kämen gewiss zur Erleuchtung ohne Alkohol und gefährliche Drogen, lebten sie im Wald, am Strand, auf Wiesen, in Höhlen und nicht in den von Lärm und Menschen überfüllten Straßen unserer stinkenden Städte. Entfremdet auch sie von der Natur.

Wer sich leisten kann Natur zu suchen setzt Geld ein, braucht Energie zum Reisen per Flugzeug, Schiff, Auto, Bahn, Bus - bis er der Natur nahe kommt an tropischen Stränden, auf sanften Meereswogen, hoch über den Wolken auf einsamen Berggipfeln.

Vergessen - der Wald vor unserer Tür, der Fluss, die Seen, die Teiche, Wiesen soweit das Auge reicht. Urlaub. Ferien zu Hause tagtäglich, stundenweise möglich. Wandern neu entdecken. Die Langsamkeit der eigenen Muskelbewegung. Der Gang zwischen Feldern des Nachts. Die freie frische Luft zum Atmen. Näher zur Natur, zu dem was wächst, kriecht, fliegt, lebt mit uns, um uns herum.

Hier ahnen wir das GöttlichWeibliche. Schöpfen Kraft ohne unser Zutun. SIE wirkt von selbst.

Beneide ich die obdachlose Frau? Nein, sicher nicht in ihrer Lebenslage. Zwang brachte die Einsicht. Nicht Freiheit. Nicht inneres höheres Erkennen. Katastrophen lernen nennt es die Wissenschaft. Mensch lernt eher aus Katastrophen, individuellen, globalen verheerenden Ereignissen, als aus eigenem vorausschauenden Denken und Erkennen. Aus Zwang, durch Druck, wegen Grenzerfahrung. Alles oder Nichts. Gegeneinander statt Miteinander. Konkurrenz statt Austausch.

So ist es, muss aber nicht so bleiben. Jeder beginne bei sich selbst. Und ziehe andere mit. Der Mensch in seinem Forscherdrang verliert das Wissen über sich selbst. Die Schäferin und Kräuterfrau in mir. Sie zeigt mir den Weg.

Joan Baez singt: „No woman, no cry". **Alice** *holt hörbar Luft und* **erzählt weiter:**

Heuchelei. Der Kitt unserer Gesellschaftsstruktur. Domäne des Mannes über Jahrhunderte erprobt. Hahnen-Stolz-Verhalten. Tagtäglich zu beobachten in Zusammenkünften von Menschen, vor allem in der Arbeitswelt, oft vermittelt in Massenmedien. Reden schwingen, die vor gegenseitigem Selbstlob triefen. Verdienstmedaillen für selbstverständliches Tun. Lobhudelei. Keine Ehrlichkeit. In den Augen blinken die Euro-Zeichen. Beförderung zuverlässig. Weiterkommen in den vorgegebenen Hierarchien. Beiwerk sind die Inhalte der Arbeit. Öffentlich genauso wie hinter verschlossenen Chef-Etagen-Türen. Die Hackordnung funktioniert überall, in seidenen Tüchern oder auf grobem Holzklotz.

Wieder zu einem Empfang geladen. Wirtschaft und Politik meiner großen Stadt geben sich die Ehre. Ich Medienfrau gehöre dazu. Kein Satz der vielen Reden beschäftigt sich mit konkreten Inhalten, Vorschlägen zur Verbesserung der Lage, Projekt-Ideen. Feststellen des guten Klimas jetzt und in der Vergangenheit, Absichtserklärungen zum künftigen Miteinander. Wir sind alle prima. Die Arbeitsebene kungelt derweilen aus, dass die Stadt dem namhaften Telekommunikationsunternehmen ein riesiges Grundstück schenkt, die Gewerbesteuer erlässt, es verbleibt ja noch die Lohnsteuer für die Zig-Tausende Beschäftigten. Applaus für die Stiftung des Unternehmens, die ausgediente Personalcomputer an Schulen verschenkt, die sportliche Aktivitäten fördert, leistungsorientiert. Tröpfchenweise sickert in vereinbarter medialer Dosierung über Monate ein Teil der Wahrheit nach außen in die verwunderte Menge Mensch: Der Globalisierungsdruck erfordert Entlassungen. Der Leistungsdruck der Leitungsebene erhöht ihre Gehälter in schwindelnde Höhen. Der Erfolgsdruck des sich aufopfernden Sportler-Teams rechtfertigt medizinisches Doping. Wir verstehen. Diese Welt lebt von Gewinnern. Börse notiert.

Die lokale Medienwelt assistiert flankierend. Zeitungsverlag, Radiosender, Fernsehstation – publizistisch vernetzt, Werbeeinnahmen gepolstert. Überall die gleichen Figuren. Auf jedem Empfang, jeder Tagung, jedem Kongress. Man(n) kennt sich. Hin und wieder eine Frau, die sich einpasst, erfreut dazuzugehören. Die Streben der Strukturen sind eisern geschmiedet.

Parallelwelt. Das Zauberwort. Unwort dort, wo eine religiös fundamentierte neue Welt entsteht. Islamismus. Die krasseste Form von Männerdominanz in der Gegenwart. Bedrohung des herrschenden christlich-jüdischen Systems.

Oder: Methode von Menschen, die begreifen, dass der Gang durch die Institutionen das System nicht verändert, sondern nur sie selbst.

Methode, das GöttlichWeibliche zu implantieren. Zauberwort hier. Parallelwelt. Das Weibliche stärken im Zusammenleben der Menschen überall – ist zu wenig. Eine Welt der Frauen aufbauen – der gesellschaftliche Gegenentwurf gehört unabdingbar dazu. Sie entsteht. Sie ist da.

Die Welt der Frauen. Ein neues Matriarchat? Zu wenig. Das Zeitalter von Avalon mitnehmen. Die Weisheit, das Können, die Biophilie der Schäferin und Kräuterfrau wieder entdecken, erneuern und weiterbilden. Die Welt der Frauen beginnt, die bestehende Welt zu durchdringen. Eine Vision. Eine reale Utopie.

Frauen engagieren sich für eigene Rechte, für andere - überall. Ich sehe den Wildwuchs an Aktivitäten dort, wo ich lebe. Es fehlen Medien, unverwechselbar weibliche. Dieser Frauenwelt eine Stimme geben, eine Form, ein Gesicht, sie hörbar, sichtbar machen in der öffentlichen Wahrnehmung. Vernetzen, was da ist. Die Idee motiviert. Wir gründen ein Frauen-Radio, das über den lokal-regionalen Bürgerfunk gesendet wird, publizieren eine Frau-en-Zeitschrift, die als Bürgerinnen-Medium teils öffentlich gefördert, teils anzeigenfinanziert und für einen Euro gekauft wird, begeistern weitere Frauen und binden sie in die Redaktions- und Produktionstätigkeit ein. Es braucht nur diesen Anstoß.

Frauen haben viel zu sagen, wollen Welt verbessern, sich einmischen in Politik und Gesellschaft, schaffen Kultur, setzen eigene Akzente – überall. Ihr Ziel ist, gegebene Strukturen ab- und umzubauen, neu zu gestalten. Hierarchien zu verflachen. Zurück zu finden zu Wurzeln, mit dem Blick nach vorn in die Zukunft gerichtet. Für Heute und Jetzt. Bereit zu Kommunikation und Konsens. Mit Ehrlichkeit, Offenheit – ihrem weichen Kitt für flexible Strukturen einer besseren Gesellschaft.

Frauen aus aller Welt, mit unterschiedlichen sozialen und kulturellen Herkünften, jeden Alters, in verschiedenen Lebenslagen, mit und ohne Kindern. Es läuft wie von selbst. Viele, viele Jahre lang. Ein buntes Programm, eine Vielfalt von Themen, Meinungen, Darstellungsweisen, Anregungen, Ideen, Projekten. Lebendig. Voll Wärme. Voll Leben. Die weibliche Sicht - aller Dinge.

Wir feiern die erste Ausgabe unserer Frauen-Zeitschrift nach zwei Jahren intensiver Vorarbeit und nach der zuvor veröffentlichten Null-Nummer mit dem Start einer Frauen-Filmreihe in einem historischen Kino meiner Stadt am großen Fluss. Fast voll die Sitzreihen, fast nur Frauen. Die örtliche Presse schickte Frauen zur Berichterstattung. Die Laudatio hält ein Mann, politischer Repräsentant der Stadt. Er sieht den Erfolg des Printmediums, wenn es sich zu Dreiviertel aus Anzeigen selbst finanziert. Schreibt uns Frauen diese Zielangabe vor. System verhaftet. Nichts verstanden.

Wir feiern die erste Frau an der Spitze von Politik und Verwaltung dieser Stadt, die unsere Schirmfrau wird. Sie öffnet die Türen des historischen Rathauses, die seit Jahrhunderten den BürgerInnen verschlossen blieben. Die stets männlichen Repräsentanten verboten, selbst den Zugelassenen, das Betreten der heilig erklärten Teppiche, geboten respektvoll weiten Abstand zum schwer gewichtigen Schreibtisch in edelstem Holz.

Als Erste überziehen wir mit unseren MitstreiterInnen die Räume mit wirbelnder Freiheit. Jung und Alt zum Austausch eingeladen. Gedanken, Meinungen, Erinnerungen. Sich Kennen lernen in einer reichen Stadt, in der sich so viele Kulturen tummeln. Jeder Raum ein Jahrzehnt, ein Thema, ein inhaltlicher Schwerpunkt, eine Gruppe von Menschen, die viel zu sagen haben, moderiert von bekannten Medienleuten, das Publikum eingebunden in den Diskurs. Vergangenheit, Gegenwart, Zukunft. Nachkriegszeit. Frieden. Wirtschaftsaufschwung. Die weibliche Kraft, der Verdienst der Frauen. Der prägende Zuzug von Fremden, Flüchtlingen, Vertriebenen, Migranten aus armen Ländern. Der Umbruch zur Wissenschafts- und Telekommunikationsmetropole. Wie sich die Stadt entwickelte, sich weiter verändert, Herausforderungen annimmt. Wie Men-

schen miteinander leben in dieser Stadt. Und sie erzählen, diskutieren. In gebrochenem Deutsch, Dialekt gefärbt oder munterem Hochdeutsch gesprochen. Es sind Tausende, die zuhören, sich beteiligen, ein Kommen und Gehen, dicht gedrängt schieben sich BürgerInnen durch die ehrwürdigen Räume, neugierig, wissbegierig. Zwei Sonntagnachmit-
tage in den Jahren 1999 und 2001.

Höhepunkte meines eigenen Schaffens und für
die vielen, die mitwirken, mithelfen, dies möglich
zu machen. Lebendige Ereignisse, die zusammen-
führen und zeigen, was wirklich wichtig ist: das
Miteinanderreden ohne Zwang und ohne Etikette in
respektvollem Umgang und würdigem Rahmen, offen und ehrlich. Höchstes Gut einer freien Gesellschaft. Basis für partnerschaftliches Wirken.

Wir vernetzen die Frauen-Initiativen im kulturellen, sozialen, politischen, wirtschaftlichen Bereich
vor Ort und darüber hinaus, gewinnen Sponsorin-
nen, wecken Interesse im ganzen Land. Wir werden
Sprachrohr für andere Frauen und ihre Aktivitäten,
Forderungen und Wünsche. Ein guter Beginn.

Die dritte Ausgabe wird jedoch nicht mehr er-
scheinen. Die öffentliche Förderung wird beendet,
die mitwirkenden Frauen können sich dauerhaftes
Ehrenamt oder nur gelegentliche Honorierung
nicht mehr leisten.

Geld ist der Faktor für Werden und Gehen. Ge-
samtgesellschaftlich entwickelt sich Neoliberalis-
mus, ein 'Hilf-dir-selbst'. Fördermittel werden gestrichen im Sozialen, im Kulturellen. Medien müs-

sen sich selbst finanzieren durch Werbeeinnahmen – so heißt es. Nichts verstanden. Schwer zu vermitteln in diesem Denken des homo oeconomicus.

Das Ziel ist Vernetzung, Energien bündeln auf andere Art und Weise, spezifisch weiblich. Gender-Politik ist nicht die einzige, die nötig ist, das Gleichgewicht zwischen den Geschlechtern zu harmonisieren. Gezielte Förderpolitik ist nötig, die Defizite beseitigt, die da sind, sich vermehren, vertiefen in einer Welt, die das Weibliche gering achtet und Macht durch Geld zum Mittelpunkt wählt. Nichts verstanden.

Anschub- und Basisfinanzierung muss öffentlich sein, dient der Allgemeinheit. Das Konzept dieser Frauen-Medienarbeit ist auf die gleichberechtigte Mitwirkung und Beteiligung der Frauen-Initiativen ausgelegt, die aus ihrem staatlich gesicherten Etat für Öffentlichkeitsarbeit diese Finanzierung mittragen. Gekürzt und gestrichen wird auch hier.

Die Politik setzt überall andere Zeichen. Menschen gewichten, verteilen das Geld der Allgemeinheit. Hier zählt die Stimme der Frauen zu wenig. Ein Kreislauf.

Lang muss der Atem sein. Geduld ist weibliche Stärke. Gepaart mit dem männlichen Mut. Der Wandel kommt sicher - irgendwann. Wir sind mitten drin - dennoch. Wir sind viele. Die Hälfte von Himmel und Erde.

Wir bestaunen die erste Frau als Bundeskanzlerin. Parteifarbe ist hier nicht wichtig. Belächelt zunächst, ignoriert, heruntergemacht. In ihrem Tross

Frauen, gebildet, kompetent, engagiert. Sie verändern den Umgang im politischen Tun. Irritieren den männlichen Widerpart, den Macht-Menschen an Staatesspitze – überall, lokal, national wie global.

Frauen für Frieden. Initiative gegen Krieg, egal wo. Sie machen sich hörbar im Radio, sie schreiben in unserer Zeitschrift, zeigen das Schicksal von Frauen auf, die trotzen der Männer-Gewalt, die Wege finden im Untergrund oder sichtbar für jeden, Konflikte meiden, 'Peace now' praktizieren, egal wo und mit wem.

Ist es die Palästinenserin, die Basisgruppen aufbaut mit Menschen jüdischen, christlichen, islamischen Glaubens, die Checkpoints und Mauern überwindet und immer mehr MitstreiterInnen findet?

Ist es die Afghanin, Burka verschleiert, die Müttergruppen initiiert, Mädchen ausbildet in Wort und Schrift, ein Handwerk beibringt, damit sie selbständig ihren Lebensunterhalt verdienen können? Hier hilft eine Christin, eine Buddhistin. Sie eint Unterdrückung und Leid.

Ist es die Inderin mit dem heiligen roten Punkt auf der Stirn, die mit Hacke und Schaufel den ersten Baum pflanzt, der den Wald bildet gegen Verödung und Wüste, die unterrichtet die Frauen in alten Traditionen der Hüterin und Kräuterfrau?

Ist es die Bosnierin, die erregt das Mikrofon ergreift, die Minen anprangert im heimatlichen Boden, die zerfetzen die zarten Leiber spielender Kinder?

Ist es die Journalistin aus Russland, aus Myanmar, aus Kolumbien, aus Haiti und Nigeria, die berichtet vom Elend, von Armut, von nicht endender Gewalt, von Meinungsunterdrückung, sich selbst gefährdend in ihrem Staat?

Ist es die Rumänin, die musiziert, in Tanz- und Theaterworkshops Frauen motiviert, sich selbst zu finden und andere zu erfreuen?

Ist es die gläubige Muslima aus Syrien, die als erste Frau Architektin einer göttlichen Moschee werden will?

Ist es die AIDS-Infizierte, die medienöffentlich warnt vor Sex ohne Schutz und aus Gier?

Ist es die Frau an der Seite des Mannes, die bewirkt, dass er für Menschenrechte und Umweltschutz plädiert?

Ist es die Seniorin, die der Wirtschaft Jugendwahn anlastet und das Verschlafen altengerechter Produktion und Service-Angeboten?

Ist es das Mädchen, das den Girls Day der Arbeitsagentur boykottiert, weil kein Unternehmen ernsthaft eine Ausbildungsstelle parat hat für Mädchen wie sie - und dies öffentlich macht?

Ist es die junge Mutter mit drei kleinen Söhnen, die sich wehrt gegen den Vater ihrer Kinder, der jeden Job verweigert, lieber von der Stütze lebt, um nichts an sie selbst zahlen zu müssen - und dies den Ämtern berichtet?

Ist es die ältere Frau, die die Scheidung einreicht, ihre Ehe beendet mit dem dickbäuchigen Mann, der ihr gemeinsames Geld für Pornographie und käuflichen Sex verausgabt, weil er giert - und sich einer Fraueninitiative anschließt?

Ist es die schöne Polin, die sich wehrt, aus dem Rotlichtmilieu verschwindet, und eine Initiative gründet mit anderen Prostituierten gegen die sexuelle Ausbeutung von Frauen?

Ist es diese Studentin, die den Professor anzeigt, der in heimlichen Kellern die Körper lebendiger Kaninchen, Katzen, Ratten und Mäusen versuchsweise mit Schnitten, elektrischen Drähten, Medikamenten und anderem traktiert - und alle Tiere aus den Käfigen befreit?

Ist es die alleinstehende Mittvierzigerin, die energisch sich weigert, die Kfz-Zulassungsstelle zu verlassen, bis die erstaunte Beamtin das Siegel fürs alte Auto erteilt, auch ohne das eigene einzugsfähige Bankkonto - in ihrer Verzweiflung nach Scheidung und Privat-Insolvenz?

Ist es diese junge Erzieherin, die mit Gleichgesinnten den ersten Waldkindergarten der Gemeinde in einem Bauwagen auf einer Lichtung in dichtem Forst initiiert, den dreijährigen Kleinen Natur nahe bringt, Lebendiges schätzen und lieben lehrt, ohne Genehmigung von Behörden?

Ist es diese verblühende Frau, die seit langem entgegen jedem Modetrend die Haartracht einer frühzeitlichen Matrone stolz bindet und trägt, sich widmet dem Wirken von Frauen in der Menschheitsgeschichte, die Zeugnisse uralter Zeiten sammelt und in lebendige frische Zusammenhänge stellt, der staunenden Öffentlichkeit präsentiert, um sie fragen zu lassen, was war, was ist, was wird noch?

Ja – sie sind es alle – und noch viele mehr.

Sie setzen Zeichen, werfen Sandkörner ins nicht gewollte Getriebe, hinterlassen Spuren, die wieder andere zu einem breiten Weg ebnen in die richtige Richtung.

Sind es die Tausend Frauen, die von Abertausend Frauen für den Nobelpreis nominiert im norwegischen Oslo weltweit für Aufregung sorgen? Frauen, die helfen, die Mitgefühl senden überall in die Welt.

Sie vernetzen sich, Mikrokosmen verbindend, rücken zusammen, tauschen sich aus im low-cost-medium Internet world wide.

Sie verwehren den Zugriff kommerziellen Ausbeuter-Interessen, spinnen Fäden, verknoten dichter und dichter das Netzwerk neuer Technologie, nutzen die Instrumente der Kommunikation, geben weiter ihr Wissen, ihr Können an Andere und die Nachfolge-Generation. Der Wandel ist greifbar, wir können ihn sehen.

Wissen die Männer, die Frauen verhüllen von Kopf bis zum Zeh, sie drängen nur unter Frauen und Kindern zu sein, sie zwingen im Namen Allahs Söhne und Töchter zu opfern, wissen diese Männer, welche Gedanken Frauen bewegen, welche Pläne sie schmieden für den Wandel, den sie wollen und emsig betreiben? Unwissend sind sie. Verblendet im Rausch ihrer vermeintlichen Macht. Verkennen die weibliche Kraft, ihre naturgegebene Energie.

Noch einmal erklingt Joan Baez zu ihrem schlichten melodiösen Gitarrenklang: „Free at last".

Alice *legt ein Lächeln in ihre Stimme, als sie weiterspricht:*

Farah freut sich. Die Frauen ihrer Heimat Iran erwirken weitere kleine Freiheiten unter dem Mullah-Regime. Fahrrad fahren im schwarzen Schador im öffentlichen Raum ist ihnen wieder erlaubt. Sie beschreibt das glückliche Gefühl der Bewegung, des Fort-Bewegens. Ihre Quelle sind Briefe der Cousine nach Deutschland.

Wissen wir wirklich hier im Westen, was sich tut in den Menschen unterdrückenden Staaten? Unwissend sind wir. Im Denken und Handeln auf uns selbst zentriert. Frauen berichten über Frauen weltweit.

Farah studiert hier Betriebswirtschaft und Politologie. Sie steckt in den Prüfungen, plant einige Jahre Berufserfahrung zu sammeln und dann nach Isfahan zu ihrer Familie zurück zu gehen, nimmt den Schleier in Kauf, Unfreiheit und Druck, will die Frauen dort lehren, weitergeben ihr Wissen, ihre Erfahrung und von ihnen lernen.

Aufbau geschieht stets von unten, sagt sie, das Fundament muss solide sein, ich bin Fundamentalistin, lacht sie und freut sich auf ihre Zukunft.

Monga, die ältere Kurdin, recherchiert über verschwundene oder inhaftierte Politikerinnen in der Türkei, in Asien, in Mittel- und Lateinamerika. Ihre

Quellen sind Frauen, die flüchteten, Frauen, die blieben in ihren Heimatländern und informieren über das, was geschieht, auch die Menschenrechtsorganisationen. Sie finden Wege der Kommunikation, sie geben uns Ahnung von ungebrochenem Willen, von Stärke.

Sie wird kommen, die bessere Zeit. Lebendig muss die Erinnerung sein, Menschen nicht ins Vergessen sinken, sagt sie und schreibt für unsere Öffentlichkeit.

Selma, türkisch mit kurdischen Wurzeln, Journalistin, vier kleine Kinder, trägt Kopftuch, meist farbenfroh und gemustert, nie grau oder schwarz. Sprecherin der Mütter im Kindergarten, in der Grundschule des Menschen bunten Viertels unserer Stadt. Ein quirliger Quell sozialen, kulturellen Schaffens. Formuliert Briefe an Behörden, geht mit Frauen und Kindern zum Arzt, hört zu bei den Nöten in der fremden Umgebung, stillt Tränen der Sehnsucht nach dem wahren Zuhause, feiert Feste für alle, die hier wohnen, schlichtet, richtet auf, gewinnt Kraft für ihr Tun aus ihrem Tun und dem Glauben an Allah, der höheren Macht. Sie berichtet, schreibt Geschichten, klärt uns auf über den kulturellen Reichtum der Welt, aus der sie stammt.

Sie ist dankbar, dass sie hier lebt und in Freiheit wirken kann.

Ana, die portugiesische Seniorin, Diplomatin unter dem Diktator in den 1960er Jahren, Rebellin auf stille wirkungsvolle Art, Europa begeistert, liebt Lebensweise und Kultur ihres Heimatlandes, will die Lebenssituation alter Frauen verbessern, engagiert sich in Institutionen für Alte und Behinderte mit europäischem Austauschprogramm, selbst mit beginnendem Parkinson kämpfend und mit Sehkraftverlust. Unbeugsam die kleine gebeugte zähe Gestalt.

Sie berichtet, informiert in Wort und in Schrift in zwei Sprachen mit ihrer hastigen Stimme. Mir bleibt nicht mehr viel Zeit, sagt sie ohne zu klagen.

Viktoria kommt aus Sibirien. Russlanddeutsche. Deutsche dort. Russin hier. Bewältigt Vergangenes, Leid und auch Schönes, in zarten naturnahen Versen und ans Herz gehenden Geschichten. Bringt anderen Frauen das Schreiben bei, über das was sie quält, was sie wünschen, ersehnen.

Regina, ganz blond, deutsch seit Urzeiten, kann zeichnen mit spitzem Stift. Karikaturen bereichern das Blatt, Auffälliges kritisch auf den Punkt gebracht.

Agnes, die Fotografin mit dem Blick für die stärkste Aussagekraft. Sie meidet Keller, dunkle und tief liegende Räume, traumatisiert als Kind in unterirdischen Gängen, Luftschutzkellern in mancher alliierten Bombennacht. Sie sammelt Portraits von den Frauen.

Rona, die wortgewandte Literaturwissenschaftlerin, schreibt böse Gedichte gegen das Männlich-Dominante, mit sicherem Stil, spricht aus, was sich die meisten nicht trauen. Androgyn von Gestalt, mit dunklen verletzlichen Augen.

Ein Reigen von Frauen.
Sie alle träumen den Traum.

Entsprechungen. Die Frau in den Fünfzigern, arbeitslos im Sinne der Gesellschaft, Kulturschaffende aus eigenem Willen. Sie fotografiert, zeichnet. Suchende. Kosmos. Mini-Kosmos.

Sie sucht Entsprechungen des Großen im Kleinen. Sie findet sie – überall. Sie bildet sie ab. Die Nahaufnahme eines Salatkopfes. Identisch im Augenschein mit der Satellitenfotografie des Urwalds am Amazonas. Der Rand einer Regenpfütze. Entspricht der Luftaufnahme des Wattenmeeres an der Nordsee. Der weiße Blumenkohlkopf entspricht Sanddünen der Sahara von hoch oben gesehen. Die ausgetrocknete Ackerfurche entspricht dem Gran Canyon in den USA. Das leuchtende Plankton der Meeresoberfläche des Nachts entspricht dem Sternenhimmel. Schaum besetzte Meereswogen bei Tag entsprechen Wolkenbildern am blauen Himmel. Die Kiesel am Strand gleichen rolligem Gebirge in Island aus der Luft gesehen. Das Efeu-Blatt zeigt adriges Netzwerk wie ein Flussdelta.

Sie schärft unseren Blick für die Oberfläche. Alltägliche Entsprechungen. Sichtbar für jeden jederzeit. Tiefer und tiefer in den Mikro-Kosmos hinein finden wir die Entsprechungen mit starken Mikroskopen. Die Künstlerin lehrt uns hin zu sehen, anders zu sehen und Verbindendes zu erblicken. Sie erzählt in einem Interview bei der Vernissage ihrer Fotoausstellung: Eine lange Krankheit fesselte sie ans Bett. Zur Muße gezwungen entdeckte sie diese neue Wunderwelt.

Die Frau ist die Entsprechung des Mannes –
in gleicher Größenordnung.

Die Natur spüren. Sich einfühlen in das Wesen der Schöpfung.

Empfinden – das plötzliche Schweigen der Vögel vor der Sonnenfinsternis.

Wahrnehmen – das schlagartige Verstummen jeglichen tierischen Lautes - und innehalten, vor dem Tsunami.

Sehen - das machtvolle Zurückziehen der Meereswogen, das Entblößen des abflachenden Küstenbodens bis in die saugende Tiefe des unergründlichen Ozeans – vor der anrollenden, Tod bringenden Riesenwelle, der keiner der Menschen entgeht, die den Blick verengen ins Kamera-Auge, die in selbstgefälligem Urlaubsvergnügen sich lärmend begeistern an dem Naturschauspiel. Statt zu fliehen, wie es die Tiere tun.

Begreifen – das rasche Abschmelzen der Pol-Kappen bringt Elend und Tod für Tiere und Menschen. Mensch gemachter Klimawandel. Innehalten. Anders leben. Statt begierig den Vorteil der eisfreien Flächen berechnen, Gewinn kalkulieren für kürzere Schiffspassagen, ein U-Boot unter die sich erwärmende Eisfläche schicken, die Flagge des erobernden Staates in den Festlandsockel treiben, um die Fülle von Bodenschätzen für sich allein zu beanspruchen ...

In der Hybris des Geistes, als Mensch die Natur beherrschen zu wollen, verkennt Mensch wie klein und ohnmächtig er wirklich ist. Missachtet das Gesetz, das ehern und ewig gilt: Der Tod holt jeden Menschen ein. Jeden. Nackt und bloß. Du nimmst nur deine Seele mit.

Das Da-Sein im Hier und Jetzt muss pflegende Liebe sein, gepaart mit Imagination, Inspiration und Intuition – den Tugenden und Fähigkeiten der Schäferin und Kräuterfrau. Im alltäglichen Bewusstsein bis zur Erkenntnis des Höheren.

Verändern fängt an, wo wir wahrnehmen, dass etwas nicht stimmt, etwas fehlt oder zu viel ist.
Wir machen uns ein Bild und spüren dem nach, was sein sollte. Im Streben nach Gleichgewicht, Harmonie und Einklang finden wir die Lösungen.
Das Fließen im Kreislauf der Zeit und der Dinge – naturgegeben.

Alice hat sich atemlos gelesen, die letzten Absätze in auf- und abschwellendem Singsang, Silben betonend. Sie zieht hastig die Studioluft ein und schweigt erschöpft.

Auf ihr schwaches Handzeichen spielt der Avatar im Monitor die nächste Melodie ein.

Das betörende Frauenlachen im Harfenspiel von Andreas Vollenweider setzt den Schlussakzent und aktiviert den inneren Film in Bildern, Szenen, Geschichten: „Behind the gardens – Behind the wall – Under the tree".

*Die **Stimme aus dem Off** moderiert das nächste Kapitel an. Bewegte Instrumentalmusik. Inner Light Music spielt „Air" von Johann Sebastian Bach in einer modernen Version, synthetisch kreiert im „Rondo Classico Carnevalho".*

Erzähltes Leben

Alice ist süchtig nach Geschichten.

Lebensgeschichten, wahr oder erfunden.

Es gibt für sie nichts Spannenderes auf dieser Welt als Menschen-Schicksale. Heinrich Heine, ihr Lieblingsdichter, sinnierte einst beim Gang über einen Friedhof: „Unter jedem Grabstein liegt eine Weltgeschichte". Das beeindruckt sie. Alice will die Geschichte noch 'warm' erzählt bekommen von Menschen, die erlebt, gesehen, gefühlt, erlitten haben, authentisch von ihnen selbst erzählt, in ihrer jeweils besonderen Art zu reden, zu formulieren, zu atmen und sich zu bewegen. Alice ist begierig zu erfahren, wie Menschen in Extremsituationen gerieten, damit umgingen oder daran zerbrachen. Geschichte lebt von Geschichten, millionenfachem Leben, Menschen, ihrem Denken und Handeln im Alltäglichen, ein Mosaikbild, zusammengesetzt aus zahllosen Steinchen. Umbrüche schrecklichster Art mussten die Vorgenerationen durchleiden – Weltkriege, Diktatur. Bevor die jetzt 70- bis 90-Jährigen sterben, will Alice wissen, wie es war, wie es zu dem gekommen ist, was Generationen nach ihnen noch prägen wird. Alice will sie kennen lernen, diese

Welt, verschlossen in jedem einzelnen der weißhaarigen Köpfe. Das schlimmste Verbrechen, das Mensch einem Menschen antun kann, ist Krieg. Das zweitschlimmste ist, ihn mit dem Erlebten allein zu lassen, nachdem er das Grauen überlebte. Eine ganze Generation konnte, durfte, sollte nicht darüber reden, was geschehen war. Alice will wissen.

Alice erzählt:

'Oral History' – nannten die Engländer die Bewegung. Geschichte von unten, als erzählte Geschichte jüngster Vergangenheit und Gegenwart. Fließend der Übergang zur Politik. Geschichte ist gelebte Gegenwart, ist erlittene Politik. Ich hörte fasziniert zu. Jede Wiederholung barg eine weitere Facette von Erlebtem. Nichts war gleich. Geschichtsbücher berichten über den Rahmen aus erhöhter Sichtweise meist einseitig, niemals vollständig, niemals zweckfrei, von Geschehnissen und Entwicklungen im menschlichen Zusammensein. Die Berichte einzelner Menschen sind das Blattwerk, das den Baum zur vollendeten Krone formt.

Ich fragte, hörte zu, schuf Gelegenheiten zum Erzählen, Sich-frei-sprechen in kleiner Runde. Erzähl-Café nannten wir dies. Bei Kaffee und Gebäck, Obst und Blumen auf dem mit Tischdeckchen belegten Tisch. Und ganz unauffällig das Mikrofon, der Kassettenrecorder zum Aufnehmen des Gesagten. Nicht heimlich. Ich fragte und sie erlaubten. Aus allem sollten Radio-Sendungen entstehen mit kurzen moderierenden Texten und ein wenig passender gefälliger Musik, meist Klassik, Swing oder Blues, viel instrumental. Das Wort im Mittelpunkt. Der Fluss von Erzählen, Miteinanderreden, Aufeinandereingehen, in die Ohren der Zuhörer sich ergießen, ihre Herzen erreichen. So war es damals, was bedeutet dies für uns heute. Namen waren nicht wichtig. Stimmen so unterschiedlich, charakteristische Sprechweisen. Das reichte, um ein Bild vom Sprechenden und seiner Geschichte zu zeichnen. Ein Video, eine Filmaufnahme hätte die Menschen gezeigt, wie sie sprechen, hätte den Blick bestimmt und gelenkt auf sichtbare Äußerlichkeiten. Schublade auf, Schublade zu. Klassifiziert. Eine Tonaufnahme öffnet die Sinne für das Wort, für Sinn, Bedeutung von etwas Gesagtem. Ton und Unterton. Mitschwingendes Fühlen. Sehendes Hören der Filme im Kopf jedes Einzelnen.

Wir hatten Themen, z.B. Freisein. Wann habe ich mich wirklich frei gefühlt in meinem Leben? Wann unfrei? Was ist Freiheit, Unfreiheit? Damals. Heute. In Zukunft. Für mich. Für uns.

Der grau gewellte Kopf der zierlichen Frau hob sich abrupt. „Seit mein Mann tot ist. Seitdem fühle ich mich frei." Ein leichtes Rosa huschte über ihr Gesicht, dann senkte sie ihn wieder, blickte auf ihre geblümte Kaffeetasse, den kleinen Teller mit Keksen.

Ich fragte nach in dem erschrockenen Schweigen. Sie erklärte. Die Heirat damals war ihre Flucht als junges Kriegsmädchen, entwurzelt, allein lebend, Haushaltshilfe in einer reichen NS-Familie mit guter Schulbildung als 'Höhere Tochter' in den Monaten während des Niedergangs des Dritten Deutschen Reiches im relativ ruhigen Bayern, wo die Kriegswirren sie hin verschlagen hatten. Ein bescheidener junger Mann. Sehnsucht nach Normalität, nach Familienglück, Geborgenheit. Eine faire Partnerschaft. Liebe war es nicht. Sie folgte ihrem Mann später überall hin, wie es sein Beruf verlangte, gebar zwei Töchter. Prägend die langen Jahre in Indien und Afghanistan. Dort erst fand sie langsam zu sich selbst, entdeckte die Farben der Sonne, malte Mandalas, schrieb erste Gedichte. Und lebte doch nur das Mit-Leben an der Seite ihres Mannes, für ihre Töchter. Freiraum für sich selbst nahm sie nie in Anspruch. Sie pflegte ihn im Alter, in schwerer Krankheit, an der er starb. Erst wenige Jahre her.

Aus ihr brach heraus, was ewig schon schlummerte. Sie widmete sich der Kunst, malte auf Leinwand, Papier, Seidenstoff, erlernte alle Techniken, formte Ton-Figuren, webte Teppiche in den Farben der Erde. Sie schrieb, formulierte, vertiefte sich in japanische Haiku, schrieb Geschichten, Erzählungen, schrieb sich frei. Sie tat, was ihr Innerstes wollte. Sie erfand sich, schuf sich NEU.

Die Runde der siebzig- bis neunzigjährigen Frauen und wenigen Männer hörte gespannt zu.

Es öffneten sich andere weibliche Münder, sprudelten Worte, Gefühle hervor - wie befreit. Nicht eine der Frauen sprach von Liebe in ihrer Ehe. So war das damals – schlossen sie ihre jeweilige Geschichte ab.

Der Käfig für Frauen. Sie kämpften ums Überleben in den Bombennächten, bei Flucht und Vertreibung, arrangierten sich in der Nachkriegszeit, räumten Trümmer und Leichen beiseite, schufen Platz für ein neues geordnetes Leben für andere, für sich selbst und ihre Kinder, erlebten eine kleine eigene Freiheit im Chaos. Sie traten zurück in den Käfig, als ihre Männer aus dem Krieg heimkehrten, traumatisiert, verbittert, verwundet an Seele und Körper, entehrt – und richteten sie wieder auf.

Sie lernten, keine Fragen zu stellen. Nicht die lodernd brennenden Fragen: Was hast du getan im Krieg? Hast du Frauen geschändet? Kinder gemordet? Sie lernten zu schweigen, nichts von dem zu berichten, was sie selbst erlitten, erduldet, erlebt. Manche zerbrachen unter dieser Last, wurden sehr krank. Das Leben ging weiter, besserte sich wirtschaftlich, an Scheidung dachte ernsthaft niemand. Wir konnten ja dankbar sein, dass wir davon gekommen waren. Das Schicksal hatte sie Demut gelehrt.

Mich ließ nicht los, was ich zu hören bekam, was ich fühlte angesichts der vielen faltigen Gesichter, tränenden Augen, fahrigen Hände, die sich zum verknitterten schmallippigen Mund fuhren, wie um

Worte wegzuwischen oder Gesagtes zu unterstreichen. Sie lachten gern, diese Augen, diese Lippen – nicht nur Gramfalten zeichneten ihre Haut.

Die Zeit der Wahrheiten war angebrochen. Befreiend und belastend zugleich. Wie oft stießen sie unter Tränen hervor, noch niemals mit jemanden darüber gesprochen zu haben, nicht einmal mit ihren Töchtern. Seltsam, sagte mir eine Seniorin, meine Enkelin fragte mich neulich und ich konnte ihr meine Geschichte erzählen. Doch nicht jede Wahrheit musste oder konnte ausgesprochen werden.

Freiheit und Frieden. Die drängendsten Themen einer Generation von Menschen, die das brutalste Gegenteil erleben musste. Fast fünfzig Jahre danach erst kam die Bewegung ins Rollen, die den hochbetagten Überlebenden diese letzte Chance gab, weg vom Verdrängen hin zu einem Versuch des Verarbeitens. Ein Versuch. Ein Ansatz. Und ein Weitergeben an die jüngeren Generationen.

Auch für die ehemaligen Soldaten des Weltkrieges, die Täter-, die Mörder-Generation. Nicht jeder sah dies so. Es wuchsen junge Menschen heran, deren Familien Helden erfanden und verehrten. Die das fatale Ergebnis der Diktatur, des vernichtenden Weltkrieges, des Mordens von Menschenmassen als Fehler, Entgleisung oder Racheakt der Anderen empfanden, mit der Schuld nicht leben wollten. Sie konfrontieren mit denen, die aus den Schrecken gelernt hatten und litten an ihrem eigenen Versagen.

Es waren Männer dieser Zeit, denen die Bitternis des Geschehenen in Albträumen erschienen, wieder und immer wieder. Sie erzählten, beschrieben bis ins Detail das soldatische Leben in eroberten Gebieten, das Vegetieren im Schützengraben an vorderster Front, verwundet im Lazarett, lähmende Todesfurcht auf dem leidvollen Transport in die Gefangenschaft, der Hass in den Lagern der sowjetischen Sieger, die Angst vor dem Morgen. Nur schwach zu erahnen das Viele, das sie nicht aussprechen konnten.

Ich war Fünfzehn, erzählte der pensionierte Polizeipräsident. Ich wurde zur Volksfront eingezogen in den letzten Monaten des Krieges. Das hat mich geprägt. Ich habe verwundet überlebt. Das einzige, was ich gelernt habe, ist das Kriegshandwerk. Ich ging wohl deshalb zur Polizei, weil ich es besser machen wollte, eine bessere Welt schaffen nach dem größten Verbrechen der Menschheitsgeschichte. Mit dem Wissen von heute hätte ich mich sicher noch anders entschieden.

Überlebt habe ich das Ganze nur dank meines rheinischen Humors, sagte der drahtige kleine Mann ihm gegenüber, fast neunzigjährig. Ich habe nicht Hier! Hier! geschrien, wenn es um Heldentaten ging. Ich habe still und gewissenhaft meine Arbeit als Techniker im Flugzeug-Hangar erledigt, repariert und organisiert, damit die ihre Einsätze fliegen konnten, damals in Frankreich.

Ein Herr von ... betonte, er habe sich dem Widerstand angeschlossen, zumindest innerlich. Aber da war schon alles zu spät.

Die zuhörenden Frauen spürten, wie viel Unausgesprochenes über dem Gesagten lag, wie mancher versuchte, sich gut darzustellen – nach allen Seiten hin, vorsichtiges Abtasten, was sage ich und was besser nicht. Das lernt Mensch in solchen Zeiten.

„In the mood" des Glenn Miller Orchestra swingt auf, nimmt die Zuhörenden des Radio-Podcasts im Internet mit. Auch Alice wackelt mit den Beinen. Nach einer Weile setzt **Alice ihr Erzählen** *fort:*

Generationen-Gespräche, Dialoge Jung mit Alt, Lesungen mit Diskussion, ErzählCafés in Schulen, Altenbegegnungsstätten, Bildungswerken, Museen, im Rathaus der Stadt – ein Netzwerk der Kommunikation über gelebtes Leben knüpften wir in unserem Umfeld. Mich drängte danach. Jetzt lebten noch Zeitzeugen. Es war längst noch nicht alles erzählt. Der Kontakt zum Gegenüber war wichtig, sich ansehen können beim Erzählen. Die im Ton aufgezeichneten Berichte und Diskussionen erreichten - zur Sendung bearbeitet - über das Radio viele andere Menschen, in denen das Geschilderte wirkte. Oft riefen Hörer an, kamen zu den Veranstaltungen, sprachen mit uns, mischten sich ein, ermunterten oder empörten sich auch. Ein lebhafter Diskurs in den 1980er und 1990er Jahren.

Versöhnung. Es war an meiner Generation, Versöhnung zu leben. Die Nachgeborenen, Kriegs- und Nachkriegskinder, mussten die Hände nehmen von beiden Seiten, die Hände der ehemaligen Gegner, die Hände der Opfer und der Täter.

Verstehen. Was passierte mit und in den Menschen, was ging in ihnen vor, was war es nur, das sie zu diesen ungeheuren Taten, zu diesem Unmenschlichen brachte, das sie für richtig oder unausweichlich hielten?

Verstehen, damit es sich NIE wiederholt.

Ich lernte jüdische Frauen kennen, die als Kind den Holocaust überlebten, gezeichnet durch den grausamen Verlust ihrer Familien. Sie lebten wieder in Deutschland nach Jahren in der Emigration, auch in Israel. Sie waren zurückgekehrt mit bohrenden Fragen, manche als Jugendliche, junge Erwachsene, andere erst im Alter – weil Deutsch ihre gefühlte Heimat, ihre Kultur war. Sie wollten reden.

Wir gingen hin zu den jungen Menschen, dort wo sie waren: Schulen, Jugendfreizeitstätten. Wir luden sie ein zu Veranstaltungen und Ausstellungen, motivierten sie mitzumachen. Und sie kamen, hörten aufmerksam zu, stellten Fragen, auch in ihren eigenen Familien. Sie fühlten sich verantwortlich für ein besseres menschliches Miteinander.

Einige reisten nach Israel, lernten Hebräisch, lebten eine Zeit lang in einem Kibbuz und kehrten verändert wieder. Andere öffneten weit ihre Augen bei den Klassenfahrten in KZ-Gedenkstätten und Museen. Viele, sehr viele nahmen den Kampf auf gegen das Vergessen und gegen die neu erstarkenden rechten politischen Kräfte, die die Unzufriedenheit einer suchenden Jugend für ihre miserablen Ziele nutzten, unterstützt von ehemaligen und neuen Nazis, die nicht lernen wollten.

Es gab sie überall, noch immer und es wurden mehr, je weiter die Zeit ins Land ging, je ferner das Geschehene im Nebel der Geschichte verschwamm, je mehr Zeitzeugen verstarben.

Eine nicht endende Aufgabe für die Zukunft. Ich säte mit anderen Engagierten das kritische Denken, empathische Fühlen in junge Köpfe und Herzen mit dem Wissen, sie werden dies weiterführen, nicht nachlassen.

Jede Generation hat eigene Bilder im Kopf, die sie prägt und leitet. Diese Bilder gehörten dazu und sollten nicht verblassen. Kontakte vermitteln zu Gruppen von Menschen, zu Initiativen, Vereinen, Organisationen, die sich in Theorie und Praxis der Aufarbeitung widmen. Hierfür stellten wir Mikrofon und Aufnahmegerät, schulten die Jugendlichen in journalistischem Knowhow in kleinen und großen Projekten, halfen sendefähige Beiträge zusammen zu stellen.

Mit Medien in der Gegenwart die Vergangenheit erkunden, unsere Mission.

Das sprach junge Menschen an, sie machten begeistert mit, hörten stolz ihr Medienerzeugnis über den Äther, gewannen neue Interessierte.

Sie erkannten mit einem Mal die Zusammenhänge, die ihnen kein schulischer Geschichtsunterricht nahe bringen konnte. Sie erlebten betroffen, dass Geschichte und Politik Mensch gemacht sind und sie selbst dazu gehörten. So einfach und doch so kompliziert.

Marc war eine Glatze. Bomber-Jacke. Fallschirmspringer-Stiefel mit weißen Schnürsenkeln. Nazi-Parolen auf dem Sweatshirt. Hakenkreuz, Hitler-Bild, Reichsfahne im Zimmer. Harte rechte Rock-Musik. Grölen rassistischer militanter Lieder auf Kameradschaftsabenden. Er fühlte sich bestätigt in diesem Umfeld. Bis er zuschlug. Sein Opfer war ein türkisch-stämmiger Deutscher, knapp dreißig Jahre alt. An einer Bushaltestelle am Abend. Marcs Gruppe ging pöbelnd an den vier Jugendlichen vorbei, ein Mädchen, drei Jungs. Die ließen sich nicht gefallen, was sie hörten und sahen. Schimpften, wichen aus, schrien: Ihr Nazis! Später erzählte Marc, er habe den Judenstern am Hals des Mädchen gesehen, da sei er ausgerastet, der Türke habe sich dazwischen geworfen. Zwei Jahre Haft wegen schwerer Körperverletzung, Tragen von Nazi-Symbolen und einiges mehr. Danach meldete er sich freiwillig zu einem Täter-Opfer-Ausgleich-Projekt. Im Knast hatte er an einem Anti-Gewalt-Training teilgenommen.

Wir wagten das Schwierige. Marc, zwei weitere Kumpel aus dem Projekt, ein Betreuer und vier Jugendliche aus einem Schulprojekt lernten sich kennen. Zwei muslimische Mädchen mit Kopftuch, zwei

Antifa-Engagierte. Marc eröffnete das Gespräch, verwies auf seine Glatze, die er noch immer trug, nur nicht die Klamotten dazu, und auch sonst habe er sich geändert. Das Kopftuch störe ihn nicht mehr. Er respektiere dies als Zeichen eines gläubigen Menschen.

So begann ein Gespräch mit Knoten, Fallstricken, Fußfesseln. Wir trafen uns viele Male, ein halbes Jahr dauerte das Projekt. Wir besuchten eine Moschee, eine Synagoge, eine Ausstellung zum Problem der Zwangsarbeiter im Dritten Reich, diskutierten mit anderen Jugendlichen in verschiedenen Jugendzentren.

Das alles habe ich so nicht gewusst, sagte Marc ins Mikrofon bei der Abschlusssendung. Am eindrucksvollsten, ja, am schlimmsten für mich war die Begegnung mit den alten Leuten.

Im ErzählCafé begegneten sich die Generationen. Die achtzigjährige Jüdin, die nur kurz zu Besuch aus den USA anreiste, wie seit vielen Jahren im November, Freunde besuchte, die sie versteckt gehalten hatten, als ihre Eltern, ihre Geschwister in den Gaskammern der Nazis umkamen, ihre grausame Geschichte erzählte und sich stellte den Diskussionen mit SchülerInnen zu den alljährlichen arrangierten Zusammenkünften gegen das Vergessen.

Die anderen Alten, deren Leben und Handeln ideologisch vergiftet verlief, sie in Verbrechen verstrickte, die sie noch heute verfolgten und prägten. Sie erzählten von dem Krieg, dem Vorher, dem Nachher, dem Irren, den Schwächen, den hassvollen Taten, dem Erschrecken, dem Leiden, der Angst, der Abscheu, der Verzweiflung, den inneren Kämpfen, der Schuld.

Alle Beteiligten hatten dieser Konfrontation mit zwiespältigen Gefühlen entgegen gefiebert. Sie sprachen dies aus – nach einer langen schleppenden Schweigephase zu Beginn, in der ich vorsichtig und doch klar moderierte. Zwei Stunden waren angesetzt für dieses Generationengespräch. Vier Stunden waren vorbei, da saßen sie noch immer, der Recorder lief nicht mehr mit, und sie sprachen und sprachen und hörten sich gegenseitig aufmerksam zu.

Ein Beispiel von vielen. Ein Beleg für das, was wir alle längst wissen: Der direkte Kontakt, das Miteinanderreden von Angesicht zu Angesicht in offener Atmosphäre bewirkt nachhaltiges Erleben, das keiner vergisst, das befriedet und beantwortet viele Fragen, auch die, die sich mancher nie stellte.

Was wurde aus Marc? Er wechselte hinüber zur Antifa, wählte ein gewaltfreies Leben, ist heute Familienvater und Sozialarbeiter. Die Glatze ist nicht mehr rasiert.

„Don't fence me in", gespielt vom Shep Field Orchestra, lockert die Sprech-Atmosphäre auf.

Flucht und Vertreibung. Die Jüdin hörte still zu. Die Frauen erzählten von ihrer Flucht vor den nahenden Russen in Ostpreußen, über das zugefrorene Haff, das letzte Schiff, die halb erfrorenen Füße, die rotgesichtigen Kinder mit den verrotzten Nasen, hilflosen Blicken, Hunger im Bauch, dem Chaos zerlumpter Menschenscharen, die nur eines wollten: Raus.

Das Meer die Grenze. Und doch letzte Hoffnung. Fliegerbomben trafen die Trecks der Flüchtenden, schlugen schwarze Löcher ins Eis. Das Gewirr der Stimmen, Schreie. Das Krachen, das Bersten. Der Blutgeruch.

Die Frauen aus Böhmen, die Sudetendeutschen sprachen mit zittriger Stimme von der Vertreibung. Bei Nacht und Nebel und am helllichten Tag aus ihren Häusern geholt. Die johlende Menschenmenge fiel über den Hausrat her und sie wurden getrieben mit Stöcken, mit Schlägen und Fußtritten raus aus der Stadt, aus den Dörfern in langen Schlangen hintereinander, nur das Notdürftigste dabei, wenn überhaupt. Kinder gingen verloren. Wer Glück hatte, erwischte einen Leiterwagen, manche wurden in Züge gestoßen. Wohin wusste keiner. Sie sollten nur weg.

Ein Trauma. Das ist schrecklich, sagte die Jüdin, die Frau mit den zusammengefallenen Lungenflügeln, dem durchsichtigen Schlauch in der Nase und dem Leben spendenden Sauerstoff-Rucksack neben dem Stuhl, die selten ein ErzählCafé ausließ.

Kein Trost für das Leiden meines jüdischen Volkes, keine Form der Gerechtigkeit, wenn es denen ebenfalls grausam ergeht, die uns Schlimmes antaten. Dennoch: Vergessen wir nicht den Beginn. Es kam nicht über Nacht, ist nicht über uns hereingebrochen, ist nicht ohne unser Zutun geschehen. Es hat sich entwickelt und wir waren dabei. Sie sprach von „wir" und von „uns", zeigte nicht anklagend auf „Sie" oder „Ihr".

Fünfzig Jahre danach – eine Möglichkeit miteinander zu reden, sich dem Anderen zu öffnen. Aufgewühlt. In den Augen der Frauen blitzte Entsetzen, brachen Angst und Trauer hervor. So lange schon her und doch so nah. Unbewältigt.

Diese Bilder begleiten mich bis in meinen Tod, sagte die magere Seniorin mit zittriger Stimme in schlesischem Klang. Wir hatten noch Glück, wir überlebten, fanden ein neues Zuhause im Rheinland, es war schwer, wir waren nicht willkommen, wir überschwemmten den Westen, wir Flüchtlinge wurden als Rucksackdeutsche beschimpft. Aber es gab einen Neuanfang. Doch es blieb stets das brennende Gefühl, die Heimat verloren zu haben.

Wie haben Sie das alles überlebt? Ich konnte mir nicht vorstellen, wie ein Mensch so etwas schaffen kann. Alltägliches kommt mir in den Sinn. Essen müssen, Schlafen müssen, sich erleichtern müssen – das menschliche Muss.

Ankunft in den Flüchtlingslagern. Für die meisten zum ersten Mal wieder sich waschen, saubere Kleidung, Essen, ein Bett – bescheidene Ordnung und Sauberkeit für die Massen entwurzelter fremder Menschen. Wenn es allen so geht, sagte die rundliche Siebzigerin mit geröteten Wangen, schwimmt man mit – ohne nachzudenken, ein Überlebenstrieb. Ich weiß selbst die Einzelheiten nicht mehr oder ich will mich nicht mehr erinnern. Wir haben uns gegenseitig geholfen.

Frauenmuseum. Koffer. Eine Ausstellung der Töchter- und Enkelin-Generation. Auf den Spuren ihrer Mütter und Großmütter. Nur wenige haben erfahren, was wirklich geschah, authentisch aus den Erzählungen ihrer Familie. Die meisten machten sich selbst auf die Suche.

Nach Öffnung der Mauer, zaghaft, die Reise ins Unbekannte, in die Schuld verstrickte Geschichte ihrer Vorfahren. Sie nahmen die Schwester, den Bruder mit oder eine Freundin, einen Freund, den Ehemann. Die ersten fuhren mit Wohnmobil. Später waren es PKW und Hotel, die ihnen das Kommen und Bleiben ermöglichten. Bei allen blieb es nicht bei dieser einen Reise. Sie knüpften Kontakte, waren zutiefst überrascht, auch beschämt von der behutsamen und doch herzlichen Aufnahme. Gastfreundschaft in welch bescheidenen Zuhauses.

Sie sprachen polnisch, russisch, tschechisch, kaum deutsch, dennoch verständigten und verstanden sie sich. Als hätten sie darauf gewartet. Sie führten sie durchs Dorf, zum Friedhof, zu Fabriken, zu anderen Wirkstätten aus der Erinnerung. Und die Fremden dokumentierten das Gesehene in Foto, Video und Ton.

Koffer der Flucht. Koffer der Reise in die Vergangenheit. Sie bestückten sie mit dem, was ihnen wertvoll erschien und wichtig für das Erlebte. Vergilbte Fotos waren immer dabei. Und sie erzählten in kleinen Runden vor ihrem Ausstellungsstück, bereichert durch Nachfragen und eigene Berichte der MuseumsbesucherInnen.

Vermittelte Geschichte. Aktivierende Methode der Spurensuche, wenn Zeitzeugen nicht mehr selbst erzählen können.

Kontingentflüchtlinge. Sie suchten sich Deutschland aus als neue Heimat. Jüdische Menschen aus den früheren sowjetischen Gebieten. Sie hatten die Wahl, in die USA, nach Israel oder in einige andere europäische Staaten auszureisen. Die meisten wählten Deutschland. Unser Staat musste sie nehmen. Zugewiesen laut Vereinbarung der Vereinten Nationen in den 1990er Jahren, nach Öffnung des Eisernen Vorhangs, als das kommunistische Riesenreich zerfiel.

Sie kamen, ohne die deutsche Sprache zu kennen, das politische System, das Leben hier. Das Wirtschaftswunderland weit im Westen zog sie in Bann. Sie belebten die verdorrten jüdischen Wurzeln, füllten die verbliebenen Synagogen, bauten neue Gotteshäuser. Ein neues Judentum im wiedervereinigten Deutschland. Sie hatten die Gräueltaten des Diktators Stalin überlebt, die Schlachten und die Massenvernichtung der deutschen Heere, der Gestapo. Oft kamen nur ihre Kinder und Enkelkinder, die jüngeren, deren Leben ebenso Unterdrückung, Verachtung, Verfolgung prägte – wieder wegen ihres jüdischen Glaubens. Sie suchten Frieden. Auch Wohlstand. Sie blieben unter sich, in ihren Familien, in ihren Gemeinden. Lebten von Sozialhilfe. Wenige fanden Arbeit. Die Kinder besuchten Kindergärten und Schulen. Dort sahen sie sich neuen Diskriminierungen ausgesetzt. Die russische Sprache, die deutsche Sprachlosigkeit verband sie mit den gleichzeitig ins Land einströmenden Aussiedlern aus der ehemaligen Sowjetunion, vor allem aus Sibirien, den Russlanddeutschen.

Die Mehrheitsgesellschaft öffnete ihre Schubladen: Deutsche, Türken, Araber, Russen. Die Politiker verkannten oder wollten nicht reagieren: Deutschland war längst ein Einwanderungsland geworden, schon weit vor dem Untergang des sozialistischen Systems. Die Rucksäcke der Zuwanderer waren gefüllt mit schweren Erinnerungen, mit Wünschen, Erwartungen, Hoffnungen.

Die deutsche Sprache erlernen, eine Brücke bauen zwischen den Menschen, zwischen der alten und der neuen Heimat – ein Gebot der Zeit.

War es genüssliche Selbstverblendung, weil das eigene System der sozialen Marktwirtschaft im Kampf der Systeme obsiegt hatte? Die Regierung versagte. Im Taumel der neuen deutschen Einheit. Hilfen gingen zuerst in den deutschen Osten und zu den verwandten Aussiedlern. Bis deren Kinder ihnen die Augen öffneten. Russen-Gang. Wodka-Suff. Erziehungsschwierigkeiten. Hineingeboren in das verfallende Sowjet-System, hineingestoßen in eine fremde kapitalistische Welt mit US-amerikanischer Leitkultur blieben sie sich selbst überlassen. Ein Fehler mit hohen Folgekosten. Juden und Deutsche russischer Herkunft in Gemeinschaftshaft. Ihnen eine Stimme geben, wurde wesentlicher Teil unserer Medien- und Kommunikationsarbeit.

Russlanddeutsche. Wir bestaunten die ersten Aussiedler aus Kasachstan, die alten Frauen in ihren Rosen geblümten Kopftüchern, langen dunklen Röcken, die verhärmten Gesichter, der veraltete schwäbisch klingende Dialekt, ihr spezielles Deutsch. Die Männer, die zupacken konnten mit ihren schwieligen Händen, von einem Hauch Wodka umweht. Die schönen Frauen, die verstanden, sich kosmetisch zurecht zu machen, aber eben anders als im Westen, deren wohlklingend weibliche Namen meist mit einem A endete. Unsere Welt bereicherten auf einmal viele Lydia, Julia, Lilia, Anna, Alla, Natascha, Swetlana, Irina, Viktoria. Die Kinder, von Haarschnitt und Kleidung als russisch erkennbar. Das Äußere änderte sich schnell mit den Monaten und Jahren. Doch ihre Sprache blieb, sonderte sie ab - und aus.

Zu wenig Geld wurde abgezwackt für Hilfen, für Projektarbeit. Wir führten sie zusammen. Niedrigschwellige Angebote, unterstützt mit Medien.

Zusammensitzen, sich kennen lernen, miteinander reden, gemeinsam etwas tun. Russlanddeutsche halfen sprachlich den Kontingentflüchtlingen. Mit Händen und Füßen reden, kam ergänzend dazu. Einige Jahre ging dies leidlich gut.

Hörfunksendungen entstanden aus ErzählCafés unter dem Motto: Alte Heimat – Neue Heimat. Die Brücke vom Vergangenen in die Gegenwart. Viel wurde angesprochen, ja, aufgearbeitet, es gab einen gemeinsamen Feind, das Sowjetsystem, die Russen. Selbstdefinition durch Religion oder Abstammung. Trennend erwies sich das unterschiedliche Bildungsniveau. Die russischen Juden waren Ärzte, Künstler, Schriftsteller, Bibliothekare, auch die Frauen sehr gut ausgebildet und berufstätig gewesen, entsprechend anspruchsvoll. Die russischen Deutschen kamen aus bäuerlichen einsamen oder ghettoisierten Gegenden. Sie verstanden sich auf Handwerk, Handarbeit, Folklore. Vieles überlieferte deutsche Tradition. Die jüngeren waren Ingenieure, Lehrer, Wanderfotografen, medizinische Hilfskräfte, Kaufleute. Sie waren fleißig. Alle. Sie ergriffen ihre Chance. Doch eine neue Sehnsucht entstand und blieb. Ihre Wurzeln hatten sich aus russischer Erde genährt.

Biografisches Schreiben. Kennst du das Land der kristallenen Träume, sehnte sich die Aussiedlerin

nach den verzaubernden eisigen Wintern in Sibiri-
en. Der Stille, der frostklaren Luft. In Lyrik und Pro-
sa – flüssig geschrieben in den vertrauten russischen Schriftzeichen – gaben viele ihren Gedanken,
Gefühlen nach. Das Erzählen suchte eine Erweite-
rung. Geschehenes wird auf Papier wieder lebendig.

Die Frau, die über ihre Kindheit erzählte und
schrieb, als sei es gestern passiert. Mit sechs Jahren
allein auf dem viele Kilometer langen Schulweg
durch meterhohen Schnee gestapft und verlaufen,
den vertrauten Heimweg verfehlt. Die Ängste krie-
chen heute noch in ihr hoch. Sie erreichte im Dunkeln eine Bauernkate – noch rechtzeitig bevor sie
erfroren wäre. Mit sechs Jahren. In den 1960er Jahren. Ein unbändiger Lebenswille trieb sie an. Das
Vertrautsein mit der Natur war ihre Rettung.
Der junge Vater von zwei fast erwachsenen Kindern beschrieb die Nerven zerrüttende Wartezeit
bis zur Ausreise, als sei es gestern gewesen. Die Familie bestieg mit Sack und Pack, was ihnen zugestanden war, die LKW-Ladefläche. Der alte Vater
kehrte noch einmal um, ging hinter sein Häuschen.
Ein Schuss. Der drohende Verlust des Bekannten,
die Angst vor dem Unbekannten. Er verkraftete es
nicht. Ein tiefer Schock. Sie mussten fort, durften
ihn nicht beerdigen. Das übernahm der Staat. Erst
Jahre später bei der ersten Rückkehr, sahen sie,
dass er anonym bestattet worden war, ein Selbst-
mörder, ein Deutscher.

Sie schreiben für sich, für ihre Kinder, für die Anderen, die wissen wollen, wie ihr Leben war. Schreibprojekte wurden bescheiden gefördert. Doch es entstanden auch kleine Verlage, Druckereien, die die Werke der Landsleute in russischer und deutscher Sprache veröffentlichten. Auch wir gründeten einen kleinen Edition-Verlag.

Sie schrieben in der Seniorenzeitschrift unserer Stadt, die von uns publiziert wurde. In deutscher, in russischer Sprache. Sie teilten ihre Gedanken, ihre Gefühle, ihre Geschichte im Internet-Seniorenportal unseres Bildungswerkes mit.

Viele Jahre intensive Redaktionsarbeit. Mit Hunderten anderer alter und jüngerer Menschen. Medien vernetzt. Radio, Zeitschrift, Internet. Nachgefasst oder vorbereitet in Begegnungen. Wir erreichten viele, viele Menschen, bewegten so Manches.

Freies Medium, weitgehend werbefrei. Schnell vergriffen. Das änderte sich. Kürzung von städtischen Mitteln schickte uns in die Verquickungsproblematik. Anzeigen-Werbung contra redaktioneller Inhalt. Die Freiheit litt. Vorrang für PR-Artikel. Kaum Raum für Lebenserfahrungstransfer, Sinnfragen, Alterspolitisches, Literarisches, für guten investigativen Journalismus. Der Druck nahm zu. Kompromisse. Unterwerfungen.

Ein Bürgermedium darf nie marktabhängig sein. Es lebt von den verschiedensten Themen, selbstgesetzt, selbst beschrieben, lebensnah, von vielen unterschiedlichen Menschen mit ihrer jeweiligen

Sicht. In bürgerschaftlichem Engagement geschaffen. Eine soziale Funktion. LeserInnen gewinnen, nicht Kapital. Eine öffentliche Aufgabe. Wenn Redaktion vor allem Kosmetik, Gesundheitscheck, Produktempfehlung, Reisen, Auto, Versicherung - sichtbar wirtschaftsorientiert wird. Das ist das Aus.

Sie wollen nur unser Bestes – unser Geld, spitzte es eine ehrenamtliche Senioren-Redakteurin zu. Die Apotheke gibt ihren Senioren-Ratgeber heraus, die Krankenkassen ihre Mitglieder-Info-Journale, die Sparkassen, Banken ihre Geldratgeber, die Supermärkte ihre Einkaufsführer, die Anzeigenblätter von allem etwas, Werbung mit Kultur und Lokalkolorit, kostenlos im Produkt- und Servicepreis inbegriffen, regelmäßig unter die Leute gebracht mit Informations- und Profitinteresse, eine Werbeflut versteckt im Journalismus. Zweck- und zielgerichtet.

Das Bürgermedium braucht Werbefreiheit für den gesellschaftlichen Diskurs zwischen Menschen verschiedener Schichten, Generationen, Kulturen, in besonderen Lebenslagen. Ein eklatanter Verlust an Meinungsfreiheit und Meinungsvielfalt. Ich legte die Arbeit nieder in 2005.

Die Seniorenzeitschrift, das Sprachrohr der Alten, gibt es nicht mehr. Enttäuschung. Unverständnis. Auch Wut. Ohnmachtsgefühl. Eine klaffende Lücke in einer immer älter werdenden Gesellschaft.

Russische Kulturarbeit. Schaffe einen Ort und einen Rahmen, gebe den Menschen eine Bühne und sie werden ihre Kultur leben. Sie bringen so viel mit. Aus ihren Herkunftsländern. Aus ihrem Inneren. Spannend. Mitreißend. Begeisternd.

Die Ausstellung der eigenen Werke in den Räumen unserer kleinen Bildungseinrichtung. Das Theaterstück mit ihren eigenen Kindern in russischer und deutscher Sprache im Seminarraum. Ein Märchen. Die Malschule mit Oma, Opa und Enkeln. Die Schachgruppe, die ein lettischer Ex-Schachmeister aufbaute für Jugendliche.

Wir können mehr. Das Reservoir an Kulturschaffenden in ihren Reihen schien unerschöpflich. Baut eine Künstleragentur auf. Das lohnt sich. Sie holten Musiker von der Straße, erstklassig ausgebildet im sowjetischen System belebten sie die Fußgängerzonen in unseren Städten. Welch Potenzial.

Das waren die Anfänge. Die Bühnen wurden größer. Wir organisierten gemeinsam Benefiz-Konzerte zugunsten der noch ärmeren alten Menschen in Russland. Ein Riesenerfolg. Sie gewannen namhafte Künstler für Veranstaltungen mit Hunderten von Menschen und Sponsoren aus der hiesigen und der aufblühenden russischen Wirtschaft. Berühmte Sänger, begnadete Tänzer und Akrobaten, Wunderkinder mit ihren musizierenden Familien – Klassik zog ein in die Disco-gewohnten Säle. Das Publikum war begeistert. Der Lohn war unser Erfolg. Dies waren die 1990er Jahre.

Mit Beginn des neuen Jahrtausends änderte sich einiges. Die Menschen hatten sich etabliert. Zuzüge verebbten, wurden aufgefangen von Verwandten, die schon heimisch geworden waren. Sie fanden Jobs, bauten Häuser, zogen sich mehr und mehr zurück aus dem ehrenamtlichen Betätigungsfeld. Keine Zeit mehr. Die den Anschluss nicht gefunden hatten blieben. Kleine emsige Gruppen. Russlanddeutsche und Kontingentflüchtlinge.

Es kamen der Euro und später die Ein-Euro-Jobber, weil die Sozialhilfe zu Hartz IV wurde. Die Künstler trugen ihr Können nicht mehr ohne Geld zur Schau. Sie mussten leben von ihrer Kunst. Projektmittel gab es kaum noch. Integration war angesagt. Mit Migranten aus aller Welt.

Eine Aufgabe, der wir uns schon lange stellten. Unser kleines Bildungswerk war offen für jeden und jede. Die Medienwelt veränderte sich. Digitalisierung, Personal-Computer. Wir zogen mit. Vernetzten die reale Welt mit einer neuen virtuellen Welt. Von Mensch zu Mensch. Von Einrichtung zu Einrichtung. Alt, jung, afrikanisch, russisch, europäisch, arabisch, asiatisch, männlich, weiblich. Wer wollte, der konnte mitmachen. Radio, Zeitschrift, Internet. Mediale Vernetzung. Kommunikationskultur. Das ErzählCafé bekam Geschwister: PolitCafé, InfoCafé, KunstCafé, KreativCafé. Zimmer-Theater mit Kabarett. Unterhaltung, Information, Teilhabe am politischen Geschehen, gesellschaftlicher Diskurs, künstlerisches Schaffen.

Mit kompetenten Kooperationspartnern. Parteien, Wirtschaft, Kunstmuseen, historische Museen,

Vereine, Initiativen – lokal-regional und global. Das Netzwerk wurde dichter. Die Zeit war reif für diese Entwicklung. Weniger nur die Menschen, die sich engagierten, dies ehrenamtlich erarbeiteten, immer weniger wurden sie.

Wir erreichten Vorbildfunktion für andere. Bekamen Preise und Auszeichnungen. Wir reisten viel im Land herum, stellten diese Arbeit vor auf Tagungen, Kongressen, Messen und Ausstellungen. Der Bundespräsident verlieh eine Auszeichnung in Berlin in 2002. Das Jahr der Einführung des Euro.

Das Land veränderte sich. Unsere Welt mit ihm. Wirtschaftsfaktor Mensch. Kosten-Nutzen-Kalkül. Alles musste sich rechnen. Möglichst mit Gewinn. Dem Markt der Jugend folgte der Markt der Alten. Seniorenwirtschaft. Erzählen vor dem Mikrofon wurde Job kleiner Agenturen und Ich-AGs. Video kam dazu. Hinterlassen Sie Ihrer Familie ein ganz besonderes Erinnerungsstück, das biographische Buch, am besten mit Foto-CD, Ausschnitte aus dem bewegten Leben oder die ganz persönliche Ansprache auf DVD dazu. Erzählen Sie uns Ihre Geschichte. Gegen Geld. Die wachsende Arbeitslosigkeit suchte Ventile. Das öffentliche Interesse schrumpfte. Privatisierung hieß auch hier das Stichwort.

Einsam ist man nur allein. ErzählCafés in Seniorenheimen blieben ein hausinternes Angebot. Selten öffneten sich die Einrichtungen im Stadtteil, suchten Kontakt zu Schulen, Kindergärten für gelegentliche Projektarbeit. Die Personaldecke ist zu knapp, hieß es. Pflege der alten Menschen gewann Vorrang. Demenz. Der Bedarf wuchs. Die überalternde Gesellschaft. So lange wie möglich in den eigenen vier Wänden wohnen bleiben, ist der Wunsch der Alten und Älter Werdenden. Unabhängig sein, so lange es geht. Abnehmende Außenkontakte, sich einkuscheln vor dem Fernseher oder Wellness-Trubel, Stock-Walking für die Fitten. Der Blick wendete sich nach innen, auf sich selbst, übersah mehr und mehr den Anderen.

Alt Sein und Alt Werden. Das Thema vieler ErzählCafés. Wie fühlt sich das an?

Die Stadt besorgte einen Age-Simulator, einen Astronauten-Anzug, in den Jüngere hineinschlüpften, um zu erleben, wie sich Hören, Sehen und Gehen verändern im Alter. Betroffenheit ist Wahrheit.

Frühere Generationen hatten kaum die Chance zum Alt Werden. Hunger, Armut, Seuchen, Kriege, Naturkatastrophen. Mensch starb jung.

Der Lebenswunsch so vieler damals, alt zu werden. Auch mein Vater, meine Mutter wünschten sich dies, ihre eigenen Eltern waren im Krieg geblieben. Hundertjährig ins nächste Jahrtausend. Ein Traum. Wie es ist, alt zu werden und alt zu sein, wussten sie nicht, doch sie sollten es erleben und erleiden. Fast achtzig-jährig starb mein Vater qualvoll an Leberkrebs. Im neunzigsten Lebensjahr rang meine Mutter lange mit dem Leben, bis sie endlich sterben konnte. Ihr Lebensfazit: Alt Werden und Alt

Sein ist nicht erstrebenswert um jeden Preis. Wäre sie doch eine schöne junge Tote im weißen Sterbekleid geblieben. Dennoch wollte sie selbst die letzten Lebensjahre nicht missen, die von allmählichem Verfall, Funktionsverlust, Angewiesensein auf fremde Hilfe bestimmt waren, die uns einander so nahe brachten. Der Kreislauf fügte sich zusammen.

Wie prägte es mich selbst? Das Mit-Erfahren und Mit-Leiden? Wie sehen andere das Alter(n)? Wie erleben sie den Verlust des sonst als selbstverständlich Empfundenen?

Beschwerlich wird das Gehen. Grau verschleiert wird das Sehen. Der Hand entfällt zittrig manches Ding. Das Haar dünnt aus, auch bei der Frau. Ganz abgesehen von den Falten, Runen, die Lachen und Leben ins Gesicht uns zeichnen.

Ich frage sie und frage auch die Jungen. Das Bild des Alter(n)s ist geprägt von Negativem. Schön ist die Gelassenheit, der Abstand und der Überblick in der Gewissheit, schon gelebt zu haben. Ein Lebensbuch mit spannendem Erzählstoff. Schönheit des Alters zeigt die Gesamtheit der Züge eines Gesichts mit dem milden wissenden Blick. Abschiedlich leben ist die größte Kunst der Reifezeit. Loslassen lernen. Denn auf einmal sterben links und rechts vertraute Menschen weg. Sich trennen auch von allzu vielen Dingen, mit denen Mensch sich gern umgibt, den Status aufbaut und behauptet, bis er begreift: Es gibt nichts mitzunehmen.

Mit warmen Händen weiterschenken, rät eine kluge Frau beim Diskutieren, sich freuen an der Freude des Beschenkten. Was bleibt ist Angedenken, das Erinnern an den Menschen, der beliebt, gefürchtet, gar verhasst gewesen. Fragen wir uns im Laufe unseres Leben, wie wir von anderen erinnert sein wollen? Dies ist das eigentlich richtige wichtige Leitmotiv, Werte-Richtschnur, an der wir uns entlang hangeln sollten. Materielles verbleibt den Erben, zu deren Glück oder Unglück.

Viel ist es nicht, was Mensch so wirklich braucht. Viel ist das nicht.

Ich frage. Und sie erzählen, öffnen sich, tauschen ihre Gedanken aus. Ich höre zu, nehme auf, verarbeite den Ton zur Radiosendung und gebe frei in viele Tausend fremde Ohren zum Mit-Denken, Mit-Fühlen, Mit-Erleben.

Die „Peer-Gynt-Suite Nr. 1: Morgenstimmung" von Edvard Grieg verzaubert.

Multikulturelles Altern. Die Menschen, die uns - von weit her gereist - einst ihre Arbeitskraft gaben, alterten auch. Immer weniger im Kreis ihrer Familien. Sie kamen schon zu Zeiten des Schah aus dem Iran, flüchteten als die Ayatollah die Macht übernahmen und blieben bei uns. Sprachlich verwandt mit den Menschen, die vor den Taliban aus Afghanistan flohen.

Es waren nur Männer in dieser Gruppe, würdevolle, außergewöhnlich zuvorkommende Menschen. Sie hatten hohe Regierungsämter bekleidet, waren Ärzte, Wissenschaftler oder Ingenieure. Sie sprachen kaum deutsch. Sie hatten Familien, Kinder, Enkelkinder, die es oft nicht zurück in die Heimat zog. Nur sie selbst und die Frau sehnten sich nach dem blühenden Kabul, dem vertrauten Teheran, das es längst nicht mehr gab. Die journalistische Betätigung zu Themen ihres Interesses, das freie Erzählen über das, was war in der verlassenen Heimat, wie es ihnen erging im deutschen Umfeld, wie sie sich fühlten im Alter. Diese neue Herausforderung bereicherte ihren Alltag und erweiterte unseren eigenen Horizont. Viele Jahre.

Die Spaltung schlich sich ein mit den politischen Ereignissen in ihren Heimatländern. Gottesstaat – ja oder nein? Vom Kaiserreich über eine schwache Demokratie zum religiösen Regime. Krampfhaft bemühten sie sich noch eine Weile, neutrale kulturelle Themen zu besprechen. Eines Tages erschien nur noch der Biophysiker und Schriftsteller aus dem Iran, höflich, bescheiden entschuldigte er sich für die Gruppe.

Die weltweite Terroristen-Hatz der US-Amerikaner verwickelte auch Europa, dann Deutschland in eine kriegerische Situation fernab am Hindukusch, an Euphrat und Tigris. Weltgeschehen mit hautnaher Wirkung.

Das gleiche Phänomen wie Jahre zuvor, als das zerbrechende Jugoslawien einen grausamen Bürgerkrieg provozierte.

Die multiethnische Medien-Gruppe zerbröselte. Niemand sprach mehr mit dem Anderen, besuchte nicht mehr die Kulturabende der Gegner. Serben wurden gemieden, Familien, Ehen, Partnerschaften brachen auseinander. Eine belastende Zeit, die mit behutsamem Einsatz befriedet wurde. Im Spiegelbild der Ereignisse auf dem Balkan.

Mir ging es darum, jeden Krieg, jedes Unrechtssystem zu ächten mit seinen Folgen von Tod, Zerstörung, Entmenschlichung, Flucht und Vertreibung. Diese Lektion zu lernen aus den zwei Weltkriegen, von Deutschen verursacht, geführt und verloren. Überall auf der Welt, die so nah zu uns kam durch die Migranten, die mit uns hier leben, gezeichnet von Bürgerkrieg, Folter, Armut, Hunger. Menschen, die mitbringen den Hass, die Ursache der furchtbaren Kämpfe gegeneinander, die Verzweiflung.

Das sahen die Älteren nicht immer so wie ich. Sie wollten oft nichts mit den Kriegen der Anderen zu tun haben, die Zusammenhänge und die eigene Verantwortung nicht erkennen. Die Fremden blieben ihnen fremd. Aber sie lebten bei uns und mit uns zusammen. Das trieb mich an zu mehr interkultureller Gesprächsarbeit mit Alt und Jung.

Das Ziel: Tief hinein ins Private wirken, Gedanken mit nach Hause nehmen und Sichtweisen verändern.

Die Achtzigjährigen luden ein zu sich in ihre Miet-Wohnungen, ins Wohnumfeld mit russisch, türkisch, farsi und arabisch sprechenden Menschen. Früher lebten hier nur deutsche Fabrikarbeiter mit ihren Familien. Ich bin als einzig Deutsche hier geblieben, seit Jahrzehnten lebe ich hier. Spitzen-Schoner-Deckchen-Stuben voller Erinnerungen. Die eine klagt, zu viele 'Russen' gibt es in unseren Seniorenkreisen, das Reizwort 'Russische Seele' bringt sie auf, empört. Ich erfuhr, ihr Verlobter war in sowjetischer Gefangenschaft, kam halb verhungert zurück. Der Hunger und seine psychischen Folgen, es brachte ihn um den Verstand, er verstarb in der Psychiatrie. Sie drückte mir einen wissenschaftlichen Aufsatz in die Hand über dieses Phänomen, dem viele in den 1950er Jahren zum Opfer fielen. Alles was 'russisch' war, ist ihr suspekt, verhasst wegen ihrer eigenen Geschichte. Sie hat nie mehr geheiratet, zog einen Sohn unehelich heran, den sie jetzt auch schon überlebte.

Täter – Opfer, dies unterscheiden, habe ich bei Ihnen erst gelernt, sagte sie und schenkte mir Kaffee ein zum selbst gebackenen Stück Kuchen. Ich habe nichts gewusst von Kontingentflüchtlingen und vom Leben Russlanddeutscher. Keine Ahnung hatte ich vom Leiden anderer Völker.

Verstehen, warum ein Volk seinen eigenen Weg gehen muss. Es begleiten. Sich einmischen, wenn Menschenrechte mit Füßen getreten werden. Kulturelle Unterschiede respektieren. Religion stiftet

Identität, stabilisiert das Wertegefüge, hilft Armut beseitigen im Stadt-/Land-Gefälle, im Ausgleich sozialer Schichten, wenn sie sich menschlich zeigt.

Unsere afghanische Mitarbeiterin gestaltete gemeinsam mit der Seniorin, die lange in Afghanistan gelebt hatte, kulturelle Abende, natürlich mit traditionellen Speisen, Musik, Gegenständen, mit Bilder-Show, Vortragen von Gedichten in der Heimatsprache. Der wohltönende Singsang der fremden Sprachlaute schlang sich in unsere Ohren, eroberte unsere Herzen. Was sieht eine Frau aus dem Fadennetz einer Burka? Wir schlüpften hinein in das unbekannte Gewand, erschraken über das eingeschränkte Gesichtsfeld, aber verstanden, dass es schützt vor dem staubigen Wind aus dem Hindukusch-Gebirge und den Wüsten-Ebenen. Wir verstanden die Fehlentwicklung. Ein weibliches Kleidungsstück wird umgedeutet, die Burka, der Schador, der Schleier, das Kopftuch, vom beschützenden Tuch zum religiösen Symbol einer neuen Unterdrückung.

Die Macht der Religion als Instrument der Politik.

Die jüdische Frau mit den Atemproblemen setzte ein Zeichen damals. Es war ein Weihnachts-Erzähl-Café mit alten und jungen Menschen, einige Islam-Gläubige aus verschiedenen Mediengruppen feierten mit. Sie trug ihr Gedicht vor über die drei großen monotheistischen Weltreligionen, Juden- und Christentum, Islam, das von Respekt, Toleranz, gegenseitigem Verständnis handelte und so endete: „Es gibt nur einen Gott, nur den Einen. - Nämlich den Meinen." Schweigende Zustimmung. Dann eine gute Diskussion.

Nie wird es sich ändern. Mensch muss lernen, die Vielfalt zu akzeptieren. Die Freiheit, sich eine eigene Religion zu wählen, sie zu leben, sich an ihren Werten zu orientieren. Niemals Herrschaft beanspruchen. Und gerade das ist das Schwerste.

Die Menschen, die zu uns nach Europa nach Deutschland geströmt sind im Jahr 2015 und noch weiter zu uns fliehen aus dem Süden über das Mittelmeer – was werden sie uns erzählen? Hören wir ihnen zu. Aufmerksam. Achtsam.

Kommunikation braucht Raum. Den Öffentlichen. Den Privaten. Den Arrangierten. Den Intuitiven. Wir geben ihr den Frei-Raum. Oder sie sucht sich ihn selbst.

Ich erinnere mich wohlig an Gesprächssituationen. Die intensivste, vertrauensvollste mit meiner Mutter als Kind am Küchentisch, während sie die Mahlzeiten zubereitete, ich ihr half beim Gemüse putzen oder zusah, wie sie das frische Huhn ausnahm, mit einer brennenden Kerze die letzten Federkiele absengte, den Geruch des kokelnden Horns in gerümpfter Nase, als Teenager auf ihrer Bettkante sitzend, wenn ich spät nach Hause kam. Sie sagte nicht viel, hörte zu.

Mit meinem Liebsten draußen unter der Laterne, an einer Straßenecke stehend, kein Ende findend im Abschiednehmen und Erzählen. Mit meinem Mann auf einer Wiese sitzend oder einer Waldlichtung, nur wir zwei, die Stille, der Duft. Leises Reden. Mit meinen Kindern auf der Kellertreppe hockend oder auf dem Küchenfußboden, dem Teppichboden im Wohnzimmer oder sie lagen längs über dem Heizkörper der Nachtstromspeicherheizung. Wir redeten. Sie erzählten. Ich hörte zu.

Gespräche zwischen Tür und Angel. Gelegenheiten, wie sie alltäglich über uns kommen. Ungeplant. Überall. Die besten, ehrlichsten Gespräche. Kommunikation von Mund zu Ohr.

Kommunikation mit Medien braucht Technik, schafft Gelegenheit durch sich selbst. Im freien Fluss der Rede, in der je eigenen Art des Sprechenden erreicht das Erzählte den Menschen unmittelbar, eindringlich.

Liebe Hörerin, lieber Hörer. Ich gebe zu, mein Erzählen für das Podcasting hier in der Radio-Box ist eine einsame Sache, ein isoliertes Erzählen, ein inneres Erzählen für unsichtbare unbekannte ZuhörerInnen. Ohne Feedback. Ohne direkte Resonanz. Die kommt irgendwann danach. On air. Online. Selten persönlich. Ich weiß, es hören einige Hundert Abonnenten zu, andere downloaden gelegentlich. Mein Gegenüber im Studio ist ein Avatar, selbst programmiert für diesen Zweck. Ein humanoider Roboter, der meine Befehle empfängt, digital weitergibt zum Verarbeiten und Ausführen. Eine einsame Sache – vielleicht. Und doch eine kommunikative Option, die jeder Mensch nutzen kann, auch der kein Internet zu Hause hat oder kein zu Hause. Und viel mehr als nur ein 'Laber-Cast'...

Erzählen ist schön. Ein Spiel mit Zeiten und Ebenen. Erinnertes und Zukünftiges, Erlebtes und Ersehntes, Verhasstes und Geliebtes verschwimmen oder schieben sich in- und übereinander wie Gesteinsschichten. Erzähltes taucht auf und wieder ab.

Hört nicht auf miteinander zu reden, euch zu erzählen voneinander.
Hört nicht auf euch zuzuhören.

Alice schließt ihr Erzählen mit diesem eindringlichen Appell. Musik ertönt. The Stan Kenton Orchestra spielt „How high the moon". Alice gibt dem Avatar auf dem Studioscreen ein Zeichen. Er tuned die Melodie leiser und **Alice spricht** *ihren Hinweis auf:*

Übrigens, liebe Hörerinnen und Hörer, Sie können meinen Podcast abonnieren. Kostenlos! Ich freue mich auf Ihre Meinung, Ihre Reaktion. Schreiben Sie mir in meinen Blog. Und nutzen Sie selbst diese wunderbaren Medienmöglichkeiten – zu Hause oder in den 'Digital-Lines' Ihres Heimatortes. Machen Sie's gut. Bis bald. Ihre Alice.

Der Avatar spricht die Infos ein und zieht die Musik wieder hoch.

Alice verlässt das Studio und prallt fast mit einem jungen Paar zusammen, das sich vor den Studio-Boxen wartend herumdrückt. „Entschuldigung!" *Alice hört nicht. Tief in Gedanken verstaut sie ihre Tasche und ihren Laptop in den Korb ihres Rollators.* „Entschuldigung?" *Diesmal schaut Alice auf. Ein Lächeln huscht über ihr Gesicht.* „Ah, Sie haben ja meine Manuskriptmappe gefunden!" *Sie deutet auf die gelbe Mappe in der Hand des Mannes.* „Ja. Sie müssen Alice sein, nicht wahr?" „Wir haben sie abgepasst …" „… und wollen Ihnen Ihr Eigentum zurückgeben." „Dann sind Sie …?" „Ja, ich bin die junge Alice!" „Und ich die alte Alice!" *Sie lachen herzhaft.* „Es gibt keine Zufälle – das ist Bestimmung! Da bin ich sicher."

Alice, die ältere, spürt ein Schwächeln in ihren Beinen und setzt sich auf den Sitz ihres Gefährts.

Es bleibt nicht bei dieser ersten Begegnung. Sie werden sich gegenseitig besuchen. Sie werden ihr politisches Interesse beleben. Und schließlich entwickeln sie eine Idee …

„Knock, knock, knocking on heaven's door" singt Eric Clapton einfühlsam fragend. Die Melodie seines Liedes „Tears in Heaven" schwingt aus und die **Stimme aus dem Off** *moderiert das neue Kapitel an:*

Der Tod gehört zum Leben. Zwischenwelten. In „Alices Welt" ist es ein Teil, den sie so benennt:

AbschiedsWelt

Alice lebt gern. Sie freut sich über die bunte Vielfalt des Lebens, die Farben, Figuren, Formen, Töne, Melodien, Gerüche, Gefühle. Bewegtes Sein. Immer anders. Sinn erfüllend in sich selbst und im Sein mit anderem. Werden und Vergehen. Sie sieht auch das Sterben, den Tod. Wie er Farben verblasst, Laute verklingen lässt, wie er riecht, Körper verändert, auflöst, das Fühlen beschwert.

Das Sterben gehört zum Leben. Endloses Leiden nicht. Sterben ist die größte Gerechtigkeit dieser Welt, weil es jeden Menschen angeht. So wie es eine riesige Vielfalt gibt, LEBEN zu gestalten, muss der Mensch eine breite Palette von Sterbe-Möglichkeiten hinnehmen. Zum selbstbestimmten Leben gehört die Möglichkeit des selbstbestimmten Sterbens. Das umschließt alle medizinischen und pflegerischen Dienste, die Mensch leisten kann. Hier ist noch einiges zu tun, befindet Alice – in Theorie und Praxis, in Wissenschaft und Forschung, in Produktion und Wirtschaft, im Fachbereich der Medizin und Pflege – vor allem in der nahen Nachbarschaft, im Miteinander von Mensch zu Mensch.

Palliativversorgung und Hospizarbeit stärken plus Sterbehilfe auf Wunsch zulassen, lautet für sie die Formel zum Ende eines Lebens in Würde und Selbstbestimmung – eine humane Gesellschaft muss für diese drei Möglichkeiten Regelungen treffen. Das Wichtigste hierbei ist, dass Mensch für Mensch da ist. Daran hapert es meist. Den Weg begleiten. Und für sich selbst lernen loszulassen. Leben ist Willkommen und Abschied zu jeder Zeit. Abschied ist ein Verschwinden des Körpers aus den Augen des Betrachters. Die Seele bleibt. Das Erinnern bleibt im Abschiednehmenden. Das ahnende Wissen: der Mensch, der gegangen ist, lebt weiter - irgendwo.

Alice erzählt:

Meine erste Begegnung mit dem Tod.
Ein Schock, brutal, grausam. 1958.
Ich war Dreizehn. Es war in der Schule. Nicht im Fach Kochen/Hauswirtschaft, was nahe gelegen hätte. Unsere Schulküche, weiß gekachelt vom Boden bis unter die Decke, fensterlos, war einst Leichenhalle im Zweiten Weltkrieg. Schauer. Gruselig. Der Geschichtsunterricht brachte den Schock. Riss mich heftig aus meinem pubertären Mädchengekicher. Die hagere Lehrerin, stets schwarz gekleidet, brachte Fotos mit. Schwarzweiß. Gab uns das 'Tagebuch der Anne Frank' zu lesen. Ich erzählte bereits davon. Vielleicht waren es fünf oder sieben Fotos, kleinformatig, doch gestochen scharf. Ein Berg mit

Leichen. Bleiche abgemagerte Knochen. Kleine Körper. Erwachsenen Körper. Nackt. Alle nackt. Die
Haut straff gespannt. Muskellos. Schädel mit weit
geöffneten starren Augen, mit geschlossenen Augen. Tote. Halbtote, die hockten auf blanker Erde,
standen mit Röhrenbeinchen an Bettgestellen ge-
lehnt. Reihen von hölzernen Bettgestellen. Hin und
wieder ein Schädel. Ein Menschenkopf mit riesigen
schwarzen Augen aus tiefen Höhlen. Totenschädel
noch Lebender. Augen, die mich ansahen. Kinder
wie Greise gealtert. Frauen mit vertrockneten Brüsten. Bloß. Nackt. Auch die wenigen wirklichen Greise, die wenigen Männer. Totenschar. Mir wurde
schlecht. Nicht nur mir. Viele Mädchen mussten
raus, schafften es nicht mehr den langen Gang hinunter zur Toilette, erbrachen sich in Taschentuch,
Pullover, Jacke, Rock. Ich weiß es noch heute.

Sie hatte uns vorbereitet, schon seit Wochen. Erzählt von den Verbrechen der Nazis, unserer Väter,
auch Mütter, an Menschen. Im Krieg. Im KZ. Unsere
Lehrerin, Witwe eines hingerichteten Widerstands-
kämpfers gegen Hitler.

An dem Tag kam ich anders nach Hause als sonst.
Aufgewühlt. Fassungslos. Ich wagte es, meinen Vater zu fragen. Was hast du gemacht? Ich bekam eine
schallende Ohrfeige. Ich schrie: Du Nazi. Du Mörder.
Nichts mehr. Mein Vater verschloss sich im Schlafzimmer. Mehrere Tage. Er sprach kein Wort mit
mir. Meine Mutter weinte, versuchte zu erzählen,
was geschah, was Menschen Menschen angetan,
auch ihre Freundinnen waren jüdisch. Abgeholt ha-

ben sie sie. Noch in der Nacht oder morgens ganz früh. Auf Lastwagen verfrachtet wie Vieh. In Berlin. Nie wieder hat sie von ihnen gehört, sie gesehen. Angst verschloss ihr den Mund. Es waren Nachbarn, auch Freunde, die sich wie Aasgeier über die Sachen hermachten. Die Wohnungen leer räumten. Sie hatten sich Genehmigungen besorgt. Alles geordnet vom Staat. Auch das Verschleppen und Morden.

Sterben gehört zum Leben. Zum Krieg gehört Töten und Morden. Vati war an der Front, sagte sie. Er wusste das nicht, wusste nichts vom KZ und der Vernichtung der Juden. Ich glaubte das nie. Warf ihm vor, als Soldat ein Mörder gewesen zu sein. Sah seine Gefangenschaft, die Quälerei durch die Russen über fünf lange Jahre als Strafe, als Gerechtigkeit an. Das sagte ich laut. Den Mund ließ ich mir niemals verbieten.

Ich wollte verstehen. Bat später mit Vierzehn meinen Vater, mir Hitlers 'Mein Kampf' zu besorgen. Unter der Hand. Von einem Arbeitskollegen erhielt er das Buch mit dem Adler, den Hakenkreuz-Runen. Mit niemanden sprechen darüber. Ich las es dreimal. Ich schrieb Sätze, Abschnitte, ganze Kapitel ab. Beweise für mich, für die Welt, hier steht es geschrieben. Schwarz auf weiß ganz genau, der Hass gegen Juden und andre, die Drohung zu töten unwertes Leben, die 'Endlösung der Judenfrage' hieß es, steht so geschrieben. In jedem Haushalt stand dieses Buch, zu Eheschließung, zur Taufe den

Deutschen vom Staate geschenkt. Und keiner hat es gelesen?

Sterben gehört zum Leben. Die erste Todeserfahrung traf mich ein Jahr später. Eine Mitschülerin starb an Kinderlähmung. Sie fehlte seit Wochen. Eine Grippe hieß es. Dann kam die Todesnachricht. Ich mochte sie sehr, konnte nicht verstehen, warum ich ihr nicht die Hausaufgaben bringen durfte wie üblich, wenn jemand erkrankt. Der Tod riss eine Lücke, sie blieb zwei Plätze weiter das ganze Schulhalbjahr, der leere Platz im eng besetzten Klassenraum. Sechzig Schülerinnen in einer Klasse im Mädchen-Lyzeum. Im Wechsel Vor- und Nachmittag-Schulunterricht. Es gab zu wenig Schulen. Ausgebombt. Die Flüchtlingskinder vom Osten füllten die Räume. Lehrer und Lehrerinnen waren im Krieg geblieben. Achtzigjährige unterrichteten uns.

Sterben gehört zum Leben. Lange lebte ich ohne direkten Bezug zum Tod. Er blieb fern. Mit Siebzehn starb die alte Dame, die ich zeitweise im Altenheim betreute. Ich las ihr vor, ging mit ihr spazieren, als sie noch gehen konnte. Sie erzählte mir von Afrika. Die schönste Zeit ihres Lebens. Sie hatten eine Farm, ihr Mann, ihre zwei Kinder. Kolonialisten. Mit viel Wärme sprach sie von den schwarzen Menschen. Sie zeigte mir Bilder, freundliche, strahlende Gesichter, helle und dunkle. Respektvoll sind sie miteinander umgegangen, haben gelernt voneinander.

Das beeindruckte mich. Sie wollte stets Tierge-
schichten hören, manche las ich wieder und wieder
vor. Und sie erzählte mir von den Menschen in Afrika.

Eines Nachmittags war ihr Bett leer. Sie ist friedlich eingeschlafen, sagte die Schwester, in den Händen das Tierbuch, den Lederstreifen als Lesezei-
chen, kunstvoll verziert von einem Jungen im afri-
kanischen Dorf, den sie so mochte, und eine Blume
aus dem Wiesenstrauß, den ich ihr vor zwei Tagen
pflückte.

Sterben gehört zum Leben. Später kam näher der
Tod. Mein Onkel, verknittert, nikotingelbe Haut,
von schleimigem Husten geschüttelt, die letzten
Monate an den Rollstuhl gefesselt – aber er konnte
noch rufen, Befehle erteilen, meine Tante rum-
scheuchen tags und auch nachts. Erlösung war es
für sie.

Mit meinem Vater hatte ich meinen Frieden gemacht, akzeptiert, was geschehen und nicht mehr
zu ändern war, habe erkannt, es waren diese Zeiten,
die Menschen zu Unmenschen machten. Diese Zeiten studieren, lernen, begreifen, wie sich entwickeln kann diese menschliche Katastrophe, um zu
verhindern, dass sie sich wiederholt. Motivation für
mich mein weiteres Leben lang, mich politisch und
pädagogisch zu engagieren.

Mein Vater rief an. Es ist leider Krebs, die Biopsie
der Leber hat es ergeben. Er schluchzte, ich weinte
und ließ ihn nicht allein. Sein Leiden war lang, Mo-

nate, unerträglicher werdende Schmerzen. Ich sprach mit dem Arzt, zeigte ihm den Zettel, auf dem mein Vater mit zittriger Hand geschrieben hatte, er wünscht keine lebensverlängernden Maßnahmen. Das christliche Krankenhaus tat seine Pflicht, Sterbehilfe gibt es nicht. Sie verabreichten Kampferspritzen fürs Herz, Morphium gegen den Schmerz. Der Tumor im Innern zehrte sein Fleisch von den Knochen, riesenhaft schwoll der Bauch. Keine Bettdecke konnte er auf sich ertragen. Selbst das aus den USA eingeflogene spezielle federleichte Tuch war zu schwer für die alte gequälte Haut. Mein innigster Wunsch nach Erlösung ging in Erfüllung. An meinem Geburtstag morgens um Sieben der Anruf: Ihr Vater ist gerade verschieden.

Sterben gehört zum Leben. Es traf meine Freundin, Vierzig, Mutter von drei Kindern, wie ich selbst. Ihre Kopfschmerzen nahmen zu. Manchmal fiel ihr das Sehen schwer. Die schmale Hand fuhr immer öfter fahrig zur Schläfe, drückte dagegen. Es wollte nicht aufhören. Sie funktionierte weiter. Versorgte die Kinder, blieb duldsame Geliebte ihres exzentrischen Mannes. Sie wickelte hübsche Kleinigkeiten in buntes Geschenkpapier in ihrem Lädchen, lächelte die Leute an, hörte ihnen zu, sagte selbst wenig. Das Sprechen wurde mühsam. Diagnose: Hirntumor. Sie wurde operiert, bestrahlt, Chemotherapie – das volle Programm. Ich besuchte sie regelmäßig. Sah wie tapfer sie alles ertrug, immer noch lächelte. Ihre beiden jüngsten Kinder blieben bei mir für eine lange Zeit. Wochenends gingen sie nach Hause zu Vater und Schwester. Das beruhigte sie. Ihr Körper magerte ab. Ihr Gesicht sah schrecklich aus. Jedes Mal wenn ich kam, verlangte sie einen Spiegel. Betrachtete sich wie einen fremden Menschen. Die hohen Backenknochen, die spitzer werdende Nase, die fahle Haut, die scharfen Linien um den Mund, die grauen Augen tief in den Höhlen, und dann der kahle Schädel, schmal, knochig, das weiße Mullhäubchen über dem Verband mit der Wunde. Ich sagte nichts, Schmerz würgte in meiner Kehle. Eines Tages der Anruf ihres Mannes. Es ist so weit. Sie will sich von dir verabschieden. Und das tat sie. Fast tonlos ihr Flüstern. Ihr Blick schon nach innen gekehrt in eine andere Welt. Und doch sprach sie in ihrer mitfühlenden Art. Es ging ihr um mich. Sie gab mir ihren Rat, mein Leben jetzt zu ändern. Abschied. Mit Fürsorge für den Anderen.

Menschen, die ihr etwas bedeuteten, kamen, von ihr gerufen. Jedem gab sie einen Rat, ganz speziell für jeden Einzelnen. Wir blieben stumm, wir umarmten sie sacht, küssten sie, dankten ihr. Wir fühlten ihre Kraft, eine Art Weisheit, Hellsichtigkeit, die von ihr ausging. Später auf dem Friedhof, bei der Trauerfeier erst versuchten wir, in Worte zu fassen, was uns in diesem Menschen begegnet ist.

Und jede/r dachte nach, wägte ab und tat, was sie geraten hatte.

Sterben gehört zum Leben. Mit wachem Gespür für Veränderungen in unserer Gesellschaft und aus eigenem Erleben, gewann das Thema Tod zunehmend Bedeutung für mich. Krankheiten wie AIDS und Krebs, Unfalltod ließen kaum eine Familie aus. Lebensweisen, Gewohnheiten ändern. Wach werden für drohende Gefahren. Umgehen mit neuen Herausforderungen. Eine alternde Gesellschaft. Lernen Abschied zu nehmen von einem gewohnten vertrauten Leben, einem Menschen mit allem, was er gab.

Tag des Friedhofs. Ich schritt durch das wuchtige schmiedeeiserne Tor, betrat die Allee mit uralten Kastanienbäumen. Hin und wieder blitzte ein Sonnenstrahl durch die dichten fächrigen Blätter. Die Sonne stand schräg, prägte kontrastreich Schatten auf dem langen ausladenden Weg. Rechts Ständer mit Tafeln, umkränzt von Efeu und herbstlich Gold leuchtenden Blumen: Der Weg des Lebens. Von der Geburt bis zum Tod, alle Stationen, mit schwarzweiß Bildern von Menschen einer Familie. Sinnbild. Texte. Musik erklang, eine Frauenstimme, Gitarre. Ein lebhaftes Lied. Ich atmete die würzige Luft vielfältiger Pflanzen, Sträucher, Blüten, Moose und Erde.

Vor dem Rundbau der ehrwürdigen Kapelle ein Podium, Stuhlreihen, zu beiden Seiten überdachte Stände umkreisten das historische Backstein-Gebäude, den Mittelpunkt des Gottesackers, strahlenförmig führten Wege in das weitläufige Gelände, Grab an Grab, Mausoleum hier und da, Familien-Gruften. Engel-Figuren. Kreuze, Steine. Jahrhunderte, Jahrzehnte und frisch von heute. Der Duft eines Friedhofs. Stille. Augenweide.

Gedämpfte Gespräche an den Informationsständen. Ich fragte mich durch, interviewte mit digitalem Mikrofon und DAT-Recorder, will wissen. Der Hospiz-Verein. Die Bestatter-Innung. Die Gärtner. Die Floristen. Die Steinmetze bei der Vorführ-Arbeit. Die Trauer- und Sterbe-BegleiterInnen. Das erste Kinder-Hospiz. Hinter der Kapelle wird ein Modell-Grab angelegt. Jede/r kann gestalten helfen. Ich fragte, ließ erzählen, hörte zu. Der neue Umgang mit Sterben, Tod und Trauer. Eine neue Bestattungs- und Friedhofskultur. Eine neue Offenheit. Lebendige Kreativität.

Friedwald. Die alternative Bestattung zur Friedhofsruhe. Anonyme Bestattung nimmt zu. Einäscherung. Ausstreuen der Asche nicht nur auf See, auch auf Wiesen. Die Öko-Urne, eingegraben am Fuß eines Baumes inmitten eines naturbelassenen Waldes, den kein Wanderer betritt, die sich auflöst nach kurzer Zeit und frei gibt, was aus Erde geboren wieder zu Erde wird. Wunsch vieler Menschen heutzutage. Zeiterscheinung. Folge wachsender Mobilität und Entfremdung. Und Hinwendung zum Ursprung, zum Wiedereinswerden mit der Natur. In Demut vor der Kleinheit des Mensch-Seins.

Trauer braucht einen Ort, sagen die einen, pilgern zu Grabstätten, sprechen mit ihren Verstorbenen bei der Pflege ihrer Gräber. Der Mensch lebt in mir weiter, in meiner Erinnerung, sagen die anderen, denen genügt zu wissen, dort in den wogenden

Wellen, in den Weiten der Wälder ist seine Asche geborgen.

Ein berechnendes Kalkül fehlt nicht. Friedhof ist ein Geschäft, ein Unternehmen, schafft viele Arbeitsplätze auch für die Zukunft.

Gut ist, die Wahl zu haben.

Tod, Trauer, Sterben – ein neuer Wirtschaftsmarkt. Service-Angebote rundum. Werbung eines Bestattungsunternehmers: 'Eine Adresse für die Trauer'. Nicht einfach 'Bestatter'. Er nennt seinen Firmensitz 'Haus der Begegnung' mit Abschiedsraum und Trauerfeier-Saal, ausgestattet, beleuchtet, dekoriert nach individuellen Wünschen aus dem Firmenprospekt. Mit Orgel und kirchlichen Gesangbüchern für den konventionellen Abschied. Mit Beschallungsanlage und Beamer für die digitale Powerpoint-Präsentation über das Leben des Verblichenen. Mit Catering-Service nach der Trauerfeier oder einfach nur Kaffee und Streuselkuchen. Trauerfeiern aller Art rund um die Uhr an jedem Tag des Jahres. Bestattungsberater helfen rund ums Thema Sterben. Eine runde Sache.

Zukunftsträchtig in einer alternden Gesellschaft. Trauerbegleitung. Kurse, Fortbildungsseminare zum Trauerbegleiter schließen die Lücke auf dem Arbeitsmarkt. Eine enge Bindung ans Haus bleibt garantiert. Trauerarbeit in Gruppen so lange, bis sie für die Hinterbliebenen wirklich abgeschlossen ist. Und wann ist das? Begleitung, von Mensch zu Mensch, ein wichtiges Tun – gegen Geld. Den Mittellosen begleitet niemand.

Ein Bestatter-Netzwerk ist entstanden, bundesweit, global. Austausch der Erfahrungen, der Kulturen, der Religionen. Islamische Bestattungen auf jedem Friedhof möglich für Menschen, die mit dem Kopf nach Osten ohne Sarg ihre letzte Ruhe finden. Tod – der neue Kostenfaktor. Zu Lebzeiten eine Sterbegeldversicherung abschließen. Die Krankenkasse zahlt nicht mehr bei Tod. Sie nennt sich jetzt Gesundheitskasse. Paradigmenwechsel. Tod wird privatisiert. Eigenes Risiko. Wer kein Geld hat, bekommt Sozialbestattung. Anonym. Auf einer großen Wiese. Oder auch im Schlichtsarg ein Einzelgrab über den Resten der Gebeine eines vor mindestens dreißig Jahren Verstorbenen, für den niemand mehr die Friedhofsgebühren zahlt, die Gebeine wandern ins Gebeinhaus oder auch nicht. Oder auch eingeäschert, in langer Wartereihe mit anderen Armen, in die Urne abgefüllt, eingegraben. Anonym. Auf einer großen Wiese. Oder in eine Mauernische gestellt.

Tod kostet nicht nur das Leben. Wer sicher gehen will, versichert sich. Ein Boom für bestimmte Wirtschaftszweige. Eine Angst besetzte Katastrophe für manch anderen Menschen, der herausfällt aus dem Geld gewebten Netz.

Ich erinnere mich an die Stadtviertel von Detroit, heruntergekommen, teilweise abgefackelt nach blutigen Aufständen der armen Schwarzen, die unversorgt in die Massenarbeitslosigkeit fielen, als die Auto-Industrie sie nicht mehr brauchte. In den

1970er Jahren. Mitten zwischen den verfallenden Holzhäusern prunkten die glänzenden Marmorsäulen, die griechisch-römisch anmutenden teils gewaltigen Portale der Bestattungsunternehmen – fast in jeder Straße. Selbst die ärmste Familie lässt sich nicht lumpen, dem Verstorbenen einen würdigen Abschied zu zelebrieren. Dafür gibt es Kredite. Der Tod kostet viel über den Tod hinaus – ein Leben lang.

Wie geht eine Gesellschaft mit dem Sterben um? Wie mit dem Tod ihrer Mitmenschen? Wettbewerb auf einem gigantischen Markt. Politik für das Kapital. Ethos ist Sache der Kirchen. Hilfen im menschlichen Miteinander ersetzbar in einer sich entfremdenden Welt. Individualisierung – das Stichwort. Früher hieß das: Hilf dir selbst, dann hilft dir Gott. Waren wir nicht schon einmal weiter?

Sterben gehört zum Leben. Ich nahm Abschied. Viele Stunden. Auf der Empore der Krankenhauskapelle, hörte die Predigt des Priester über Dankbarkeit, über Liebe, der Mann aus der Partnermission in Schwarzafrika, hörte das Singen der kleinen Gemeinde. Ich rührte mich nicht. Am Bett meiner gerade entschlafenen Mutter. Die weiße Kinnbinde, die sorgsam gefalteten Hände auf frischem Betttuch. Die Finger verfärbten sich dunkel. Ich küsste sie und blieb neben ihr sitzen. Die Zeit spürte ich nicht.

Sie war nicht allein, als sie ging. Wir Geschwister waren bei ihr, bei der Frau, die uns so sehr geprägt hat. Mit ihrer Liebe, mit ihren Fehlern, ihren Schwächen. Ein erfülltes langes Leben. Gestorben am Alter. Wie sie es sich immer gewünscht hatte. Sie kämpfte lange mit dem Leben.

Ich fühlte ihr kleines Köpfchen unter meiner Hand, geborgen in meiner Innenfläche, fühlte meine Wärme, meine Energie zu ihr hinüberfließen. Diesmal nicht, dachte ich. Diesmal keine Leben spendende Kraft geben. Wie vor ein paar Jahren.

Sie hatte aufgehört genug zu trinken, klagte über Schwindelgefühl, war unkonzentriert in ihrem exklusiven Betreuten Wohnen. Im Alter leben wie im Hotel. Das war ihr Traum. Versorgt, bedient, geachtet. Kultur im Haus und ein gemütliches Café mit guten Torten. Sie fühlte sich wohl, trotz etlicher Altersbeschwerden. Dagegen gab ihr der Arzt Medikamente, die wichtigste Person in ihrem fast neunzigjährigen Leben, Halbgott in Weiß, schon immer. Er gab ihr reichlich Tabletten, Salben, Säfte, Tinkturen, Trinkkuren, Spritzen, Zäpfchen. Ihre Kommode war voll davon. Sie vergaß die Reihenfolge, die richtige Dosierung. Wir bemerkten es nicht. Bis meine Schwester sie fand, morgens früh um acht Uhr, um sie fürs EEG zum Arzt abzuholen. Sie hockte auf dem Boden in ihrer Küchenecke in ihrem Appartement seit Stunden. Es stank nach verbranntem Fleisch. Eine Herdplatte glühte. Daneben der Wasserkessel. Verbrennung dritten Grades am rechten Unterarm. Sie wollte Tee aufbrühen. Da war so ein rotes Licht, sagte sie später, das rote Licht auslöschen. Mit dem nackten Arm fuhr sie über die Herdplatte. Schmerz empfand sie nicht. Der Schock war zu groß. Die Krankenhaus-Ärzte operierten sie, entgifteten ihren Körper, halfen ihrem Herzen zu überleben. Ein Pflegefall. Damit müssen Sie rechnen, sagten sie uns bedeutungsschwer. Unsere Mutter lag zusammengekrümmt wie ein Kleinkind in ihrem Bett. Halb geschlossen die trüben Augen. Schlief und schlief. Unfähig sich aufzurichten, sich umzudrehen, aufzustehen. Sie wurde gedreht, gebettet, gefüttert, gewindelt. Kraftlos. Ein Fünkchen Leben in ihr. Über Wochen.

Die Transplantationswunde heilte gut, auch die Entnahmestelle am Oberschenkel. Wir hofften, ließen sie nicht gehen. Die Druckstelle vom Liegen entzündete sich, eiterte, wurde ein klaffendes Loch trotz Luftring, Salbenverband, Spritzen, Infusion. Das zarte Persönchen, so klein, so zierlich, die alternde fahle Haut über den Knochen zu straff gespannt, konnte das Federgewicht nicht ertragen. Mit heilenden Händen gab ich ihr Wärme, so oft es ging und so lange. Eine Freundin verstand sich auf Jin Shin Jiutsu, der alten japanischen Heilkunst. Sie besuchte uns, behandelte meine Mutter am Krankenbett, drei Stunden lang, zeigte mir Griffe, vor allem am Fuß, an den Zehen. Zwei Tage. Ich spürte pulsierende Energie in ihren Körper zurückkehren, die Wangen färbten sich leicht rosa. Sie öffnete ihre Augen, sah mich mit klarem Blick an. Ich sprach mit ihr lächelnd, munter, während meine beiden Hände ihre Zehen leicht umschlungen hielten. Eine Stunde. Zwei.

Ich wurde nicht müde, sah wie es wirkte. Am nächsten Tag fand ich ihr Bett leer. Ich erschrak, eilte zur Stationsschwester. Die lachte. Keine Sorge, ihrer Mutter geht es gut, erstaunlich gut. Wie ein Wunder. Gegen Abend war sie plötzlich allein aufgestanden, hatte sich den Katheder herausgezogen und war auf die Toilette gegangen. Die Frau im Nachbarbett hat es gesehen. Sie ging zurück, schüttelte ihr Kopfkissen auf, redete und legte sich wieder ins Bett. Wie selbstverständlich. Nach wochenlanger Vollzeitpflege. Ein Wunder. Und eine richtige Methode, dachte ich.

Nur jetzt ist es anders. Ich spürte das nahe endgültige Ende, wusste, wir mussten sie gehen lassen. Ich musste los lassen. Los lassen. Meine rechte Hand ergriff die linke meiner Schwester. Wir saßen am Sterbebett unserer Mutter. Mein Bruder hatte bereits Abschied von ihr genommen, war gegangen, konnte das Ringen und Leiden nicht mit ansehen. Nicht schließen den Kreis, flüsterte ich, nicht schließen. Nahm sacht die Rechte meiner Schwester, die sich zur Mutterhand hin tastete. Sie begriff. Wir warteten, hörten das röchelnde Atmen, sahen die Augen sich stärker nach innen kehren. Wir wollten es. Jetzt. Es ist genug, wir beteten beide still für uns, bitte erlöse sie. Wir hielten uns an den Händen, dem weit geöffneten Kreis, eine Linie. Ausleiten. Zarter silbriger Flaum auf dem greisen Köpfchen. Wir legten unsere Liebe in diesen einzigen Wunsch nach Erlösen. Sie atmete aus. Einen langen, langen

Atem. Nur aus. Nicht wieder ein. Ein ergreifender Augenblick unendlicher Größe und Würde.

Sterben gehört zum Leben. Die Reihenfolge einhalten. Nicht erleben müssen, dass ein Kind vor den Eltern starb. Dies war unserer Mutter vergönnt. Gnädig.

Zwei Jahre nach ihrem Tod kam der Anruf. Polizeipräsidium. Ihr Bruder ist gestern tot aufgefunden worden. In seiner Wohnung. Er lag schon zwei Wochen so. Komatod durch Unterzuckerung. In der Hitze des Juli. Mitten in seinem Umzug, beim Packen. Ich war nicht da, verreist. Vermisste ihn drei Tage vorher bei einer Veranstaltung, zu der er kommen wollte. Eine schlimme Ahnung. Angst. Ich wollte erst morgen zu seiner Wohnung fahren, aber nicht allein. Hängen die Gardinen nicht mehr, sagte ich mir, dann ist er bereits umgezogen mit Hilfe von Freunden. Hängen die Gardinen noch, dann ist etwas passiert. Ihn aufzufinden, ist mir erspart geblieben. Ihn sehen zu müssen, halb verwest, die unzähligen Insekten, Würmer, Käfer, die sich von seinem Körper ernährten. Gnädig. Den Anblick, den Gestank, die Viecher mussten andere ertragen, die Nachbarn in seinem Appartement-Haus, die nichts bemerkten, sich nicht kümmerten, der Hausmeister, die Putzfrau, die Polizisten, die ihn fanden, die Bestatter, die ihn aufheben und forttragen mussten, sie haben erbrochen, erzählte der Polizeibeamte, die Schädlingsbekämpfungsfirma, die den Tierchen zuleibe rückten, mehrmals in Schutzanzügen und

Maske begasten, vergifteten, vertilgten. Gnädig – für mich. Die Kosten trug ich. Die abgestorbenen Kleinstlebewesen fand ich noch in den schwarzen Säcken mit seiner Habe, den Büchern, dem Foto-Archiv, der Kleidung. Und den Geruch von Verwesung und den Vertilgungsmitteln – eine Mischung, die allem anhaftete, mir den Atem verschlug. Erst Monate später überwand ich mich und packte alles aus, nach und nach, sortierte liebevoll. Ich brauchte viel Zeit, Tage der Unterbrechung, der Erholung, verzweifeltes Weinen und Schmerz. Trauerarbeit. Am Ende wusch ich die Sackkarre. Auf der kleinen Ladefläche klebte Gewebe, Blut, vom Körper meines Bruders. Ganz sacht. Eine heilige Handlung.

Sterben gehört zum Leben. Meine tierischen Wegbegleiter, Hündin und Kater, die mich in den Hohen Norden begleiteten, sind nicht mehr. Manche Menschen, die mich, die Neue, die Fremde, hier willkommen hießen, sind nur noch lebendig im dankbaren Erinnern.

Sterben gehört zum Leben. Auch der Tod. Facettenreich. Wie werde ich selbst sterben? Wie wird mein Tod sein? Nach dem Wann frage ich nicht. Ich lebe gern.

Das gelebte Leben begleitet dich dein Leben lang. Und der Tod beschattet dich dabei, gibt Zeichen wie endlich dein Dasein auf dieser Welt ist, als Krankheit, als Unfall aus heiterem Himmel. Ja, ja – der

Tod und seine Zeichen. Will er nicht sagen: Dein Leben ist wertvoll. Genieße es von Augenblick zu Augenblick? Und freue dich.

Glauben Sie an Engel, verehrte Hörerin, verehrter Hörer? Ich denke, Engel sind die Begleiter des Todes und nicht des Himmels. Sie schützen dich in der Beinah-Tot-Situation, sie wirken in das Geschehen um dich ein. Aber - im Grunde sind sie alle Gesandte des Himmels. Schutzengel, Todesengel. Alle. Sie sind von Gott. Nicht wahr?

Das Leben gibt. Das Leben nimmt. Ein in sich selbst Bewahren bleibt.

Sehnsuchtsvoll perlen Panflöte und Harfe das „Lied vom einsamen Hirten" nach James Last, gespielt von der Indio-Gruppe Inti Illimani mit einem Windhauch aus den Anden Perus.

Das Posaunen-Solo des schwedischen Jazz-Musikers „Mr Red Horn“, Nils Landgren, brilliert in den Ätherwellen: „Creole Love Song“.

Junge Stimmen sprechen die Hör-Geschichte ein. Es sind Alice und Lasse. Sie lesen dramatisch im Wechsel, Alice beginnt:

Alices Traum

Die Stürme nehmen kein Ende. Giftgelb Orangerot Blaugrau Schwarzgrün. Sonnenlicht verfärbt jagende Wolken, in bizarre Formen geschichtet. Der Himmel über den Menschen erbricht Wasser, Eis, Schnee. Der Wind peitscht, wirbelt, tost mit wechselnder Kraft.

Alices Augen erblicken das grandiose Naturschauspiel. Fasziniert von der Macht sich unendlichfach verändernder Luft, die sich so leicht atmet und nie zu fassen ist. Diese Luft pfeift, faucht, tobt, brüllt, kracht – Sinne betäubend.

Alice liegt und starrt empor. Sie spürt nichts.

Sonnenstrahlen durchbohren silbrig schmal dichte Wolkenberge, finden ihren Weg zur Erde, verbreitern sich. Lichtströme ergießen sich über Land und Meer, tauchen die Fluten in versöhnende goldene Wärme.

Nichts ist mehr so, wie es gewesen ist.

Gierige Wasser reißen Erde mit sich. Inseln verschwinden im Meer. Fluten zerschneiden das Land, verinseln massives Gestein, spülen Lebendiges und Totes heraus, tragen es mit sich fort.

Die Menschen hören auf, den Stürmen Namen zu geben, sie vorherzusagen in warnender Weise.

Ein Teil ihrer Welt verbrennt in Wüstenwind und Menschenhand entfachten, nicht mehr zu löschenden Flammen. Die von Fortschritt und Krieg geschundene Erde bricht auf, verschlingt, würgt herunter, was auf ihr ist, sie belastet. Vulkane speien glühendes Erdinnere in die brodelnden Wasser und tosenden Lüfte, schleudern feurige Massen ins All.

Alice sieht zu. Ganz ruhig. In jedem Ende ist ein Neuanfang, weiß sie. Menschen werden überleben. Auch Tiere, Pflanzen. Das Arche-Noah-Prinzip. Einige. Nicht alle. Vielleicht viele. Nicht die in soliden Bunkern unter der Erde. Sie können nichts selbst bestimmen, ausgeliefert entfesselten Urgewalten.
Alice sieht Menschen in Gruppen, einzeln allein, auf trockenen Boden fallen, die rettende Höhe, die schützende Höhle erreichen, vom Sturm getragen an einen sicheren Ort, im Schutz von Trümmern im Dunklen ausharren.

Es ist da, geschieht über Nacht. Millionenfach prophezeit, erwartet, befürchtet, berechnet. Die

Welt-Klima-Katastrophe. Vernichtend. Strafend. Apokalypse.

Alice fühlt sich empor gehoben, herab gedrückt. Erst langsam und sacht, dann heftiger in kurzen schnellen Stößen. Schmerzen. Ihr Leiden beginnt. Stiche wirbeln auf ihrer Haut. Fieberblasen brechen aus ihren Poren. Millionenfach. Unerträglich. Die Atemluft entzieht sich ihren Lungen. Qualvoll. Ihre Sinne verfolgen das Inferno, die sich aufbäumenden Naturgewalten – über ihr und in ihrem Inneren.

Und dann der Schrei. Er schraubt, windet sich aus urgrundiger Tiefe. Tönender Atem. Zerreißend, berstend, schrille Stimme gequälter Kreatur. Endlos. Befreiend.

Und dann die Stille. Schmerzende Stille. Nichts mehr. Kein Laut. Ganz plötzlich. Ende des wütenden Tosens. Ruhe. Frieden.

Das Meer zieht sich Wogen glättend zurück, die Erde dampft. Der Tag bringt lichtklaren Himmel. Regenbogen überwölben breitstreifig vielfarben leuchtend die Erde, den weiten wolkigen Himmel. Die Taube fliegt zu den Menschen.

Schnitt.

Alices Herz weitet sich. Nimmt auf, was sie sieht, fühlt, riecht, schmeckt, hört und erkennt.

Die wabernde Masse des Unbekannten schleicht sich mit ein, wird verdrängt. Klarsichtig wandern die Menschen durch die gewandelte Welt.

Den Männern in Krawatte und dunklem Anzug, denen mit Kipa, Mitra, Pfaffenhütchen, Fes oder Turban, mit rauschenden schwarzen Bärten, in weiten wallenden Gewändern haben die Menschen ihr Vertrauen entzogen. Sanftmut umhüllt ihre Seelen.

Neuanfang. Das Wissen aus früherer Zeit, das erfahrene Leid, demütige Einsicht bilden die Basis. Gemeinsam packen sie's an.

Eine andere Welt entsteht. Die Menschen organisieren sich in kleinen Gruppen, offen, frei, ethnisch zusammengewürfelt durch das kraftvolle Wirken der Natur.

Sie planen und bauen weltweit nach gleicher Eingebung in tiefem Respekt vor der Schöpfung.

Rund ist die Form ihrer Bauten. Oder wabenförmig. In allen Größen, nicht höher als der höchste Baum auf Erden. Die Kuppeldächer überziehen sie mit Energie aufnehmender Schicht im farbenfrohen Bunt des neuen naturnahen Kulturverständnisses. TVAHS heißt die Zauberformel unerschöpflicher Energiegewinnung, die das Leben der Menschen ordnet, bereichert, angenehm und qualitätsvoll gestaltet. Terra-Volcano-Aero-Hydro-Sol.

Sie haben gelernt aus den Fehlern der Vergangenheit, übernehmen naturverträgliche Methoden, entwickeln andere Techniken, schonend und umgebungsbezogen.

Wissenschaft, Technik und Normalbürgerschaft entwickeln gemeinsam in enger Partnerschaft die Planungen für ein neues Zuhause. Im Innern der Wohnungen gibt es im Konsens der jeweiligen Gruppe auch Wände, Ecken, Giebel und Spitzen. Die Siedlungen entstehen weitab von den Ufern der Flüsse und Seen, von den Küsten der Meere.

Dort wo Städte und Dörfer für die Menschen bewohnbar blieben, wandelt die neue Erkenntnis allmählich das Bild.

Die Großstädte in Wassernähe überlässt die künftige Generation sich selbst und der Natur, die überwuchert, sanft umschlingt, vereinnahmt.

Mega-Cities verfallen allmählich – Mahnmale früherer Epochen, aus der Ferne zu sehen. Geschundene Flächen bepflanzen die Menschen, säen und pflegen, helfen der Natur, sich zu erholen.

Erdwärme, vulkanische Feuerkraft, Wind, Wasser und Sonne. Sie geben an jeder Stelle, an der Siedlungen entstehen oder wieder aufgebaut werden, die Energie, die benötigt wird.

Weltweit gibt es schwunghaften Handel mit Ideen, technischem Knowhow, nur nicht mit Waren und Gütern. Globalisierung definieren die Menschen anders. Handwerk erlebt neue Blüte.

Die Menschen rücken näher zusammen, tauschen sich aus, entscheiden gemeinsam, welche Technik, welche Instrumente, welche Form der Kommunikation in bekannter Weise erhalten bleibt, weiterentwickelt wird, welche verschwindet.

Alice staunt, wie viele Neuheiten in den Köpfen der Menschen schlummerten, wie viel Ur-Wissen hervorgeholt wird. Ein Quantensprung in der Entwicklung des Menschseins in Einheit mit der Natur.

Mobil in kleinen solarbetriebenen Fahrzeugen oder im Rucksack-Antrieb zu Lande, zu Wasser, in der Luft. Transportwege überkuppelt, Roboter versorgt. Personen und Güter werden in automatischen Transportbahnen befördert, die zu anderen Siedlungen, zu den Flüssen, Seen und Meeren führen. Energie wird dort gewonnen, wo sie benötigt wird. Von oben betrachtet, passt sie sich an, die Rund- und Wabenbauweise, schmiegt sich ein in den Schwung eines Berges, in die Kerbe des Tals. Die bewohnten Ebenen gleichen einem hubbeligen bunten Teppich. Heckenhäuser in Waldsiedlungen errichten die einen, die mitten in der Natur zu Hause sein wollen. Wohnungen entstehen in gläsernen Kugeln auf Wasseroberflächen und tief in Meerestiefe, fügen sich ein ins Element.

Eine andere Welt entsteht - voller Leben und Harmonie. „MenschenMorgen" nennen die Menschen ihren Planeten, ihre Erde, und sich selbst „MorgenMenschen". Grenzenlos. Ohne Unterschiede. Eine Gemeinschaft von Gleichen in unendlicher Vielfalt, verschiedenartig, andersartig. Biodiversität. Partnerschaft. Konstanz und Wandel. Kosmisches Prinzip. Religionen schöpfen Orientierung aus der Natur, dem GöttlichWeiblichen, gepaart mit dem GöttlichMännlichen.

Die MorgenMenschen leitet die Erkenntnis, dass alle ihre Fragen, ihre Probleme lösbar sind mit vereinter geistiger Anstrengung und tätiger Kraft. Sie entscheiden sich für die Feminisierung ihrer Gesellschaft als Gegengewicht zur Männlichkeitsdoktrin der Vorzeit und erleben, wie rasch das Gleichgewicht hergestellt ist. Partnerschaft.

DER Morgen, DAS Morgen. Mit jedem anbrechenden Tag ein Neu-Werden, auf die Zukunft ausgerichtet. Die Sonne ist Sinnbild der Lebenskraft, für die Zeit des Schaffens. Die Nacht ist die Zeit des Ruhens, des Besinnens. Das Naturgenießen bei Tag und bei Nacht, still beobachten wie Pflanzen, Tiere, die Kräfte der Elemente wirken, ist wesentlich für das Dasein des MorgenMenschen, zu sich selbst finden als einem Teil der Schöpfung.

Die Menschen sind nicht mehr unwissend. Alle sind fähig zu Kulturtechniken. Jeder Mensch spricht die Leitsprache, eine Herkunftssprache der Vorgeneration und eine Zusatzsprache nach freier Wahl. Vergangenes bleibt in der Erinnerung lebendig. Die heranwachsenden jungen Menschen bilden sich. Sie werden nicht mehr erzogen wie in früheren Zeiten. Sich sanft bilden mit Hilfe anderer Menschen. Geborgen im warmen Netzwerk menschlicher Nähe.

Geld, künstliche Währung für Material und Leistung, gibt es nur wenig, für jeden die gleiche Menge. Die Menschen verzichten auf Handel mit Geld, erheben keine Zinsen, Gebühren, verleihen freundschaftlich einen Teil ihres Geldes, erhalten es zurück. Das konkrete Tun zählt, der Tausch des Einen gegen das Andere, und eine breite Basis gemeinschaftlicher Erzeugnisse und Zuwendungen.

Die MorgenMenschen lernen umzugehen mit der angeborenen Gier, sie zu überwinden, die Geißel ihrer früheren Welt. Armut und Reichtum wird es nie wieder geben.

Es gibt Schlichter, Moderatoren, Mediatoren in Zweifels- und Konfliktfällen. Strafgerichte, Gefängnisse gibt es nicht mehr. Eine Konsens-Gesellschaft entsteht, basierend auf der Freiheit des Geistes, dem Anerkenntnis von Gleichheit und Gleichgewicht, ohne wertende Unterscheidung, sich selbst organisierend, regulierend in kleinen Gruppen, dezentral, in Respekt vor und in enger Verbundenheit mit den Anderen, der Andersartigkeit, in regem Austausch von Gedanken, Ideen, Entwürfen, Konzepten.

Paradigmen-Wechsel. In der Forschung, in Medizin, Technologie, Produktion: Natur verstehen – nicht mehr zerlegen, künstlich nachahmen oder übertrumpfen. In der Natur suchen und finden, was fehlt, vermisst wird, und Menschenwissen ergänzen. Denn sie wissen, es ist längst alles da.

Die MorgenMenschen überschauen ihre Welt. Mit allen ihren Sinnen, erkennen mit dem Herzen, ganzheitlich. Mit dem Blick in die Augen, in die Seele des Nächsten.

Geht ein Mensch in das Licht, verlässt die Seele den Körper, begleiten sie ihn. Niemand ist einsam, allein. Nicht ein einziges Lebewesen.

Einheit. Das Leben der MorgenMenschen spielt sich in kleinen Einheiten ab - wohnen, arbeiten, sich vergnügen. Autonom. In filigranen Netzwerken miteinander verbunden, erreichbar für jede und jeden.

Alice sieht die Medienwelt der MorgenMenschen. Medien sind Instrumente. Neutral. Absichtsvoll in eine Leben bejahende Bildung einer humanen Konsens-Gesellschaft einbezogen - weltweit. Medien dienen dem Menschen. Alles vom Menschen künstlich Geschaffene gehört zu ihrer Medienwelt. Maßvoll, bescheiden, auf empfindsame Art.

Kommunikation verläuft über Energieströme, teilweise sichtbar gemacht, interaktiv.

Es gibt einen klaren Dualismus. Naturwelt und Medienwelt. Eingriffe des Menschen sind planvoll, sanft systemisch regulierend, im Einverständnis mit Natur und Mitmensch.

Mission Kosmos. Die Nachricht erreicht sie aus dem All. Raumschiffe sind gestartet mit mutigen Frauen und Männern, gleich viele. Andere Planeten zu besiedeln. Ferne Welten zu entdecken. Abenteurer. Versorgt von einem interstellaren Netzwerk perfekt ausgestatteter Raumstationen. Abgekoppelt von der Nabelschnur zur Mutter Erde. Die Kommunikation steht noch, überdauert den worst case dank wissenschaftlich-technischer Akribie.

Sie wissen aus kosmischer Sicht, die Atmosphäre der Erde zeigt Löcher, ist perforiert. Den Globus umkreist eine wirbelnde Spirale metallenen Mülls wie der Ring des Saturn.

Mission Kosmos. Kaum wahrgenommen von den Menschen der vorangegangenen Zeit, das besitzergreifende Vorpreschen hinaus in die Weiten des Alls. Ist dies die kosmische Bestimmung des Mensch-Seins?

Erfüllt. Denkt Alice. Vor dem Erwachen.

Abmoderation:

Unsere Alice hat den Staffelstab weitergegeben. An uns. Lasse und mich, die andere Alice, die jüngere.

Liebe Hörerin, lieber Hörer – wir werden Sie nun weiter begleiten in diesem ErzählRadio. Ja, wir werden von UNS erzählen. Von unserem Leben, von den politischen Aktionen, die wir mit anderen jungen, engagierten Menschen für eine bessere Welt hier vor Ort und anderswo planen und durchführen. Und wir werden immer wieder neue Leute einladen – hier in diese Studio-Box. Ganz im Sinne unserer Alice, der älteren, die nun los lässt, was sie umtreibt ein Leben lang.

Sie genießt es jetzt, beschaulich im Strandkorb zu sitzen bei Kaffee oder Tee, Fischbrötchen oder Kuchen und über die Wellen der Ostsee zu schauen.

Lasse ergänzt:
Und wir sollen Ihnen Danke sagen für's Zuhören – und Alice noch diesen Musikwunsch erfüllen. Danke, Alliis, auch Dir. Und danach wünschst Du Dir – Stille. Ist Stille schon Frieden?, fragtest Du uns. Ruhe, Geräuschlosigkeit, Lautlosigkeit? Wir dachten eine Weile darüber nach und sind zu einem Ergebnis gekommen:
Lebendig bewegtes Leben in farbfroher Vielfalt ist Frieden wie Stille ...

Edith Piaf, der Spatz von Paris, beendet die Sendung mit ihrem berühmten Chanson: „Non, je ne regrette rien"
- Nein, ich bedaure nichts.

Minimal-Lyrisches

Mensch
Medium
Macht

Mensch macht Medium
Medium macht Mensch
MedienMacht Mensch
MachtMensch
MachtMedien
Mensch

Im Taxi

Der dunkle Mann
aus Kaschmir
Ingenieur jetzt fährt er Taxi
klagt über die schlimmen Taten
der Menschen
Wissenschaftler
Politiker
Ärzte
Männer
Gewalt
Kriminalität
Krieg
Sex
Ohne Moral
Klagt die westliche Welt an
Klagt sie zerstöre

die Welt
vernichte
die Erde
Jetzt auch
Indien Pakistan
Atomare Waffen
Sex der Männer
mit Tieren, mit Kindern
und es folgen Strafen
AIDS
Vernichtung
Elend
Krankheit
Strafen Gottes
sagt er
Er fährt Taxi
Verzweifelt über den
Verlust
an Werten
in Gesellschaft und Politik
Menschen sind doch
für Menschen da
sagt er
und erzählt
und fragt
seine Fahrgäste
Ob
das so sein muss
dass
Menschen gegen Menschen
handeln.

Wir 68'er

wussten und wissen
zwei Pole bestimmen das Sein
Ideal und Materie
Arktis Antarktis
beides ist kalt
überwiegen darf keines
die Mitte ist recht
zwischen Minus und Plus
ein Dürfen ein Sollen kein Muss
Ziel ist das Eine
Menschsein mit Menschen
für Menschen ins Reine
nirgends zu wenig
nirgends zu viel
das mittlere Maß
ist nicht schlecht
Nun pendeln wir weiter
mal hin und mal her
mal oben mal unten
wir wissen nicht mehr
den Index der Börse
bestimmt das Kapital
lenken die Andern
entscheiden die Wahl
sind's viele
oder doch nur ein paar
System reagiert
doch auf alles
was eingreift

verändert
diktiert ein Diktator
oder nur
WIR ?

Überzeugt ?

Wir haben nicht überzeugt
wir haben niedergeschrien
wir haben nicht überzeugt
wir haben fertig gemacht
wir haben nicht überzeugt
wir haben alles aus uns herausgekotzt
wir haben nicht überzeugt
wir haben mundtot gemacht
wir haben nicht überzeugt
wir haben verbal niedergeknüppelt
wir haben nicht überzeugt
wir haben zum Stillschweigen gebracht
wir haben nicht überzeugt
wir haben Gift verspritzt
Menschen verletzt
Seelen getroffen
Verständnis zerstört
Erwartungen missachtet
Hoffnungen gebrochen
Liebe verloren
Freundschaft missachtet
                mit Worten
Oder doch?
Haben wir überzeugt?

Zur Autorin:

Celia Paech ist Jahrgang 1945, Medienpädagogin im Ruhestand und lebt in Schleswig- Holstein. Sie schreibt für ihre Kinder und Enkel und für die Menschen, denen das Erzählen, Zuhören und Lesen wichtig ist.

Celia Paech veröffentlichte bisher bei
Books on Demand (2016):
„**Die Qualle**" - Ostsee-Roman
„**Jahreszeiten**" - Ostsee-Roman
„**Die Finderin**" - Roman in Zeit-Geschichten

Ihre Meinung ist willkommen unter
E-Mail: celia.paech@gmail.com

© Copyright 2017 Celia Paech: Alices Welt
© Grafik: Gisbert Paech